La Tribu:

Un nuevo amanecer

A.J. PENN

CUMULUS PUBLISHING LIMITED

Copyright

Dedicatoria

Dedicado a los fans que mantienen el sueño vivo.
Y a mi familia, con mucho cariño,
por poder formar parte de vuestra tribu cada día.

PRÓLOGO

Tai San se detuvo a observar cómo el sol ascendía sobre las lejanas colinas, esparciendo un cálido resplandor a su alrededor, atravesando con sus rayos la oscuridad que rodeaba la campiña y portando el amanecer de un nuevo día.

Agarrada al mango de madera de la guadaña oxidada que sujetaba, con los dedos doloridos e irritados por las muchas astillas, ampollas y cortes que había sufrido, Tai San se preparó para otro duro día de trabajo. Era tiempo de cosecha, y debía segar el cultivo que ella misma había plantado hacía, a su parecer, una eternidad.

Sus captores la habían despertado a primeras horas de la mañana, y la habían llevado al campo para que comenzase con el trabajo manual. Era la misma rutina por la que pasaba desde hacía... ¿cuántos meses? No tenía ni idea. La sensación del paso del tiempo había desaparecido hacía mucho. Un día se transformaba en el siguiente, en un ciclo sin fin de labores forzosas.

Era un milagro que los cultivos hubiesen crecido tan bien como lo habían hecho, sintió Tai San al admirar el maíz que la rodeaba. Se sentía orgullosa de haber dado vida a una tierra infértil e inhóspita. Pues, a su llegada, el campo no era más que un pedazo de tierra vacío.

—Gracias —le susurró Tai San al maíz, con la voz ronca y la garganta seca debido al fluir continuo del polvo. También se sintió agradecida con los espíritus del mundo elemental, a medida que cortaba la primera recolección de la cosecha, y le dio gracias a la naturaleza por lo que había proveído.

Los sonidos del crujir y el girar de los instrumentos de granja sujetados por sus compañeros esclavos llenaban el aire al comenzar bien temprano a trabajar, uniéndose al coro mañanero de los pájaros.

Tai San contempló cómo los pájaros ondeaban sobre su cabeza en el cielo del amanecer. ¿Sería alguna vez como ellos, libre de ir donde desease, de hacer lo que ella escogiese, como lo fue una vez? ¿O sería por siempre la suya una vida de cautiverio, prisionera de otros que buscaban transformarla en un instrumento de su voluntad? Deseaba poder volar tan alto como los pájaros y escapar de sus problemas.

Se había planteado escaparse muchas veces, pero había demasiados guardias. Sus captores estaban bien organizados y eran disciplinados. Ningún prisionero había escapado con éxito. Todos los que lo habían intentado, habían recibido un severo castigo. Y, como resultado, el resto de trabajadores esclavos eran amonestados de forma colectiva, incluso siendo inocentes, para disuadirlos a todos de seguir intentándolo. Tai San era incapaz de tomar un camino egoísta y tratar de lograr su propia libertad porque sabía que, al hacerlo, otros prisioneros sufrirían las consecuencias, especialmente si lograba escapar. No había formar de salir de allí. Aún no.

Algunos de los otros esclavos que tenía cerca ya estaban agotados al comienzo del nuevo día, y lloraban tras haber recibido alguna patada de los guardias, señal de que el esfuerzo que se esperaba de ellos no conocería descanso. Pero las lágrimas se debían más, probablemente, al hecho de que la mayoría habían perdido la esperanza. Tenían el espíritu aplastado, el cuerpo dolorido, y sus lágrimas regaban el polvoriento suelo.

Sin embargo, Tai San trabajaba con presteza. Se negaba a dejarse controlar por su situación. Seguía teniendo su orgullo, su dignidad y su esencia interior. No se había perdido a sí misma, o su identidad, y había resuelto hacía mucho que no dejaría que sus captores la rompiesen. De algún modo, saldría adelante.

La naturaleza era lo que sustentaba a Tai San: enriquecía su fuerza vital, le entregaba consuelo, perspectiva y paz interior. El sol sobre su rostro, el canto de los pájaros, las plantas y los insectos que la rodeaban... El poder, energía y sonidos del mundo natural ahogaban toda ansiedad interior que Tai San sintiese acerca de su propio destino, todo miedo sobre el futuro. Era parte de un plan mayor, era consciente de su conexión con la propia tierra. Nada podía apagar el fuego interior de Tai San, sofocar su espíritu irrompible.

Sus captores le habían quitado su libertad y su tiempo, pero ella no permitiría que se llevasen ni que se infiltrasen en su alma, en sus esperanzas. O en sus sueños sobre todo lo que todavía podía pasar.

Tai San sabía que el sol volvería a alzarse. Y en ese nuevo amanecer, siempre habría un futuro. Era algo mayor que la propia vida, que ningún cautiverio físico podría encarcelar. Su espíritu era libre.

De repente, Tai San escuchó los sonidos de un vehículo acercándose, y se giró para observar una furgoneta que avanzaba a gran velocidad, levantando nubes de polvo.

Era el primer vehículo que Tai San había visto en mucho tiempo. Vivía en aislamiento junto a los otros esclavos, bajo la mirada atenta de sus supervisores, y no solían recibir personas del exterior.

Tras detenerse en seco, la puerta del lateral de la furgoneta se abrió y bajaron varios guardias, recibidos por los supervisores.

Tai San siguió segando la cosecha, mientras miraba de reojo y se preguntaba qué significaba todo aquello.

Escuchó cómo tenía lugar una animada conversación entre los supervisores y los nuevos guardias. Ellos, así como los compañeros de Tai San, tenían más o menos su misma edad. Tai San no entendía el idioma que hablaban (se encontraba lejos de casa, en tierras desconocidas), pero no era necesario. Por el tono de sus voces, estaba claro que tenía lugar algo de gran importancia.

Uno de los supervisores se puso a señalarla, y los guardias comenzaron a caminar hacia Tai San, con un gran ímpetu en sus pasos. Tai San se preguntó por qué ella, solamente, de entre todos los esclavos, había despertado su interés.

—¿Qué queréis? —preguntó Tai San, sintiéndose instintivamente amenazada, con la voz áspera y la mirada desafiante. Se figuró que preguntar era inútil, pues era poco probable que los guardias hablasen su idioma.

Los guardias la rodearon. Eran muchos más que ella, y se planteó utilizar la guadaña que sostenía como arma para defenderse.

En un instante, los guardias se abalanzaron y sujetaron a Tai San por los brazos. Uno de ellos le apretó la muñeca, obligándola a dejar caer la guadaña al suelo.

Tai San protestó, se revolvió y retorció para intentar liberarse mientras los guardias la alzaban por el aire, agarrándola de las piernas y transportándola. Cansada, débil y demacrada, no podía hacer nada para liberarse de sus garras. Le vendaron los ojos y le ataron un trapo en la boca, ahogando los gritos desesperados de Tai San.

Ninguno de los otros esclavos acudió en su ayuda, demasiado intimidados por sus captores como para ofrecer socorro, y observaron cómo los guardias metían a Tai San en la furgoneta, cerrando la puerta de un golpetazo tras ella.

El vehículo arrancó con presteza, alejándose rápidamente y dejando tras de sí una nube de polvo que se introdujo en aquel campo de esclavos que, durante tanto tiempo, había sido el hogar de Tai San.

* * *

Durante los siguientes días, Tai San recorrió una larga distancia hasta una ciudad diferente, y luego la situaron en una casa bien custodiada, llena de otros prisioneros. Pero a ella la mantuvieron separada, en una habitación incomunicada, con la puerta cerrada a todas horas.

Sus secuestradores le dieron abundante comida y la limpiaron. Le lavaron el largo cabello sucio y enredado, eliminando el polvo y la mugre de su existencia previa como esclava agrícola. Recibió de buena gana la comida, así como la sensación de estar limpia. Sin embargo, pese a lo bien que la habían tratado, seguía estando cautiva, y sentía que había intercambiado una forma de esclavitud por otra.

La esperanza de que le aguardase algo distinto aumentó cuando una carcelera le trajo una muda limpia de ropa, cambiándole los harapos que llevaba por un bonito vestido. Le hicieron la manicura y le colocaron una flor en el pelo con mucho estilo. Incluso le pusieron algo de maquillaje en el rostro, acentuando su belleza natural.

Las intenciones de sus captores se tornaron más claras cuando la llevaron, más tarde ese mismo día, a una concentración pública en la calle, en una ciudad que Tai San no reconocía, junto al resto de prisioneros de la casa de esclavos.

Habían encadenado juntos a Tai San y el resto de esclavos, y los desfilaron ante la multitud reunida, mientras los espectadores los contemplaban con interés, analizándolos.

Así que se trataba de una subasta, concluyó Tai San. La iban a poner en venta.

Uno a uno, fueron presentados ante el público. El subastador dirigía todo el proceso, sondeando a la multitud a medida que levantaban las manos, movían los brazos y hacían ofertas. Era una cacofonía de sonidos, un batiburrillo desordenado de aullidos y gritos hasta que se zanjaba el precio final para cada cautivo en venta.

Pero la transacción no era monetaria. En su lugar, se ofrecían bienes y recursos, equipamiento o territorio, incluso hubo varias promesas y favores.

Pronto llegó el turno de Tai San, la última de las prisioneras en la fila. El silencio descendió entre la multitud al acercarse al centro del escenario. Era la más atractiva de entre los esclavos disponibles y, con su luminoso vestido ondeando con la brisa, Tai San capturaba la atención de todos.

Se sentía expuesta, avergonzada. Como si fuera una posesión. Un trozo de carne. El juguete de otra persona. Intentó mantener la compostura y dignidad, pero había algo muy inhumano en todo aquello. Era la negación de su propia voluntad, de sus derechos humanos, y no podía hacer nada al respecto. Sobrepasada por estar en inferioridad y por la propia situación, Tai San deseó poder hacerse invisible y desaparecer de la atenta mirada de la multitud que se centraba en ella, escapar de lo que estaba sucediendo. Intentó apartar la mirada, pero uno de los captores la obligó a levantar la cabeza para que todos los espectadores pudiesen apreciar sus delicados y bellos rasgos.

El subastador hizo una señal y comenzó la subasta. La multitud estalló en un frenesí de ofertas exaltadas, con el interés por Tai San aumentando cada vez más. Las ofertas pronto llegaron a niveles de récord, sobrepasando el valor de todos los demás esclavos.

Tai San se sintió como una alienígena de otro planeta, perdida en tierra extraña. Sola. Desamparada. Seguía sin poder entender los diferentes idiomas empleados por la multitud, una variedad de acentos y palabras que no alcanzaba a comprender, pero se daba cuenta de que la siguiente fase de su destino la decidiría quien se erigiese como mejor postor.

De entre el gentío, una voz gritó la que claramente era una oferta enorme, haciéndose oír entre el griterío. La oferta incluía un suministro continuado de comida y, lo que era más importante en aquel peligroso mundo, la promesa de protección.

El subastador se inclinó hacia delante, examinando el mar de caras para encontrar a quien hubiese hecho la oferta, asombrado por el "precio" que estaba alcanzando Tai San. Encontró a la dueña de la voz: una chica ligeramente más joven que Tai San. El subastador le preguntó, y la chica repitió la oferta a modo de confirmación. Los otros compradores se mantuvieron callados, al darse cuenta de que no podían igualar el enorme valor de aquella oferta.

La sonrisa del subastador expresaba su deleite por la enorme oferta que Tai San había obtenido. Él mismo recibiría un porcentaje de la comida como comisión, así como protección. Y ya estaba calculando de qué manera comerciar con ello a través de su red, que se extendía por todas partes. Hizo sonar un gong, indicando que la subasta había terminado.

Lentamente, la multitud comenzó a dispersarse. Tai San fue separada del resto de esclavos que habían sido vendidos. Sus guardias le colocaron nuevas ataduras en muñecas y tobillos, preparándola para ser entregada.

* * *

El destino de Tai San había dado otro vuelco. Sentía agitación por saber qué le depararía el futuro, mientras la chica que la había "comprado" en la subasta guiaba a su nueva posesión, tirando de la cadena atada a las muñecas de Tai San.

Se encontraban avanzando, flanqueadas por guardias, por lo que una vez fue un resort de lujo situado en las afueras de la ciudad, *Los Jardines del Este*. Tai San leyó el nombre en un cartel a la entrada cuando llegaron, visible en varios idiomas, lo que indicaba la clientela internacional que, claramente, había frecuentado aquel lugar en el antiguo mundo de los adultos.

Al contrario que la ciudad de tratantes de esclavos en la que la habían vendido, repleta de grafitis y deterioro, muy similar a la ciudad originaria de Tai San, *Los Jardines del Este* eran como un paraíso, un complejo deslumbrante que había permanecido casi intacto desde los tiempos de los adultos. Un refugio del caótico y peligroso mundo exterior.

En el patio principal, había fuentes ornamentadas que disparaban agua al aire, césped bien recortado, jardines cuidados, limpios y ordenados, setos podados a la perfección de varias formas... mostrando la atención y privilegio de quien fuese que vivía allí. Así como el poder e influencia que debía ostentar para poder mantener una forma de vida tan lujosa entre tanta pobreza, anarquía y desorden.

Mirase donde mirase Tai San, había muestras de riqueza: desde lo que una vez fueron piezas de antigüedad, esculturas y muebles carísimos, a objetos y artefactos más modernos de la era tecnológica de los adultos, con varios ordenadores aún en funcionamiento y herramientas de alta tecnología visibles por todo el resort.

Quienquiera que viviese en *Los Jardines del Este*, era claramente rico y poderoso. Tenía un amplio personal, muchos sirvientes (o más bien esclavos, pensó Tai San) trabajando duro para mantener el impecable alto estándar que obviamente se esperaba de ellos. Y lo que era más impresionante que la cantidad de sirvientes, y también más siniestro, era la cantidad de guardias. El resort tenía, a efectos prácticos, su ejército privado, que mantenía la vigilancia para proteger a quienquiera que estuviese allí dentro.

Al seguir avanzando, Tai San se asombró por la magnitud y la belleza de todo aquello, una perfección materialista la envolvía. Era un cambio enorme tras las condiciones básicas de "campesina" a las que estaba acostumbrada últimamente cuidando del campo, cultivando la cosecha de sus antiguos captores.

Pasaron por delante de una sirvienta que frotaba meticulosamente el suelo del patio exterior.

¿Eso era todo?, pensó Tai San, especulando si su destino era convertirse en algún tipo de sirvienta.

¿O le esperaba algo más espeluznante?, se temió Tai San, mientras pasaba por delante de un espejo en el pasillo y contemplaba su propio reflejo, preguntándose si su hermoso vestido era el primer paso hacia su transformación en una especie de concubina, si la presionarían para ofrecer otro tipo de labores y atención a quienquiera que fuese el amo de la casa, proporcionando "favores" a cambio de comida y alojamiento. Y quizás, incluso, a cambio de su propia vida.

Alcanzaron dos ornamentadas puertas al final del pasillo, y la chica que había comprado a Tai San llamó educadamente. Una voz respondió desde dentro. Las puertas se abrieron y Tai San fue llevada al interior.

Era una suite palaciega, con una piscina interior en el centro de la habitación. El agua limpia relucía por la gran estancia, llena de deslumbrantes muebles de gran calidad, alfombras persas, estatuas exóticas... Había dispuesta una mesa de banquete, cubierta con una abundancia de fruta fresca y platos típicos de varias nacionalidades, preparados por un experto chef.

Sentado al centro de la suite había un adolescente de la misma edad que Tai San. Reclinado en una silla de oficina de piel situada tras un escritorio cubierto de papeles y varios monitores de ordenador, observaba de forma impasible cómo acercaban a Tai San hasta él. Lo flanqueaban sirvientes que abanicaban grandes hojas de palmera sobre su cabeza, manteniendo fresco a su "amo" gracias a una brisa suave y constante.

Le habló a la chica que había "comprado" a Tai San, dando una orden en un idioma que Tai San no entendía. La chica hizo una diligente reverencia y salió de la estancia con sus guardias, seguidos por todos los sirvientes que había allí. Cerraron las enormes puertas tras ellos al marcharse, dejando a Tai San allí de pie en la suite, sola con ese misterioso personaje.

Tras levantarse del escritorio, el "amo" desconocido avanzó hacia Tai San. No le había quitado los ojos de encima, y la observaba, examinándola, analizándola, absorto en sus pensamientos.

Tai San no pudo evitar encogerse de forma involuntaria cuando él comenzó a aproximarse. Cada paso que él daba la acercaba más y más a conocer cuál sería su destino.

—¿Quién eres? — preguntó Tai San con cuidado, antes de darse cuenta de que, seguramente, él no entendía su idioma. O eso pensó.

—Soy aquel que estás destinada a conocer —dijo el desconocido mientras retiraba la flor del pelo de Tai San, provocando que se desarmase y le cayese por los hombros. La tomó de la mano con suavidad para quitarle las ataduras de las muñecas. Las abrió con una llave y los grilletes cayeron al suelo.

—Listo —dijo mientras retiraba las ataduras de los tobillos de Tai San y daba unos pasos atrás para admirarla—. Eres libre.

—No lo tengo tan claro —se aventuró a decir Tai San con sospecha—. No estoy aquí por elección propia.

—Pero sí tienes elección —dijo él, sentándose y recuperando su lugar en el escritorio mientras tecleaba en el ordenador.

Tai San se mantuvo en el mismo lugar con cautela, pero no pudo evitar echar un vistazo al banquete de comida que tenía tan cerca de su alcance.

—Adelante. Come. Por eso estás aquí.

—No tengo hambre —respondió Tai San. Aunque en realidad estaba hambrienta, y la idea de comer era tentadora.

—Prueba la fruta. La recogieron a mano esta mañana.

"Los esclavos", pensó Tai San sin ninguna duda. Aun así, debía comer, su cuerpo le pedía energía a gritos. Tras avanzar hasta la mesa del banquete, agarró una manzana y le dio un mordisco, saboreando su dulzor, su sabor.

El desconocido escribía datos en su ordenador.

—Tai San. ¿Es T-A-I S-A-N? ¿Es así como escribes tu nombre? —preguntó el desconocido mientras escribía.

Tai San se dio la vuelta y contempló al desconocido con una mezcla de temor y confusión en aumento.

—Mi nombre. ¡¿Cómo has sabido mi nombre?!

—Sé muchas cosas sobre ti. Y sobre tu tribu, los Mall Rats.

Esa revelación la dejó estupefacta. ¿Cómo podía saber alguien, tan lejos de casa, cosas sobre los Mall Rats y sobre ella?

—Ninguna de estas imágenes te hacen justicia —la elogió el misterioso personaje, que siguió buscando en su ordenador antes de echar un vistazo de admiración hacia Tai San—. Eres mucho más impresionante en la vida real.

De repente, varias imágenes de Tai San aparecieron en los bancos de monitores dispuestos a lo largo de las paredes de la cavernosa estancia. Entonces, mientras el desconocido escribía y tecleaba, comenzaron a aparecer varias imágenes más. Rostros familiares de su pasado. Gente que no había visto desde hacía mucho tiempo, solo en su recuerdo, en sus sueños. Imágenes de Ryan. Patsy. Paul. Alice. KC. Danni. Otros miembros de su antigua tribu, los Mall Rats.

Tai San miró a su alrededor con incredulidad y se giró hacia el desconocido.

—¿Quién eres? —preguntó.

Pese a la ansiedad y el miedo, notó cómo aumentaba su ira. ¿Había tenido algo que ver este individuo con la desaparición de sus amigos y seres queridos? ¿Seguían con vida?, ¿cautivos en alguna parte? ¿Qué les había sucedido?

—Soy un coleccionista. Un recolector, podríamos decir. De mercancías valiosas. Conocimiento. E información.

Observaba a Tai San intensamente, estudiando su expresión, sin atisbo ya de simpatía en el tono de su voz.

—Y, ahora mismo, necesito una información en concreto. Pero, primero, ¿deseas vivir?

Tai San intercambió miradas con el desconocido y asintió, preguntándose a dónde llevaría todo aquello. En especial cuando este volvió a teclear y la estancia quedó envuelta por múltiples imágenes de la antena parabólica del observatorio de la Montaña del Águila.

—Pues te sugiero que me lo cuentes todo. Cuéntame todo lo que sepas. Sobre la Montaña del Águila.

CAPÍTULO UNO

Amber se dio cuenta de que debería tomarlo todo paso a paso, mientras caminaba por la cálida arena e intentaba mantenerse, tanto como podía, a la sombra de las palmeras que poblaban la playa. Sostenía cuidadosamente a su hijo, Bray Jr., en brazos.

—Desde luego, te pareces a tu padre —dijo Amber con cariño mientras contemplaba al niño que Bray y ella habían traído al mundo.

Pensó en los momentos que su hijo había vivido durante su corta existencia. Le venían recuerdos dispersos, sentimientos del pasado. Recordó el momento en que supo que estaba embarazada, el difícil parto que había atravesado... y la trágica desaparición de Bray, su alma gemela, al comienzo de la invasión de los Tecnos.

Durante mucho tiempo, pensó que jamás volvería a ver a Bray. Pero el destino había sido amable, sorprendiendo tanto a Amber como a Bray con su reencuentro unos días atrás. Su hijo había recuperado a su padre.

Al comienzo, Amber se había sentido emocionada. Encantada. No tenía palabras. Volver a ver a Bray... Sostenerlo, abrazarlo, oír su voz. Era más que un sueño hecho realidad. Había sucedido lo imposible. Había ocurrido un milagro.

Pero se encontraba en un aprieto. Porque, durante la época en que Bray estuvo perdido, presuntamente para siempre, ella había entregado su corazón a otro. A Jay.

Poco después de su regreso, Bray acordó con Jay que le darían a Amber el tiempo y espacio que necesitase. Sabían que la situación no sería fácil para ella, ni tampoco para ellos mismos. Y Amber se sintió muy agradecida por su empatía.

Bray era comprensivo con la relación que ella mantenía con Jay y, por su parte, Jay era muy consciente de los sentimientos de Amber hacia Bray. Y de cómo su relación pasada se había roto por las crueles manos del destino, por la invasión de la ciudad por parte de la tribu de los Tecnos. Una ofensiva en la que, en su momento, el propio Jay desempeñó irónicamente un papel crucial para poder llevar a cabo.

Sin embargo, habían pasado ya varios días. Y cada hora que pasaba hacía la situación de Amber más insoportable.

Los amaba. A los dos. De forma distinta. Las circunstancias habían querido que comenzase una relación con cada uno de ellos en momentos diferentes.

Recordó haber leído sobre las esposas en las guerras de antaño, que se habían vuelto a casar creyendo a sus maridos muertos, para descubrir que sus maridos regresaban a casa acabada la guerra. Nunca pensó que le ocurriría algo tan similar a ella.

Nadie tenía la culpa. Y nadie había elegido encontrarse en esa situación.

Amber agradecía que Bray siguiese con vida, que volviese a estar junto a ella, como si hubiese regresado de entre los muertos.

Pero ahora necesitaba decidir si quería alterar el curso futuro de su vida. Estaba en una encrucijada y debía elegir un camino para seguir con su viaje.

No podía estar con ambos. Debía ser uno o el otro.

Bray. O Jay.

Y no tenía ni idea de qué camino elegir.

Tras respirar profundamente, Amber escarbó en las profundidades de su alma, intentando encontrar la fuerza. La determinación. Prometió que, por el bien de su bebé, y del de Bray y Jay, se enfrentaría a esta decisión tan difícil. De algún modo, de alguna manera, debía romper el dilema en que se encontraban.

Pero, por ahora, debería tomarse las cosas de hora en hora. Día a día.

Paso a paso.

Además, había otros problemas y prioridades que atender antes de comenzar a contemplar un futuro. Como la supervivencia de todos los miembros de su amada tribu y de aquellos a los que habían conocido recientemente.

* * *

Amber se reunió con el resto de los Mall Rats en la playa, un poco más adelante. Estaban reunidos junto a una fogata, con un agradable aroma a marisco recién cocinado que flotaba en el aire, mientras Salene preparaba una comida digna para la ocasión sobre las ardientes y luminosas brasas.

—Huele muy bien —la felicitó Emma mientras Bray la guiaba de la mano, buscándole un lugar donde pudiera sentarse entre los demás.

—Ración extra para todos los que alaben mi comida —bromeó Salene.

—En ese caso… ¡Viva Salene, la reina del festín! —dijo Sammy, que babeaba al pensar en la hora de comer y quería ganar puntos con Salene al comenzar esta a pasar raciones.

Bray le pasó un plato de comida a Emma con cuidado. Aunque no era exactamente un plato, sino una cáscara de coco. Emma le ofreció una encantadora sonrisa como agradecimiento.

Emma era ciega. Había perdido la vista en una misteriosa explosión que, al parecer, ocurrió en la isla durante los últimos días de los adultos. Conoció a Bray cuando este apareció por casualidad en su vida. Emma vivía como refugiada en la Base Aérea Arthurs, el lugar al que la habían evacuado durante el "virus" con sus hermanos pequeños Shannon y Tiffany, sentados ahora en la playa junto a ella.

Bray y Emma habían llegado a conocerse bien durante su tiempo juntos, formando un estrecho lazo. Bray se sentía protector con Emma, y respetaba su empeño por sobrevivir, el cuidado responsable y cariñoso para con sus hermanos, mucho más pequeños que ella. Era dulce y amable. A su vez, ella había llegado a apreciar la resolución y determinación de acero que tenía Bray para cuidar de los demás y hacer del mundo posterior a los adultos un sitio mejor donde vivir.

Amber no podía evitar sentirse algo celosa. Bray y Emma habían compartido muchas experiencias juntos. Así que, quizás, era normal que fuesen tan cercanos, reflexionó. Pero, ¿había algo más? ¿El indicio de una relación más estrecha que la de dos meros amigos?

Se deshizo rápidamente de ese pensamiento, pues no quería obsesionarse con celos innecesarios. No servían para nada más que para crear desconfianza, sospecha y angustia. Lo más importante para Amber era sentirse agradecida de que Bray estuviese vivo, y allí, después de tanto tiempo separados.

—¿Te encuentras bien? —preguntó Bray a Amber mientras ella se acercaba, al notar que parecía preocupada.

—Estoy bien. Tan solo… ordenaba mis pensamientos, eso es todo —Amber sonrió para tranquilizarlo.

Amber era consciente de que Jay también andaba cerca, de pie al otro lado de la hoguera. Le entregó a Amber una mirada cariñosa cuando ella llegó, y ella se la devolvió manteniendo la mirada durante unos segundos. Pero, demostrando sus innatas habilidades de liderazgo, era capaz de compartimentar sus problemas personales con otras prioridades de las que necesitaban hablar y que afectaban al futuro de todos los demás, de toda la tribu, motivo principal por el cual Bray había convocado la reunión del grupo.

—Ya estamos todos por aquí —señaló Darryl—. Excepto May, que está más bien *pallá*. Si sabéis a qué me refiero.

Amber podía ver a May en la distancia, arrodillada en la arena, contemplando el mar, perdida en la corriente interminable de sus pensamientos.

May había pasado los últimos días sola, manteniéndose alejada del resto de la tribu. Todos se sentían comprensivos, pues eran conscientes de que seguía de luto por la muerte de Zak, su antiguo novio, que había fallecido cuando la tribu naufragó en la isla.

—Sentimos llegar tarde —se disculpó Lia mientras se acercaba a la reunión junto a la Sacerdotisa y la tribu de los nativos. A ellos también les pidieron acudir a la reunión, pues Bray tenía ganas de escuchar sus opiniones y conocimiento sobre la isla.

Los Mall Rats habían sido invitados a permanecer en la aldea de los nativos tras celebrar la victoria contra Blake, pero sintieron que necesitaban regresar a su campamento de la playa para examinar sus opciones. Todos menos Lex, eso sí, que consideraba la aldea un auténtico paraíso. Sin embargo, casi todos sospechaban que no tenía nada que ver con perseguir un estilo de vida aparentemente idílico.

—Mira qué tenemos aquí —murmuró Lex en voz baja, y lanzó un aullido silencioso, impresionado por las vistas al acercarse Lia con la Sacerdotisa.

No era ningún secreto que Lex estaba totalmente colgado de la Sacerdotisa, que poseía una espectacular belleza y, a ojos de Lex, una figura a juego.

Estaba igualmente encaprichado de Lia, la chica de la que se había hecho amigo cuando él y Jack fueron capturados por los nativos. Con su aspecto atractivo, sus mechones de cabello dorado y su personalidad jovial, Lia era una candidata excelente a recibir el afecto de Lex.

Había intentado seducir a Lia en varias ocasiones, así como a la Sacerdotisa, pero ambas habían rechazado sus intentos de salir con ellas. El interés de Lex les resultaba halagador (así como una fuente interminable de diversión), pero no habían querido que el asunto llegase a más, y no respondían al coqueteo descarado de Lex. Esto solo estimulaba más a Lex, que disfrutaba del desafío y se creía un maestro en el arte de la seducción, jugando al juego.

—¿Qué tienen de especial? —saltó una celosa Gel, sintiéndose totalmente amenazada por el obvio interés que las recién llegadas despertaban en Lex, cuyos ojos se movían a toda velocidad entre la Sacerdotisa y Lia.

—Debes estar bromeando. Es decir, ¡mira las piernas de Lia! Parece que no tienen fin. Y la Sacerdotisa, ¡menudo cuerpo! —dijo Lex, saboreando las vistas.

—¿Es que solo piensas en eso, Lex? —respondió Gel—. En serio, te pones insoportable.

—Créeme. Me pongo de muchas formas —contestó Lex.

—¡Pervertido! —soltó Gel, que pasó a ignorarlo.

—No hay nada de malo en… admirar el paisaje —se defendió Lex.

—Tenemos cosas más importantes de las que hablar, Lex —dijo Amber.

Todos estuvieron de acuerdo, y se centraron en los problemas inmediatos que debían solucionar. Como qué podría haber pasado con Ram.

Jay había organizado un grupo de búsqueda y había pasado tiempo explorando el área cercana durante los últimos días. Pero, de momento, no había rastro de Ram o de sus captores, e incluso los mejores rastreadores de los nativos no pudieron encontrar ninguna señal sobre qué dirección podían haber tomado. Sin embargo, una cosa estaba clara: no se encontraban en los alrededores. No había pista alguna que pudiese explicar lo que había sucedido.

La última vez que vieron a Ram, el antiguo líder de los Tecnos había sido capturado por Ebony, Axel y algunos de los guardias que formaron parte de Legión, la tribu liderada por Blake. Este había dominado la región previamente, antes de ser derrotado por la alianza de los Mall Rats con la tribu de los nativos.

¿A dónde se habían llevado Ebony y Axel a Ram? ¿Seguía con vida? ¿Era prisionero en alguna parte? ¿Volverían? Ebony y Axel estuvieron muy cerca de secuestrar a Trudy y Brady. Las dos eran importantes y, sin duda, muy valiosas debido a su relación e historia pasada con Zoot, el infame y legendario líder fallecido de los Locos, quien, junto a su célebre tribu, había sido el azote de la ciudad natal de los Mall Rats.

Ram les había revelado a Jay y a los otros Mall Rats, justo antes de su desaparición, la existencia de una amenaza potencialmente enorme: el Colectivo, una asociación de tribus originada en tierras remotas, que se habían unido y buscaban extender su poder e influencia para un día conquistar la región y ciudad natal de Amber, o eso aseguraba Ram.

¿Es que acaso el Colectivo merodeaba por la isla, como Ram temía? ¿Habría fuerzas enemigas dirigiéndose en aquellos momentos a atacar a los Mall Rats? ¿O era todo una gran farsa, una historia inventada por Ram por sus propios motivos? Desde luego, el enigmático y travieso líder de los Tecnos había tejido varias redes de mentiras a lo largo de los años, y les había causado muchos problemas a los Mall Rats y a muchos otros.

¿Seguía vivo Blake, el líder de Legión, en algún lugar de la isla, aguardando su momento, esperando para contraatacar y ejecutar su venganza contra los Mall Rats?

Bray estaba más preocupado por Eloise, de quien había sido prisionero en una misteriosa base situada en las montañas al norte de la isla, remanente del tiempo de los adultos.

Eloise dirigía (o, más bien, manipulaba) a un grupo sectario que adoraba al hermano de Bray, Zoot, creyéndolo una especie de nuevo dios. Bray había sido sometido a todo tipo de tormentos durante su cautiverio bajo Eloise y sus "Zootistas". Estos habían intentado usar a Bray, un enlace vivo del linaje de Zoot, y explotarlo en favor de su retorcida religión. Bray consiguió escapar a duras penas, lo que lo llevó en su épico viaje desde el norte, hasta encontrarse finalmente de nuevo con Amber y los Mall Rats.

Amber se preguntaba si Eloise estaría relacionada con el Colectivo de algún modo. Y cuál era su conexión, de haberla, con Blake y su Legión, que se habían asentado en la parte sur de la isla.

Lia tradujo a la Sacerdotisa y los nativos mientras los Mall Rats les hacían preguntas para averiguar si tenían algún otro conocimiento o información. Les explicaron que no sabían nada de Eloise ni de la extraña base de los adultos arriba de las montañas, donde Bray dijo haber estado preso.

Emma contó el relato de la vida que habían llevado ella y su hermano y hermana en la Base Aérea Arthurs, un cuento trágico donde su propia tribu formada por refugiados evacuados, las Cucarachas, había ido menguando poco a poco. Sus miembros desaparecieron, dejando únicamente a Emma y lo que quedaba de su familia. Emma sospechaba que los miembros de las Cucarachas debieron ser capturados, vendidos como esclavos por Blake. ¿Los habían entregado al Colectivo? ¿O a Eloise y sus Zootistas?

—Bueno, esté donde esté, cuanto más lejos quede esa tal Eloise de nosotros, mejor —dijo Trudy—. Suena espantosa. Hace que Ebony parezca mi ángel de la guarda.

—¿Alguna idea? —preguntó Jay en voz alta—. Todo parece ser una prioridad. Está Ram, saber qué pasó con Ebony, el Colectivo, Eloise y los Zootistas…

—No sé qué penséis los demás —intervino Lex—, pero yo voto que no hagamos nada.

—Estarás bromeando —se opuso Salene.

—No bromeo. Lo digo en serio. Por lo que sabemos, Ram podría haber estado contando milongas con esa historia del Colectivo. Divirtiéndose con sus juegos mentales. Cuanto más pienso en ello, más seguro estoy de que deberíamos quedarnos aquí y disfrutar de todo lo que este paraíso nos ofrece.

—No podemos no hacer nada, Lex —dijo Amber—. ¿De verdad sugieres quedarte sentado, recolectando "cocos", mientras otros sufren? ¿Qué pasa si hay más prisioneros ahí fuera, ahora mismo, como le pasó a Bray?

—¿Y si no los hay? —Lex no reculaba—. Lo lamento por la gente que pase por lo que pasó Bray. Creedme. Pero quizás Eloise, Ram, el Colectivo… ya sean historia. Ya no estén. Quizás ni siquiera sigan en la isla. Si el Colectivo está aquí, no es que se dejen ver…

Lex miró a su alrededor de forma melodramática, para enfatizar su opinión.

—Parece que estamos solo nosotros. Y, bueno, fijaos en este sitio. Es hermoso. Vivamos un poco, disfrutemos lejos de preocupaciones. En vez de salir a buscarlas.

—Si hay problemas ahí fuera, no podemos ignorarlos —dijo Bray, en desacuerdo.

—Bray tiene razón. Ninguno de nosotros estaríamos a salvo —coincidió Emma.

—Si quieres ponerte de parte de Bray, es cosa tuya —dijo Lex—. Pero yo tengo derecho a mis propias opiniones. Y creo que lo mejor que podríamos hacer es quedarnos exactamente donde estamos.

Le lanzó una mirada de admiración a la Sacerdotisa y a Lia, de lo cual se percató Amber, que ya había oído suficiente. Y no era por el comentario de que Emma estuviese de parte de Bray. Amber estaba realmente preocupada de que Lex pareciese ser tan inconsciente de los posibles peligros que les aguardaban, cegado por la atracción obvia que sentía hacia las chicas nativas.

—Quizás quieras vivir en el paraíso, Lex, e intentar repoblar tú solito el mundo entero con tus retoños…

—¡Y tanto que quiero! —la interrumpió Lex.

—Pero, ¿quién dice que tengas razón? —continuó Amber—. ¿Qué pasa si te equivocas? Trabajas duro para construir una nueva vida aquí… y un buen día, estás tumbado en la playa, trabajándote el bronceado, cuando aparece Ram junto a Ebony. Y todo el Colectivo pisándoles los talones. ¡Tu fantasía podría transformarse rápidamente en pesadilla!

Un silencio de intranquilidad descendió sobre el grupo mientras asimilaban la amenaza que Amber acababa de verbalizar.

—Bueno, no sé qué pensaréis hacer los demás. Pero yo pienso marcharme pronto —anunció Bray finalmente.

—¿Qué quieres decir? —protestó Amber.

—Debo averiguar más sobre Eloise —explicó Bray.

Todos eran conscientes de que, durante el tiempo que Bray estuvo prisionero, había sufrido una existencia horrible. Una existencia que no era capaz de articular con palabras. Sobre todo tras ser atormentado, o torturado más bien, con un programa de realidad virtual que le lavó el cerebro. Todo en nombre de su difunto hermano, Martin, quien había escogido un camino distinto para cambiar el mundo después de que los adultos pereciesen. Y, aunque Bray no apoyaba en absoluto la ideología de su hermano, sentía que Martin había perdido su camino. Y la identidad de su *alter ego*, Zoot, estaba siendo avivada de forma peligrosa por gente como Eloise, que parecía decidida a manipular a todos los seguidores de su hermano, los Zootistas, con un fanatismo que no traería más una ola de devastación y destrucción.

—Iré solo, si hace falta. No espero que nadie más ponga su vida en peligro.

—Yo iré contigo —se ofreció voluntario Jay—. Y, quién sabe, quizás encontremos a Ram de camino.

Bray se sintió conmovido por el apoyo de Jay. Sobre todo por venir de alguien que no se esperaba. Era obvio que los dos tenían más en común que su rivalidad por el corazón de Amber.

—Yo también voy —anunció Emma.

—Menuda sorpresa —observó Lex con malicia.

Amber le echó una mirada, y luego miró a Bray.

—¿Crees que es buena idea, Bray?

—No me subestimes, por favor —dijo Emma con tranquilidad—. Soy bastante capaz.

—Estoy segura de ello, Emma. No pretendía insinuar lo contrario. Pero tenemos que pensar en una estrategia: quién irá y quién se queda.

—Bueno, creo que yo debería cuidar de nuestros amigos nativos en la aldea —sugirió Lex.

—Estoy segura de que pueden cuidarse solos, Lex —dijo Gel con un suspiro.

—Estoy contigo, Bray —dijo Ellie, que se puso de pie para mostrar su apoyo.

—Totalmente —coincidió Slade.

Uno por uno, todos los demás se pusieron de pie para mostrar su solidaridad. Un intransigente Lex fue el último que quedó sentado sobre la cálida arena de la playa.

—Habrá que hacer las maletas —dijo Jack, que se había puesto de pie junto a Ellie—. Parece que tenemos un buen camino por delante.

—No, no todos, Jack —declaró Amber—. Hemos de asegurarnos de que los pequeños están a salvo —añadió, mientras echaba un vistazo a Trudy, que agarraba a Brady en brazos, a Emma abrazando a sus hermanos pequeños, a Ruby, que, instintivamente, situó las manos de forma protectora sobre su vientre embarazado, imaginándose el bebé en su interior, y en qué tipo de mundo nacería él o ella. Y, claramente, Amber sentía lo mismo, pues se agachó para darle un beso en la mejilla al pequeño Bray.

* * *

Finalmente, se decidió que un grupo de exploración liderado por Bray, Amber y Jay investigaría el resto de la isla, comenzando con el antiguo hogar de Emma, la Base Aérea Arthurs.

Los acompañarían Jack, Ellie, Gel, Darryl, Emma, Shannon y Tiffany. Esperaban averiguar qué le había pasado a Ram, y obtener más información sobre el Colectivo, pues Bray estaba decidido a descubrir más sobre Eloise y sus fanáticos seguidores Zootistas.

El resto permanecerían en la aldea de los nativos.

Antes de su partida, la Sacerdotisa les entregó su tradicional bendición: arqueando los brazos llena de intención, en dirección a Amber y el resto del grupo de exploración.

—¿Qué hace? —preguntó Jay, dándose cuenta de que aquel gesto debía tener algún significado.

—Os está bendiciendo —explicó Lia—. Les pide a sus ancestros que os cuiden. Que os entreguen buena fortuna.

—Dale las gracias, por favor. Con suerte, estaremos de vuelta en unos días —respondió Amber, conmovida por la consideración que mostraba la Sacerdotisa.

Amber se dio cuenta de que, pese a lo mucho que le irritaban y se cuestionaba los motivos de Lex para querer quedarse, no había nadie mejor que él para trabajar con la Sacerdotisa y sus guerreros, y asegurarse de que la aldea estaba protegida.

La Sacerdotisa había anunciado que, en vez de vivir en el Campamento Fénix (el pequeño *camping* provisional de la playa en el que habían estado hasta el momento), el resto de

Mall Rats que se quedasen atrás eran bienvenidos a compartir la mayor comodidad y seguridad de la aldea de los nativos hasta que el grupo de exploración regresase.

Salene se quedaría para ayudar a cuidar del hijo de Amber y Bray, así como de Brady, Lottie y Sammy. Y para echarle un ojo a May, que seguía afligida.

Lia estaría con ellos, actuando como intérprete entre los Mall Rats y la aldea de la Sacerdotisa, pues había aprendido a hablar la lengua de los nativos con fluidez tras vivir con la Sacerdotisa y su tribu desde hacía tiempo. Le ofreció darles clases a Lottie y a Sammy, a quien le encantaba la idea (debido, más bien, a que se había quedado "colgado" de Lia).

Trudy había querido ir para ayudar a Bray y ofrecerle su apoyo, pero todos sintieron que era más importante para Trudy, debido a su asociación pasada con Zoot, esperar con Brady. Y, con suerte, mantenerse lejos de cualquier peligro al que podría, de otra manera, quedar expuesta al acercarse a Eloise y los Zootistas (o incluso a Ebony y Axel, en caso de que sus caminos se cruzasen). Después de todo, Ebony y Axel habían intentado secuestrar a Trudy y a su hija.

Otros Mall Rats que se quedaron atrás fueron Ruby y Slade. Ruby estaba embarazada de Slade, y la sensación general era que no debía poner en peligro su salud o la de su hijo nonato tomando parte en aquel largo viaje.

Slade, de forma similar, seguía recuperándose de las graves heridas que había sufrido en el accidente del navío mercante, el *Jzhao Li*, cuando había encallado varias semanas antes. También se consideró que, como futuro padre, sería mejor que se quedase con Ruby y el bebé que esta llevaba dentro.

Lex se disculpó con Bray por haber parecido un insensible. Y, al final, sí que se había presentado voluntario para ir a la expedición.

Irónicamente, al principio se sorprendió y luego se alegró cuando Amber y Bray pensaron que sería mejor para Lex quedarse en la aldea y asegurarse de que los demás estaban protegidos. Y a él le parecía perfecto.

—Tened cuidado —dijo Lex, extendiendo su mano, que Bray apretó.

—Vosotros también —respondió Bray.

—No te preocupes por nosotros. Les echaré un ojo a todos.

Sin poder evitarlo, Lex notó cómo su visión periférica se iba hasta Lia, que estaba seductoramente cerca de él.

—Estoy segura de que lo harás —contestó Amber, sin dejar de sorprenderse de lo caradura que era Lex. Pero tenía buenas intenciones, y podía contribuir más quedándose en la aldea, de eso Amber estaba segura, que si lo presionaban para acompañarlos en su viaje.

—¿Lista? —le preguntó Bray a Emma.

—No —Emma sonrió con valentía—. Pero, ¿qué otra opción tenemos?

—Aseguraos de no ir dando palos de ciego —dijo Lex, que se encogió al ver las miradas despectivas de todos —. Sabéis a qué me refiero —dijo forzando una sonrisa.

Todos habían entendido la preocupación de Lex y, sin ser crueles hacia Emma, seguramente la compartían, y se preguntaban hasta qué punto era bueno que Emma se embarcase en aquella misión.

Tras haber podido conocerla bien, Bray era muy consciente de la pureza de Emma y de su sensibilidad innata. Y de que, al hacer el viaje de regreso, estarían volviendo sobre sus pasos, regresando a aquel lugar difícil donde ambos habían estado antes.

El plan era que Emma actuase como guía del grupo de exploración cuando llegasen finalmente a la Base Aérea Arthurs. Después de todo, había vivido allí desde los tiempos de los adultos y, aunque estaba limitada por su ceguera, Emma conocía bien la distribución de la base, y sería una fuente útil de información acerca de su antiguo hogar.

Sin embargo, en secreto no podía negar que estaba asustada por la idea del viaje que estaban a punto de emprender. Los fantasmas del pasado la atemorizaban. Pero hacía tiempo que había resuelto enfrentarse a cualquier obstáculo en su camino. Aunque ella misma estuviese, en ocasiones, llena de dudas.

Amber se sintió incómoda al ver a Bray guiando a Emma de la mano. Pero entendía que solamente la estaba apoyando, aunque parte de ella no podía evitar sentirse celosa por la atención prestada por Bray.

Se pusieron en marcha, el resto del grupo de exploración siguiéndolos de cerca.

Al darse la vuelta, Amber le dio un último vistazo al pequeño Bray, sujetado en brazos de Salene, que le levantó las manitas alegremente para decir adiós a su madre a medida que el grupo se marchaba.

Amber contuvo las lágrimas. Tenía que realizar aquel viaje, soportar el dolor de separarse y estar lejos de su hijo, precisamente, por su bien. Estaba decidida a que él tuviese un futuro mejor.

Era hora de comenzar el siguiente capítulo de sus vidas.

CAPÍTULO DOS

Era raro lo mucho que podía cambiar la vida, reflexionó Ebony para sí misma.

Días antes había estado viviendo con Blake, el líder de la tribu paramilitar Legión, en su plataforma petrolífera. Había conseguido impresionarlo con esfuerzo e ingenio hasta llegar a ser no solamente una importante figura de liderazgo en su tribu, sino también la amante de Blake.

Para seguir demostrando su lealtad y capacidades, había guiado a algunos de los guerreros más capacitados e implacables de Blake en una misión de asalto para capturar a los Mall Rats. Para usarlos como valiosos esclavos y poder venderlos.

En vez de eso, el asalto fracasó y fue ella quien acabó capturada, así como aquellos bajo su mando, pensó Ebony al recordar lo sucedido, repasando en su cabeza cómo se había dado la presente situación. Los Mall Rats habían encontrado unos aliados inesperados en la forma de la Sacerdotisa y su tribu. Pero Ebony pudo escapar con los otros miembros de su grupo, haciéndose con Ram en el proceso y, por poco, secuestrando a Trudy y Brady.

Había estado deseando presentarse de vuelta con Ram, para demostrarle a Blake su valía. Que podía valérselas. Había anticipado las recompensas y la aprobación que le daría Blake por traer ante sí el más preciado de los regalos: Ram, un fugitivo que el Colectivo estaba deseoso por obtener, con una enorme recompensa ofrecida por su captura.

Ebony aún no había averiguado quiénes formaban exactamente el Colectivo, pero tenía la suficiente experiencia en la vida, analizando los equilibrios de poder, para saber que poseían una tremenda influencia.

Blake habría estado encantado con su trabajo. Estaba segura de que entregar a Ram compensaría de sobra el no haber podido traer al resto de Mall Rats. Ebony también había estado deseosa de sentir el contacto físico de Blake, y el resto de "extras" sensuales que esperaba recibir por su parte en la comodidad de sus aposentos privados.

Sin embargo, cuando llegaron a la costa, Blake y todos los demás parecían haberse esfumado. No quedaba nada más que ruinas en llamas, los restos calcinados de la gigantesca infraestructura meciéndose tras su destrucción, comenzando su descenso gradual hacia el fondo del mar.

Ebony y los otros miembros de su grupo (en particular Axel, uno de los principales tenientes de Blake) se quedaron petrificados por aquel giro de los acontecimientos. ¿Acaso hubo algún incendio fortuito, una explosión? ¿O habían atacado el cuartel de Blake?

Fuese cual fuese la causa, Ebony debía sopesar sus opciones en cuanto a qué hacer ahora. Le preocupaba la posibilidad de que su amante, Blake, y todo lo que poseían o conocían, ya no existiese.

Axel estaba también inquieto por el posible destino de su líder y los miembros de la tribu Legión, así como de aquellos que habían estado bajo su mando y que quizás hubiesen perecido también. Pero su actitud externa no lo mostraba. Y, como el capacitado estratega militar que era, había analizado todas las opciones (algunas de las cuales prefería guardarse para sí mismo y no compartir con Ebony). Ella lo notaba. Intentó "conectar" con él, pues se daba cuenta de que era mejor tenerlo como aliado que como enemigo, y que podría ser de utilidad en caso de que Blake hubiese muerto. Sin embargo, como era característico de él, Axel parecía desprovisto de cualquier emoción humana. Se parecía más a una máquina y, de un modo extraño, Ebony no podía evitar admirar cómo se comportaba, de manera tan fría y calculadora. No era sorprendente que Blake lo hubiese nombrado su segundo al mando.

—¿Seguro que sabes hacia dónde vamos? —preguntó Ebony de forma reservada, intentando de nuevo establecer un vínculo, a medida que el grupo avanzaba entre el denso follaje de la selva.

—No, a menos que vuelva a comprobar las coordenadas —dijo Axel con frialdad, comprobando la dirección correcta en una brújula GPS.

—Es que no me apetece demasiado pasar mucho más tiempo aquí en la selva. Soy una chica de ciudad —destacó Ebony—. Y, para andarnos sin rodeos, si yo estoy contenta creo que Blake también lo estará. Asumiendo que esté vivo y haya sobrevivido a lo que le haya pasado a nuestra plataforma.

Enfatizó la palabra "nuestra" para reforzar que estaban en el mismo bando, pues seguía intentando analizar a Axel, "leerlo" mejor. No lo conocía demasiado, al haber pasado la mayor parte de su tiempo en Legión literalmente pegada a Blake, o en su cama, día y noche.

Ahora, estaba dejando que Axel los guiase. No que los liderase. Ebony sentía que había una distinción clara en sus papeles. Y ella, de modo sutil, quería asegurarse de que todos fuesen conscientes de quién poseía el poder. Ella seguía al mando, y quería que Axel y el resto de miembros que había allí no lo olvidasen. Después de todo, Blake le había entregado el liderazgo de la misión.

Poco después de descubrir el destino de la plataforma petrolífera, Axel había revelado a Ebony que pensaba implementar una opción estratégica: se dirigían hacia otro destino en la isla, muy lejos, donde al parecer se situaba el verdadero comandante de Blake. Sin embargo, no le dio mucha más información pese a las insistencias de Ebony, lo cual alimentó su intriga y, sobre todo, su intranquilidad.

En cierto momento, Ebony se preguntó si habría forma de reunirse con el barco que debía llegar, según recordaba haberle oído a Blake, y que habían enviado para recoger a cientos de esclavos que Blake había capturado con el tiempo y que eran prisioneros en la plataforma.

Axel la había convencido, no obstante, de que no habría forma de que un barco grande pudiese atracar sin tener disponible la plataforma petrolífera. Ebony recordó lo traicioneras que eran las aguas en esa parte de la isla cuando el enorme carguero, el *Jzhao Li*, del que una vez había formado parte junto a los Mall Rats, quedó encallado y conoció su ruina en las escarpadas rocas.

Lo más probable, razonó Ebony, era que el barco hubiese visto que la plataforma estaba destruida y alterase su curso en dirección a otra zona, más al norte de la isla, donde poder atracar. Y se preguntaba si era hacia allí hacia donde se dirigían ahora, atravesando la isla a pie hacia el mismo destino al cual había llegado el barco por mar. O si era cierto el comentario de Axel de que se dirigían a algún tipo de cuartel general. Seguía sin conocerlo lo suficientemente bien como para saber de qué palo iba. Aún era incapaz de analizarlo.

Hasta el momento, le había dado cierto margen, esperando que aprendiesen a llevarse bien. No había muchas más opciones, consideraba Ebony. Axel parecía saber hacia dónde se dirigía, por mucho que ella no lo supiese. Al contrario que

Axel, Ebony tampoco sabía quién era el comandante de Blake. Pero no deseaba debilitar su posición y parecer desinformada. Eso solo confirmaría, y con razón, las sospechas de Axel de que él poseía información que ella no tenía. Que Blake no se lo había dicho todo.

Siempre había sospechado que la tribu de Blake, Legión, estaba involucrada de algún modo con el Colectivo, de cuya existencia había sabido durante su tiempo con Blake, quien tuvo muchos comentarios sobre órdenes que le daban sus "superiores". Pero Blake nunca había revelado por completo la naturaleza de su conexión con el Colectivo, quienes seguían siendo todo un misterio.

Rodeados por la húmeda selva, con su gruesa capa de matorrales y sus incontables insectos picándole cada centímetro de su cuerpo, Ebony esperaba no solo poder confiar en el sentido de la orientación de Axel, sino en su propio juicio a la hora de tratar con él.

Si Ebony era capaz de llegar hasta Axel, de hacer que la siguiese y aceptase su liderazgo con lealtad, entonces estaba segura de que el resto de guerreros lo seguirían. Axel era la clave, al ser la persona de más alto rango en ausencia de Blake.

Tras la muerte de Zoot, en su ciudad natal, Ebony se había erigido de forma similar sobre el resto de los Locos, tomando el liderazgo de la tribu a través, sencillamente, del poder de su personalidad y voluntad dominante. Además de aprovecharse, astutamente, de la relación que había mantenido con Zoot (relación que fue capaz de manipular como moneda de cambio). Aquello le servía como referencia en su pasado, y tenía fe en poder seguir ejerciendo su influencia sobre Axel y los otros guerreros. Al menos hasta que supiese exactamente con quién y con qué estaba tratando. Luego, ya modificaría su estrategia como fuese necesario.

Pese a todos sus planes y maquinaciones, Ebony se encontraba verdaderamente perdida en esos momentos. Las ramas se rompían dolorosamente bajo sus pies, y no le gustaba tener que depender de Axel o de su aparatito GPS. Nunca estaba cómoda cediendo demasiado el control, pues siempre estaba determinada a estar al mando de su futuro, a ser la dueña de su propio destino.

—Bueno, ¿y qué estamos buscando? ¿Algún tipo de casa del árbol? —preguntó Ebony frívolamente, intentando parecer casual, despreocupada. Aunque en realidad se sentía claustrofóbica, completamente atrapada entre la enredada selva.

Axel ignoró a Ebony. Seguía frío y distante. Falto de cualquier tipo de humor o interacción humana. Algo de lo que Ram se dio cuenta, igual que Ebony, desde el primer momento en que se fijó en Axel.

En aquel momento, Ram comenzaba a ponerse de los nervios y estaba muy alterado, siendo empujado desde atrás por dos fuertes guardias de Legión. Tenía los brazos atados, con cuerdas algo más flojas sujetándole las piernas (para que pudiese caminar, pero no tuviese libertad total de movimiento).

Estaba desesperado. Lleno de miedo. En cierto momento pudo haber confiado en Ebony, cuando vivían en la ciudad, mucho antes de haber puesto un pie en la isla. Pero ahora, no conseguía procesar todos los datos que fluían en lo más recóndito de su mente. No podía comprender qué pintaba Ebony en todo aquello, y qué pudo haber sucedido cuando evacuó el barco *Jzhao Li*. Estaba claro que había establecido algún tipo de relación con aquel tipo, Blake, y que estaba intentando influir y manipularlo todo para su beneficio. Pero era incapaz de analizar a Axel. Y de saber hacia dónde se dirigían.

Un escalofrío involuntario de puro terror se deslizó por la columna de Ram a medida que calculaba las posibles opciones. Era como si estuviese de camino a su muerte inminente con cada paso, mientras trataba de averiguar qué le aguardaba.

De repente, Ram cayó al suelo de forma dramática.

—¡No puedo seguir! ¡Me ha dado un tirón!

—Claro que sí —dijo Axel, forzando a Ram a volverse a poner de pie—. Y te pondrás mucho peor si no sigues moviéndote.

Ram se agarró el pecho, soltó un gruñido lamentoso y se desplomó hacia el suelo. Los guardias intercambiaron miradas de confusión. Ebony estaba desconcertada, al igual que Axel, y el grupo se detuvo para observar a Ram, que se retorcía de dolor.

—¿Estás bien, Ram? Tío, parece que te estés muriendo —preguntó Ebony.

—Y no le seré útil a nadie si no llego con vida —contestó Ram entre profundos jadeos, esforzándose por recuperar el aliento.

—A nosotros nos vales tanto vivo como muerto —dijo Axel fríamente, señalándole a Ram a dos guardias—. Levantadlo, lo arrastraremos si es necesario. No quiero perder el tiempo.

Ram dio un salto y se puso de pie de inmediato, completamente espantado, y Ebony retrocedió, completamente asombrada.

—Yo… esto… Era un poco de flato.

Soltó un gran eructo, como para justificar su problema ficticio. Se veía cierta diversión en los ojos de Ebony, pero Axel gritó furioso.

—No juegues conmigo, Ram, ¡o te arrepentirás! Me contaron que antes ibas en silla de ruedas. Puedo volver a sentarte en una rápidamente. El Colectivo quiere hacerse contigo, pero no dijeron que debías estar de una pieza.

—Nadie le pondrá un dedo encima, ¿entendido? —le desafió Ebony, a quien no le gustaba el comportamiento proactivo e independiente de Axel.

—Gracias, Ebony. Sabía que te importaba —Ram sonrió de forma zalamera.

—Utilizaremos la fuerza física con él solo cuando lo diga yo —clarificó Ebony, dejando blanco a Ram ante la idea—. Así que sigue caminando, Ram. Mientras aún puedas.

—No puedo. Esta vez no es broma. Debo parar. Hace horas que no bebo nada, y este calor me está matando… ¡por no hablar de la compañía!

Ram se golpeó en la cara para apartar a unos cuantos insectos, aunque estaba claro que se refería más a lo incómodo que se sentía estando junto a Ebony, Axel y el resto de miembros de Legión, más que a estar en la calurosa selva.

—¿Qué sugieres, Ram?, ¿que carguemos contigo? En realidad, quizás no sea mala idea. Para asegurarnos de no perder el tiempo —dijo Ebony, que le echó un vistazo a Axel y señaló a los guardias, quienes levantaron a Ram para poder seguir su camino.

Ram lanzó un lamento lleno de frustración e impotencia, al darse cuenta de que Ebony parecía ostentar algo de poder, después de todo.

—¡No lo entiendes, Ebony! Eres como una mosca… ¡caminando directa a la trampa de la araña! Este es un viaje solo de ida hacia el Colectivo. O, más bien, ¡hacia el infierno!

Ram decidió que, quizás, sus probabilidades de sobrevivir aumentarían si intentaba ganarse a Ebony, usando todo lo que estuviese en su arsenal de trucos para ralentizar su avance a través de la selva.

Pero ella no estaba convencida. Debía mostrarles a Axel y a los demás que estaba al mando. Impresionarlos con su falta de piedad. Pese a la aparente indiferencia de Axel, sospechaba que en realidad Ram era un premio valioso. Y que no le pasaría nada. De otro modo, ¿por qué se molestarían en transportarlo? No tenía ni idea de por qué Ram era importante, claro, pero había decidido hacía mucho que haría lo posible por conseguir su parte del pastel, y por ser la única que obtuviese el reconocimiento de haberlo capturado.

En esos momentos, sentía que era la mejor opción que tenía. Sí, Ram y Ebony tenían historia. Después de todo, estuvieron casados. Pero eso fue hace mucho tiempo. Si Ram debía perder su libertad, era un precio que valía la pena pagar.

En el mundo posterior a los adultos, Ebony tenía claro que, fuese cual fuese el precio,… ella iba a sobrevivir.

* * *

El espeso follaje de la selva se despejó gradualmente, pues Axel había guiado al grupo por fin a un claro.

Habían llegado a una pista en deterioro, asfaltada en medio de la selva. Tenía unos cuantos cientos de metros, la malla metálica hacía lo posible por mantener a raya los árboles y arbustos que crecían de forma insaciable, con las ramas sobresaliendo entre las verjas, a ambos lados de la larga pista de aterrizaje.

—¿Qué es este lugar? —preguntó Ebony, maravillada al ver un vestigio inesperado del tiempo de los adultos, como si se tratase de una pequeña isla de asfalto que rodeaba un mar de selva.

—Hemos venido a por ruedas —respondió Axel bruscamente, dirigiendo al grupo a lo largo de la desgastada pista, repleta de baches y en estado de completo desuso. El deterioro del asfalto daba muestras de que llevaba abandonada mucho tiempo, incluso desde antes de desaparecer los adultos.

—No puedo esperar —dijo Ebony, sorprendida por el comentario de Axel de que por allí encontrarían "ruedas".

Él los guio a un cobertizo que formaba parte de un almacén. Tras sacar un cortaalambres de la mochila, Axel procedió a romper el candado de una de las puertas del cobertizo.

—Ábrete, sésamo —dijo Ebony lentamente, fingiendo una sonrisa para Axel, que la miró con frialdad antes de lanzar, de repente, una potente patada que derribó la chirriante puerta hacia dentro.

Allí dentro había una ambulancia. Un vehículo de camuflaje militar con los símbolos de las Naciones Unidas. Moderno, de los últimos días de los adultos. Y Ebony recordó su breve tiempo a bordo del barco de las Naciones Unidas, el *Jzhao Li*, preguntándose si estaría todo relacionado. El sonido de un zumbido eléctrico la sacó de su ensoñación. La ambulancia estaba conectada a un generador en el interior del cobertizo. Era obvio que se trataba de un vehículo de estilo híbrido y que alguien lo había dejado cargando. Ebony sentía curiosidad por saber si pertenecía a la tribu de Blake, o si lo habían dejado allí los adultos.

—¿Qué hace esto aquí? —se preguntó Ebony.

—¿Tú qué crees? Nos llevará hasta la siguiente fase de nuestra misión —respondió Axel con indiferencia mientras abría la puerta del conductor y observando durante un instante el nivel de batería en el monitor, que indicaba que el vehículo tenía un 70% de carga.

A Ebony no le gustó cómo había sonado aquello, y se sintió vulnerable, sin tener ni idea de qué tipo de misión habían emprendido. Había llegado el momento de cambiar de estrategia.

—Esta "misión"… —indagó Ebony cuidadosamente—. Estarías haciéndote un gran favor, Axel, si dejas que trabajemos juntos.

—Eso parece una amenaza —respondió Axel con desdén.

—Es una promesa.

Axel se giró y se acercó lentamente a Ebony. Ambos se tantearon con la mirada.

Ram contempló a los guardias, que parecían intranquilos, pero eso no era nada en comparación con el miedo que comenzaba a sentir él mismo. Ebony siempre los había tenido bien puestos, pero Ram se preguntaba si quizás aquello le venía grande. Axel no parecía el tipo de persona al que nadie en su sano juicio querría traicionar. Pero, desde luego, Ebony estaba lanzada.

—¡No me faltes al respeto! ¿Acaso olvidas quién soy? Yo era el brazo derecho de Blake. ¡Yo era su mujer!

—Puede que no fueses tan importante como tú creías —respondió Axel, desafiante.

Ebony se acercó un poco más a Axel.

—¡Blake me respaldaba!

—Blake tenía estándares muy estrictos —replicó Axel—. Todos fuimos seleccionados específicamente. Y tú no eras especial. Tu misión fracasó, y por tu culpa no estuvimos junto a Blake… En cuanto a que él te "respaldase", estoy seguro de que él sabía exactamente lo que tú eras: una Loco —Axel escupió aquella palabra de forma condescendiente—. Una vez se hubiese cansado de utilizarte a tu antojo, ¡te habría vendido a buen precio!

—¡Eso es mentira! —rugió Ebony—. Blake y yo teníamos algo que tú nunca entenderás. ¿O acaso se trata de eso? ¿Estás celoso? ¿Querías lo mismo que yo tenía, Axel? ¿Crees que Blake no te daba todo lo que deseabas de él?

—Quizás sea buena idea dejarlo ahí, Ebony —rogó Ram, notando que Ebony estaba yendo demasiado lejos y cavándose un agujero.

—¡Que alguien lo haga callar! —ordenó Axel—. ¡Buscad algo lo suficientemente grande para cerrarle esa enorme boca suya!

—¡No le escuchéis, quedaos quietos! —vociferó Ebony a los guardias.

—Aquí solo hay una persona que de las órdenes —dijo Axel, muy seco.

—Sí… ¡Yo! —interrumpió Ebony.

—¡Eso ya lo veremos! —gruñó Axel—. ¡Arrestadla! ¡Y atadla!

—¡Y una mierda! —contraordenó Ebony—. ¡Arrestadlo a él!

Los guardias se quedaron quietos por un momento, preguntándose qué camino tomar, su lealtad puesta a prueba. Todos eran conscientes de que aquel era un momento crucial.

Ram, con los ojos frenéticos de un lado a otro, vio una oportunidad y salió corriendo hacia la valla metálica que bordeaba la pista de aterrizaje.

Los dos guardias más cercanos se lanzaron a perseguirlo, alcanzándolo rápidamente, pues Ram estaba limitado por las ataduras que tenía alrededor de las piernas.

—Os he dado una orden… ¡Arrestad a Axel! —insistió Ebony a los guardias que quedaban, preocupada por que estuviese perdiéndolos. ¿Seguirían obedeciéndola, respetando su autoridad?

Ebony obtuvo su respuesta cuando el resto de guardias de Legión se abalanzaron rápidamente sobre ella. Estaba claro que eran fieles a Axel.

Atacando como una tigresa acorralada, Ebony le dio una patada a uno de ellos en la entrepierna y un codazo a otro en la mandíbula, pero fue sobrepasada por los guerreros bien entrenados de Legión, que la sujetaron.

Ram también había sido capturado, y lo arrastraron a la fuerza por toda la pista, de vuelta hacia Axel.

—Lo sabemos todo sobre ti, Ebony —alardeó Axel, amenazante—. La reina de los Locos. La que fuera líder de toda una ciudad. ¿Me pregunto a cuánto ascenderá tu valor?

—Mucho más de lo que tú valdrás nunca —soltó Ebony, para luego escupirle con desprecio a Axel en la cara.

Axel se limpió el escupitajo con la manga.

—Te arrepentirás de esto. ¡Metedlos en la parte de atrás!

Victorioso, Axel observó cómo lanzaban a sus prisioneros al interior del vehículo.

Las puertas de la ambulancia se cerraron de golpe. A Ebony le dio la sensación de que estaban sellando su destino y el de Ram. Pero algo de lo que no pudo evitar darse cuenta fue de que, quizás, el equilibrio de poder estaba cambiando. Puede que Axel hubiese ganado la batalla, pero no la guerra. Podría haberle hecho daño, al igual que a Ram. Y pese a que seguía inquieta por qué podía aguardarles a medida que la ambulancia comenzaba a avanzar, Ebony comenzaba a considerar que ella, como Ram, quizás tenía más valor si seguía con vida.

CAPÍTULO TRES

Amber se sentía atrapada entre un sueño y una pesadilla. Aún le era difícil conciliar que Bray hubiese regresado milagrosamente a su vida, y necesitaba tiempo para considerar el impacto que aquello había tenido sobre Jay. Y también para saber qué dirección tomaría todo.

Además, había que tener en cuenta la seguridad de todos los demás Mall Rats, así como la del resto de personas que habían entrado en su círculo recientemente. Todos seguían preocupados por qué podría haberle pasado a Ram, y estaban decididos a localizarlo y a descubrir qué pintaba Ebony en todo ello. Por las experiencias que Bray les había contado acerca de Eloise y los Zootistas, necesitaban conseguir más información sobre el peligro que podía manifestarse en cualquier momento. Sin embargo, la prioridad ahora mismo era intentar descubrir algunos de los complejos misterios que rodeaban a la Base Aérea Arthurs.

El grupo había llegado finalmente, tras realizar el largo camino hasta la base a pie, con el cuerpo dolorido y cansado pero la mente acelerada, pensando en todo lo que aquella zona pudo haber sido antes de la desaparición de los adultos. ¿Se trataba de una especie de centro de evacuación conectado con las Naciones Unidas? ¿O había secretos más siniestros que pronto descubrirían?

Emma los había guiado, recordando que había una carretera principal que pasaba por mitad de la selva, construida antaño por los adultos para que los vehículos pudiesen acceder a otras partes de la isla.

Era la misma carretera por la que Jay y Ram habían transitado solamente unas semanas atrás, cuando Ram reveló la existencia del Colectivo.

El grupo de exploración de los Mall Rats había descansado al lado de la carretera, usando algunos de los vehículos abandonados en tiempos de los adultos para dormir, como protección temporal contra el frío de la noche. Era una sensación extraña, pues la carretera estaba llena de turismos y camiones olvidados, muchos de ellos de tipo militar, ornamentados con símbolos de las Naciones Unidas.

Amber no había podido dormir mucho. Además de darle vueltas a su complicada situación con Bray y Jay, se preguntaba cómo debieron sentirse los adultos en la isla cuando el virus comenzó a campar a sus anchas, sumergiendo al mundo y las vidas de miles de millones en un abismo.

La mañana que los Mall Rats habían retomado su camino, Emma los guio a lo largo de la carretera, hacia un desvío que los llevó hasta donde se encontraban en esos momentos: la Base Aérea Arthurs.

Era una vista increíble, con sus muchas pistas de asfalto y enormes edificios de muchas plantas. Amber sentía que debía haber algo más allí que diese sentido a la base. Y estaba decidida, como lo estaban los demás, a arrojar algo de luz sobre misterio.

En la distancia se encontraba el parque de atracciones que los adultos habían llevado allí, seguramente para dar algún tipo de recreo a los niños evacuados (como Emma y sus hermanos pequeños).

Por lo que había contado Bray de cómo Emma perdió la vista, la luz cegadora de la explosión sonaba como a una detonación termonuclear. Y el vasto páramo cercano, desprovisto de cualquier tipo de plantas, animales o insectos, que Bray había atravesado desde la región montañosa donde había estado cautivo hasta la propia base, también parecía resaltar que algo funesto había sucedido.

Sucediese lo que sucediese, el resultado había sido que, quienes estuvieran ocupando la base, rápidamente abandonaron toda la zona. Y Amber se preguntaba si se debía solamente al virus.

Todo parecía estar congelado en el tiempo. Amber podía imaginárselo todo en su cabeza: visualizando la base en sus días de gloria, lo que debió haber sido un batiburrillo de actividad frenética con miles de habitantes, niños y adultos, viviendo allí.

Pero ahora estaba extrañamente tranquilo, desolado. Desierto. La naturaleza había comenzado a reclamar la base, con malas hierbas creciendo a su alrededor. La selva avanzaba. Las gigantes máquinas de construcción permanecían quietas, como si fuesen una especie de dinosaurios mecánicos, restos de una época antigua. Una tranquilidad inquietante inundaba el aire. Aparte del sonido de un viento suave y del canto esporádico de pájaros e insectos, los únicos habitantes que parecían quedar allí.

—No parece que haya nadie por aquí —comentó Jack, rompiendo el silencio que había caído sobre el grupo mientras asimilaban lo que tenían delante—. Creo que estamos solos.

—Eso no lo sabemos con seguridad —dijo Bray, mirando a su alrededor en busca de señales de actividad.

Habían esperado encontrar algún rastro de Ram, que quizás hubiese conseguido escapar de sus secuestradores y hubiese llegado a la base. Sin embargo, hasta el momento no existía nada más que el misterio continuado de su desaparición.

—Bueno, si el Colectivo estuviese aquí, supongo que ya se nos habrían echado encima —recalcó Jay, mirando a su alrededor—. Creo que Jack tiene razón, estamos solos.

—Esperemos que así sea. Vamos a comprobarlo —dijo Amber, hablando por todos. La idea de encontrarse con el Colectivo era incómoda, con la imagen amenazante que Ram les había pintado de ellos, y los posibles peligros que podían presentar.

Emma comenzó a temblar, pero no era a causa del viento que comenzaba a azotar.

—¿Estás bien? —preguntó Bray, que notó su intranquilidad y la agarró de la mano una vez más, para ofrecerle su apoyo.

—Lo cierto es que no —dijo Emma, luchando por mantener la compostura, rota por las emociones que estaba sintiendo—. Es que, nosotros somos los únicos que hemos conseguido volver.

Señaló a su hermano y hermana pequeños, abrazados a sus piernas.

—Es decir… Somos los únicos que quedamos, los últimos de las Cucarachas. Estaba pensando en todos los que no volvieron a casa.

—Bueno, ahora eres una de nosotros, Emma —la reconfortó Amber—. Ya no estáis solos.

Amber le dio un abrazo de ánimo a Emma, que contuvo las lágrimas, agradecida.

—Haremos todo lo posible por averiguar qué les pasó a tus amigos —prometió Jay.

—Pues empecemos ya —sugirió Bray—. Tenemos mucho que explorar.

Las Cucarachas estuvieron formadas inicialmente por los niños evacuados que quedaron en la Base Aérea Arthurs, pero la pequeña tribu se había dispersado, u otras tribus de la zona los habían tomado como esclavos (sobre todo los Caídos, que trabajaban para Legión como tratantes de esclavos). Y Emma se preguntaba si algún día volvería a ver a los miembros de su tribu.

Guio al grupo hacia la zona central que conectaba cada sección de la base. Lo que una vez fue una zona ajardinada y muy bien cuidada, contenía ahora bancos de madera en deterioro, malas hierbas y plantas emergiendo entre los adoquines rotos y desiguales del suelo.

El plan era pasar la noche en la base y ver qué se les ocurría, antes de pensar en el siguiente paso. Bray seguía convencido en seguir hacia el norte, donde creía que Eloise lo esperaba, para enfrentarse a su pasado.

Emma recordaba gran parte de la base por el tiempo que pasó allí antes de perder la vista. Lentamente, había aprendido a confiar en sus otros sentidos para moverse y conocía bien dónde estaba todo tras haber vivido allí junto a sus hermanos pequeños.

—A la izquierda deberían estar la oficina principal y el edificio de administración —dijo Emma, señalando un gran edificio—. A nuestra derecha, el hospital y centro de salud. Y justo delante deberíamos tener los cuartos de alojamiento.

Había acertado en todo.

—Ya he estado antes en ellos. Pero, por supuesto, quizás vosotros encontréis, o "veáis", cosas que yo no puedo.

Había un matiz de lamento en el tono de su voz.

—¿Qué opinas tú, Emma? —se preguntó Bray—. ¿Dónde deberíamos buscar primero?

—Hagáis lo que hagáis, no os acerquéis a los niveles inferiores del hospital —interrumpió Tiffany.

—¿Por qué? —indagó Amber.

—Nunca bajábamos allí —explicó Emma—. Teníamos prohibido el paso en tiempos de los adultos. El resto de Cucarachas creían que estaba maldito. Embrujado. Se decía que era allí donde los adultos realizaban cierto tipo de investigaciones. Hubo rumores de un laboratorio… Con ordenadores grandes y extraños.

—¿Alguien ha dicho "ordenadores"? —Jack se animó ante la posibilidad de encontrar una de sus cosas favoritas.

—Nunca hay suficientes ordenadores para Jack —le explicó Ellie a Emma, intentando animar el ambiente—. A veces, creo que me prestaría más atención si yo estuviese hecha de tecnología. "SOY ELLIE" —comenzó a decir de manera juguetona, con una exagerada voz computarizada, moviendo los brazos como un robot—. "AMO A JACK. AMO A JACK".

Jack sonrió afectuosamente.

—Pues me parece *muy* sexy —bromeó.

Emma sonrió. Era la primera señal de felicidad que veían en su rostro desde que habían llegado a la base.

Amber echó un vistazo rápido a Jay y Bray pero, antes de volver a meterse en sus cavilaciones personales, coincidió con los demás en que la prioridad era separarse en grupos para acelerar la exploración de la gigantesca base.

Jack y Ellie se ofrecieron voluntarios para ir al bloque del hospital, intrigados por el comentario de Emma de que quizás había un laboratorio y ordenadores allí.

Emma se quedaría atrás con Darryl, Tiffany y Shannon en la zona ajardinada central.

Jay se ofreció a investigar la oficina y bloque administrativo.

—Amber, ¿quieres venir conmigo? —le preguntó Jay.

—Quizás me quede con Emma de momento. Es decir, si no te importa.

—Claro que no. Me gustaría —respondió Emma.

—Yo iré contigo, Jay —ronroneó una coqueta Gel.

—Me vendría bien la ayuda —respondió Jay.

—Tened todos cuidado —alertó Bray, que comenzó a dirigirse al bloque de alojamientos a medida que el grupo se dispersaba.

Prefería ir solo a explorar el edificio, pues sentía que trabajaba mejor investigando por su parte, habiendo realizado la misma labor muchas veces en la ciudad que una vez fue su hogar. Además, quería revisar la zona donde lo habían retenido cuando llegó a la Base Aérea Arthurs, durante su encarcelamiento a manos de Emma, Tiffany y Shannon.

A la primera señal de problemas, ante cualquier indicio de peligro, el grupo había acordado regresar a la zona ajardinada central donde esperaban Emma, Amber, Tiffany, Shannon y Darryl.

Darryl recogió un largo trozo de madera de uno de los bancos rotos que había cerca, y comenzó a blandirlo en el aire como arma, practicando movimientos de artes marciales. Por si acaso hubiese posibles enemigos ahí fuera.

Amber se quedó observando a los demás mientras se alejaban.

Jay iba en una dirección, y Bray en la opuesta.

Era algo casi simbólico, sintió. Una metáfora sobre el conflicto que sentía en su corazón.

Amber esperaba que todos regresasen pronto de explorar. Que estuviesen a salvo. Y que pudiesen descubrir algo que les ayudase a comprender mejor los misterios y secretos que guardaba la isla.

Por lo que sabían, sin importan cuán tranquila pareciese estar la base, Amber estaba preocupada de que hubiese fuerzas del Colectivo cerca. ¿Habían caminado directos, sin saberlo, hacia la boca del lobo?

Quizás debieron quedarse atrás junto a Lex y el resto de Mall Rats, en la aldea.

Agarrada a la mano de Emma, Amber esperaba que no hubiesen cometido un terrible error.

* * *

La puerta se abrió de repente, tambaleándose hacia delante y atrás sobre sus bisagras, al embestir Jay hacia el interior con su hombro, seguido de Gel.

—¿No puedes usar el pomo, como la gente normal? —preguntó Gel.

Estaba inquieta. Los dos avanzaban a lo largo del complejo administrativo, y Gel se imaginaba todo tipo de amenazas terroríficas acechando detrás de cada esquina.

—Estaba atascada —explicó Jay con calma, mientras estudiaba el contenido de la última habitación que habían encontrado.

—Bueno, ¡pues intenta no hacer tanto ruido! ¿Qué pasa si hay más gente en el edificio?

—Sabrían que estamos aquí por el ruido de tus zapatos —contestó Jay—. ¿Por qué no te los quitas?

Gel seguía llevando sus incómodos zapatos de plataforma, unos tacones muy a la moda que habían costado una pequeña fortuna en el viejo mundo de los adultos. Avanzando por las oficinas, de habitación en habitación, planta en planta, el traqueteo de los tacones de Gel (así como sus quejas por unos tobillos doloridos) se había escuchado bien alto a través de los pasillos vacíos.

—Son mis zapatos de la suerte. Y solo hay una forma de que me convenzas para quitármelos…

—¿Y de qué se trata?

—Ya lo sabes… Encontremos un sitio para descansar. Y te lo enseñaré —dijo Gel poniendo morritos, sonriendo de forma pícara y seductora.

Jay no pudo evitar sonreír ante las excentricidades de Gel, queriendo intentarlo con él justo en aquel momento.

—Tenemos cosas importantes que hacer —dijo Jay, cambiando de tema—. Pero gracias, de todos modos. Además, yo ya estoy pillado.

—Eso recuérdaselo a Amber.

El inocente comentario de Gel golpeó a Jay como una alabarda en el estómago, pero resolvió centrarse en la tarea que les ocupaba, y los dos comenzaron a rebuscar dentro de unos archivadores, abriendo los cajones de los escritorios, revolviendo pilas de papeles, archivos, carpetas y restos del mundo de los adultos, como ya habían hecho en muchas otras plantas del edificio.

—Nunca debimos habernos separado de los demás —dijo Gel, que ya había tenido suficiente con aquella experiencia—. Estamos perdiendo el tiempo. ¿De verdad crees que vamos a encontrar a Ram escondido bajo un escritorio?, ¿o que habrá alguna pista dentro de un cajón?

—Nunca se sabe.

Gel abrió un armario archivador y soltó un grito ensordecedor.

Con aspecto de estar a punto de vomitar, Gel agitaba los brazos frenéticamente, casi como intentando borrar de su mente la imagen de lo que acababa de ver.

—¡¿Qué pasa?!

Jay se acercó corriendo y vio el motivo de la repulsa de Gel: un nido de ratas que corría por el interior del armario, lleno hasta arriba de papeles hechos trizas, viejos envoltorios de golosinas y sobras de comida, que los roedores habían llevado hasta allí desde alguna parte.

—¡Pero qué asco! Cuanto antes salgamos de aquí, mejor.

—¿Sigues pensando que esos tacones te traen suerte?

Gel se quitó los zapatos y los tiró dentro de aquel armario infestado.

—Pueden ponérselos las ratas, por lo que a mí respecta.

Siguieron su búsqueda, subiendo una planta cada vez.

—¡Estoy hambrienta! —se quejó Gel poco después—. Y no quiero tener que volver a ver más escaleras —se frotó los pies para enfatizar su opinión.

—Solo faltan un par de habitaciones, diría yo.

Jay se acercó a la pared de la oficina en la que estaban como traspuesto, estudiando un enorme mapa que había colgado, cuyos bordes de papel se estaban doblando, descolorido por el intenso sol que llegaba a través de las ventanas rotas.

Era un mapa de la isla.

—Aquí es donde estamos ahora mismo —murmuró Jay, apuntando con el dedo al sur de la isla, donde la Base Aérea Arthurs estaba claramente indicada.

Siguiendo la carretera hacia arriba y moviendo el dedo por el mapa, Jay encontró una región al norte. Había símbolos de varios edificios agrupados en las curvas de las montañas en el mapa. También gráficos que resaltaban que eran datos de código A: información clasificada. Parecía ser otra especie de base, y Jay consiguió leer apenas el nombre sobre el descolorido mapa.

—Proyecto Edén… Me pregunto de qué se tratará.

—¿Qué son esas cosas? —preguntó Gel al acercarse ella también para ver el mapa de cerca.

—Barcos.

—Eso ya lo sé, tonto. Quiero decir, ¿qué pintan todos esos barcos ahí? Y no digas que están navegando.

Jay no pudo evitar sonreír, y siguió estudiando el mapa.

Lejos de la costa, había varios barcos representados por símbolos, que comprendían toda una flota en el mar. Una línea de guiones a lápiz indicaba su curso, que los llevaba hasta la parte norte de la isla, donde el tal "Proyecto Edén" estaba localizado.

—Así que era allí hacia donde se dirigía. Debió apartarse mucho de su rumbo —razonó Jay.

—¿Hacia dónde se dirigía quién?

Jay señaló el nombre de un barco en particular, indicado en el mapa. Era un barco con el que todos estaban familiarizados, un carguero de las Naciones Unidas: el *Jzhao Li*.

* * *

Mientras investigaba el bloque de alojamiento, Bray se encontraba dando un paso atrás hacia su pasado, al volver a la Base Aérea Arthurs.

Recordó el fatídico día en que, junto a Emma, Tiffany y Shannon, fue tomado prisionero por los Caídos, una banda pequeña pero despiadada que había aterrorizado a Emma y a sus hermanos, antes de ser entregados como esclavos a Blake en su plataforma petrolífera. Todo aquello terminó, finalmente, por llevar a Bray a una inesperada y emotiva reunión con Amber y el resto de los Mall Rats.

¿Qué les sucedería a todos ellos ahora, se preguntaba Bray?

Creía que los Caídos ya no representaban una amenaza, pues la Sacerdotisa les había dicho en la aldea que la tribu parecía haberse disuelto, a causa de luchas internas, tras perder a sus antiguos promotores, Blake y su tribu, Legión.

Bray sabía que los Mall Rats deberían estar en guardia por si sus caminos volvían a cruzarse con Belle, la líder de los Caídos, o con sus antiguos y trastornados seguidores. Aunque ya no fuesen una tribu, los antiguos miembros de los Caídos seguían siendo, sin duda, individuos peligrosos.

Pero Bray sentía que había una amenaza mayor para la supervivencia de todos y la paz en la isla. Y se llamaba Eloise.

Tan cruel y vengativa como hermosa, había dejado el alma de Bray llena de heridas. Arrastraría esas cicatrices emocionales durante un tiempo, dado el tormento provocado por Eloise, que le duraba mucho más que las heridas físicas que había sufrido a manos de ella, las cuales comenzaban ya a sanar.

Sujeto a muchos experimentos inquietantes, habían enganchado a Bray a máquinas de realidad virtual abandonadas por los adultos. Eloise buscaba retorcer sus sentimientos, su propia esencia, y usarlo como ídolo vivo, como enlace de su hermano, al que ella falsamente reverenciaba como un dios para sus propios fines manipuladores.

Eloise había intentado, incluso, concebir un hijo con Bray, pues deseaba portar sus genes (e, indirectamente, los de su hermano) hacia una nueva generación teniendo un hijo con él, sin duda interesada en utilizar al niño como elemento unificador para los devotos de Zoot, con Eloise posicionándose como "Madre Divina", a ser loada y obedecida.

Eloise no consiguió que Bray le diese el hijo que ansiaba de él. Él nunca traicionaría a sus principios, o su compromiso con Amber.

Absorto en sus pensamientos, Bray casi no se dio cuenta del grafiti que había visible en los pasillos. Figuras de palo con caras alegres y grandes sonrisas, pintadas en las paredes, que representaban a algunas de las personas que vivían antes allí.

Eran las Cucarachas. La antigua tribu de Emma.

Sin darse cuenta, Bray había pasado a la zona de alojamiento en la que las propias Cucarachas habían residido.

Bray estudió las imágenes de las paredes, algunas dibujadas por lo que debieron ser, en aquel momento, manitas muy jóvenes e infantiles.

Bray descubrió un dibujo caricaturesco de cera de una chica con pelo largo, pecas y amplia sonrisa. Había un nombre escrito a mano junto a ella. Bray reconoció que era Emma. Una representación de cuando era más joven, en un tiempo más feliz. Quizás lo habrían dibujado Tiffany o Shannon, reflexionó Bray. Estaba rodeada de amigos, los otros miembros de las Cucarachas.

Ahora solo quedaban Emma, su hermano y su hermana, como sabía Bray. Podía entender qué se sentía al perder a sus seres queridos, pues Bray había llorado la pérdida de su hermano, Zoot. Y, antes de eso, de toda su familia adulta, quienes cayeron víctimas del virus.

Emma era un alma dulce y sensible. Bray se sentía muy protector con ella. Le gustaba de verdad, y se preocupaba por ella.

Pero, ¿qué pasaba con Amber?, se preguntó Bray. La chica a la que una vez le diera las llaves de su corazón.

Subiendo rápidamente las escaleras, la mente de Bray iba a toda prisa, pensando en el compromiso en que se encontraban ella, Jay y él mismo.

Amber era la visión que le había ayudado a seguir cuando hubo perdido toda otra esperanza. El objetivo de volver a verla y reavivar su relación amorosa era lo único que le impedía rendirse ante las carencias impuestas por Eloise.

Bray nunca contó con que Amber encontrase otro amor. Al principio, se quedó sorprendido al saber de su relación con Jay. No podía culparla. Ella creía que Bray nunca volvería. Que se había ido para siempre, tras la invasión de los Tecnos.

No había nada que Bray desease más que reavivar su amor con Amber, volver a empezar desde donde lo habían dejado.

Sin embargo, no todos los deseos se hacían realidad. Bray entendía que los tiempos habían cambiado. Amber se enfrentaba a una decisión horrible y difícil. Y, durante el poco tiempo que habían pasado juntos, Bray había llegado a respetar el carácter y cualidades de Jay, por mucho que ambos estuviesen enfrentados por el afecto de Amber.

Al fin y al cabo, Bray creía que era Amber quien debía elegir su propio destino. Pero esperaba y deseaba con todo su corazón que él pudiese formar parte de su futuro, y que pudiesen criar juntos a su hijo.

Al llegar a la planta superior del bloque de alojamiento, Bray salió por una puerta y se encontró en el exterior, en un helipuerto.

Ya no había más donde mirar, había terminado sin encontrar más información sobre el Colectivo o sobre Ram. Solamente había descubierto los restos emocionales del pasado de Emma.

El viento que soplaba en su cabello le recordó a cuando, mucho tiempo antes, Bray acostumbraba a subir a lo alto de los rascacielos de su ciudad, encontrando paz en su soledad y consuelo lejos del caos y la locura que tenían lugar debajo.

Al encontrarse tan arriba, Bray tenía en esos momentos una vista perfecta del infernal páramo más allá de la base.

Había una valla con alambre de espino entrecruzada en ambas direcciones hasta donde le alcanzaba la vista.

Bray contempló más allá de la valla, el desértico entorno, hostil y sin vida, que acechaba en la distancia. Una vez había pasado por allí, encontrando accidentalmente la base que lo puso en contacto con Emma y sus hermanos.

En algún lugar, al otro lado de aquel páramo, estaba Eloise.

Bray juró que sus caminos volverían a cruzarse.

Mirando hacia el firmamento, con escasas nubes mecidas por el poderoso viento a través del cielo azul, Bray pudo sentir una conexión espiritual con su propio pasado, una afinidad con los seres queridos que ya no estaban, pero que no olvidaba. Con sus padres. El resto de miembros de su familia. Y su hermano, Martin.

Por ellos, por Amber, por su hijo, por Emma, por los Mall Rats y todos los que le importaban (y por todo lo que era correcto), Bray se prometió que, de algún modo, pondría fin al reino de terror que tenía lugar al norte, más allá del páramo.

Encontraría una forma de detener a Eloise.

* * *

—No eres claustrofóbica, ¿verdad, Ellie? —se preguntó Jack en voz alta, sintiéndose atrapado.

—Antes no lo era, pero quizás después de esto sí.

—Deberíamos llegar al final pronto. Espero…

Era como si se estuviesen adentrando en las entrañas de la propia tierra. Las oscuras profundidades resultaban poco acogedoras, a medida que Jack y Ellie descendían cada tramo de la escalera.

—Ya veo por qué Tiffany dijo que se llamaban los "niveles inferiores" —bromeó Ellie para intentar aclarar el ambiente, aunque no pudiesen aclarar sus alrededores.

Habían entrado al hospital y bloque médico, y se preguntaron si utilizar los ascensores del edificio sería una opción para llevarlos a donde Emma creía que había un "laboratorio" con ordenadores o equipos a los que pudiese valer la pena echar un vistazo.

Sin embargo, no había luz en el edificio. Los ascensores no estaban activos, pese a que Jack presionó frenéticamente todos los botones en un esfuerzo infructífero por hacerlos funcionar.

Al final, descubrieron la escalera de incendios gracias a Ellie, lo que les permitió bajar hacia las plantas bajo tierra del edificio.

Se estaban guiando a través de la sombría oscuridad con linternas que habían encontrado en el almacén de mantenimiento, el cual estaba también lleno de bombillas (que, irónicamente, eran ahora inútiles, pues no había corriente eléctrica).

—¿Cuánto tiempo crees que durarán las pilas? —preguntó Ellie, que se pasó la luz de la linterna por la mano.

—Espero que suficiente. No quiero quedarme aquí atrapado.

Jack estaba seguro de que habría una caja de fusibles o interruptores en alguna parte, conectados a un generador eléctrico.

Al llegar al final de la escalera, y sintiéndose como un conejo o topo bajo tierra, la linterna de Jack iluminó una puerta en la oscuridad.

—Me pregunto qué habrá ahí dentro —dijo Ellie.

—Solo hay una forma de averiguarlo. ˙Vamos allá —respondió Jack, nervioso, mientras abría la puerta.

Los dos entraron en una habitación completamente oscura, fría y húmeda.

—Qué raro. ¿Oyes lo mismo que yo? —preguntó Ellie.

Había un zumbido audible, casi como si hubiese varias neveras en la sala. Rarísimo, pensó Jack, dado que el resto del edificio no tenía corriente eléctrica.

—Debe tener su propio generador —razonó Jack, que pasó la linterna alrededor, atravesando la oscuridad con su luz—. Qué frío hace aquí —se estremeció Jack mientras seguían buscando.

—Igual encontramos helados —deseó una soñadora Ellie—. ¿Te imaginas? —llevaba lo que parecía una eternidad sin comer helado, uno de sus caprichos favoritos del pasado.

—Desde luego, está lo bastante frío —dijo Jack, buscando un cuadro de luz, un panel de fusibles, cualquier cosa con que encender la luz.

—Sé una forma de que mantengamos el calor —Ellie sonrió—. Es agradable estar solos, tú y yo.

—¡Algo me ha tocado la pierna! —gritó Jack, sobresaltado.

—He sido yo, tonto —susurró Ellie.

—Este no es un sitio muy romántico, Ellie —dijo Jack.

Sin embargo, al acercarse Ellie y envolverlo animadamente con un brazo, Jack se distrajo rápidamente de sus investigaciones.

—Qué suerte tener a un genio por novio. ¿Qué tal si encuentras una forma de encender la luz? Y luego quizás podamos descubrir lo romántico que es este sitio realmente.

—Trato hecho —dijo Jack con una amplia sonrisa.

Jack sintió que sus plegarias habían sido escuchadas unos minutos después, cuando por fin consiguió localizar una fila de interruptores en la caja de fusibles de la pared.

—Vamos allá, creo que con esto debería bastar —dijo Jack, emocionado por el descubrimiento—. Parece que vaya a encender las luces de Navidad en casa.

—¡Pues enciéndelas, a ver qué tenemos!

Al presionar los interruptores de la pared, uno a uno, unas gigantescas luces de emergencia cobraron vida en el techo, arrojando un luminoso brillo por toda la habitación. Jack y Ellie tardaron unos cuantos segundos en reaccionar y acomodar los ojos a la repentina claridad. Y se quedaron mirando, completamente asombrados.

La habitación en la que estaban era enorme y circular. A Jack le recordó al observatorio de la Montaña del Águila.

Pero, mientras que la Montaña del Águila contenía filas de ordenadores, esta habitación estaba llena de otra cosa, causante obvia del frío, la atmósfera húmeda y los zumbidos eléctricos.

—Son… ¿ataúdes? —susurró Ellie, apretando a Jack en un abrazo, aterrorizada por lo que habían descubierto.

Durante un instante, Jack no pudo emitir palabra alguna desde su boca seca, al intentar controlar su sensación creciente de incredulidad y tensión.

Finalmente pudo hablar, débilmente.

—No creo que sean… ataúdes. A mí me parecen cámaras de hibernación.

CAPÍTULO CUATRO

Lex se lo estaba pasando como nunca. No era solo que aprovechase el momento: lo estaba agarrando con ambas manos, apretándolo para sacárselo todo.

Como chico de ciudad, nunca le había apasionado realmente el campo, y nunca pudo entender cómo la que una vez fuese su pareja, Tai San, podía estar siempre hablando sobre la belleza del mundo natural y de la naturaleza. A Lex, todo eso le parecía un poco raro.

Pero ahora, se imaginaba a sí mismo como el rey de una isla, al estar viviendo en lo que le parecía un paraíso tropical.

Encargado de proteger al resto de Mall Rats que habían quedado atrás, Lex sentía que desempeñaba el papel más importante y que tenía, en la práctica, el único puesto de autoridad. Sin Amber, Bray o Jay para dar la tabarra, como solían hacer, era Lex el encargado, según le parecía, de llenar el vacío en el liderazgo durante su ausencia.

Pero no quería que fuese solamente cómo líder. Más bien como rey. Y, ahora mismo, necesitaba elegir a su reina, alguien a quien tener a su lado.

Se había cansado de Gel. Era dulce y lo bastante guapa, y se sentía atraída por la característica necesidad de proteger de Lex, pero también era un poco mema. Y Lex se había propuesto un desafío mayor.

La Sacerdotisa y Lia, ambas a su manera, cumplían todos los requisitos de Lex. Ambas tenían la belleza física que él deseaba, anhelaba, pero tenían también una fuerte personalidad. Y a él le parecía que podían darle pie a algo un poco más profundo, a lo que siempre le había dado la espalda con Tai San.

Consideraba que, quizás, podría incluso comenzar una relación con ambas, imaginándoselas a ambos lados. Aquella posibilidad lo dejó embelesado.

—¿Qué estás haciendo? —preguntó Lia al acercarse al corazón de la aldea de los nativos, donde se encontraba plantado Lex, mirando a la distancia ensimismado.

—Solo estaba… pensando.

—No. Me refiero más bien a… ¿qué llevas puesto?

Lia le echó una mirada de diversión, sorprendida por el aspecto de Lex. Sin camiseta, con el pecho desnudo, su figura tonificada a la vista y el pelo largo ondeando sobre los hombros. No llevaba puesto nada más que una falda de hierbas, como las que usaban los miembros varones de la tribu de los nativos.

Resultaba que Lex había ganado un juego en el que había escondido algunas piedras bajo cáscaras de coco, y había invitado a algunos de los guerreros a adivinar dónde se encontraban.

Fue la culminación posterior a un combate amistoso cuerpo a cuerpo que, parece ser, acabó en empate.

La experiencia había sido inusual para todos los involucrados, pues Lex y los guerreros no podían hablar la lengua del otro, y se apoyaban en gestos para comunicarse. Lex no podía negar que estos tíos no eran ningún paleto de campo (o paleto de isla, mejor dicho), sino que eran expertos guerreros con grandes habilidades de lucha. Durante su tiempo en las calles, Lex siempre había podido plantar cara a cualquiera. Y debía admitir que, durante el juego, los guerreros fueron oponentes muy dignos que lo empujaron hasta el límite.

Tras la pelea, Lex había hecho trampas, pues usó un juego de manos que había aprendido en la ciudad para escoger al ganador (que sería el mejor de tres en adivinar dónde estaban situadas las piedras bajo las cáscaras de coco), y el resultado fue que uno de los guerreros perdió la falda de hierbas que había apostado.

—¿Qué te parece? —preguntó Lex, marcando una pose mientras giraba como si fuese un modelo en una pasarela, seguro de que Lia quedaría impresionada con su empeño, y con su aspecto.

—Bueno,… no sé qué decir —fue la única respuesta de Lia. Intentó contener una risilla, sintiendo que Lex tenía un aspecto bastante ridículo. Pero también le resultó adorable su esfuerzo por integrarse. Y con sus marcados músculos bien visibles, sin duda un intento de mostrar el cuerpo en todo su potencial, Lia no pudo evitar sentirse atraída hacia ese personaje tan atractivo como pícaro al que estaba conociendo.

Lex se echó al suelo, junto a una pila de frutas que había recogido aquella mañana.

—He estado pensando que quizás, si me ayudas a traducir, pueda aprender más sobre la Sacerdotisa y su tribu, y ellos puedan aprender más sobre mis destrezas.

—Seguro que quedarían encantados —se burló Lia.

—Estoy seguro de que sí.

Le echó una mirada seductora a la Sacerdotisa, que emergía de su ornamentada cabaña en la aldea para afrontar el día y ocuparse de sus deberes como líder de su tribu, al tiempo que los aldeanos se encargaban de sus rutinas diarias.

Poco más y le quita el aliento a Lex, que estaba completamente cautivado por ella. Desearía poder entrar en esa cabaña y pasar la noche en su cama. Estaba seguro de que podía enseñarle un par de cosas, y ya fantaseaba con que ella le enseñase también un par de trucos a él.

—¿Tan hambriento estás, Lex? —preguntó Lia, que lo observó tomar un enorme bocado a una piña, cuyo jugo le chorreaba bruscamente por la barbilla.

—Famélico —contestó Lex, mientras le miraba de reojo las piernas desnudas, que parecían no tener fin, entre el corte de su larga falda.

—¿Siempre eres tan desastre comiendo?

—No siempre. Vamos —le dio un golpecito al suelo junto a él—. Siéntate.

—¿Por qué no? —coincidió Lia.

—Me encantaría ser como tú, Lia —dijo Lex entre bocado y bocado de fruta.

—¿Eh? Mientras no me digas que ahora quieres comenzar a vestirte como yo… —Lia señaló la falda de lino que se había tejido, similar a las que llevaban las mujeres de la tribu de los nativos.

—No puedo decir que no me haya fijado. Estás preciosa. De verdad. Pero me refería más a… Es decir, desearía poder hablar varios idiomas, como tú. ¿Crees que podrías enseñarme alguna palabra, alguna frase en nativo?

—Puedo intentarlo.

Estuvieron observando algunos objetos a su alrededor: Lia decía cómo se pronunciaba la palabra en la lengua nativa y Lex lo repetía. Aprendió a decir piña, coco, chico, chica, hola…

—¿Se te daba igual de bien el colegio? —se preguntó Lia. Estaba impresionada por lo atento que estaba. Quizás no fuese el "chico malo" que ella creía, después de todo.

—No. Las suspendía casi todas. Quizás hubiese sido distinto de haber tenido profesoras más atractivas —dijo Lex, mirando a Lia fijamente a los ojos.

Lia apartó la mirada, tímida, sintiéndose casi hipnotizada por el magnetismo de Lex.

—Será mejor que me vaya —dijo mientras se levantaba.

—Espera, ¿un par de palabras más?

Lex se estiró para agarrarle la mano suavemente a Lia.

—Enséñame cómo decir… "¿Por qué no nos conocemos un poco mejor, y luego quizás podamos disfrutar juntos del desayuno?" Si sabes a qué me refiero…

Lia sospechaba saber a qué se refería Lex, pero se había quedado sin palabras, y no tenía ni idea de cómo responder. El comportamiento insinuante y juguetón que había caracterizado sus interacciones anteriormente había subido otro nivel de repente.

—¡Lex! ¿Qué estás haciendo? —gritó Salene mientras se acercaba al centro de la aldea de los nativos—. ¿Y qué llevas puesto?

Con la interrupción de aquel momento, Lex le soltó la mano a Lia, mirando con desdén a Salene por haberlos interrumpido, mientras esta se acercaba.

—Estoy ocupado, ¡si no te importa! Intento mantener las relaciones diplomáticas con los lugareños.

—Estoy segura de que tienes más cosas en mente.

Lia se alejó, paseándose entre la aldea.

—¡Parece que estás un poco celosa, Sal! —dijo Lex— Si quieres un poco, siempre hay Lexy suficiente para todas.

—No estoy aquí por eso, ¡créeme! Venía a ver si sabías qué ha sido de May.

—¿Y yo qué voy a saber?

—Se ha ido.

—¿Cómo que se ha ido?

No podía estar en peligro, supuso Lex. No había señales del Colectivo, de Eloise, ni de problemas en ninguna parte. Era solamente Salene haciendo la histérica. Seguramente, May se habría ido a dar un paseo por alguna parte. ¿Qué problema había?

Tras abrir un coco con una roca, Lex comenzó a comer el contenido y a beberse el jugo.

No dejaría que Salene ni nadie interrumpiese su paraíso.

La Sacerdotisa y Lia estaban conversando en la distancia, y Lex ya tanteaba las probabilidades de a cuál se llevaría primero a la cama.

* * *

Salene se temía lo peor respecto a May.

Antes de ir en busca de Lex para ver si sabía dónde había ido May, les había preguntado a Ruby y Slade si la habían visto. Estaban en la playa con el pequeño Bray y con Brady. Trudy les había dejado a su hija al cargo para ir a dar ella misma un paseo. Ruby y Slade estaban disfrutando de ser una feliz pareja, cuidando de los pequeños, aprendiendo a cuidar de los niños como anticipación al bebé que ellos mismos estaban esperando.

Brady había estado construyendo castillos de arena con Ruby. Slade incluso había construido una versión de arena del centro comercial que había sido el hogar de Brady en la ciudad.

Pero no había rastro de May por ninguna parte.

Salene no quería parecer una estirada con Lex, pero había algo que sabía sobre May que él y todos los demás desconocían por completo. Un secreto que le había confiado a Salene y que había prometido no revelar a nadie.

No podía traicionar la confianza de May, revelar el alcance de su sufrimiento emocional y personal.

Así que Salene continuó su desesperada búsqueda ella sola, y sintió que era como buscar una aguja en un pajar.

May llevaba algún tiempo muy callada. Distante. Pasaba tiempo apartada de los demás, contemplando el mar. Todos pensaban que estaba de luto por la muerte de Zak, con quien había comenzado una relación, y que estaban ayudando a May al distanciarse, dejándole el espacio personal y tiempo que necesitaba para recuperarse del fallecimiento de Zak.

Pero Salene conocía bien a May. Las dos tenían mucha historia juntas: primero como rivales por el afecto de Pride, en la ciudad, luego como amigas íntimas. Lo que había resultado en que Salene se atreviese a averiguar, sin presionar demasiado, si había otra cosa que tuviese preocupada a May.

Poco después de que Amber y el resto de exploradores comenzasen su viaje, confiando en Salene, valorando su amistad, y agotada por las preguntas constantes aunque delicadas de esta, May finalmente pudo confiarle a Salene qué le pasaba por la cabeza, el motivo oculto de su evidente angustia.

May le reveló que sufría depresión. Desde hacía años. Durante el tiempo de los adultos le habían prescrito medicación. Sus niveles químicos no estaban equilibrados, y la medicina la ayudaba a mantener sus emociones bajo control.

Cuando el virus provocó el caos en el mundo, May tuvo que aprender a apañárselas. No tenía otra opción, pues las provisiones de medicamentos no es que estuviesen disponibles en cualquier parte.

Parte de May se preguntaba, incluso, si había conseguido superar su enfermedad, si había recuperado el equilibrio químico, si ya no le hacía falta seguir medicándose.

Sin embargo, cuando los Mall Rats se echaron al mar y abandonaron su ciudad, May sintió que volvía poco a poco a esas sensaciones familiares de altibajos. Al principio le llegó como destellos fugaces, tomándolo como sentimientos de culpa, incluso desprecio por sí misma, antes de agravarse, con las oscuras sombras de la desesperación gradualmente sepultando a May desde dentro.

Su relación con Zak había empapelado temporalmente las grietas. Pero ahora Zak ya no estaba, y May se peleaba con un tormento interior y, sin prisa pero sin pausa, notaba cómo se partía a causa de los sentimientos ocultos de desesperación que explotaban en su interior.

May ya no tenía autoestima. Y se estaba distanciando de todo, y también de todos. No le importaba que el Colectivo estuviese en la isla. Podían llevársela, ellos o Eloise. Le daba absolutamente igual. Su vida ya no tenía sentido ni propósito. Se negaba a comer, quería estar sola... May estaba perdida en su propio dolor.

Salene le recordó a May que todos se encontraban desubicados desde que se vieran obligados a abandonar la ciudad que era su hogar. Incluso Trudy había mostrado síntomas de haber estado sufriendo durante el viaje hacia la isla. En su adolescencia, Trudy siempre se había inclinado hacia lo melodramático, pero había conseguido mejorar la confianza en sí misma, mostrando una enorme fuerza, y parecía comenzar a asentarse. Los ataques de pánico eran cada vez menos frecuentes cuanto más tiempo pasaban en la isla, y ya volvía a recuperar la confianza. Salene estaba segura de que a May le pasaría lo mismo. Solo necesitaba más tiempo.

Salene le preguntó a May si estaba segura de que su ansiedad se debía realmente a la depresión o si estaba pasando, sencillamente, por el proceso de duelo. Salene apreciaba que May confiase en ella. Después de todo, Salene también estaba familiarizada con ese tipo de dificultades, y pasó por algunas experiencias horribles en el pasado. Como cuando sufrió bulimia, o cuando llegó al punto de no desear seguir viviendo e intentó quitarse la vida saltando de una azotea.

Por aquel entonces, Salene contaba con Ryan. Su apoyo incesante y devoción habían ayudado a rescatarla del borde del abismo.

Salene estaba decidida a hacer lo mismo por May. Prometió mantener el secreto de May a salvo, y hacer todo lo posible por ayudarla a superar aquel momento tan difícil y turbulento.

Cuando por fin encontró a May, su gran amiga estaba absorta en sus pensamientos, tirada en la playa, con el agua golpeándole los pies.

—¿Te encuentras bien? —preguntó Salene.

May simplemente asintió, y siguió observando el océano, sin rumbo fijo.

—No deberías alejarte tú sola, May —continuó Salene cuidadosamente—. Todos estábamos preocupados. Pensábamos que podía haberte pasado algo.

May se giró para mirarla, revelando unos ojos hinchados y rojos por haber llorado.

Salene se arrodilló junto a May en la pantanosa arena.

—Te sentirás mejor si hablas de ello. Te lo prometo. He pasado por ello.

Pasó un buen rato. Las dos junto al agua, el único sonido el de la constante marea.

—He estado pensando… sobre Zak. Sobre la vida en la ciudad, nuestra tribu, y es que…

Dibujó una raya en la arena que la siguiente ola borró por completo, sin dejar huella.

—Todos podríamos desaparecer. Así de fácil. De la faz de la tierra. Como si no hubiésemos existido. Y, ¿qué significaría eso?

—Creo que lo importante es superar cada día, May. Sin pensar demasiado en profundidad sobre nada. Ni nadie. Zak no querría verte sufrir así. Ni él ni ninguno de nosotros.

May intentó mantener la compostura, y se apartó las lágrimas que le caían por la mejilla.

Salene la rodeó por el hombro con un brazo.

—Eres una persona especial —dijo Salene de forma tranquilizadora—. La vida no sería lo mismo sin ti. Debes aguantar. Todos esos sentimientos que tienes… pasarán. ¡Nunca te rindas! Significas mucho para todos nosotros… ¡Para mí!

Salene meció suavemente a May en sus brazos, adelante y atrás, refugiando a May en la comodidad de su protección.

* * *

Trudy también se había ido a dar un paseo hacia el lado opuesto de la playa, y se dirigía hacia los restos del *Jzhao Li*, el barco que los había traído a la isla. Estaba bien tener algún tiempo para ella misma, lejos de los demás, para poder ordenar los pensamientos que le recorrían la mente.

Había dejado a su hija bajo la supervisión segura de Ruby y Slade. La pequeña Brady parecía muy contenta, reflexionó Trudy, emocionada ante la idea de pasar otra tarde construyendo castillos de arena con Ruby y Slade. O "Guby", como llamaba Brady a Ruby. Trudy sonrió con afecto, imaginándose la voz de su hija.

Ruby y Slade eran los canguros ideales. Y serían unos padres estupendos, pensó Trudy. Tenían suerte de tenerse el uno al otro.

Pero, ¿y ella qué? Se preguntó Trudy. Tras la muerte de Zoot, el padre de Brady, se había entregado por completo a criar a su hija. ¿Su destino era seguir siendo madre soltera el resto de su vida, con su unidad familiar consistiendo solamente de Brady y ella misma?

Trudy estaba algo confusa sobre por qué había aflorado aquello, y se preguntó si el regreso de Bray habría sido el motivo.

Aunque ser madre le proporcionaba experiencias muy emotivas, desafíos, y recuerdos que mantendría con cariño para siempre, Trudy deseaba volver a encontrar el amor. Ella era mucho más que solamente una madre, por muy especial que fuese aquel papel.

Salpicando sin darse cuenta al tiempo que avanzaba por las aguas que la golpeaban, Trudy se dio cuenta de que nada podría extinguir la llama de amor que seguía quemando en su interior por Bray.

Siempre lo había querido, si era sincera con ella misma. Y, si existía el amor a primera vista, entonces ella lo había encontrado desde el primer momento en que conoció a Bray, viéndolo entrenar al baloncesto en los tiempos en que ambos estudiaban en el mismo instituto.

Había quedado absolutamente prendada. Su atractivo, su bondad. Era un caballero. Un príncipe. Y ella estaba segura de que vivirían felices para siempre, haciéndolo lo mejor que podían en aquel mundo horroroso al que descendieron tras la muerte de los adultos.

Era doloroso que él no pareciese compartir los mismos sentimientos.

Bray había sido su guardián, el tío de su hija, más bien una figura paterna para Brady, llevando a Trudy hasta los Mall Rats cuando estaba embarazada, defendiéndolas, haciendo lo posible por protegerlas y mejorar sus vidas.

Sin embargo, el destino había truncado sus sueños cuando Bray acabó con Amber, antes de su desaparición y presunta pérdida. Trudy también había quedado devastada.

Pero ahora, sentía una sensación de júbilo, emocionada ante las posibilidades que había por delante.

Bray había vuelto. Y Amber había encontrado el amor en su relación con Jay.

¿Podría ser, se preguntaba Trudy? Su corazón se le salía ante la expectativa. Quizás Bray sí fuese para ella, después de todo. El destino los había unido una vez, y lo había vuelto a hacer. ¿Estaba todo predestinado? ¿La esperaba el final de cuento de hadas que siempre había deseado?

Tenía la esperanza de que fuese así. No quería traicionar a Amber o su amistad, moverse a sus espaldas e intentar romper las cosas. Pero parecía que no tendría que hacerlo. Amber no había aceptado a Bray de vuelta con los brazos abiertos, exactamente.

Trudy no sería descuidada. Si Amber no tenía intención de buscar un futuro con Bray, entonces Trudy lo intentaría ella misma. Él valía la pena. Desde luego, ella sentía el interés, la pasión. Le debía mucho por la amabilidad que le había demostrado. Quería cuidar de él, asegurarse de que estaba atendido, que vivía bien.

Cuando volviese, ella estaría lista.

¿Quizás los sueños se hiciesen realidad, después de todo?

Si Amber no estaba interesada, quizás encontrase una competidora por Bray en Emma. Dadas sus facciones hermosas y naturaleza gentil, Emma era posiblemente el tipo de Bray, consideró Trudy.

Estaba tan metida en sus reflexiones, absorta por la imagen formándose en su mente de un futuro criando a su hija con Bray a su lado, que Trudy casi no se dio cuenta del enorme objeto que había en el agua, junto a los restos del *Jzhao Li*.

Pero al verlo, se quedó observando incrédula, sorprendida por lo que tenía ante sí.

Había un yate anclado en aguas bajas, oscilando de lado a lado por la marea que se le acercaba.

Trudy se quedó petrificada. Debía volver y advertir a los demás. Contarles lo que había descubierto.

Inmediatamente se preocupó por Brady. Necesitaba asegurarse de que su hija estaba bien.

De repente, le dieron un golpecito en el hombro desde atrás. Y casi sale disparada del susto, dando un grito por la sorpresa.

Al darse la vuelta rápidamente, Trudy se quedó pasmada al ver la figura de aspecto tosco de un joven que había estado a sus espaldas, y que ahora mostraba una amplia sonrisa amenazante.

CAPÍTULO CINCO

Llevaban horas conduciendo y se les había hecho de noche. La ambulancia militar daba saltos sobre el terreno irregular. Pero la razón de la incomodidad de Ebony y Ram se debía a más cosas que a la dificultad del viaje.

Ambos estaban asustados, preocupados al pensar en qué sucedería. Axel se había negado a responder a toda pregunta sobre la naturaleza de su destino final, o quién los estaría esperando cuando llegasen allí.

Ebony se quedó mirando por la ventana el gris atardecer que los rodeaba afuera, intentando orientarse.

Lo único que conseguía ver era un paisaje fantasmal y desértico. Las luces de la ambulancia atravesaban la oscuridad, en ocasiones mostrando destellos fugaces algo más detallados, pero extraños, de su entorno. A veces aparecía la silueta esporádica de un árbol, aislado en lo que parecía ser, de otro modo, un páramo vacío y vasto.

Durante una parte de su viaje, Ebony observó los poderosos y enormes armatostes oxidados de vehículos militares abandonados, quietos al lado de la carretera desierta. Incluso algunos restos de tanques enormes, con las torretas apuntando sin vida hacia el cielo nocturno.

¿Qué era aquel lugar? ¿Había ocurrido alguna guerra en aquella parte del país en algún momento del pasado?

Ram había hecho un intento desesperado por escapar unas horas antes, abriendo de golpe las puertas traseras de la ambulancia con las manos atadas, saltando del vehículo en movimiento e intentando escapar corriendo, desaparecer en la oscuridad.

Axel y sus secuaces encontraron rápidamente a Ram y le recompensaron su audaz maniobra con una paliza. Ebony, ahora también atada, había peleado por acercarse a aquella puerta abierta tan tentadora por la que se había ido Ram, pero había sido incapaz de liberarse.

Miró a Ram, cubierto de rasguños y magulladuras, con el pelo alborotado, retorciéndose por los cortes y golpes que había recibido, tanto en su caída como en la posterior paliza. Parecía aterrorizado, a punto de vomitar.

Habían estado cerca de poder escapar. Eran antiguos amantes, rivales y antagonistas. Ahora estaban juntos en aquello, compartían un enemigo común. Si la oportunidad de escapar volvía a presentarse, Ebony estaba decidida a no perder más ocasiones de recuperar su libertad.

* * *

Finalmente, la ambulancia ralentizó al ascender por una carretera estrecha, con giros pronunciados. A Ram se le aceleró todavía más el pulso. El antiguo líder de los Tecnos intentaba evitar sentirse sobrepasado por sus miedos y por el comienzo de un ataque de pánico.

Habían llegado a un área montañosa. El terreno había cambiado gradualmente del páramo desolado de antes a una abundante región forestal.

Ebony sintió que se le destapaban los oídos al elevarse más y más por la inclinada carretera, ganando altitud.

Al mirar por la ventana, Ebony no podía creer lo que veían sus ojos. Podía ver la silueta de un recinto en las montañas, bordeado por una elevada verja, con altas torres de vigilancia plantadas de forma inquietante. Los largos rayos de sus focos se movían amenazantes a través del frío y plomizo aire nocturno.

—¿Dónde estamos? —pidió saber Ebony, al tiempo que el vehículo atravesaba las enormes puertas y se acercaba al patio situado en medio del recinto.

Sin responder, Axel les ató repentinamente vendas en los ojos a Ebony y Ram.

En el último momento, mientras le apretaban la venda, Ebony consiguió divisar varios guardias fuera, acercándose a la parte trasera del vehículo. Entonces, el mundo oscureció y Ebony no pudo ver nada más.

—¡Bienvenidos al infierno! Disfrutad de vuestra estancia —dijo Axel fríamente, arrastrando a Ram y luego a Ebony afuera. Ebony cayó al suelo, de forma ridícula, pero los guardias que los esperaban la levantaron de un estirón y dirigieron a Ebony y Ram hacia el descomunal edificio.

* * *

—¡Quitadme las manos de encima! —bramó Ram, cuya voz rebotó por los largos pasillos.

Estaban guiándolos a él y a Ebony, como si fueran animales capturados, a través de una serie de celdas.

Sin poder ver, confiando en su oído y los otros sentidos, los estaban transportando rápidamente a través del misterioso y gigantesco recinto. Era un lugar extraño.

Al pasar por una zona, Ebony estuvo segura de escuchar los llantos distantes de varios bebés.

En otra sección, el sonido de prisioneros llorando, un coro maldito que pedía terriblemente encontrar auxilio ante las condiciones en que se encontraban, mezclado con cánticos, un mantra inquietante y repetitivo de "¡Zoot, Zoot, Zoot, Zoot!". Ebony y Ram se preguntaban si estarían atrapados en una pesadilla inexplicable.

De repente, hubo otro sonido. Una puerta de metal a la que habían quitado el cerrojo, con las bisagras chirriando al abrirse.

Ebony y Ram fueron arrojados adentro y la puerta se cerró tras ellos, con un tremendo golpe metálico que resonó por todo el recinto y mucho más allá.

Pero había algo más. Ebony podía sentirlo. Una presencia. Sus sentidos, así como los de Ram, intuyeron que no estaban solos allí dentro.

Esto se confirmó al escuchar el movimiento de algo acercándose en el interior de la celda. Casi imperceptible al principio, era el sonido de pies arrastrándose, cada vez más cerca, como si estuviesen rodeados de espectros que se movían en la oscuridad.

—¿Quién anda ahí? —gritó Ebony, colocándose contra la pared para alejarse de la presencia cercana.

—¡Alejaos! —chilló Ram.

De repente, a Ebony le quitaron la venda de la cara de un golpe, revelando a un grupo de unas veinte chicas y chicos, algunos más jóvenes, otros de la misma edad que Ram y Ebony. La palidez de su piel indicaba que no estaban bien, habiendo pasado claramente algún tiempo encerrados. Todos miraban fijamente a los dos nuevos prisioneros que habían descendido a su mundo.

Entonces, comenzaron a reírse de forma maníaca, histérica.

Ebony intercambió una mirada de confusión con Ram.

—¿Estaremos en un manicomio? —le preguntó ella.

—Desde luego, lo parece —respondió Ram.

—¿Qué diablos hace tanta gracia? —exigió saber Ebony—. ¿De qué os reís?

De repente, las risas cesaron. Una chica habló, como si no pudiera casi creerlo:

—Parecéis los dos muy… asustados.

—¿Es que acaso es un delito estarlo? —dijo Ram—. ¿Qué tiene eso de gracioso?

—No hay motivo para tener miedo —continuó la chica—. Si supierais lo que sabemos nosotros, no haríais más que sonreír.

—Te diré una cosa que me pondría una sonrisa en la cara: ¿qué tal si nos desatáis? —sugirió Ebony señalando sus manos, atadas en un apretado nudo.

—Os liberaremos. Como hemos sido liberados nosotros —respondió la chica mientras desataba a Ebony, a la vez que otro chico hacía lo mismo con Ram.

—No parece que seáis libres —dijo Ram, frotándose las manos liberadas pero entumecidas, para recuperar el flujo sanguíneo—. ¿Cuánto tiempo lleváis prisioneros?

—¿Prisioneros? No somos prisioneros. Ya no —contestó el chico, riendo ante la idea.

—Tenéis un sentido del humor muy raro, lo reconozco —dijo Ebony.

Ella, como Ram, se sentía inquieta por aquel grupo. Eran distintos a cualquier prisionero que hubiese visto nunca. Parecían extrañamente distantes, como de otro mundo. Algunos miraban fijamente a Ram y Ebony, mientras otros habían perdido el interés en su llegada rápidamente y estaban absortos en sus pensamientos y ensoñaciones. Incluso algunos estaban sentados, balanceándose hacia delante y atrás, como acompañando el ritmo de un mantra silencioso.

—Parecéis no daros cuenta de la suerte que tenéis de estar aquí —dijo otro chico cerca de Ebony.

Debía ser el líder del grupo, por lo que le pareció. Desde luego, tenía la voz más fuerte y segura en comparación a los demás, que parecían estar sumergidos, prácticamente, en un trance surreal.

—¿Quién eres? ¿Cómo te llamas? —preguntó Ebony

—¿Nombres? No necesitamos nombres. Ahora no.

—Bueno, ¿cómo te llamabas antes? —inquirió Ram, esperando encontrar información, algo que le sirviese.

—Buena pregunta. En mi antigua vida… yo era… —la voz del chico se fue apagando. Pasó el tiempo, mientras permanecía mirando al vacío, ausente. Parecía avergonzado. Extrañado por lo que estaba pensando. Casi como si no pudiese recordar su propio nombre, perdido en su pasado. O como si tuviese miedo de recordarlo siquiera.

—¿Decías? —indagó Ebony.

—Como sois nuevos aquí, os responderé. Pero aparte de eso, ha perdido todo su significado. Lo único valioso es lo que ocurre ahora.

—¿Ah, sí? —respondió Ram, intercambiando una mirada de confusión con Ebony.

—Así es. Así está escrito —continuó el chico, desde donde fuera que lo había llevado su mente—. Por poco que importe… Me solía llamar Aras. Y vivía con una tribu… Éramos las "Cucarachas". Eso es. Qué raro, "Aras"… Suena extraño escuchar mi antiguo nombre. Y pensar lo poco que sabíamos en aquel entonces.

—Oye, "Aras". O quienquiera que seas ahora —dijo Ebony, escogiendo con cuidado sus palabras. Sentía estar en una habitación llena de zombis descerebrados. Una prisión surrealista—. ¿Podéis ayudarnos?

—¡Por supuesto! No buscamos nada menos que ayudarnos mutuamente.

—Pues decidnos, por favor —habló Ram—. ¿Alguna idea de cómo podemos escapar?

Aras se quedó estupefacto. Su expresión cambió a una de furia. Comenzó a pasarse los dedos por el pelo, caminando por la habitación de un lado a otro, rápidamente.

—¿He dicho… algo malo? —preguntó Ram, intentando apaciguar el asunto.

—¿Cómo te atreves a querer volver a un mundo de ignorancia? ¡De no saber! Nosotros, unos pocos afortunados… ¡estamos conociendo la verdad! ¡Las grandes respuestas a las preguntas de la vida! ¡No podéis darle la espalda a eso! ¿No lo veis? ¡Estáis aquí por una razón! También debéis escuchar las enseñanzas, ¡y que os sea revelada la verdad! Uníos a nosotros… Sed uno con el todopoderoso.

Aras y los demás comenzaron a avanzar hacia los que percibían eran sus nuevos reclutas.

Ram miró nervioso a Ebony para ver qué podían hacer.

Ella consideró atacar, temiendo estar en grave peligro, pero sintió de forma instintiva que aquello solo empeoraría las cosas. Había algo tremendamente preocupante sobre Aras y sus fervientes convicciones. Algo desconcertantemente familiar. Ebony ya se había encontrado antes con un fanatismo similar.

Aras colocó un brazo sobre los hombros de Ram, y el otro sobre Ebony.

—¡Hermano! ¡Hermana! Descubriréis todo lo que hay por saber. ¡Y la gloria que nos espera a todos!

La chica junto a Aras ondeó la venda que había llevado Ram en los ojos hasta hacía un momento.

—Estabais ciegos. Pero ahora veréis —dijo la chica—. Y seréis libres. Como nosotros.

—Qué gran… oferta —respondió Ebony de forma directa, sintiendo que era mejor llevarles la corriente y no antagonizar con aquel grupo sectario.

—Solo hay un nombre que importe en el universo. Y en los gloriosos cielos de la eternidad —explicó Aras respetuosamente, complacido por ver que Ebony y Ram lo escuchaban ahora atentamente—. Y ese nombre es… Zoot.

* * *

Era casi un alivio volver a ver a los guardias, pensó Ebony un poco después, cuando los convocaron a Ram y a ella a otra parte del recinto. Era un agradable respiro de la celda de detención en que la habían metido, y de sus descerebrados ocupantes.

Quien fuese aquel Aras y los demás en el pasado, se habían abandonado completamente, perdiendo cualquier rastro de su antigua vida e identidad. Se habían vuelto radicales, llegando a disfrutar la vida de prisioneros, inmersos en su nueva convicción religiosa siguiendo a Zoot, a quien consideraban una figura divina.

Aras había hablado con sinceridad sobre los beneficios de sus creencias, intentando persuadir a Ebony y Ram de la valía de sus enseñanzas. Y él mismo tenía ciertas preguntas sobre quiénes eran y cómo habían llegado al recinto de las montañas.

Ebony y Ram evitaron dar demasiada información sobre su verdadera identidad. Ebony, en particular, estaba preocupada por cómo reaccionarían Aras y su grupo si descubrían quien era ella: la antigua compañera del propio Zoot y posterior líder de su tribu, los Locos. Y no podía ni imaginarse qué pintaba Zoot en aquella región. Desde luego, su legado y leyenda no podían haber viajado tan lejos. Ebony estaba más que preocupada ante la idea de cómo pudo haber sucedido aquello.

Ram le dijo a Aras y los demás que se llamaba "Gabe". Ebony se inventó una historia falsa sobre que se llamaba "Meredith" y que había naufragado junto a Gabe, su novio, en la isla.

Aras y los demás prisioneros hablaron sobre conocer la "verdad". Si supieran lo que Ebony había visto, la verdad real que ocurrió tras el mito,… pensó Ebony. Era una de las pocas personas que había presenciado de cerca lo que Zoot había conseguido, como figura clave de gran parte de ello. La corta y manchada vida de Zoot había alcanzado aspectos de grandeza, sí. Pero no era ningún dios. Era un mortal. Por muy carismático y talentoso que fuese, tenía defectos en muchos aspectos. Era un alma atormentada.

Escoltados ahora por los guardias, Ebony y Ram viajaban de nuevo por los pasillos de la base. No podían escapar, aún no, pero aquello no impidió a Ebony intentar encontrar la oportunidad.

Se encontraban de camino a ver al "comandante", según le habían dicho. Parte de ella deseaba en secreto que hubiese sido Blake. Aunque aquella esperanza se estaba evaporando, y sospechaba que con quien iban a reunirse ahora era la persona a la que Axel dijo que Blake informaba.

Ebony ya había considerado distintas estrategias para quien fuese que iban a encontrar, intentando mantenerse varios pasos por delante. Ya había sido capaz de salir de apuros a través de su seducción con Blake, y consideró usar sus encantos sobre quien resultase ser el comandante, si es que no era el propio Blake. Y si su "jefe" era como cualquier otro hombre de sangre caliente que había encontrado, Ebony estaba segura de contar con trucos suficientes en la manga para llamar su atención (y deseo), consciente de que contaba con un arsenal de armas sensuales.

Ram y Ebony fueron llevados a un gran salón, lo que seguramente fueron instalaciones militares, o algo similar, en tiempos de los adultos, supuso Ebony.

Sobre una tarima elevada al fondo de la cavernosa habitación había la figura del líder. Y Ebony quedó completamente sorprendida al ver quién dirigía la base de las montañas, que no era para nada lo que ella se esperaba.

Reclinada casualmente hacia atrás sobre un trono de madera, Ebony y Ram pudieron ver que no se trataba de un hombre. Sino de una figura 100% femenina. Tenía la espalda recostada sobre un brazo de la silla, con las largas piernas colgadas del otro lado. Era deslumbrantemente hermosa y llevaba las más finas sedas, con el pelo negro azabache estilizado en impecables rizos, reposando sobre sus hombros.

Al girarse para echar un vistazo altanero mientras se acercaban sus cautivos, flanqueados por guardias, Ram y Ebony pudieron ver que sus ojos de un azul profundo poseían una gran intensidad, como si estuviese mirándoles directamente el alma a quienes tenía ante sí. Un pequeño bulto en el vientre le reveló a Ebony que la chica estaba en las primeras etapas de embarazo. Aunque seguía contando con una figura impresionante y seductora. No había brillo maternal, solo un aura de confianza. Una mezcla de moción y emoción. Un trasfondo de energía e impaciencia. La cual, de ser incitada, podía entrar en erupción con pavorosa intensidad. Era una bomba de relojería.

Miraba fijamente a Ebony y Ram más abajo, como Medusa, con la cabeza ladeada, estudiándolos.

Era regia, y también como una reina de hielo. Fría e impasible. Sin embargo, Ebony también notaba su magnetismo puro, y la inteligencia innata que rezumaba sin necesitar siquiera de hablar.

Instintivamente, Ebony sintió que estaba en presencia de una persona muy capacitada, una personalidad fuerte que emanaba, sobre todo, peligro. Un gran peligro.

Pero, ¿quién demonios era esta tía?

—Así que eres tú... El famoso Ram —inquirió la comandante—. Qué inesperado verte aquí, de todos los lugares. Una absoluta sorpresa.

—No puedo decir que sea un placer —respondió Ram en voz baja, mirando alrededor con preocupación.

—Y tú, Ebony. Tu aspecto hace honor a lo que dicen de ti.

—Me siento halagada —dijo Ebony—. ¿Quién te habló de mí? ¿Acaso fue mi amante, Blake? —continuó, segura de poder impresionarla.

—Axel me lo ha contado todo sobre ti —respondió la chica—. Y ahora quiero que tú me cuentes todo lo que le pasó al comandante Blake y a la plataforma petrolífera.

Fue entonces cuando Ebony reparó en Axel, de pie a unos metros del trono de su líder, con sus guardaespaldas. Ebony había quedado completamente absorta por la presencia de la chica.

Axel le regaló una engreída sonrisa a Ebony.

—¿Sí? Pues apuesto a que Axel no te contó que me falló en su misión. Si él y sus matones no la hubiesen cagado, no habríamos capturado solamente a Ram. Y hubiésemos podido regresar y estar junto a Blake. Quizás podríamos haberlo salvado a él y a la plataforma. Pasase lo que pasase allí, yo no tuve nada que ver.

La muchacha comenzó a levantarse lentamente, con una ardiente mirada de malicia encendida en los ojos, como las llamas propias del incendio que había consumido la plataforma de Blake.

—¡Sujetadla! —ordenó mientras comenzaba a caminar hacia Ebony y Ram.

Los guardias agarraron a Ebony de los brazos por ambos lados.

—La conclusión que saco, Ebony, es que fuiste tú quien falló a Blake. Y a su misión. Subestimaste a tus enemigos. Te permitiste ser capturada sin tener toda la información sobre tus oponentes. Sus fuerzas y debilidades. En eso, Blake era un experto. Una pena que no tuviese el mismo don eligiendo amantes.

—Gracias por el consejo. Lo tendré en cuenta.

La chica estaba a centímetros de distancia. Con un gesto, hizo que los guardias obligasen a Ebony a ponerse de rodillas, y le agarraron la cabeza hacia atrás por el pelo, para obligarla a observar el rostro que acechaba amenazante sobre ella.

De repente, la muchacha se abalanzó furiosa, arañándole un lado de la cara a Ebony con sus largas e inmaculadas uñas.

—¡Eso es por no cumplir las órdenes de Blake! —gritó—. ¡Y esto es por fallarle a él! —rugió, dándole otro zarpazo a Ebony en la mejilla—. ¡Por no estar con él cuando te necesitaba!

Ebony retrocedió, con marcas rojas en la cara por las heridas.

—¡Y esto es por tu insolencia! —vociferó la chica, que volvió a arañar a Ebony, esta vez en la boca, provocándole un profundo corte sobre el labio.

Ebony se quedó observándola, desafiante hasta el final. Escupió desdeñosamente un poco de sangre de los labios sobre el suelo.

El rostro de la joven tenía una expresión de rabia terrorífica y calculada, un temperamento volcánico que ardía en su interior. Crueldad. Ebony se preguntaba si volvería a atacarla.

¿Quizás había sido novia de Blake?

Pero Ebony reconoció otra cosa en ella. Los ojos fríos, de un azul helado. Una mirada familiar que ya había visto antes. En el propio Blake. No, Ebony comprendió que no era la amante de Blake. Pensó que, quizás, debía ser su hermana. Pues Ebony veía en la chica la misma mirada intensa que Blake le entregó a Ebony en el pasado. No tenía ninguna duda, pensó Ebony al contemplar sus bellos rasgos. Estaba claro que era familia de Blake.

—Amaba a Blake— dijo Ebony—. ¡Hubiese hecho cualquier cosa por él!

—¡Una pena que no lo hicieras! —respondió la muchacha—. Y ahora que ya no está, yo debo decidir qué hacer contigo. Pero, primero, quiero que recuerdes quién soy yo. Me llamo Eloise. Y controlo tu destino. No lo olvides nunca.

—Oh, puedes estar segura de que no lo olvidaré —respondió Ebony, que escupió otra gota de sangre del labio cortado.

—Eso nos deja solamente al Tecno —dijo Eloise, virando su atención hacia Ram y acercándose a él.

—De rodillas —ordenó Axel.

Los guardias empujaron a Ram hacia una posición servil al acercarse Eloise. Él la miró, sonriendo débilmente en un intento de caer en gracia, ansioso por qué le sucedería ahora.

—Es un placer conocerte. Aunque nunca tuve el placer de conocer a este comandante Blake del que habláis —dijo Ram.

—Interesante. Considerando que él lo sabía todo sobre ti.

—Qué raro —respondió Ram, sumiso—. ¿Me pregunto cómo pudo ser?

—Oh, estoy segura de que lo averiguaremos, Ram. Con tiempo. Por tu bien. Ahora, vamos a tener que separaros —dijo Eloise, haciendo señas a los guardias hacia Ram—. ¡Lleváoslo! ¡A la celda de aislamiento!

Dando gritos y patadas, Ram fue arrastrado por los guardias, mientras Eloise recuperó su sitio en el trono, sentándose fríamente de lado, como antes, con las piernas colgando sobre la silla.

—Traed a una esclava. Necesito una manicura —ordenó aburrida, examinando sus largas uñas. Algunas de las puntas estaban ahora rotas y habían perdido su brillo tras golpear a Ebony.

—¿Qué hay de ella? —consultó Axel.

Eloise se giró hacia Ebony, que seguía agachada y de rodillas, sujetada por los guardias. Eloise sonrió diabólicamente, provocándole un escalofrío a Ebony.

—Es hora de que conozca al maestro.

CAPÍTULO SEIS

—Vamos allá —dijo Jack con anticipación nerviosa, inclinándose sobre una de las cámaras de hibernación.

El resto del grupo de exploración se les había unido y se encontraban reunidos detrás de Jack. Todos excepto Emma, Tiffany y Shannon. Pensaron que el descubrimiento que habían hecho Jack y Ellie podría ser demasiado perturbador para los pequeños. Emma esperó afuera, cuidando de su hermana y hermano, pillándolos de las manos, zarandeando sus brazos adelante y atrás felizmente, y cantando canciones alegres del tiempo de los adultos para animarlos.

Jack sintió el aire helado que emanaba desde el interior de la unidad criogénica. Como el resto de unidades en la estancia, estaba cubierta con un cristal grueso y opaco, que mantenía su contenido siempre frío, pero también oculto.

—Como haya alguien dentro… —dijo Gel, fascinada por la cámara de hibernación—. ¿Qué creéis que dirían al vernos a todos mirando embobados?

—¡Hace fr-fr-frío, sacadme de aquí! —bromeó Darryl, haciendo su voz sonar como la de un ventrílocuo.

Bray le echó una mirada a Darryl para dejar claro que aquello no le había divertido.

—Adelante, Jack.

Lentamente, Jack eliminó la condensación neblinosa de la unidad presionando hacia abajo, usando el calor corporal de sus brazos, revelando su contenido mientras los demás observaban con gran expectación.

—¿Puedes ver algo? —preguntó Amber.

—No. Parece que está vacía —suspiró Jack finalmente.

—Pues menos mal —dijo Gel.

Era la última de las cámaras criogénicas que faltaba por examinar, pues el grupo ya había investigado el resto de la habitación.

—¿Alguna idea sobre el origen de la electricidad, Jack? —se preguntó Bray.

Jack caminó alrededor de las unidades, agachándose para investigar.

—Qué va. Es que no lo entiendo.

—Seguramente estén conectados a uno de los generadores —sugirió Jay.

—Puede ser. Pero, ¿cómo? Esa es la pregunta —respondió Jack—. O quizás lo controla una red de ordenadores en alguna parte. Parece que dentro hay una unidad receptora.

Jack se colocó las manos a ambos lados de la cara para mirar a través del cristal tintado.

—¿Podemos irnos de aquí? Este lugar me da escalofríos —dijo una intranquila Gel.

—Y que lo digas —se pronunció Ellie, echando otro vistazo a las unidades de aquella habitación poco iluminada. El silencio se rompía solo por el zumbido distante de la fuente eléctrica que estuviese alimentando las cámaras.

—Me pregunto para qué pensaban usarlas —dijo Amber—. Y por qué estarán aquí.

—Esa es la pregunta del millón —contestó Jack—. Pero, claramente, quien usase este lugar como base, tenía algún plan.

—Me recuerdan a la cámara de Ram —dijo Jay, recordando el intento de Ram por vivir eternamente en la unidad de hibernación que tenía él mismo en la ciudad. Ram le dijo a Jay que había encontrado esta cámara en una base de los adultos en la Montaña del Águila.

—¿No creerás que Ram tiene algo que ver con esto, verdad? —inquirió Gel.

—Tratándose de Ram, ¿quién sabe? —soltó Amber—. Nada me sorprendería.

El grupo continuó intercambiando teorías. Jack recordó que, en tiempos de los adultos, leyó en algún lugar que la agencia espacial internacional estaba investigando sobre hibernación criogénica avanzada, para poder usar esta moderna tecnología como ayuda en futuros viajes interplanetarios. Los colonos, así como un surtido de animales y plantas, quedarían "congelados" en animación suspendida, y serían revividos a su llegada, para comenzar un asentamiento humano en Marte, y quién sabe dónde más, mucho más adelante en el futuro. Quizás incluso en Europa, una de las lunas de Júpiter, si se comprobaba que era habitable.

¿Guardaba algún tipo de relación la tecnología de hibernación con que se habían topado Ellie y él, con el programa espacial? ¿O pudo haber sido una iniciativa militar relacionada con las fuerzas especiales de las Naciones Unidas, que parecían haber operado desde la base? Había muchas posibilidades. Pero tenían más preguntas que respuestas.

—¿Me pregunto por qué estaban encendidas las máquinas, si están vacías? —se preguntó Ellie.

—Quien estuviese usando la base, quizás realizase experimentos para ver si las cámaras funcionaban —especuló Jack—. Quizás los adultos no llegaron a tiempo. O… ¿y si había adultos dentro, y otra persona los sacó?

—No pretendo tratar mal a Emma, Bray, pero… ¿estás seguro de que podemos confiar en ella? —preguntó Amber cuidadosamente.

—Ya no estoy seguro de que nadie pueda confiar en nadie —respondió Bray, y Amber se preguntó si le estaba enviando una indirecta a ella, si sentía que lo había traicionado al comenzar una relación con Jay.

—Me refiero a que… Solo tenemos su palabra sobre que no sabía de la existencia del laboratorio. Y me parece raro, si aquí sucedía algo tan importante.

—Pero no significa que Emma tuviese que saberlo, Amber —dijo Bray—. Echa un vistazo a tu alrededor. Está claro que esta era una zona restringida, y quienes estuviesen involucrados no anunciaban a viva voz lo que se proponían hacer. Obviamente, era alto secreto.

—Cierto, supongo —suspiró Amber—. Pues, si había alguien dentro, y no fueron Emma y las Cucarachas quienes los liberaron… —Amber continuó, siguiendo su lógica—, entonces los únicos que pudieron hacerlo serían los del Colectivo. Si creemos la historia de Ram de que están en la isla. O Eloise y su grupo.

—A menos, claro está, que haya más gente en la isla —añadió Jack—. No creo que la Sacerdotisa, Lia y los nativos tuviesen nada que ver.

—¿Y si los adultos destinados aquí colocaron temporizadores y salieron ellos mismos? —consideró Darryl, histriónico ante la idea—. Por lo que sabemos, podrían estar caminando por la isla en estos momentos, ¡como zombis de la vida real!

—Así no ayudas, Darryl —dijo Amber.

—O, simplemente, nunca hubo nadie dentro —sugirió Bray—. Y los adultos dejaron las máquinas encendidas, para tenerlas listas cuando las necesitasen.

—¿Para qué? —se preguntó Gel.

—¿Para sobrevivir al virus? Debía estar en los primeros puestos de su lista —soltó Jay, incrédulo ante la ingenuidad de Gel.

—No lo había pensado —dijo Gel.

De repente, su expresión se nubló, y los ojos se le abrieron como platos.

—¿Qué sucede? —preguntó Amber, mientras ella y los demás la miraban cada vez más tensos.

El estómago de Gel rugió repentinamente, rompiendo el nerviosismo de la habitación. Avergonzada, Gel fingió toser para intentar cubrir sus sonidos.

—Perdón. He sentido un poco de aires —suprimió un eructo y soltó una risilla—. ¡Ay! No sé los demás, pero yo estoy hambrienta. Necesito comer. Pero ya.

—Creo que a todos nos vendría bien un descanso, Gel —coincidió Amber.

Los Mall Rats se dispusieron a abandonar la habitación, esperando que Emma conociese algún lugar donde encontrar comida en la base.

—Oye, tú. Vamos —dijo Ellie, tomando a Jack de la mano.

Fueron los últimos en abandonar la estancia. Jack se quedó mirando las unidades de hibernación decoradas con símbolos de las Naciones Unidas, intentando darle sentido a todo aquello.

Se preguntaba si realmente habría otras bases de los adultos, ocultas en alguna parte del mundo, esperando a ser descubiertas, como la que Ram afirmaba que había en la Montaña del Águila. Se prometió a sí mismo que haría lo posible por aprender más sobre todo lo que los adultos habían dejado atrás, decidido a descubrir el resto de secretos que la isla aún tenía por revelar.

* * *

—¡No me lo puedo creer! —gritó emocionada Gel, asombrada por el contenido de la despensa que tenía ante ella—. ¡Mira toda esta comida!

Se habían reubicado a lo que una vez fue la cafetería, dentro del edificio de alojamiento. Emma sabía que allí podrían descansar y encontrar un muy necesario sustento.

La despensa seguía prácticamente llena de conservas del tiempo de los adultos, descubrió Gel al explorar, con los ojos como platos, la variedad de comida frente a ella: estantes llenos de latas, salsas y un surtido de comida seca, que solamente había que calentar con agua caliente.

Emma les contó que la mayoría de la comida la enviaron los adultos para suministrar a la población de la Base Aérea Arthurs. Se ofrecía un sabor internacional en las opciones culinarias, reflejo de la diversidad de personas de todas partes del mundo que una vez habitaron la base. Era la intención de los adultos que los niños allí evacuados estuvieran bien cuidados durante bastante tiempo.

—¡Ay, Dios mío! —gritó Gel encantada, alcanzando una lata de melocotón, abriéndola rápidamente y comenzando a consumir su contenido—. ¡Mi favorito!

—¿Cómo puede alguien comer tanto y seguir teniendo ese aspecto, estar tan delgada? —se maravilló Darryl, observando cómo Gel engullía la fruta con las manos, con el almíbar cayéndole por los dedos. Ella dejó caer la lata, que repicó contra el suelo y se unió a las otras que ya había vaciado vorazmente.

—Basta de cháchara. Más comida —sonrió Gel, lanzándole otra lata de melocotón a Darryl, que la atrapó al vuelo.

—Por mí que no quede —declaró Darryl.

Disfrutaba de la compañía de Gel y, en realidad, se sentía atraído por ella. Por ahora, había perdido la esperanza con Salene, hacia quien también se había sentido atraído en el pasado. Darryl acabó con los sentimientos heridos cuando Salene no pareció corresponder sus muchas pistas e intentos románticos. Pero, ahora que Gel parecía haberse distanciado de Lex y estar soltera, Darryl se preguntaba si Gel y él quizás acabasen siendo más que compañeros de comilona. Siempre había sido precavido con Lex, y no le entusiasmaba la idea de traicionarlo robándole a su chica.

—Salud —dijo Darryl, levantando la lata para brindar, y chocándola con el siguiente plato de Gel, una lata de atún.

Bray estaba sentado con Emma, Tiffany y Shannon, disfrutando los cuatro de su comida. Bray había calentado pasta seca con agua caliente, pues el edificio de alojamiento contaba con su propio generador interno y suministro eléctrico.

—¿Te encuentras bien? —preguntó Bray, sintiendo que Emma estaba perdida en sus pensamientos, jugando con la comida.

—Estoy bien. En serio. Estaba pensando en cuando llegamos aquí, tras ser evacuados. Y en cuánto echábamos de menos a nuestros padres.

Bray decidió que sería mejor no seguir preguntando. Había una profunda tristeza en la expresión de Tiffany y Shannon, pues estaba claro que también ellos se encontraban reflexionando sobre los días previos a que la oscuridad descendiese al perecer todos los adultos.

—¿Alguien ha visto mi tenedor? —preguntó Bray—. Estaba aquí hace un segundo.

—Cierto… Y ahora ha desaparecido —reparó Tiffany, sorprendida.

Bray pasó la mano sobre la superficie de la mesa e hizo aparecer el tenedor de repente.

—O eso creías —sonrió en un intento por animar el ambiente y entretener a los más pequeños, para que no pensasen en el pasado.

—¡Increíble! —declaró Shannon—. ¿Cómo lo has hecho?

—Ah, eso sería contarlo. Y un buen mago nunca revela sus trucos.

Incluso Emma estaba sonriendo junto a Bray, Tiffany y Shannon.

—Qué bueno es oír que este lugar vuelve a tener vida —dijo—. El sonido de las risas. Voces amigas.

De repente, Gel soltó un gran eructo, cubriéndose rápidamente la boca con vergüenza, con los ojos abiertos por la sorpresa.

—¡Buen provechooo! —soltó Darryl antes de unirse a ella y forzar su propio eructo retumbante. Ambos soltaron una carcajada y siguieron comiendo.

Emma comenzó a reír por aquel revoltoso coro de ruidos provenientes de Gel y Darryl. Y Tiffany, Shannon e incluso Bray, incapaz de mantener la compostura, se unieron a las risas. Emma parecía muy feliz, pensó Bray mientras admiraba su maravillosa sonrisa.

Amber estaba sentada cerca en otra mesa, contenta por la atmósfera de júbilo, la sensación de esperanza en el ambiente.

Todos lo necesitaban, reflexionó Amber: un momento para relajarse, descansar y renovar las fuerzas. Estaba picoteando su comida, pensando en todos los problemas que debían afrontar.

—¿Te importa si me uno? —inquirió Jay, acercándose a la mesa de Amber con una bandeja de comida.

—Adelante. Hay espacio de sobra —Amber sonrió con educación.

Jay tenía ganas de verla. Pero se hubiese sentido raro sacando el tema de cómo se sentía ella, pues seguía queriendo darle tiempo y espacio. Él la amaba, le importaba mucho, y quería asegurarse de que Amber estaba bien. Esperaba que mantuviese los ánimos, y que no estuviese demasiado dolida por la incertidumbre en torno a su vida personal.

—Menudo día hemos tenido —dijo Jay entre bocados—. Al menos hemos determinado que, estén donde estén Ram y Ebony, no es aquí. Y tampoco el Colectivo.

—De momento —dijo Amber, ensimismada.

—¿Y qué hay de ti? —preguntó Jay con delicadeza—. Pareces preocupada.

—Estaba pensando en el pequeño Bray. Lo echo muchísimo de menos. Espero que no estemos separados mucho más tiempo.

—Esperemos que no. Intenta no preocuparte. Está en buenas manos —dijo Jay, acariciándole la mano para reconfortarla. Aunque no pudo evitar darse cuenta de que Amber le echaba miradas a Bray, que cenaba con Emma y su hermano y hermana. Y Jay se percató de que Amber estaba afligida no solo por echar de menos a su pequeño hijo. Bray disfrutaba claramente de la compañía de Tiffany, Shannon, y especialmente Emma.

* * *

Tras la cena, el grupo de exploración siguió hablando sobre las cámaras de hibernación y el mapa de la isla que Jay y Gel habían encontrado más temprano ese mismo día y que mostraba la ubicación del Proyecto Edén, que suponían se trataba de la base en las montañas al norte de la isla. Todos especularon si tenía que ver con el barco carguero que habían descubierto previamente, el *Jzhao Li*, que resultó ser parte de una flota de las Naciones Unidas que había estado por la zona en tiempos de los adultos. Pero de nuevo, en vez de encontrar respuestas, el resultado había sido la proliferación de más preguntas.

Decidieron descansar allí, y prepararse para dormir en el edificio de alojamiento. Se pusieron de acuerdo para tomar turnos y vigilar a lo largo de la noche. Amber se ofreció voluntaria para el primer turno.

Seguía necesitando tiempo y espacio para estar sola, y estaba deseando dejar vagar la mente para ver si lograba encontrar un camino por el que seguir. No solamente en cuanto al problema en que se encontraba sumida la tribu, sino a su situación personal en relación con Bray y Jay.

Horas después, se puso algo tensa al escuchar pasos que se acercaban por el pasillo, y asomó la cabeza alrededor para ver de quién se trataba.

Para alivio suyo, era Bray.

—Llegas temprano. Aún es mi turno de vigilar —dijo Amber—. No te toca empezar hasta dentro de un par de horas.

—Lo sé —dijo Bray, que saludó a Amber con una cálida sonrisa—. Por eso estoy aquí. He venido a ver si querías compañía. Y algo de cafeína extra —llevaba dos tazas de café caliente de la cafetería.

Pese a sus mejores intenciones por ser imparcial, Amber seguía siendo humana, y se había sentido incómoda por la atención que Bray le había estado presentado a Emma últimamente. Sin embargo, estaba claro que él hacía esfuerzos por estar con ella, y ella sí tenía intención de hablar con él.

—Es fantástico, gracias.

Tomó un agradecido sorbo y también agradeció la presencia de Bray. Seguía siendo increíble de creer que estuviese realmente allí. De vuelta en su vida. A medio metro de distancia. Pero comenzaba a notar que, en otro sentido, él se encontraba muy lejos. Amber reflexionó que aquello era cosa suya, en parte, dado su propio deseo por tener espacio.

Sus pensamientos deambularon hasta el tiempo que pasaron juntos en el pasado, antes de los Tecnos, antes de que sus vidas cambiaran de rumbo, en lo que parecía una época muy antigua.

Recordaba vívidamente la noche que pasaron juntos tras reunirse, habiéndose separado tras su visita a la Montaña del Águila. Amber, como "Eagle", había vivido con la tribu de los Ecos en el bosque y había comenzado una relación con Pride, para acabar enamorándose de Bray una vez más. ¿Acaso había dejado de quererlo alguna vez?

¿Podía un rayo caer dos veces en el mismo sitio? ¿Debería? ¿Era el destino quien había vuelto a unirlos?

—Emma es una chica especial, ¿no es así? —dijo Amber con sinceridad, mirando a los ojos de Bray en busca de respuestas. Detestaba cómo se sentía y, en especial, los pinchazos de celos que se manifestaban siempre que veía a Bray y Emma juntos. Por una parte, llegó a la conclusión de que, seguramente, estaba siendo irracional. Pero se sentía también vulnerable, y se preguntaba si a Bray le atraía Emma.

—Desde luego, es inspiradora —dijo Bray, dando un sorbo a su taza—. Pensar en lo que tiene que pasar, cada segundo de cada día. Y cómo se las arregla. Tienes razón. Sí que es especial. Muy especial.

Bray se dio cuenta de que la expresión de Amber ensombreció.

—Amber, ¿de qué va todo esto? —preguntó con gentileza.

—¿Tú qué crees?

—¿Emma? ¡¿Es que debes preguntarlo siquiera, Amber?!

—Lo siento —dijo Amber—. Tan solo me preguntaba… Bueno, es difícil de decir. Tan solo pensé que… Bueno, da igual.

—¿Pensaste qué?, ¿que había algo entre Emma y yo?

—¿Lo hay?

—¡Qué ridiculez! —insistió Bray.

—Espero que así sea —suspiró Amber—. Después de lo que hemos tenido tú y yo… Esperaría que hiciese falta más que una sonrisa bonita para que lo echases todo a perder.

—¡Ni siquiera debería tener que justificarme! ¡Te he sido fiel desde el día en que nos separamos! Y si hablamos de ser fieles: ¿qué tal si apartas los ojos de Emma durante un segundo y te echas un vistazo al espejo? ¡A ti y a Jay!

—¡Eso no es justo! ¡Pensaba que habías muerto!

Amber y Bray se quedaron mirándose, impactados por lo que había sucedido entre ellos, con lágrimas acumulándose en los ojos de ambos. Estaban heridos. Dolidos por las palabras que habían dicho, y escuchado. Sufriendo, los dos.

—¿No te das cuenta de lo difícil que ha sido? —dijo Amber, intentando contener las emociones—. He intentado hacerlo lo mejor posible. Créeme. ¡Pero estoy en una posición imposible!

—¿Para qué?, ¿para tomar una decisión?

—¿Crees que es tan fácil?

—No. Pero deberías saber cómo te sientes, Amber. Y lo que quieres. De otro modo, no es justo ni para Jay ni para mí.

—Ah, ¿ahora tengo yo la culpa? ¡Los dos dijisteis que podía tomarme todo el tiempo que necesitase!

—Porque tú lo pediste, ¿recuerdas? ¡Dijiste que necesitabas algo de tiempo para pensártelo bien!

—¿Y entonces por qué pareces tan enfadado? —preguntó Amber.

—¡Deberías hacerte la misma pregunta a ti misma, Amber!

—¿Cómo puedes ser tan crítico? ¡Parece que me culpes por algo sobre lo que no tenía ningún control! ¿Realmente tienes una opinión tan mala de mí…?

—¿Cómo voy a tener una mala opinión de ti? ¡Yo te *amo*, Amber! ¡Pero parece que tú eres quien está ciega! ¡Sé que ha sido difícil para ti! Pero, ¿qué se supone que debo hacer yo? Salgo perdiendo si te dejo sola. Salgo perdiendo si intento verte para hablar las cosas. Y ya que estamos hablando: no has dado señales de querer dejar a Jay, por lo que yo he visto. No es que espere que lo hagas. Si puedes encontrar cualquier tipo de felicidad en tu vida, créeme, ¡es todo lo que siempre he deseado para ti! Pero ya es hora de que comiences a pensar en los demás y no solo en ti misma, ¿no crees?

Arrojó la taza de café al suelo con rabia, y el café caliente explotó en una lluvia de gotas, mientras él se marchaba enfurecido.

Amber se desmoronó entre lloros agonizantes, agitados y desesperanzados. Sentía que le acababa de explotar una bomba en el corazón. No era su intención que ocurriese nada de aquello, causarle daño a Bray, y tampoco a Jay, desde luego. El dolor le recorría profundamente el alma.

Se giró para ver, entre ojos llorosos y borrosos, como Bray desaparecía por una esquina al final del largo y oscuro pasillo.

CAPÍTULO SIETE

Antorchas llameantes iluminaban la aldea de los nativos, bañándola en una luz cálida entre la oscuridad de la noche que se avecinaba.

Seguía sin haber rastro de Trudy.

Lex, Salene y el resto de Mall Rats habían montado un grupo de búsqueda para salir a encontrarla, y la Sacerdotisa envió a varios de sus guerreros para acompañarlos.

Lex no se había preocupado demasiado por la ausencia de May más pronto esa misma tarde. Después de todo, había razonado, May estaba pasando mucho tiempo sola últimamente, asimilando la muerte de Zak, y pensó que, obviamente, debía estar haciendo lo mismo otra vez.

Pero había algo inusual tras la desaparición de Trudy que tenía consternado incluso a Lex.

Ruby y Slade sabían que Trudy se había ido a dar un paseo por la playa y, cuando ellos volvieron tras una tarde de cuidar a Brady y al pequeño Bray, y vieron que Trudy no había vuelto, una ola de duda y preocupación recorrió la tribu. La tarde se convirtió en atardecer, el ocaso en noche. Y Trudy seguía desaparecida.

Lex y los demás ya habían peinado la playa y las inmediaciones para ver si Trudy se había caído o había sufrido algún tipo de accidente. Era hora de ampliar la búsqueda.

—Ya sabéis la zona que se os ha asignado, ¡a moverse! —apuró Lex a los demás, que se habían separado en grupos. Naturalmente, él había escogido a Lia para estar a su lado, en apariencia como traductora. Ambos iban acompañados por varios de los guerreros más feroces de la Sacerdotisa.

Slade, Salene, Sammy y May formaron el otro grupo de búsqueda, junto a algunos guerreros más, y se disponían a marchar, mientras que Ruby se quedó atrás para cuidar de los pequeños con Lottie.

—Buena suerte—les deseó Lia a todos mientras comenzaban a partir. Estaba impresionada ante la organización de Lex y su disposición por ayudar. Quizás él fuese mucho más de lo que ella había visto, pensó, admirando sus atractivos rasgos que parpadeaban a la luz de la antorcha que portaba.

—¡Ayuda! ¡Necesito ayuda! —gritó de repente una voz en las sombras de la oscuridad. Se trataba de Trudy.

—¿Dónde estás? —gritó Lex de vuelta, buscando frenéticamente en dirección al lugar desde donde provenía la voz.

—Aquí… Estoy aquí, ¡y necesito ayuda! —volvió a gritar Trudy.

—¡Ahí está! —gritó Sammy, vislumbrando de repente una figura a lo lejos, y señalando el camino.

Trudy apareció entre las palmeras que rodeaban la aldea.

Se acercaba lentamente, con esfuerzo, con un tipo encorvado y desaliñado apoyándose completamente en ella, con los brazos caídos sobre los hombros de Trudy.

* * *

El barco se llamaba *Nemo* y el extraño de aspecto salvaje y descuidado al que pertenecía, hacía llamarse Connor. Al menos, eso es lo que había dicho. Aparte del hecho de que Trudy lo había arrastrado hasta la aldea, no tenían ni idea de quién era ese tal "Connor", o de dónde venía.

—No puedo decir que tengas buen gusto con los hombres, Trudy —dijo Lex en desaprobación—. Primero Zoot, ahora el tío este... ¿Hacía falta que lo trajeses a casa contigo? ¿Tan desesperada estás? ¿Esta es tu idea de una primera cita romántica?

—No es momento de hacer bromas, Lex —respondió Trudy.

—O sea, mira en qué estado se encuentra —añadió Lex.

El grupo se había reunido a su alrededor, fascinados por aquel visitante inesperado que había llegado hasta ellos.

Connor estaba espatarrado junto al fuego, con la mirada aturdida.

Tenía el pelo largo y oscuro, con los mechones despeinados, algunos salidos hacia fuera, como si nunca hubiese utilizado un peine o un cepillo. Tenía la piel áspera, seca a causa de demasiado sol, dañada por el clima. Obviamente, había pasado mucho tiempo a la intemperie. Tenía la ropa raída, rota y llena de agujeros. Y el rostro cubierto de una desarreglada barba de varios días. Ciertamente, debía tener alrededor de la misma edad que la mayoría de los que lo estaban contemplando, pero parecía una especie de pescador loco que hubiese pasado mil años en el mar. Y que perteneciese allí, en vez de en tierra firme, donde ahora mismo se encontraba.

—¿Cuándo creéis que se bañó por última vez? —dijo Sammy, mientras olía y observaba a Connor intrigado—. ¡Está sucio! ¡Y cómo huele!

—No seas maleducado, Sammy —lo reprendió Salene—. Aunque sea cierto —musitó entre dientes, consternada por las condiciones en que se encontraba Connor. ¿Es que no podía al menos lavarse con agua salada, se preguntó, como hacían los Mall Rats cuando estuvieron atrapados en el mar?

—No creo que sea solo su cuerpo lo que olemos. Es bebida. Si no me equivoco,… Jack Daniels —identificó Lex.

—¿Acaso eres tan experto? —Trudy lo fulminó con la mirada, incrédula.

—Se conoce que tengo cierta experiencia —respondió Lex, fanfarrón.

Lottie miró de cerca a Connor.

—¡Tienes razón, Lex! ¡Está borracho como una cuba!

—Hola, niñita —Connor le sonrió con dientes amarillos.

Lottie retrocedió, asqueada por el hedor de su aliento.

De repente, Connor comenzó a reírse solo, con los ojos de un lado a otro, estudiando al grupo de desconocidos que lo observaban a su vez.

—Oye,… ¿acaso eres una sirena? Eres muy hermosa —le dijo Connor a Trudy. Apenas se entendía lo que decía, y Lex tuvo que empujarlo para que se sentase recto, porque no paraba de ir adelante y atrás.

—Y lo mismo os digo a vosotras, también —Connor sonrió, admirando a las chicas mayores que tenía ante sí, mirando a Salene, May, Ruby y Lia—. Pero qué montón de bellezas. No tenéis ni idea de lo mucho que me alegráis la vista.

—Pues no empieces a hacerte ideas, colega —le advirtió Lex, mientras Connor intentaba ponerse de pie, tambaleándose erráticamente y notando los efectos del alcohol, para recuperar sus "piernas de tierra". Rápidamente volvió a quedar espatarrado en el suelo, antes de ponerse de pie lentamente, con aspecto de poder desplomarse en cualquier momento.

—¿De dónde eres?, ¿y dónde has estado? —preguntó Slade, preparado para pillar a Connor si es que se caía.

—Dónde no he estado, sería la pregunta —contestó Connor—. He estado navegando por los siete mares.

—Sí, claro —le desafió Lex—. Y yo soy el Ratoncito Pérez.

—¿En serio? —Connor sonrió a Lex—. ¿Qué tenemos aquí? —continuó, en un intento de mirar a Ruby de forma encantadora, mientras se bamboleaba sobre los pies.

Slade se acercó, preparado para interceptarlo.

—No pasa nada, puedo cuidarme yo sola —dijo Ruby. Connor le recordaba a los muchos clientes borrachos que habían intentado ligar con ella cuando regentaba una taberna en el pueblo de Liberty.

—¿Y tú quién eres? Yo me llamo Connor.

—Ya lo has dicho. Puedes llamarme Ruby. ¿Por qué no nos cuentas un poco de dónde eres, y qué te ha traído aquí?

—¿Ruby? Qué apropiado. El nombre de una piedra preciosa. ¿Tienes algún plan para esta noche, Ruby?

—Sí. Voy a pasar el rato con mi novio.

—Oye, él no tiene por qué enterarse, si pasamos tú y yo un rato juntos. Yo no se lo diré, ¿y tú?

—¿Por qué no se lo dices tú mismo? Lo tienes justo al lado.

Slade le dio un toquecito a Connor en el hombro.

—Encantado de conocerte —dijo Slade, aunque su tono poco amistoso parecía querer dejarle claro a Connor que debía mantener la distancia con Ruby—. ¿Qué era lo que decías? —continuó.

Connor levantó ambas manos sumisamente, como disculpa.

Lex se dio cuenta de que Lia estaba retrocediendo y evitaba mirarlo directamente a los ojos, incómoda por estar ante la mirada borracha de Connor, sospechaba él.

—¿Te encuentras bien? —le preguntó.

Lia asintió, pero estaba claramente incómoda por algo. Los demás lo desconocían en ese momento, pero era por el colgante que Connor llevaba alrededor del cuello. Estaba hecho de espinas de pescado atadas a un cable, y a Lia le recordó a una leyenda que le habían contado los nativos: la historia de un visitante peligroso que un día se alzaría desde el mar, portando la destrucción a todos en la isla.

—¡Pero mira eso! —saltó Connor mientras se tambaleaba.

Estaba señalando a lo lejos, a la Sacerdotisa, que caminaba hacia ellos, intrigada por aquel alboroto.

—Pues sí que estoy en el paraíso —balbuceó Connor, con la boca bien abierta, contemplando a la Sacerdotisa como si estuviese presenciando una visión—. Gracias al cielo…

De repente, Connor se desmayó, superado por el cansancio y el alcohol, y quedó tumbado sobre su espalda, completamente ido.

—Y hay quien dice que yo no tengo modales —murmuró Lex.

Los demás intercambiaron miradas de incredulidad, sorprendidos por la primera impresión que había causado Connor.

—¿Quién diablos es? —preguntó Lottie.

—Lo averiguaremos cuando se despierte, créeme —aseguró Lex, que se preguntaba lo mismo, sospechando sobre la identidad de aquel inusual desconocido que había aparecido en sus vidas.

* * *

Esa noche, el grupo disfrutó de una cena alrededor de la hoguera. La conversación principal giró en torno a la llegada de Connor. El propio Connor seguía fuera de combate y estaba tumbado sin moverse, completamente dormido.

Lia les explicó la superstición y el porqué de su preocupación ante la presencia de Connor, agudizada por el colgante que llevaba alrededor del cuello, cargado de espinas de pescado. La Sacerdotisa también lo había visto, y reconoció el mismo símbolo que Lia. Muchos de los nativos se apelotonaban alrededor de un dormido Connor, fascinados por aquel visitante que había traído la marea.

Lia describió en detalle el cuento que formaba parte del folclore de la tribu de los nativos.

Una Sacerdotisa anterior había recibido, mucho tiempo atrás, la profecía de que la isla sería visitada, en el futuro, por una criatura que tomaría forma humana. Más acostumbrado a vivir en agua que en tierra, el espíritu marino se comportaría de forma distinta a los humanos reales de la isla, y la vida sobre tierra firme le resultaría incómoda. Tendría además algún tipo de marca que mostrase su conexión con las criaturas que vivían con él en el mar.

Según la fábula, había sido enviado por la propia diosa del océano para estudiar la forma de vida de aquellos que moraban la tierra. Si conseguían demostrar que eran justos y merecedores, la criatura les recompensaría y les enseñaría el camino hacia un valioso botín de comida y suministros, con el cual podrían mantenerse durante años. Si el espíritu marino consideraba a los isleños deficientes, desagradables e indignos, avisaría a la diosa del océano para que trajese grandes olas que arrasasen con todo lo que había en la isla, reclamándola para el mar.

—Ha tomado muchas bebidas espirituosas, eso seguro —comentó un escéptico Lex al escuchar la leyenda—. Igualito que yo. Pero eso no lo convierte a él, ni a mí, en ningún espíritu del mar.

La llegada de Connor guardaba, no obstante, cierto significado para la Sacerdotisa y su tribu, como le dejó claro Lia a Lex y a los demás Mall Rats. Una señal de mal agüero, si el mito tenía algo de cierto.

Deberían esperar a que Connor despertase para que arrojase algo más de luz a su versión de la historia. Parecía inofensivo, pero Lex y Slade le prestaban particular atención, preparados para inmovilizarlo en caso de que resultase una amenaza.

* * *

Salene y May dejaron a los demás en el centro de la aldea y fueron a estirar las piernas bajo las estrellas.

—¿Cómo te sientes? —preguntó Salene, tras asegurarse de que estaban las dos solas y de que no había nadie escuchando, para proteger el secreto de May.

—Un poco mejor. Quería darte las gracias, por todo.

—Me alegra oírlo. Y, si hay algo que yo pueda hacer, en cualquier momento, dímelo. Siempre estaré a tu lado.

May sonrió agradecida, encontrando fuerzas gracias al apoyo de Salene.

—Eso significa mucho para mí.

—Intenta tomártelo día a día. De esa forma, estoy segura de que podrás con cualquier cosa. Desde luego, la vida siempre sabe cómo sorprendernos —continuó Salene—. Es decir, fíjate en Connor. ¿Quién iba a decir que aparecería? Nunca se sabe qué hay a la vuelta de la esquina. Qué puede pasar mañana. Así que preocuparse no sirve de nada. Lo único que importa es superar cada día.

—Ciertamente no lo merezco. Todo lo que has hecho por mí.

—Pues claro que sí —dijo Salene, agarrando a May de la mano—. Tengo suerte de conocerte, de tenerte como amiga.

May se quedó mirando la mano de Salene, que acariciaba tiernamente la suya, y apartó repentina y torpemente su brazo.

—¿Qué pasa?

—Nada —insistió May—. Deberíamos volver ya.

Dieron la vuelta, volviendo sobre sus pasos hasta la aldea. May alzó la vista al hermoso cielo, encontrando cierto confort en las estrellas que brillaban desde arriba.

—No me apetece volver. Y pensaba que con Lex teníamos suficiente… —suspiró Salene—. Connor parece el tipo de tío que va detrás de todo lo que se mueva.

—No puedo decir que Connor sea mi tipo —coincidió May.

—Bueno, habrá alguien por ahí. Zak sería el primero en comprenderlo —dijo Salene, admirando el cielo estrellado—.

Eres amable, divertida... Cualquiera puede ver que eres atractiva. Tienes mucho que ofrecer. Vaya, que si yo fuese un chico, me gustarías.

May se detuvo e intercambió miradas con Salene durante un instante largo, algo confusa ante el cumplido de esta. Entonces se giró, y Salene la siguió de vuelta hacia la aldea.

De camino, May le dijo a Salene que estaba segura de poder afrontar, de algún modo, las dificultades que estaba atravesando, y le volvió a dar las gracias por su ayuda.

Sin embargo, cuando volvió a la cabaña en la que dormía, May intentó controlar lágrimas silenciosas, para no llamar la atención.

Después de todo, May no había sido del todo honesta con Salene, y se había callado lo que la afligía realmente, además de su luto por Zak. Y se preguntó si Salene habría captado las señales.

Llevaba un tiempo desarrollando *sentimientos* hacia Salene. Aparecieron por primera vez hacía tiempo en el *Phoenix Mall*, en la ciudad. May se sintió atraída por la naturaleza compasiva de Salene. Aquel remolino creció en su corazón hasta descubrir, para su sorpresa, que estaba enamorada de Salene. En su momento habían sido rivales por el afecto de Pride, pero su relación se estaba volviendo mucho más complicada.

May había enterrado sus sentimientos de forma consciente, no permitió que se manifestasen. Se sentía confundida por cómo la hacía sentir. Revelar la verdad hubiese sido demasiado vergonzoso. Habría provocado que la situación fuese insoportable para Salene y, según razonó May, las habría puesto en una situación vergonzosa ante los demás.

No, era mejor mantenerlo todo oculto, de eso estaba segura. Fingir que no existía.

El extrovertido Zak había sido una distracción placentera para May, abstrayéndola de las inclinaciones que su corazón todavía sentía hacia Salene de vez en cuando.

Pero ahora Zak se había ido. Estaba muerto. Enterrado en la isla.

Ojalá los sentimientos de May por Salene también lo estuviesen.

Su atracción por Salene había revivido debido al tiempo que habían pasado juntas recientemente. Se estaba acostumbrando a depender más y más del apoyo de Salene.

Había sufrido depresión, pero si Salene conociese TODA la verdad… May estaba totalmente atrapada por sus emociones, por los sentimientos de atracción que ocultaba a Salene.

Pero no podía decirle nada. Salene nunca podía saber todo lo que sentía por ella. Y era mejor seguir siendo amigas que no volver a verse nunca, reflexionó May.

Le resultaba difícil contener sus abrumadores sentimientos hacia ella, pero Salene le importaba tanto que debería guardarse aquello para sí misma.

CAPÍTULO OCHO

Ebony sentía que la habían abocado a una pesadilla real, enfrentándose a una horrorosa parte de su pasado que creía haber dejado atrás. Pero allí estaba, atormentándola una vez más.

Se encontraba en una especie de templo. Había velas, la mayoría perfumadas, iluminando la amplia y, de otro modo, oscura estancia, transmitiendo una extraña fragancia, con llamas centelleantes bailando en la oscuridad. También, varios bancos orientados hacia la misma dirección, como pasillos de una capilla, centrados hacia un objeto principal al otro lado de la habitación. Un rostro que Ebony conocía demasiado bien.

Enmarcado por candelabros de plata a ambos lados, un enorme cuadro, iluminado entre las sombras, esbozaba la imagen idealizada de una ciudad, con el sol brillando en el cielo sobre una figura que contemplaba con mirada decidida. Deslumbrante y lleno de energía, llevaba una chaqueta de cuero, y anteojos en la cabeza. Una visión romantizada, que a Ebony le provocaba escalofríos. Era un retrato de Zoot.

No era la imagen en sí lo que preocupaba a Ebony, más bien la coyuntura de volver a verse envuelta con los fanáticos que lo adoraban fervientemente. Y Ebony seguía sin poder comprender cómo podía ser que conociesen a Zoot en aquel extraño y nuevo lugar.

Se acordó de la primera celda a la que la habían llevado junto a Ram, perturbada por el comportamiento radicalizado y extraño de Aras y los demás prisioneros. Zoot estaba muerto y no podía hacerle daño ni tener ningún efecto sobre Ebony, pero los seguidores extremistas que se dedicaban a lo que ellos consideraban su causa, eran otro tema completamente.

Sentada bajo el gigantesco retrato, en una silla con aspecto de trono, estaba Eloise. Resplandeciente, como la reina de una época pasada, contemplaba a Ebony con los hermosos rasgos fijos en una mirada helada e implacable, los ojos llenos de resentimiento envenenado.

Axel y los guardias habían arrastrado a Ebony por los extensos pasillos del complejo, y luego la habían obligado a arrodillarse incómodamente sobre el frío suelo.

Axel presionaba los hombros de Ebony, manteniéndola boca abajo, inmóvil. Sin embargo, eso no le impidió devolverle a Eloise una mirada de desafío descarado, para intentar enmascarar la confusión y ansiedad que, en realidad, amenazaban con atraparla desde dentro.

Se escuchó el sonido de alguien entrando en la estancia, cuyos pasos resonaban en un andar metódico.

—El maestro ha llegado —susurró Axel, amenazante.

Mientras se acercaba por detrás, con los pasos como aciagos repiques de perdición, Ebony hacía lo posible por no darle importancia a la dramática llegada de aquel "maestro", y continuaba intercambiando una valiente mirada con Eloise, para no darle la satisfacción de mostrar lo alterada que estaba realmente.

Una túnica blanca pasó ante Ebony. Pertenecía a una figura alta, el origen de los pasos, que avanzaba hacia Eloise.

Ebony perdió la compostura momentáneamente, incapaz de esconder su estado de *shock* e incredulidad al reconocer al maestro.

Ante sus propios ojos tenía al Guardián. Y Ebony comenzó a preguntarse cómo podía ser que estuviese reapareciendo tanta gente que alguna vez había formado parte de su vida. Era como si se encontrase inmersa en algún tipo de universo paralelo y surrealista.

El Guardián se puso de rodillas e inclinó la cabeza ante Eloise como gesto de reverencia, con los ojos bien apretados en una muestra de intensa lealtad y asombro por estar tan cerca de ella, sin mencionar el retrato de Zoot colgado detrás.

—Madre Divina… Su presencia me honra.

Eloise le ofreció la mano, y el Guardián le dio un beso reverencial.

—Podéis levantaros, Guardián. Os he traído un regalo —dijo Eloise, posándose sobre sus pies, que vestían zapatillas de lujosa y suave seda.

—Así me han informado. Y menudo regalo.

El Guardián se puso de pie, girándose para observar a Ebony, con una expresión de júbilo en el rostro. Pero había también una mirada maníaca en sus ojos. Como si él mismo estuviese alucinando, algo que se sumó al escalofrío que Ebony notaba recorriéndole la espalda.

—¡Oh, poderoso Zoot! ¡Ser supremo! —imploró, mirando al techo—. ¡Mis plegarias *han sido* respondidas! Concedes tu favor a la Madre Divina. ¡Traes a la Traidora ante nosotros! No se marchará sin su castigo. ¡Lo juro!

Lo último que sabía Ebony era que el Guardián y sus "Elegidos" habían desaparecido de la ciudad en el momento de la invasión de Ram y los Tecnos. Con todo el evidente simbolismo Zootista en la base de Eloise, sin hablar de que el propio Guardián estuviese allí mismo, el misterio de dónde habían ido él y el resto de sus seguidores Zootistas parecía haberse solucionado. Si es que, realmente, la gente que se alojaba en aquel complejo en las montañas venía de allí y no de otro lugar.

Ebony se preguntó cómo habría llegado el Guardián a la isla, y cuál sería su conexión con Eloise, mientras se le pasaban todo tipo de ideas por los más oscuros recónditos de la mente e intentaba recuperar la compostura. ¿Por qué estaban adorando a Zoot, tan lejos de su ciudad natal? Y, ¿de qué forma estaba el Colectivo involucrado con todas las cosas extrañas que sucedían en la base de las montañas?

Había demasiadas preguntas. Pero, por instinto, Ebony sabía que, en vez de dejar que las locuras que estaba pensando la controlasen, debía controlar sus pensamientos y no mostrar miedo o debilidad ante Eloise y el impredecible e inestable Guardián, si quería mantener la esperanza de sobrevivir.

—¿Me has echado de menos, Guardián? ¿"Maestro"? O como sea que te hagas llamar ahora. Ya veo que sigues llevando la misma túnica vieja, y que sigues con los mismos cuentos —se burló Ebony.

—¡¡Silencio!! —rugió el Guardián, que avanzó rápidamente hacia ella. De repente, estiró ambos brazos hacia Ebony, como si intentase emitir algún tipo de poder invisible a través de los dedos.

Aquello confundió a Ebony tanto como la preocupó, y se dio cuenta de que también Eloise estaba algo confusa acerca de qué pretendía el Guardián exactamente.

El Guardián se miró las manos estiradas con impotencia, casi decepcionado de que lo que esperaba que sucediese no hubiese ocurrido. Durante un instante, Ebony sintió cierta pena por él. Estaba claro que había perdido la cabeza, y eso le concedía una extraña vulnerabilidad, pero también aumentaba el enorme peligro que representaba.

El Guardián agachó las manos y contempló a Ebony distraídamente, como si intentase concentrarse, dudoso de si ella se encontraba realmente allí o era un producto de su imaginación. Entonces se giró y miró a Eloise con vacilación, para que lo guiase.

—Madre Divina… ¿Qué deseáis que haga?

—Ella falló a mi hermano. Decepcionó a Blake. Y, por tanto, me falló a mí. Deseo que sufra. Haced lo que queráis, pero prometedme que sentirá dolor, que sentirá la pérdida que ella me ha causado a mí.

—Muchas almas han sufrido a manos de esta bruja —expresó el Guardián—. Y ha de sufrir. Así es como debe ser. El peso de la justicia caerá sobre la traidora.

—¿Traidora? Yo no he traicionado a nadie —habló Ebony—. ¿Es que lo has olvidado? ¡Yo era la mujer de Zoot!

—¡Tú ERES una traidora! —gritó el Guardián, en cólera—. ¡Tú traicionaste a Zoot! ¡Traicionaste todo lo que representaba! ¿Dónde estabas cuando los Elegidos intentaron mantener su legado? ¡Luchaste en nuestra contra! ¡En mi contra! ¡Te uniste a los Mall Rats! ¡Incluso te "casaste" con un Tecno, según tengo entendido! ¡Ram, para más inri! ¡Y te haces llamar la mujer de Zoot! ¡Fueses lo que fueses en el pasado, Ebony, es muy evidente que has dejado de serlo!

Eloise sonrió encantada, con un inmenso placer en su interior. La reprimenda del Guardián a Ebony era un castigo divino.

—Yo no soy una Mall Rat —se defendió Ebony—. Pregúntate quién capturó a Ram, para empezar. A quién invitó Blake a estar a su lado. No soy tu enemiga. Y nunca estuve en contra de Zoot. Él lo sabía.

—Esparces mentiras y falsedad, mancillando al Divino, ¡profanando el nombre de Zoot! —insistió el Guardián.

—¡Conocía a Zoot mejor que ninguno de vosotros! —gritó Ebony—. ¡Yo estaba allí con él! ¿Hablas de la verdad? ¡Tú no sabes nada! ¡Yo conozco la verdad!

El Guardián comenzó a dar vueltas, gruñendo a medida que aumentaban su odio y su rabia, mirando a Ebony con una mezcla de desprecio y furia.

—¡Ya basta, ser de maldad! ¡Regresa al infierno, a las asquerosas mandíbulas babeantes del demonio! ¡O entrégate a nuestro dios, Zoot!

El Guardián hizo una señal a los guardias, que empujaron a Ebony a los pies de él, en posición postrada.

—Si aseguras echar tanto de menos a Zoot, podríamos sacrificarte ahora mismo. Y enviarte con él. Que él haga justicia contigo, como desee —dijo el Guardián, con una repentina y ausente mirada maníaca, como si tuviese envidia, algo de lo que Ebony se percató, mientras este seguía con su retahíla.

—¡Qué suerte para ti estar en su presencia! ¡Envidio tal privilegio! —declaró el Guardián.

—¿Y por qué no te "unes" tú a él? —lo desafió Ebony—. Si intentas asustarme, no está funcionando. He visto la muerte. Y todos hemos de morir en algún momento. Incluso tú. Yo no puedo escoger cómo morir, pero sí cómo vivir.

—¿Eso crees? —replicó Eloise—. A mí me parece que no tienes voto en lo que sucede. A todos nos impulsa algo más grande que nosotros mismos, mi querida Ebony.

—En la forma del Ser Supremo, Zoot —añadió el Guardián.

—Hombre, si os deshacéis de mí, estaríais cometiendo el mayor error de vuestras vidas. Yo estuve al lado de Zoot. No importa cuánto queráis tergiversar la verdad, el pasado no se puede deshacer. Yo *fui* su mujer. Y sé cosas. Os soy de más utilidad viva, en este mundo. Ram y yo no somos los únicos que hemos ido a parar a esta región. ¿Zoot no te lo ha contado? Los Mall Rats también están aquí. Incluida Trudy. Y la hija de

Zoot. Es más, hace unos días vi a Bray. Digamos que… fue toda una reunión.

El Guardián quedó impresionado ante aquella revelación, intentando asimilarlo, como si le acabase de atravesar un rayo. Incluso Eloise parecía agitada, preocupada en cierta manera por las palabras de Ebony.

—¡Bray está muerto! —gritó el Guardián—. ¡Nos abandonó, tras concebir a su hijo en la Madre Divina, para ascender a los cielos y reunirse con su hermano!

—Créete lo que quieras —dijo Ebony, envalentonada por el cambio en el ambiente—. Acabad conmigo. O trabajemos juntos. Quizás haya una fuerza mayor detrás de esto. Quizás fue Zoot, después de todo. Pregúntale a Ram, él te lo dirá. Los Mall Rats están aquí, en la isla. Y yo vi a Bray. Vivo.

—¡Voy a poner fin a esto! —rugió el Guardián, dando zancadas hacia Ebony con una resolución maníaca—. ¡Le entregaré a la Madre Divina la venganza que anhela!

—¡Esperad! —ordenó Eloise, intrigada por la revelación de Ebony (en especial, el comentario sobre Bray). Su voz retumbó por la estancia, y el Guardián se detuvo de inmediato—. Esperad —repitió Eloise, más suavemente, repasando las ideas en su cabeza—. Hemos de proteger el legado de Zoot, pase lo que pase —afirmó Eloise, situando las manos delicadamente sobre su vientre en cinta—. Ebony podría sernos útil. Por ahora.

* * *

En otra parte del complejo carcelario, Ram se encontraba perdiendo el último vestigio de esperanza, hundiéndose más y más en la nada, presa del pánico. Encerrado en una celda de aislamiento, se encontraba con sus miedos como única compañía, rodeado de gruesas paredes de cemento.

—¡Vamos! —suplicó, aferrándose a las paredes, intentando desesperadamente escarbar con los dedos; las uñas rotas, ensangrentadas y cubiertas de suciedad. No había forma de salir.

Era inútil, pensó. Pero debía seguir intentándolo, no podía quedarse sentado a esperar su muerte inminente.

Una cucaracha se arrastró por un diminuto hueco en la pared. Ram se hizo atrás, sorprendido.

Asqueado, envió al insecto lejos de él de un golpecito.

Ram sintió grima por haberlo tocado y se miró los dedos. Se imaginó todos los gérmenes con los que habría estado en contacto, los miles de millones de pequeños microbios arrastrándose sobre su mano y subiéndole por el brazo, infectándolo con todo tipo de enfermedades.

Hipocondríaco desde que era niño, Ram había desarrollado una fobia extrema a los gérmenes, limpiándose las manos de forma compulsiva y exigiendo la máxima higiene cuando era líder de los Tecnos.

Vivir con Ruby y Slade en Liberty había ayudado a que Ram cambiase su forma de pensar, dándole las herramientas mentales para controlar la mayoría de sus preocupaciones internas.

Pero, ahora mismo, Ram se sentía expuesto. Impotente. No tenía ningún control. Todo y todos iban a por él, parecía ser. Estaba despojado de todo, vulnerable. Sus mecanismos de defensa se habían derrumbado.

Se encontraba a merced del Colectivo, y sabía que era solo cuestión de tiempo antes de que todo acabase para él. Estaba condenado. Había ido en contra de Kami, el líder del Colectivo, y pagaría el precio más alto.

Sin tan solo pudiese encontrar una forma de salir.

Antiguos prisioneros habían tallado sus nombres, grafiteado sobre la gruesa pared de la celda. Para Ram, era evidente que estaba en la parte del complejo de la que resultaría más difícil escapar, pues sabía que a un prisionero de su importancia lo situarían en la celda con mayor seguridad.

Otra persona que había pasado por aquella misma habitación, según pudo ver Ram por los nombres grabados en la pared, era Bray. ¿Se trataba del mismo Bray que había sido pareja de Amber?, se preguntaba Ram. ¿Vería alguien su propio nombre en el futuro y se imaginaría quién habría sido ese Ram, sin ningún rastro de él salvo la marca de su nombre?

—¡No podéis hacerme daño! —farfulló Ram a los gérmenes que imaginaba trepando sobre él, decidido a ignorar su presencia y cualquier amenaza que supusieran. Y prosiguió rascando los lados de la pared con las manos, ignorando el dolor por las uñas rotas. Quizás, el pequeño agujero por el que se había arrastrado la cucaracha dirigía a una apertura mayor, consideró. ¿O se trataba de una señal de que lo habían doblegado y se estaba volviendo loco?

De repente, Ram escuchó unos cánticos funestos que resonaron por el gigantesco complejo.

—¡Zoot! ¡Zoot! ¡Zoot! —continuaron los cánticos, cada vez más altos. Los prisioneros se animaron con ferviente devoción, gritando en alabanza.

—¡Callaos! —suplicó Ram, delirante, rascando las paredes todavía más desesperado, ansioso por escapar.

—¡Zoot! ¡Zoot! ¡¡Zoot!!

—*Por favor*, ¡¡callaos!! —imploró Ram, incapaz de soportarlo más, con aquel cantico hipnótico penetrando en su alma.

Con un lamento de angustia, Ram aferró las manos sobre sus orejas para intentar obstruir el sonido, perdido en medio de un ataque de pánico. Cada cántico le golpeaba profundamente, como una poderosa fuerza invisible.

—¡No! —gritó Ram, retorciéndose sobre el suelo de su celda. Sentía que las paredes se movían, que se le venían encima. Estaba hiperventilando, incapaz de respirar con libertad. Pero, más que eso, estaba atrapado. No había escapatoria.

CAPÍTULO NUEVE

Amber se preguntaba qué les esperaría a todos con la llegada del amanecer. Pero no tenía ni idea de que, al despertar, descubriría que Bray se había marchado.

Habían pasado la noche haciendo turnos para vigilar. Después de Amber, Bray debía tomar el relevo de Ellie, pero no había acudido. Y Ellie despertó rápidamente a todos para alertarlos de que había desaparecido.

Gritando su nombre, el grupo había buscado por toda la Base Aérea Arthurs. Pero seguía sin haber ni rastro.

Amber estaba devastada, y no podía soportar la idea de que Bray desapareciese tan poco después de haberse reunido. Especialmente tras la angustia y emoción de su pelea la noche anterior. ¿Lo había empujado ella a irse? ¿Habían sido sus sospechas acerca de los sentimientos de Bray hacia Emma demasiado para él, la gota que colmó el vaso?

La propia Emma se sentía sorprendida y preocupada por Bray, su protector durante tanto tiempo. ¿Era él quien necesitaba ayuda ahora?

Jack encontró el rastro de un vehículo en el camino. Siguiéndolo hasta su origen, les llevó directamente a una enorme nave en la base que alojaba distintos vehículos. Había varios quads en fila, y un hueco reveló que faltaba uno de ellos.

Amber sabía que solo había un lugar a donde Bray tuviese intención de ir. Ya había hablado sobre su necesidad de investigar más sobre Eloise. Siendo un explorador habilidoso y experto, Bray había llevado a cabo muchas exploraciones a solas en la ciudad, y Amber estaba segura de que lo más probable era que estuviese de camino a la base de Eloise.

Sintió que sus sospechas se confirmaban cuando Darryl descubrió que el mapa de la isla encontrado por Jay y Gel había desaparecido. Jay lo había dejado sobre la mesa de la cafetería para que todos pudiesen estudiarlo a su ritmo. El mapa, que mostraba detalles sobre el Proyecto Edén y varias carreteras en la isla, así como el camino hacia lo que debía ser la localización de la base de Eloise en las montañas, se había esfumado por completo. Bray debía habérselo llevado.

Aquello mismo se confirmó cuando le dieron a Amber una nota dirigida a ella. Era de Bray, quien informaba de que sentía que la mejor opción sería realizar la misión él solo. Si tenía éxito, se encontraría con ellos en algún momento de vuelta en la aldea de los nativos. Si no tenía éxito, solo deseaba que Amber cuidase del pequeño hijo de ambos y, sobre todo, que se cuidase a sí misma, que siguiese construyendo el camino hacia su sueño de conseguir un nuevo y mejor mundo de entre las cenizas del antiguo.

De nuevo, Amber no podía dejar de pensar si su indecisión habría contribuido a la decisión de Bray. De igual forma, era típico de su forma de ser. Prefería ponerse en riesgo a él mismo, desinteresadamente, a permitir que el resto del grupo viajase hacia el norte de la isla hasta encontrar a Eloise. En la ciudad, Bray se había marchado de forma similar, en muchas ocasiones, para encontrar medicina, comida, o información.

Por mucha habilidad que tuviese Bray como explorador, y Amber no había conocido a alguien tan experto como él, le preocupaba que pudiese acabar estando en grave peligro. Quería marcharse, traerlo de vuelta. Y lo buscaría por toda la isla de ser necesario.

Sin embargo, Jay sugirió ser él quien fuese solo en busca de Bray.

Su razonamiento fue que era mejor que la mayoría del grupo permaneciese en la base, que al menos era un refugio seguro, en vez de intentar viajar de vuelta a la aldea de los nativos.

Además, ¿qué pasaría si Lex, Trudy, la Sacerdotisa o alguno de los otros aldeanos viajaban hasta la base para intentar contactar con ellos?

Casi todos dudaron que se diese el caso. Además, siendo más gente, eran más fuertes. Aunque no hubiese habido señal de ninguna amenaza durante el tiempo que habían pasado en la base, no sabían si el Colectivo u otras fuerzas hostiles se encontraban por los alrededores. Jay sabía que, cuantos más Mall Rats se quedasen allí, más posibilidades tendrían de sobrevivir.

En vez de que todos, o casi todos, saliesen en busca de Bray (lo cual podría hacerlos vulnerables al esparcirlos por la isla), Jay razonó que era más importante consolidar su posición en la base, estar allí para cuando él y, con suerte, Bray regresasen.

Existía también un beneficio añadido si Amber y los demás no acompañaban a Jay, según explicó. Jack y Ellie podían intentar revelar algunos de los misterios que rodeaban a las cámaras de hibernación de los adultos, ver si podían acceder a los ordenadores de la base y descubrir cualquier información importante.

Jay no quería perder más tiempo, pues Bray ya le llevaba mucha ventaja. Escogió un quad, lo llenó con los bidones de gasolina que habían dejado los adultos en la nave, y se preparó para partir, sentándose a horcajadas sobre el vehículo.

Podía imaginar el mapa en su cabeza, tras haberlo estudiado la noche anterior, recordando que debía haber una carretera principal por la que viajar, que lo llevaría hasta una apertura en la extensa verja que separaba la región en dos. Si seguía por la carretera, le llevaría al norte, hacia "Proyecto Edén", lo que presumía era la base en las montañas norteñas. Jay esperaba encontrar a Bray antes de llegar, y poder convencerlo de regresar a casa con Amber y los demás, y buscar otra estrategia en vez de asaltar la base de Eloise a solas.

—Ten cuidado —dijo Amber, que le dio un cariñoso beso en la mejilla—. Y gracias. No tienes que hacer esto por mí.

—Lo hago porque es lo correcto —respondió Jay, entregándole una sonrisa reconfortante a Amber—. Tú también ten cuidado. Tenedlo todos.

Los demás también se habían acercado a despedirse de Jay. Jack y Ellie estaban de pie junto a Emma, Tiffany y Shannon, que se daban de la mano para apoyarse.

Emma intentó ser valiente, pero no pudo evitar encogerse, afectada y preocupada por la desaparición de Bray, y por Jay.

—¡No tardes demasiado! —voceó Gel sobre el sonido de Jay acelerando el motor. Y, de repente, salió con un estruendo, acelerando el quad, que se fue disparado entre una lluvia de polvo y arena.

Si hubiese amenazas ahí fuera, acechando en el páramo baldío, Jay creía poder afrontarlas. En caso de encontrar a alguien, estaba seguro de ser lo suficientemente rápido y de contar con el factor sorpresa, para poder evitar cualquier peligro.

Tan solo esperaba que eso fuese suficiente, y que pudiese descubrir qué había sucedido con Bray, antes de que fuese demasiado tarde.

* * *

"¿Qué he hecho?", reflexionó Amber, sintiendo que ella era la responsable del desarrollo de los acontecimientos.

Si hubiese sido capaz de tomar una decisión, si hubiese tenido el coraje de salir del callejón sin salida en que la había situado el destino…

Se prometió que, si Jay traía a Bray de vuelta hasta ella, acabaría con aquella encrucijada en que se encontraban los tres. Bray tenía razón. No era justo seguir manteniéndolo a él y a Jay en suspense. Merecían una respuesta.

Sus pies hicieron crujir escombros y cristales rotos a medida que avanzaba por las ruinas inconsistentes de la base.

Amber estaba de camino a ver a Emma, pues Darryl había mencionado que esta iba a llevar a Tiffany y Shannon a la sección del parque de atracciones, esperando que montarse en las atracciones decrépitas distrajese las jóvenes mentes de su hermano y su hermana de la desaparición de Bray.

Durante mucho tiempo, reflexionó Amber, Bray había cumplido el papel de guardián de Emma. La ceguera y vulnerabilidad de esta sacaban su lado protector. Y ahora que Bray había desaparecido, Amber estaba decidida a asumir ese papel, para asegurarse de que Emma se encontraba bien. No es solamente lo que Bray habría querido. También era su deber, sintió Amber al tiempo que localizaba a Emma y a sus hermanos más adelante.

Tiffany y Shannon estaban concentrados jugando, divirtiéndose sobre un sube-y-baja. El balancín oxidado necesitaba aceite, y chirriaba con intensidad y dureza a medida que subía y bajaba, con Tiffany en una punta y Shannon en la otra, cuyas carcajadas llenaban el aire.

No se daban cuenta de cómo se encontraba su hermana mayor, lo cual era mejor así, pensó Amber. Emma estaba sentada en una vieja mesa de picnic, con la cabeza enterrada entre los brazos. Los hombros se agitaban a causa de sus obvios sollozos.

Amber se sintió fatal al ver a Emma pasándolo tan mal. Albergaba cierta pureza, una cualidad de inocencia, y Amber sintió de repente mucha culpabilidad, tras haber considerado últimamente a Emma como una posible rival por el afecto de Bray. ¿Cómo podía haber sido tan mezquina? Los celos la habían cegado, y había ignorado las necesidades de Emma, sin darse cuenta de lo difícil que era para esta haber vuelto a la Base Aérea Arthurs, y la valentía que demostraba al regresar a su pasado.

Estaba claro que Bray y Emma compartían un lazo tras todo lo que ambos habían compartido anteriormente en la base. Amber era consciente ahora de ello. No había llegado a entender, a tomar en consideración, lo que ambos habían atravesado. Sintió que había sido demasiado dura con Bray. No le había dado suficiente margen. Deseaba poder retirar lo que le había dicho la noche anterior.

—Emma, ¿te importa si me siento contigo? —preguntó Amber con simpatía, acercándose a la mesa donde estaba sentada Emma.

Emma miró en dirección a la voz de Amber, con los ojos invidentes húmedos, por las lágrimas que había estado derramando.

Estaba avergonzada por sentirse tan expuesta, y tardo un segundo en pensarse la oferta de Amber.

—Sí, me gustaría… Gracias —dijo Emma, con la voz llena de emoción.

—Oye, todo saldrá bien —respondió Amber, dándole a Emma un reconfortante abrazo—. Bray sabe exactamente lo que hace. Él y Jay volverán antes de que nos demos cuenta.

—Espero que tengas razón. Tienes mucha suerte, Amber. Durante el tiempo que él y yo estuvimos aquí, Bray nunca dejó de hablar de ti.

Le sentó como una daga al corazón. Amber sintió la culpabilidad por dudar de Bray, por imaginar que estaba interesado en Emma de forma romántica.

—Bray te tiene en muy alta estima, Emma. Eres muy especial para él.

Amber estaba siendo sincera con esas palabras. No intentaba molestar a Emma, sino hacerla sentir mejor, que supiera lo mucho que Bray se preocupaba por ella.

Emma se quitó las nuevas lágrimas que le caían por la mejilla.

—Se ha portado tan bien conmigo… Con Tiffany, Shannon… Él lo comprende. Nunca había conocido a nadie como él. No pensaba que quedase gente así en el mundo. Y ahora se ha ido…

Tiffany y Shannon seguían con sus juegos, pasando a columpios que rechinaban, balanceándose adelante y atrás, riendo el uno con el otro con felicidad infantil, sin prestar atención a las dos chicas mayores sentadas cerca de ellos.

Emma se desmoronó, llorando de forma descontrolada, y Amber le dio un firme abrazo de apoyo.

—No pasa nada —dijo suavemente, para reconfortarla—. Todo saldrá bien.

* * *

—¡Venid a pillarlo! —dijo Gel, entusiasmada con sus propias dotes culinarias, portando un plato de comida a Jack y Ellie.

Inicialmente, después de que Jay marchase en busca de Bray, habían vuelto a los niveles inferiores del edificio médico, pero no habían conseguido encontrarle el sentido a las cámaras de hibernación.

Ahora se encontraban en el bloque de oficinas y administración, explorando la misma habitación en la que Jay y Gel habían encontrado anteriormente el mapa de la isla.

Gel había mencionado ver varias estaciones de trabajo con ordenadores en aquellas oficinas.

Para deleite de Jack, todos parecían seguir en funcionamiento. Uno a uno, los había encendido, y tenía dieciocho ordenadores por examinar. Todos alimentados por el generador interno con el que estuviese funcionando el complejo de oficinas.

Gel hacía lo posible por ayudarlos, proporcionándoles un suministro interminable de comida.

—¡Si necesitáis algo más, ya sabéis dónde encontrarme! Y a Darryl, lo tengo atareado lavando los platos —sonrió, marchándose de la habitación a saltitos.

—No sabía que le gustase tanto la comida —Jack dibujó una sonrisa, picando de su plato, sin saber muy bien qué contenía. Habían rehidratado una mezcla de comida seca de varios tipos de cocina, y le habían puesto varias salsas por encima. Parecía una excéntrica obra de arte moderna.

—Bueno, en casa tampoco teníamos muchas opciones para comer —dijo Ellie, probando de su plato y encontrándolo a su gusto.

Quizás fuese porque Gel sentía que no podía contribuir de muchas otras formas. Seguía yendo a la cafetería con entusiasmo, preparando comidas para que comiesen los demás, y ella misma.

—Si sigue zampando como lo está haciendo, en vez de "la gran cocinera Gel", tendremos que llamarla solo "la gran Gel" —bromeó Jack con cariño. Tras el último bocado le entró una repentina arcada, asqueado por la última preparación de Gel—. Creo que ya no tengo tanta hambre.

—Pues más comida para mí, y más trabajo para ti —sonrió Ellie, quitándole el plato a Jack para poder terminárselo—. A trabajar, genio.

Jack estiró los dedos como un pianista, y comenzó a teclear frenéticamente sobre el teclado del último ordenador que se encontraba examinando, habiendo pasado ya por tres de los escritorios de la oficina y rebuscado en sus archivos.

De momento, habían encontrado referencias a unos tests sobre fusión nuclear que, al parecer, los adultos habían llevado a cabo cerca de la Base Aérea Arthurs, experimentando con nuevas formas de energía potenciadas solamente con agua. "Proyecto Acuario" era el nombre de la misión. Los adultos buscaban un descubrimiento que pudiese sustentar a la población de la isla de forma indefinida, pues pretendían sobrevivir en el mundo posterior al virus.

Jack se preguntaba si habría algo detrás de estos tests que, según los archivos, estaban clasificados como "alto secreto", y especuló si algo habría salido mal en algún momento. Recordó a Bray mencionar que había pasado junto a un enorme cráter en el páramo, y la historia de Emma sobre la brillante explosión que iluminó el cielo, lo último que vio antes de perder la vista. ¿Acaso no había sido un accidente, y la explosión la había provocado algún tipo de arma?

Desde que el virus se esparciese como un fuego incontrolado por todo el planeta, habían existido todo tipo de teorías. Y, sobre todo, teorías conspiratorias. En el momento álgido de la pandemia, algunos se cuestionaron si había siquiera un virus, o si todo era el resultado de algo más tenebroso y siniestro. Como un experimento científico que había salido desastrosamente mal. ¿O, incluso, ingeniería genética? ¿Guerra bacteriológica? ¿Un germen que se introdujo en la Tierra y que mutó en un virus mortal como resultado de la exploración espacial?

Y ahora, con todos los rastros de información que iban encontrando, el misterio aumentaba. Fuese lo que fuese aquello que los adultos se llevaban entre manos, el personal de las Naciones Unidas que había estado destinado en la isla tenía, claramente, más en mente que simplemente el bienestar de los muchos niños evacuados que habían sido enviados allí, como Emma y su tribu, las Cucarachas.

—Oye, Ellie. Esta máquina es avanzada, es súper rápida —dijo Jack, admirando el rendimiento técnico de aquel ordenador—. Ni siquiera se podía comprar algo como esto en el mercado, en su época. Funciona de una forma que nunca había visto antes.

—No te distraigas tanto pensando en jugar con el ordenador como para olvidarte de mí —dijo Ellie entre bocados.

Los ojos de Jack iban de un lado a otro mientras escaneaba las carpetas y archivos de los discos duros del ordenador.

De repente, una ventana apareció en pantalla, tomando a Jack por sorpresa.

—¿Qué ha sido eso? —preguntó Ellie.

—No he sido yo. Creo que esto se ha conectado a la red de alguna forma —dijo Jack, observando la pantalla intensamente—. Cuando lo encendí.

Ellie dejó el plato a un lado para acercarse a mirar.

—Internet ya no existe, Jack. No puede estar *online*.

—Eso díselo al ordenador…

Jack intentó comprender lo que veían sus ojos. Recordó que Ram le había hablado de sus comunicaciones con Kami, el líder del Colectivo, a través de algo llamado UNANET, una red *online* privada desarrollada a comienzos de la pandemia. Ram dijo que las siglas significaban "Red de Agencias de las Naciones Unidas". UNANET estaba basado en el antiguo ARPANET, que se había creado para permitir la comunicación durante la antigua Guerra Fría, en caso de algún evento apocalíptico.

—Ellie, alguien está intentando contactar con nosotros —dijo Jack, contemplando la pantalla con asombro, imaginando quién sería la persona al "otro lado" que les acababa de enviar un mensaje.

* * *

Amber, seguida de Emma, Gel, Darryl, Tiffany y Shannon, se apresuraron a la habitación y se acercaron hasta Jack, que seguía sentado, contemplando el ordenador.

Había enviado a Ellie a convocar a los demás, y ninguno podía creer que alguien pudiese intentar contactarles *online*, como tampoco podían creerlo Jack o Ellie.

—¿Estás seguro? —preguntó Amber bien alto, observando el ordenador.

—Afirmativo —respondió Jack, tecleando más instrucciones en el teclado.

—¿Quién es? —quiso saber una nerviosa Gel.

—Ese es el tema: no lo sé —contestó Jack.

El grupo contempló atentamente una serie de gráficos en distintos idiomas que aparecían en pantalla. Algunos de origen europeo, otros de Asia Oriental.

—Está claro que es alguien en alguna parte del mundo, aunque no sé dónde —reflexionó Jack—. Pero, de algún modo, saben que estamos *online*.

—Puede que sea el Colectivo —dudó Darryl, ansioso.

—¿Por qué no le preguntas quién es? —indagó Gel.

—Lo haría, si supiese qué idioma utilizar —dijo Jack.

Gel lo miró como si fuese algo obvio.

—Pues tu propio idioma, ¿cuál si no?

Jack se dio cuenta de que, en realidad, no era tan mala idea. Hasta el momento, había sido incluso demasiado precavido, y no había escrito ni una sola palabra.

—Vamos allá —dijo Jack, escribiendo nerviosamente en el teclado.

¿Hola?

De repente, las palabras en otros idiomas dejaron de aparecer. Jack dio un golpe sobre el escritorio, decepcionado.

—¿Qué? ¿Hemos perdido la conexión? —preguntó Amber.

Jack podía ver que seguían *online* y estaba a punto de probar de nuevo, cuando un nuevo mensaje apareció de repente. Jack lo leyó en voz alta.

HOLA. ¿SOIS LAS CUCARACHAS?

Emma se estremeció ante la mención de su antigua tribu.

—Bueno, ¿qué le digo? —dijo Jack, emocionado.

—¡Pregúntale quién es! —dijo Amber, igual de intrigada, y Jack comenzó a escribir de nuevo.

¿Quiénes sois?

Durante un instante no hubo respuesta, y Jack esperó ansioso a que le contestasen.

ESTAMOS BIEN. GRACIAS. ¿CÓMO ESTÁIS?

—Al menos parecen amistosos —dijo Jack tras leer la respuesta en voz alta—. Pero creo que no ha entendido mi pregunta. Es posible, si no entienden el idioma bien del todo, si son de otro país.

—O están evitando la pregunta —observó Amber.

—Inténtalo de nuevo —sugirió Ellie.

Jack repitió la pregunta.

¿Quiénes sois?

Pasó otro instante, antes de que apareciese una respuesta.

NECESITAMOS SABER QUE PODEMOS CONFIAR EN VOSOTROS. POR FAVOR, CONFIRMAD. ¿SOIS LAS CUCARACHAS?

—Desde luego, parecen estar muy interesados en la antigua tribu de Emma —observó Jack, para luego escribir su siguiente contestación.

Nosotros también necesitamos saber en quién confiar. Por favor, confirmad. ¿Dónde está _vuestro_ hogar?

—A ver qué les parece —dijo Jack.

COMPROBAREMOS SI PODEMOS CONTINUAR LA COMUNICACIÓN. POR FAVOR, MANTENÉOS A LA ESPERA DEL SIGUIENTE CONTACTO.

Jack suspiró al darse cuenta de que se habían desconectado.

—No puedo creerlo, ¡se han ido! —dijo con decepción.

—¿De qué iba todo eso? —preguntó Darryl.

—No lo sé. Pero está claro que debemos averiguarlo —respondió Amber, confundida y más que preocupada.

CAPÍTULO DIEZ

Connor se había despertado temprano, con una resaca espantosa. Se rascó la cabeza en un triste intento por despejar su dolor de cabeza. Los sonidos del coro de la selva al amanecer en la isla le resultaban ensordecedores, una miríada de pájaros e insectos que cantaban bien alto para recibir la salida del sol.

Al despertarse, se encontró también rodeado de un grupo de nativos, fascinados por el enigmático desconocido que había llegado a la aldea (y su colgante de aspecto místico). ¿Era él el legendario "espíritu marino" que sus fábulas presagiaban les visitaría, en forma humana, para aprender su forma de vivir y juzgarlos, y traer consigo recompensas o condenación?

Connor no se había quedado mucho rato, incómodo al ser objeto de tanto escrutinio, y estaba deseando volver a su barco, *Nemo*, para asegurarse de que estaba a salvo.

Trudy le había dado un poco de champú y artículos de aseo de un suministro que Gel había reunido previamente de los restos del *Jzhao Li*. Gel había rescatado sus "tesoros", como decía ella, de uno de los contenedores que portaba el enorme barco carguero.

Connor prometió regresar pronto a la aldea, después de haberse aseado y echado un vistazo a su barco y a las posesiones que tenía a bordo del *Nemo*.

Desconfiando del desconocido que había llegado, al parecer, de la nada, Lex había dispuesto que Slade acompañase a Connor hasta el *Nemo*, con la excusa de ofrecerle ayuda en caso de necesitarla. Pero, en realidad, Slade se aseguraría de que Connor no se disponía a hacer algo que los pusiese en peligro, como avisar a posibles enemigos de las fuerzas y número de los Mall Rats y la tribu de los nativos.

Con Connor y Slade fuera temporalmente, la vida había vuelto casi a la normalidad en la aldea. Pero seguía existiendo un aire de misterio entorno a la llegada de Connor.

Lex se preguntó cuánto tiempo tardarían Amber, Bray, Jay y el resto del grupo de exploración de los Mall Rats en regresar a la aldea. Esperaba que estuviesen bien, y que no se hubiesen encontrado con ningún peligro (en particular con el Colectivo, recordando las funestas advertencias de Ram sobre su supuesta presencia en la isla).

En esos momentos, Lex estaba deseando ponerse a trabajar en la seguridad de la aldea. La inesperada aparición de Connor había demostrado que no podían quedarse de brazos cruzados, en caso de que el Colectivo, Eloise o algún otro peligro se presentasen allí.

Lex se encontraba patrullando la aldea, comprobando las lanzas fabricadas por los nativos, y las rocas preparadas para usar como misiles en varios puntos estratégicos.

—Ahí estás —dijo Lia, acercándose a él—. Te he estado buscando en todas partes.

—Me alegra que me echen de menos —respondió Lex, echándole un vistazo y admirando la figura de Lia (y su interés por él).

—No es por mí… La Sacerdotisa quiere verte en su cabaña de inmediato. Para indagar en tu espíritu.

Era música para sus oídos, así que soltó el puñado de rocas que llevaba encima.

De repente, la idea de las preparaciones defensivas parecía mucho menos apetecible que la promesa de una reunión íntima con la seductora Sacerdotisa.

—Puede indagar en mi espíritu cuando quiera.

* * *

Lex estaba encantado de que lo hubiesen citado. Estaban solamente él y la Sacerdotisa en la cabaña (y también Lia, para actuar de intérprete).

La Sacerdotisa estaba arrodilla en el suelo, frente a Lex, a quien le había pedido tomar una postura similar. Miraba a Lex a los ojos profundamente, hablándole con suavidad en su lengua nativa.

—Pregunta: ¿estás seguro de que eres tú el líder de tu gente aquí? —explicó Lia, agachada junto a ellos.

En ausencia de Amber, Jay y Bray, y con el encargo de defender a los demás, la respuesta era obvia para Lex, desesperado por permanecer en la estrecha compañía de las dos chicas que tanto deseaba.

—Pues claro que lo soy.

Satisfecha con la respuesta, traducida por Lia, la Sacerdotisa situó suavemente una mano sobre el amplio pecho de Lex, sorprendiendo a este con su tacto (y haciéndole desear que hubiese más).

—Entonces, comencemos —dijo Lia.

La Sacerdotisa comenzó a realizar un hechizo, y esparció varios polvos con su mano izquierda sobre el fuego que había prendido. Las brasas chispeaban sobre la pira, bocanadas de humo tomaban forma alrededor de ellos mientras la Sacerdotisa mantenía su mano derecha fija sobre Lex.

—¿Qué está haciendo? —preguntó Lex entre susurros.

—Abriendo un portal hacia el mundo espiritual —describió Lia—. Llamando a sus ancestros, y a los espíritus de la isla, para que la guíen. Quiere ver tu futuro y el de tu gente. Comprobar qué supone la llegada del espíritu marino.

La Sacerdotisa prosiguió con su cántico rítmico, balanceándose de un lado a otro. Lex notó que aquello tenía un efecto hipnótico en él, y estaba sobrepasado por estar tan cerca: el sonido de su dulce voz, la sensación de su tacto, el olor a las flores que decoraban su pelo, los hermosos rasgos de la Sacerdotisa brillando a la luz el fuego…

Todo aquello le resultaba muy excitante a Lex, y la Sacerdotisa quitó la mano de su pecho para colocársela cuidadosamente sobre una de las mejillas.

—¿Y ahora qué hace? —preguntó Lex.

Lia explicó mientras la Sacerdotisa cerraba los ojos, concentrada, que estaba intentando conectar con el propio mundo espiritual de Lex, intentando adivinar qué supondría el augurio del "espíritu marino" para él y su tribu.

—Bueno, pues ya somos dos. Yo también estoy pensando en "conectar" —comentó Lex con picardía.

—Sé en lo que estás pensando —susurró Lia en desaprobación—. ¿Cómo eres así? Está intentando ayudar. ¿Es que nunca piensas en nada que no sea… ya sabes?

—En realidad, ahora mismo estaba pensando en ti —le susurró Lex de vuelta.

Lia se quedó sin palabras, avergonzada y halagada por el comentario de Lex.

De repente, la Sacerdotisa abrió los ojos, quitando la mano del rostro de Lex. Dejó caer el brazo, como si no le quedaran fuerzas, y exhaló agotada, regresando al mundo real tras su comunión con los espíritus.

—¿Qué sucede? —preguntó Lex casi en secreto, pensando por un instante que la Sacerdotisa había conseguido leerle la mente, y que había visto sus pensamientos insinuantes sobre Lia.

La Sacerdotisa se encontraba en shock, devastada por lo que había visto. Rápidamente, le contó su descubrimiento a Lia, que comenzó a traducir para Lex, preocupada por lo que estaba narrando.

—Dice que los espíritus la han bendecido con una visión, pero es una visión que no le trae alegría compartir… Ha podido vislumbrar tu futuro y el de tu gente… No es capaz de ver nada más que tristeza… Pérdida… Eso le han contado los espíritus. Algunos de los miembros de tu tribu pronto se encontrarán con el espíritu de la muerte.

* * *

Los Mall Rats que seguían allí se sobresaltaron al escuchar la profecía hecha por la Sacerdotisa, preocupados por si realmente había conseguido ver su futuro. O si, de no referirse a los que estaban en la aldea, su funesta visión se refería a los miembros de la tribu que habían partido en el grupo de exploración y aún no habían regresado.

Lex estaba especialmente preocupado. La advertencia de la Sacerdotisa, que coincidía con la llegada de Connor, solo aumentaba las sospechas que sentía instintivamente hacia este. Y, por mucho que hubiese perseguido a la Sacerdotisa como conquista, decidido a llevarla hasta su cama, había llegado a admirarla por sus otras cualidades humanas además de por sus sensuales rasgos físicos. La forma de vida de los nativos le resultaba interesante.

Sin ser una persona creyente como tal, Lex se preguntaba si la existencia espiritual que seguía la Sacerdotisa le aportaría algo más. Con el añadido, pensó, de que aprender sobre ello solo podría mejorar su oportunidad de conocerla a un nivel más físico.

—Es un poco inverosímil, en mi opinión —dijo Trudy, dudando sobre la profecía hecha por la Sacerdotisa.

—No recuerdo que nadie te haya preguntado —señaló Lex.

—Tú te creerías cualquier cosa que te diga. Los espíritus no existen. Ni la religión. Al menos, ya no —reflexionó Trudy.

—Eres la menos indicada para decir eso. ¿Ya te has olvidado del Guardián? ¿No eras tú la "Madre Suprema"? —se burló Lex.

—Venga, dejadlo ya los dos —los reprendió Salene, intentando contener el asunto antes de que se les fuese de las manos.

—Solo digo que no sabemos nada sobre ese tal Connor —insistió Lex—. Así que mejor mantener la guardia. Podría traer problemas.

—Hablando del tema… —señaló discretamente Sammy.

Slade y Connor habían regresado a la aldea, pero los Mall Rats y los aldeanos se quedaron completamente sorprendidos al ver lo que tenían ante sí.

Mientras que antes Connor estaba sucio, desaliñado, con el cabello salvaje y el aliento con un insoportable hedor a alcohol,… tras volver con Slade, parecía una persona completamente distinta.

Connor se había lavado, había tomado prestado un cepillo, se había lavado la ropa y afeitado la incipiente y descuidada barba, se había lavado los dientes por primera vez en meses (según le dijo a Slade)… y parecía otro.

—Creo que me he enamorado —soltó Lottie con entusiasmo, totalmente embelesada y desarrollando un flechazo. Recibió un codazo en el costado por parte de un claramente celoso Sammy. Ahora no era momento de bromear (asumiendo que Lottie estuviese bromeando, claro). Había muchas preguntas que necesitaban respuesta.

Sin duda, Connor era excepcionalmente atractivo. Sus hermosos rasgos habían estado escondidos bajo su dejado aspecto anterior. Ahora todos podían ver que tenía unos ojos de lo más penetrantes, una complexión robusta, la larga melena peinada con estilo hacia atrás sobre los hombros. De mandíbula fuerte y bastante alto, era un impresionante espécimen físico en todos los aspectos, como un modelo del tiempo de los adultos que estaría más cómodo en una pasarela que allí, en la isla.

Durante un instante, todos se quedaron mirándolo, fascinados por tener a aquel "príncipe encantador" entre ellos, tan diferente al borracho sinvergüenza que habían presenciado antes. Y el cambio en su apariencia no pasó exactamente desapercibido ante Trudy.

—¡¿Dónde está el Connor que yo conocí?! —sonrió encantada.

—¡Tachán! —dijo Slade, presentando a Connor ante ellos.

—Lottie, no se mira con descaro —dijo Sammy en voz baja.

—Me da igual —dijo una extasiada Lottie.

—Espero que tu barco y tus cosas estuviesen bien —preguntó Trudy.

—Sí. Está bien, gracias —contestó Connor.

—Además, mola bastante —dijo Slade.

Los demás se reunieron en torno a Connor, asaltándolo con todo tipo de preguntas sobre su travesía. Y Lex susurró a Slade.

—¿Te parece legal?

—Eso parece —respondió Slade.

—Has cambiado de idea. Pensaba que tampoco te fiabas de él.

—Es buen tío. Ahora que está sobrio. Deberías conocerlo mejor. Quizás pueda ayudarnos.

—No estaría tan seguro de eso. Parece más interesado en ayudarse a sí mismo —dijo Lex, aún receloso de toda la atención de la que estaba disfrutando Connor, sobre todo de las chicas, la mayoría de ellas locas por tener a otro hombre en su presencia, y uno que parecía estar soltero, según lo que iba respondiendo Connor a sus preguntas.

Connor explicó que venía originariamente de un pueblo costero donde su familia tenía un barco, el *Nemo*, y que había pasado mucho tiempo a bordo del barco cuando era pequeño. Sus padres, ambos apasionados marineros, estaban también en la marina y llevaron a Connor, su único hijo, a través de una serie de aventuras marítimas. Fue de ellos de quien Connor aprendió a navegar. Y cuando el virus arrasó el mundo, abocándolo al abismo, Connor les aseguró a sus padres que se mantendría a salvo, zarpando hacia el mar en el *Nemo* para comenzar su nueva vida. A Connor le pareció que quedarse en tierra era demasiado peligroso, que podría tener una existencia más segura en el agua, donde podría prácticamente auto-abastecerse, después de que su ciudad quedase sumida en una completa anarquía.

Pescando, recolectando agua de lluvia, y con algo de electricidad gracias a los paneles solares sobre el tejado del yate, Connor describió que la primera etapa que pasó solo le había resultado reconfortante de muchas maneras, que le daba consuelo y refugio del resto del mundo. Poco a poco, había llegado a aceptar el fallecimiento de sus padres, y encontró una sensación de paz y aliento al vivir en el barco que una vez había sido de ellos. Mantenía así una conexión con su familia y con el pasado, mientras intentaba encontrar su propio lugar en el futuro.

Se lanzó a la mar, intentando trazar su posición lo mejor posible en los mapas náuticos que había en el interior del camarote del *Nemo*. Su madre, doctora naval, tenía varios mapas de los canales marítimos del mundo, pues soñaba un día, tras jubilarse, poder navegar alrededor del mundo con su marido en su barco de 11 metros de eslora. Los bocetos de hacia dónde pretendía navegar seguían visibles sobre los mapas náuticos.

Su sueño murió con ella, pero Connor estaba decidido a cumplirlo a su manera, así como a sobrevivir. Y explicó a los Mall Rats cómo había viajado miles de millas náuticas, explorando islas y distintas regiones, echando el ancla de vez en cuando para reunir suministros o refugiarse de algún temporal.

Más o menos al momento de perecer los adultos, según les contó Connor, había visto lo que aseguró era una enorme flota de barcos en medio del océano, en el horizonte. Creyó haber visto un portaviones, varios cruceros de guerra, buques de apoyo escoltando a unos cuantos gigantescos barcos cargueros. No consiguió ver si los navíos iban a la deriva o si seguían en funcionamiento, con una tripulación de adultos vivos. Fue como una aparición, explicó Connor, que se preguntó si era un espejismo, una ilusión que le mostraba su cansada y solitaria mente.

Connor perdió de vista al convoy, pero mucho después recordó lo que había visto, cuando hace unas cuantas semanas se encontró con otro barco solo a la deriva en el mar, como una especie de leviatán. Era un barco de las Naciones Unidas, según podía ver en la insignia, y Connor lo había seguido tan bien como le permitía el viento que transportaba a su barco, el *Nemo*, enano en comparación.

—¿Quizás fuese el *Jzhao Li*? —sugirió Sammy, intrigado por Connor y sus cuentos del mar.

Lex se dio cuenta de que aquel nombre pareció provocar cierta inquietud en Connor.

—No, no recuerdo ese nombre —dijo, señalando que había sido incapaz de alcanzar al enorme barco carguero, o lo que fuese, pero que había seguido el mismo curso, transportado por las corrientes del océano y los vientos dominantes.

Poco a poco, se le acabó el suministro de agua potable, y a Connor no le quedó para beber nada más que la menguante provisión de whisky añejo de su padre.

Connor se había vuelto un borracho, perdiendo control del navío y de sus sentidos, sin nada más que el whisky y lo último que le quedaba de comida para apaciguar su desesperación.

Recordó ver una isla en la distancia y alterar el curso del timón, desesperado por llegar a tierra tras tanto tiempo a la deriva. El *Nemo* se había rasgado el casco en los arrecifes, pero Connor fue capaz de anclar el barco.

Llegó hasta tierra a trompicones, por poco ahogándose en el proceso mientras intentaba nadar a la orilla, borracho.

—Y entonces te conocí —dijo Connor, mirando con timidez a Trudy, que estaba absorta en la historia—. Tú me salvaste. Y siempre te estaré agradecido.

—No podía dejarte allí… Fue un placer —contestó Trudy, sonrojada.

Ruby intercambió miradas con los demás, como a punto de vomitar por la falsa modestia de Trudy.

—Lo siento mucho —continuó Connor—. Me avergüenza cómo me comporté anoche. No recuerdo mucho, pero Slade me lo ha contado… Fuisteis las primeras personas que veía en muchísimo tiempo. Me sentí embriagado al veros, seguramente más por lo que había bebido. Siento mucha vergüenza.

—Y deberías —dijo Lex.

—Dale un respiro, Lex —defendió Salene a Connor—. Se sentía solo, eso es todo. No puedes culparlo por eso. Y no pasó nada.

Lex observó a Connor con desconfianza.

—No ha pasado nada, de momento.

—No abusaré de vuestra hospitalidad. Mi hogar es *Nemo*, no este sitio. En cuanto consiga provisiones, volveré al agua. Después de todo, ¿qué mejor compañía que el mar y el cielo? Un poco de libertad, un nuevo comienzo.

—Suena tan romántico… —suspiró Lottie con melancolía, rendida ante él.

—Demasiado romántico, en mi opinión —dijo Lex.

—¿Por qué no te quedas un poco más? Es decir, ¿qué prisa hay? —sugirió Trudy de forma casual—. Acabas de llegar.

—Habéis hechos más que suficiente, Trudy. No quiero estorbar a nadie.

—No estorbarías a nadie —lo animó Salene.

May le echó a Salene una mirada incómoda.

—Es decisión de Connor. Quizás quiera irse.

—¿Directo a contarles al Colectivo lo que ha descubierto? —soltó Lex enfurecido, tras decidir lanzar el guante y ver cómo respondía Connor. Pero no respondió.

—No entiendo.

Lex miró a Connor, que parecía decir la verdad y siguió hablando.

—Tan solo me gustaría intentar recompensaros.

—¿Y cómo pretendes hacerlo? —preguntó Lex.

—Si hay algo que pueda hacer para ayudaros de cualquier modo…

—Seguro que hay muchas cosas con las que puedas ayudar por aquí, Connor —intentó zanjar Trudy—. No hace falta que te vayas tan pronto. Quizás sea buena idea que te quedes y disfrutes un tiempo de todo lo que puede ofrecerte la tierra firme.

—Agradezco la oferta —respondió Connor—. La verdad es que sienta bien estar en "terra firma" y tener compañía.

—Pero como se te ocurra pasarte de la raya… —lo amenazó Lex.

—Debes disculpar a Lex. Nunca se le han dado bien las palabras —comentó Salene—. Y está claro que no sabe lo que significa "hospitalidad".

—Oye, sin problema. Lo entiendo perfectamente. No sabéis nada sobre mí. Y podría estar preparando un ataque. Pero creo que no tendría muchas posibilidades. Debe haber cientos de vosotros por aquí, y yo soy solo uno.

Lex supo que se trataba de una indirecta para él.

—Bueno, no sé los demás, pero yo tengo trabajo que hacer —dijo Lex, echándole a Connor una mirada desdeñosa antes de marcharse para seguir con sus preparaciones defensivas.

Lia lo siguió. Tampoco confiaba en Connor, y sentía que estaba siendo demasiado "agradable" ahora que se había afeitado y limpiado. Se imaginó que debía ser muy mujeriego y que tendría una mujer esperando en cada puerto.

—No le hagas ni caso —dijo Ruby.

—Es el carácter de Lex. Debajo de esa fachada, hay un gran tipo. Y, lo creas o no, una vez te conozca será más hospitalario —explicó Salene.

—Bueno, dejadme a mí ser hospitalario —dijo Connor—. Os invito a ver mi barco.

—Me parece muy buena idea —dijo Lottie animada.

—Ah, pues claro —comentó Sammy sarcástico, sintiéndose excluido por toda la atención que recibía Connor, sobre todo de Lottie.

—Trudy, te debo una —dijo Connor, levantando una mano en gesto de amistad, centrando su atención en ella—. Si no me hubieses ayudado… Podría haberme resbalado, haberme ahogado. Puedes venir a dar un tour del *Nemo* cuando quieras. Solo tienes que decirlo.

—Me gustaría —Trudy sonrió tímidamente, estrechándole la mano como respuesta. Se sentía bien por haber marcado la diferencia en la vida de otra persona, porque sus caminos se hubiesen cruzado.

—Me alegra que nos encontrásemos —insistió Connor, mirando fijamente a Trudy a los ojos, creando una conexión con ella.

—Y a mí —respondió Trudy, retirando la mirada con recato, vergonzosa por el interés de Connor en ella, y sorprendida de descubrir lo mucho que se sentía atraída hacia él.

* * *

May paseaba desanimada por la playa, intentando mantenerse bajo la poca sombra que había, oculta de los demás, escondiéndose entre las filas de palmeras que se balanceaban con la brisa.

No llegaba a entender del todo cómo se sentía, y se preguntó si estaría siendo irracional, si su vulnerabilidad se debía, como decían todos, a la pérdida de Zak y si necesitaba tiempo para el luto.

Pero tras regresar Connor a la aldea todo arreglado, May sintió que Salene había estado demasiado simpática con él, rápidamente atraída por sus seductores rasgos. Daba igual lo mucho que intentase ignorar sus sentimientos: May estaba celosa. Y seguía sin poder articular exactamente el porqué. O de dónde venían todos los pensamientos que la rodeaban.

Se preguntó si aquel era otro cruel giro del destino para situar otro obstáculo más en su vida. El destino siempre parecía ir en su contra. ¿Era este el comienzo de un proceso en el que Salene caería rendida a los encantos de Connor, y él a los de ella, acabando los dos como pareja?

Ya había pasado antes, entre Salene y Pride. May había quedado a un lado. Sola y sin amor. Pero siempre se había considerado una superviviente, y era más que capaz de manejarse en las calles. Ahora deseaba algo más que ser simplemente capaz de sobrevivir. Como si estuviese buscándole un significado mayor a su vida.

May intentó ser positiva, dejar de pensar que era una víctima constante. Esto, a su vez, la hizo sentirse culpable, como si fuese egoísta, insensible ante las propias necesidades de Salene, sin apreciar que Salene también necesitaba vivir su propia vida.

¿Tan bajo había caído, reflexionó May, tan mezquina era para llegar a depender tanto de Salene? Le daba asco la persona en que se estaba convirtiendo, por desear que ni Salene ni nadie hubiese visto el hermoso rostro de Connor, y que este siguiese lejos de allí, en el mar.

La marea le llamaba la atención. Estaba tentada a zambullirse, a sumergirse en su interior. Acabar con toda la tristeza que la envolvía.

—¡May, espérame! —la llamó Salene, que corría hacia ella.

Estaba tan perdida en sus pensamientos, que no había visto a Salene corriendo para alcanzarla, sin aliento.

—Me preguntaba dónde estarías... ¿Te importa si me quedo?

—No tienes por qué hacerlo, si no quieres.

—Bueno, sí que quiero. Claro que quiero. Me vendría bien la compañía.

—Pensé que quizás querrías seguir allí con los demás —dijo May—. Y conocer un poco mejor a Connor.

—Es un buen partido. Para otra persona. Pero no para mí —Salene sonrió.

Se quedó mirando a May, intentando establecer qué se le estaría pasando por la cabeza. May no parecía seguir en su estado "normal" de apatía. No presentaba señales obvias de haber llorado, lágrimas, los síntomas normales de su dolor y confusión que se habían manifestado en sus paseos previos.

Salene podía ver que se trataba de otra cosa. Y el hecho de no saberlo le parecía mucho más inquietante, preocupada por el estado de May.

—¿Qué pasa? ¿Quieres hablar de ello?

—No puedo decírtelo —respondió May.

—¿Alguien te ha dicho algo que te haya molestado? Si no quieres hablar, lo respetaré. Pero si puedes, quizás te sientas mejor compartiendo lo que sea que te moleste. Quizás pueda ayudarte.

El valiente rostro de May comenzó a resquebrajarse, perdiendo la compostura, volviéndose más y más angustiada por cómo iban las cosas.

—Sería mejor que te alejases de mí.

—¿Por qué? ¿He hecho algo malo?

—¡Salene, no puedo decírtelo!

—Sí puedes, puedes decirme lo que sea.

—¿No lo pillas, Salene?

—¡¿Qué?!

May comenzó a temblar con agitación, su mundo derrumbándose a su alrededor.

—¡No has hecho nada malo! ¡Todo lo contrario! ¡Eres perfecta! ¡Para! ¡Deja de ser tú! ¡De ser tan buena! No me lo merezco. ¡Ya no aguanto más!

—¡Eso no tiene ningún sentido! Si no he hecho nada malo, ¿por qué estás tan molesta?

—¿Es que no lo ves?

—¿Ver el que?

—Creo que… ¡siento algo por ti, Salene! —May retrocedió tras decir las palabras. Avergonzada por su confesión. Humillada.

—Y a mí también me importas muchísimo —dijo Salene, que no comprendió lo que quería decir May.

—No, es más que eso —May hizo una mueca, intentando explicarse, incapaz de seguir guardándoselo durante más tiempo, de mantenerlo en secreto. Ocultar la verdad era demasiado difícil, imposible. Pero revelarla era una de las cosas más difíciles que nunca había hecho, absolutamente angustioso. May perdía en cualquier caso. Como le había pasado toda la vida.

Se sentía vulnerable. Expuesta. No le quedaba nada. Había revelado su mayor secreto a la persona que más le importaba, y ya no podía contenerse más.

De repente, se dio la vuelta y besó a Salene en los labios con delicadeza, de forma seductora, antes de dar un paso atrás, sintiéndose incómoda por el silencio molesto.

—¡Lo siento! —susurró May finalmente.

—No lo sientas. Yo no lo siento.

Salene se quedó plantada allí, comprendiendo por fin la verdad, asimilándolo todo. Ahora todo tenía sentido. Muchos recuerdos pasaron por la mente de Salene, visiones fugaces en las que May decía ciertas cosas o le enviaba una mirada sutil.

A Salene nunca antes le habían gustado las chicas. Reconocía y apreciaba su belleza física hasta cierto punto, sin sentirse atraída del mismo modo que cuando veía a un chico apuesto. Como Pride, Bray, o Connor.

Pero Salene sabía que un romance no se basaba en el exterior. Lo que más importaba era el corazón. Quién era la persona, no su aspecto. Se enamoró por primera vez de Ryan como persona, antes de sentirse atraída hacia él de forma íntima.

Y ahora, allí mismo, tan cerca de ella, había una persona a quien Salene respetaba de forma incuestionable, que le importaba, y que comprendía a un nivel profundo. May le había revelado a Salene su propia alma. Y a Salene la conmovió de una forma que significaba mucho más de lo que podría explicar jamás.

Hacía mucho tiempo que Salene no encontraba aquella compañía. Y no había sido por no querer intentarlo. Desde la prematura muerte de Pride, había estado sola, pero no por elección. No había encontrado a nadie especial.

¿O sí?

—¿Lo has dicho de verdad,… lo de que no lo sientes? —inquirió May, nerviosa.

—¿Quieres que te lo demuestre? —respondió Salene.

May se giró e intercambió miradas con Salene, la intensidad en aumento. Entonces, Salene tomó a May de la mano, la acercó más a ella y le dio un fuerte abrazo.

May vaciló, preguntándose si Salene lo sentía realmente, si sabía lo que estaba haciendo.

Salene despejó todas las dudas de May besándola en los labios, primero suavemente y luego con creciente pasión.

Con nada a su alrededor más que la playa y las olas que rompían en la arena, se mantuvieron ancladas en aquel abrazo, sin querer separarse, agarradas la una a la otra. Claramente, ambas se necesitaban y se tenían en alta estima.

CAPÍTULO ONCE

Ebony se preguntaba durante cuánto tiempo podría mantener aquello, pues sentía que, en cualquier momento, se darían cuenta de que no era creyente y sufriría algún terrible castigo que el Guardián estaría más que contento de darle.

Cuanto más tiempo siguiera con la farsa de cooperar con sus secuestradores, más tiempo confiaba seguir con vida.

Si Eloise esperaba que Ebony hiciese lo que ella quería, que trabajase con el Guardián, uno de los enemigos más peligrosos de su pasado,… que así fuese. Haría lo que hiciera falta por sobrevivir.

Ya había contemplado que Eloise debía tener algo guardado para ella, fuese lo que fuese, porque había tenido muchas oportunidades de hacerle daño. Pero, de igual modo, no las tenía todas consigo respecto a esa suposición. Si estaba equivocada, solo podría haber un resultado: su muerte.

Por lo que podía imaginarse, se dirigía en esos momentos hacia alguna especie de ceremonia.

—Le damos al mundo algo en lo que creer, Ebony —dijo el Guardián con reverencia mientras caminaba por el pasillo, con la larga sotana flotando tras él y Ebony a su lado.

Los flanqueaban Axel y varios guardias, siguiéndolos con silenciosa obediencia.

—Después de todo, las viejas religiones están muertas. ¿Dónde estaban los dioses de los adultos cuando atacó el virus? ¿Quién respondió a sus oraciones cuando rogaron piedad, cuando nadie fue perdonado? El futuro es nuestro. Pertenece a nuestra fe.

—Bien dicho. Lo entiendo. Desde luego —respondió Ebony, quien decidió que, de momento, no tenía otra opción salvo seguirle la corriente en todo.

—¿Lo entiendes? —dijo el Guardián, observando a Ebony con un intenso escepticismo—. ¡Aquellos que nos traicionen desearán no haber nacido en esta Tierra maldita! Ir en nuestra contra es ir en contra de Zoot. ¿Lo comprendes?

—Sí. Ya me has demostrado muchas cosas. Ahora lo entiendo mejor que nunca —respondió Ebony.

—Ya he intentado comulgar con el poderoso Zoot para que provea alguna señal de que no es demasiado tarde para ti, de que puedes cambiar —reflexionó el Guardián.

—Nunca es tarde para nada, Guardián. Puedes estar seguro.

—La Madre Divina siente que estás en un camino de redención. Yo no soy quién para cuestionarla a ella, o a la verdad divina que tiene el privilegio de observar. Pero te lo advierto: no la decepciones. Por tu bien, Ebony. Sigue con tu progreso.

—Por supuesto. Os entregaré todo lo que poseo.

El Guardián pareció satisfecho con su respuesta, y prosiguieron su camino por el laberinto de pasillos del recinto en silencio, salvo por los ocasionales e incoherentes balbuceos del Guardián para sí mismo. Ebony logró comprender alguna frase suelta acerca de las supuestas enseñanzas de Zoot y de su "misión".

El Guardián, con instrucciones de Eloise, ya había llevado a Ebony en un tour de la base de las montañas, y ella quedó sorprendida e impresionada por el tamaño de la operación que tenía lugar allí.

Había visto habitaciones llenas de bebés cuidados por enfermeras que, en vez de llevar un uniforme sanitario convencional, iban vestidas con batas de laboratorio blancas. Ebony esperaba que no estuviesen sometiendo a los bebés a algún tipo de experimento retorcido. Todo parecía muy estéril, con todas las paredes pintadas de blanco. Pero excepcionalmente bien organizado. Como una fábrica en la que, en vez de fabricar bienes, había una única cosa aparente en la cadena de montaje: bebés.

Ebony había visto otras habitaciones llenas de chicas embarazadas de su edad, y estaba agradecida de no ser una de ellas. Prisioneras, la mayoría refugiadas, supervivientes como lo era ella, llevadas a la isla por el destino. Y Ebony se preguntó por los padres, llegando a la conclusión de que, seguramente, las habían sometido a algún tipo de inseminación artificial.

En otra habitación, nuevas madres cuidaban de los bebés que acababan de traer al mundo, pero no parecían tener mucho tiempo para estrechar lazos con ninguno de los recién nacidos, pues otros miembros del personal los enrollaban en mantas y se los llevaban a lo que Ebony sospechaba era una zona de espera, que parecía alojar a una infinidad de recién nacidos.

Todo el personal, así como las futuras madres y las que ya habían dado a luz, parecían no tener alma, habían perdido la chispa de la vida. Era como si su propósito no fuese más que traer niños al mundo como parte de una máquina, de un todo colectivo.

De hecho, ese era el papel que el Guardián le había descrito. Explicó que se trataba de una tarea de vital importancia. Estaban repoblando el nuevo mundo, creando una nueva generación. Así como un ejército, sospechó Ebony, y le resultó desgarrador darse cuenta de que, probablemente, todos los bebés que había visto no serían más que un futuro suministro de esclavos o guerreros.

En otra zona del complejo, Ebony había visto a niños pequeños que estaban siendo adoctrinados en la fe del Zootismo en salas de aprendizaje. A Ebony le trajo recuerdos de la escuela, pero esta vez eran seguidores adolescentes algo más mayores, y no adultos, los que daban clase a los pupilos, desde los cuatro o cinco años, sobre las lecciones del Zootismo. Zoot era omnipresente, según decían a los niños. Los observaba y entregaba profecías al Guardián sobre cómo tomarían parte ellos en la creación de un nuevo y mejor mundo.

Ebony sintió que estaba en un país de locos, una dimensión retorcida y surrealista. Y que ella era la única, a excepción de quizás Ram, con los pies en la tierra.

Aunque puede que también Eloise, reflexionó Ebony. Las veces que se habían reunido hasta entonces, Eloise parecía ser racional, inteligente, distanciada emocionalmente de todo el tema de los Zootistas a su alrededor. Lo cual le sugería a Ebony que la "Madre Divina" escondía más de lo que nadie sabía, especialmente el Guardián.

Claramente, estaba siendo manipulado por Eloise, Ebony estaba segura de ello. Y, siendo ella misma una maestra de la manipulación, Ebony había descubierto hacía tiempo cómo leer las señales. Eloise tiraba de los hilos, la maestra de los títeres, a cargo de todos ellos. Por ahora, claro está. Ebony la sucedería pronto, y le enseñaría cómo se hacen las cosas. Por ahora, un elemento clave de su estrategia era intentar ganarse la confianza de todos.

Más pronto ese día, Eloise y el Guardián la interrogaron acerca de Bray, a quien vio por última vez con vida en la plataforma petrolífera de Blake, y acerca de la presencia de los Mall Rats en la isla.

Se quedó confundida, y también preocupada, cuando le pidieron que revelase toda información que conociese acerca de la Montaña del Águila. Se quedó totalmente sorprendida de que le pidiesen detalles del viaje que una vez realizó hasta allí con los Mall Rats, y se preguntó cómo conocían Eloise y sus seguidores el lugar.

Les respondió con la verdad, poco segura de qué otros detalles conocerían ya, sin querer arriesgarse y ponerse en peligro por mentir acerca de su experiencia.

Les contó todo lo que recordaba acerca del observatorio, la base de los adultos con ordenadores que habían descubierto, en particular el ordenador principal activado por voz. El satélite. La transmisión que recibieron. La explosión que los obligó a evacuar, quitándole la vida a Zandra en el proceso. Y aparentemente a Amber. Pero decidió no decir demasiado al respecto, pues no quería anunciar públicamente su capacidad para tramar las maquinaciones más astutas.

Pero lo que ocupaba su mente era, sobre todo, el motivo por el que estarían interesados en la Montaña del Águila ahora mismo, de entre todos los lugares. Y le resultaba un completo misterio. Allí no había nada de valor, al menos que recordase. El interior de la planta baja había quedado prácticamente destrozado por la explosión que tuvo lugar.

En privado, Ebony también tuvo una audiencia con Eloise, que le preguntó sobre su relación con Blake, interesada en escuchar acerca de las últimas semanas que su hermano había pasado con vida. Asumiendo que hubiese muerto, claro está. Algo que, de momento, no se había confirmado.

Eloise no le había mostrado demasiadas emociones a Ebony, manteniéndose distante, fría, tratando deliberadamente de no revelar nada acerca de sí misma.

Ebony esperaba que el hecho innegable de que había sido amante de Blake la situase en un buen lugar con su hermana. ¿Era ese parte del motivo de que Eloise la mantuviese viva, reflexionó, por su conexión con Blake? Ebony sospechaba también, sin embargo, que su pasada relación con Zoot también se podría considerar una valiosa moneda.

Había intentado recolectar cuidadosamente algo de información, y había preguntado con cuidado si la Legión de Blake formaba parte del Colectivo. Y lo que había descubierto de momento era que Eloise estaba dentro del Colectivo, y que reinaba suprema en la base de las montañas, comandando todas las fuerzas de seguridad del lugar, así como la orden religiosa liderada por el Guardián, que obedecía diligentemente todos sus caprichos.

No es que Eloise se lo hubiese confirmado, pero Ebony estaba situando las piezas del puzzle poco a poco, para conseguir ver la imagen general, recordando lo que había descubierto durante su tiempo con Blake, que trabajaban con el Colectivo y que la única que parecía estar al mando era Eloise. Ebony sentía que, cuando llegase el momento de dar el paso, ella sería una digna oponente para Eloise.

Al parecer, la "Madre Divina" llevaba en su interior un niño concebido por Bray. ¿Era eso cierto? ¿Lo había hecho Bray con Eloise, de entre todas las personas?

Cómo le hubiese gustado ver a Amber escuchar que su querido Bray había sido seducido supuestamente por las obvias tentaciones que Eloise podía ofrecer. La expresión de Amber no hubiese tenido precio.

Quizás Bray y Ebony tuviesen más en común de lo que pensaba, consideró, pues ella misma se había mantenido a menudo con vida usando sus propios atributos físicos. Ebony entendía que, a veces, tenías que dormir con el enemigo además de luchar contra él. Recordó que ella lo había hecho en el pasado, irónicamente con el hermano de Eloise, durante sus noches en la plataforma petrolífera.

Bray mantenía vivo el linaje de Zoot, dado que este existió una vez bajo la encarnación de su hermano Martin, antes de convertirse en el líder de los Locos y perseguir su ideología de Poder y Caos bajo un nuevo alter ego. Ebony comprendía que, a Eloise, tener un hijo de Bray también le debía parecer una moneda muy valiosa.

Fuese quien fuese el padre del hijo de Eloise, no había ninguna duda de que estaba embarazada, y el Guardián le había contado a Ebony que la "Madre Divina" portaba el linaje de Zoot, que había dispuesto su espíritu dentro del "Niño Divino". El futuro nacimiento del bebé señalaba su resurrección. Así que tenía sentido que Bray hubiese estado involucrado sin darse cuenta. O eso, o se trataba del engaño perfecto.

Fuese por el motivo que fuese, debía reconocer el mérito a Eloise. La "Madre Divina" estaba colocándose en una poderosa posición de influencia.

—Hemos llegado —explicó el Guardián a Ebony, Axel y los guardias al llegar a la puerta que marcaba el final del pasillo—. Recuerda lo que se espera de ti. O sufrirás de formas que ni tú misma puedes imaginar.

—Puedes contar conmigo —dijo Ebony, sabiendo que debía seguir demostrando su valía para seguir viva.

—Pues empecemos —anunció el Guardián, abriendo las puertas —. Bienvenida a tu "renacimiento" —añadió mientras entraban en la cavernosa estancia.

Era el mismo lugar con aspecto de templo al que habían llevado a Ebony previamente. Al contrario que la otra vez, los bancos estaban llenos. Los devotos reunidos se giraron con reverencia, deslumbrados por ver al Guardián pasar ante ellos, los espeluznantes rostros iluminados por las velas que sujetaban en las manos, parpadeantes en la sombra.

Ebony siguió al Guardián, consciente de que estaba siendo observada muy de cerca por aquel público fanático. Pudo reconocer algunas caras de cuando estuvo en la celda de contención en la que los metieron a Ram y a ella inicialmente.

Vio a Aras entre la multitud, que la miraba fijamente, sorprendido de volver a ver a Ebony.

Al otro lado de la estancia, donde el retrato de Zoot ocupaba un lugar central, se sentaba majestuosamente en su trono Eloise, cautivando a todos los espectadores con su magnetismo.

El Guardián se inclinó ante ella, haciendo una reverencia y poniéndose de rodillas. Ebony lo imitó.

Él le había indicado de antemano cómo comportarse, y el mensaje exacto que debía entregar a los adeptos. El Guardián había estado trabajando con estos antiguos prisioneros, radicalizándolos en su fe.

—Madre Divina, nos arrodillamos ante vos en nombre del Divino, ¡el poderoso Zoot! Y rezamos que su mensaje, a través de vuestra divina presencia, nos guíe y nos muestre el camino —dijo el Guardián, con los ojos apretados en oración.

Eloise se puso de pie y situó una de sus suaves manos de uñas largas y manicura impecable sobre sobre la cabeza del Guardián.

—Nos servís bien a mí y al Niño Divino, Guardián. Tenéis el favor y la bendición de Zoot. Explicad a vuestros discípulos a quién habéis traído entre nosotros.

El Guardián abrió los ojos y se puso de pie. Ebony lo hizo también, contemplando el mar de rostros al final de la habitación, como le habían instruido anteriormente.

Había un aura de gran entusiasmo creciendo en el Guardián, una especie de fuerza energética, mientras contemplaba con intensidad a la congregación.

—Hermanos... Durante vuestras lecciones, habéis aprendido lo que sucedió en la ciudad del pecado en la que vivió nuestro señor Zoot, ciudad que intentó limpiar con Poder y Caos, antes de ser llamado a los cielos para proseguir con su misión —predicó el Guardián, demostrando sus habilidades como orador, mientras la voz se le quebraba de la emoción—. Ahora nos ha enviado a alguien, para ser testigos de su grandeza. En el pasado, ella tuvo el honor de estar en su compañía. Antes de desviarse del camino. Pero ha regresado. Ha vuelto con nosotros, desde lo salvaje. Y nos ha rogado perdón. Quiere servir a nuestra causa. Atestigua ante nosotros, Ebony. Cuéntanos lo que has presenciado. Las verdades que viste con tus propios ojos.

Un murmullo de excitación ondeó a través del público, mientras Ebony daba un paso al frente tras haber recibido indicación de que le tocaba.

Era ahora o nunca. Podía resistirse y contradecir todo lo que les habían contado a los adeptos. U ofrecer su apoyo y respaldarlo. Ahora, era su momento.

—Yo estuve allí —comenzó, en un tono susurrante y quedo—. El propio día que el poderoso Zoot nos hizo sentir su presencia. Fue en tiempos de los adultos. En la escuela. Claro que, por aquel entonces, se le conocía como Martin. Él le dijo a nuestro "profesor", qué poco sabía ese hombre, que se le estaba acabando el tiempo. Que una nueva era estaba a punto de llegar. Los adultos serían arrastrados por la marea de la historia. Ya no podían enseñarnos nada más. Su forma de vivir murió junto a ellos. Teníamos un nuevo líder al que seguir. Que nos guiaría. Yo tuve mucha suerte… Tuve el privilegio de presenciar ese mismo instante. El comienzo. Cuando Zoot nos mostró el camino, ¡para traer Poder y Caos y revolución al nuevo mundo!

Los acólitos quedaron atrapados por las palabras de Ebony. El Guardián asentía con un atisbo de excitación maníaca brillando en sus ojos, mientras observaba cómo el público la miraba, casi atónitos. Ella había seguido lo que habían ensayado. Sin embargo, ahora parecía empezar a improvisar, y la expresión del Guardián se nubló al prepararse para tomar el relevo de la ceremonia.

Pero Ebony aún no había terminado.

—Zoot era de carne y hueso, ¡pero era más que humano! —gritó sobre el fervor creciente del público—. ¡Demostró, incluso en aquel entonces, que era un dios! ¡Que *es* un dios! Se puso de pie, se subió sobre su escritorio, y esa aula se transformó en un altar, y quedamos fascinados por el esplendor de Zoot. ¡Él nos mostró el camino! ¡Él nos salvó a todos! ¡Me salvó! ¡Y era más poderoso y más fuerte de lo que jamás creí que fuese posible!

El Guardián estaba sorprendido al ver que Ebony continuaba, pero lanzó un grito a viva voz mientras se acercaba con entusiasmo a la tarima para unirse a Ebony, que se había subido sobre uno de los bancos del escenario y tenía ahora los brazos levantados sobre la cabeza, apretando las manos juntas.

—¡Confiad en nosotros, hermanos! ¡Yo también estaba allí para presenciar la ascensión del Divino! Todas las cosas, todo lo que percibimos que era posible. Fue entonces cuando supe que él estaba destinado no solo a cambiar nuestro mundo, ¡sino que ocuparía toda mi esencia, espíritu y alma! —su voz se quebró de la emoción.

Ebony alzó su propia voz sobre la del público, que había comenzado a corear "¡Zoot! ¡Zoot! ¡Zoot!"

—¡Zoot me llamó, y fui la primera en responder! —gritó con intensidad creciente—. ¡El Guardián se unió a mí para responder a la llamada de Zoot! ¡Dejad que escuche lo que clama vuestro corazón! ¡Sigamos a la Madre Divina! Ella nos llevará hacia delante. Juntos… *¡podemos* construir un nuevo mundo! ¡Responded a la llamada! ¡¡Poder y Caos!! ¡¡Poder y Caos!!

La multitud se levantó como si fueran uno. Se pusieron de pie, los brazos alzados en exaltación, y el cántico evolucionó en las palabras que Zoot pronunció por primera vez en la escuela a la que habían asistido, tras recrear Ebony el momento con su discurso, testigo del suceso original.

—¡Poder y Caos! ¡Poder y Caos!

Todos los presentes se vieron arrastrados por un frenesí, lo que pareció impresionar al Guardián, pero también asustarlo al mismo tiempo. Y dirigió una mirada de confusión a Eloise, buscando una señal, preguntándose si debía eliminar a Ebony de inmediato por haber ido más allá de lo que se le había pedido.

La "Madre Divina" negó sutilmente con la cabeza, indicando que dejase tranquila a Ebony. Los labios se le curvaron en forma de una genuina sonrisa, la atmósfera de la habitación era electrizante. Y el Guardián se unió a ellos, repitiendo una y otra vez, como si estuviese en un trance.

—¡Poder y Caos! ¡Poder y Caos! —continuó animando Ebony a la congregación.

Eloise estaba encantada de cómo se había desarrollado todo, y se acercó al estrado junto al retrato de Zoot, con las manos intencionadamente sobre su vientre embarazado, acariciando al "Niño Divino" en su interior.

Ebony tenía demasiada calle para no darse cuenta de aquel detalle, así que señaló a Eloise, que se acariciaba el estómago, y gritó sobre los cánticos.

—¡Niño Divino! ¡Niño Divino! ¡Niño Divino!

Todos los presentes respondieron, repitiendo el mantra de Ebony.

—¡Niño Divino! ¡Niño Divino! ¡Niño Divino!

Eloise estaba contenta de haber indultado a Ebony, quien había hecho lo que se le mandaba e incluso más, arrastrando a los conversos a un frenesí del cual Eloise era el punto central.

Ebony se puso de rodillas, rindiendo homenaje a Eloise, mientras los seguidores continuaban coreando.

—¡Niño Divino! ¡Niño Divino! ¡Niño Divino!

Eloise sonrió con júbilo, se había confirmado su buen juicio. La chica podía serles muy útil, después de todo.

Sin ella saberlo, Ebony sentía en secreto lo mismo sobre Eloise, compartiendo exactamente el mismo sentimiento.

* * *

—Ya veo por qué mi hermano te tenía en tan alta estima —la halagó Eloise mientras se echaba hacia atrás, deleitándose en su confort, descansando de lado en su trono (como a ella le gustaba), con las piernas colgando casualmente del otro lado del brazo de la silla.

Dos sirvientas estaban muy concentradas, cada una de ellas sujetando una de las manos de Eloise, asegurándose de que tenía las uñas inmaculadas, en busca de la perfección exigida por Eloise.

Detrás había otra sirvienta, estilizando con mimo el largo cabello negro de Eloise, que le caía por los hombros, y peinándolo con cuidado, pues Eloise se había dado una ducha tras la ceremonia.

Habían regresado a los aposentos principales de Eloise, y otros esclavos habían dispuesto una mesa de comedor, colocando cubiertos y vasos, abriendo uno de ellos botellas de vino para dejarlas respirar.

—Serás recompensada, Ebony. Lo has hecho bien.

—Es mi deseo serviros —Ebony se inclinó.

—Mientras estéis satisfecha, Madre Divina. Solamente me preocupa que haya excedido mis instrucciones. Así como mis propias expectativas, debo admitir. ¡Alabado sea Zoot! —comentó el Guardián con una mezcla de precaución y emoción, caminando de un lado a otro.

—Zoot nos habla a todos de distintas formas —dijo Eloise.

Sus palabras calmaron el temperamento frenético del Guardián, que se quedó mirando al techo, hacia los cielos de más arriba, en comunión con los poderes que tanto veneraba, mientras susurraba algo para sí mismo con agitación. Él mismo no se había dado cuenta de que el Divino conectaba con todo tipo de formas, y comenzó a deliberar qué tipo de penitencia necesitaba realizar, y si habría algún sacrificio que pudiese hacer para expiar el pecado de no haber confiado absolutamente en Eloise.

—Debéis relajaros, querido Guardián. Para conseguir la verdadera iluminación, debemos alcanzar muchos niveles en nuestra comprensión de la palabra de Zoot —dijo Eloise para reconfortarlo.

—¡Voto que seguiré dedicando todo lo que tengo a la búsqueda del conocimiento, Madre Divina! Y a comprender lo mismo que comprende el Divino.

Las puertas se abrieron y Axel entró con varios guardias. A la orden de Axel, arrojaron directamente a Ram al suelo, y este gruñó de molestia.

—¡Dejadnos! —ordenó Eloise a sus sirvientes, que obedecieron rápidamente y abandonaron la sala—. El infame Ram, reducido a un pobre cobardica —dijo Eloise, levantándose del trono y acercándose a la mesa de comedor, inspeccionando la comida que ofrecía—. Ya no eres tan poderoso, ¿verdad, Tecno?

—¿Qué quieres de mí? —gritó Ram, mirando furtivamente al Guardián y a Ebony allí cerca, preguntándose por qué lo habrían convocado. Y por qué Ebony parecía no estar en peligro. ¿Formaba acaso parte de alguna elaborada traición? No conseguía averiguar cómo podía haber sido antes prisionera y parecer estar ahora como en casa. Y, conociéndola, seguramente acabaría dirigiendo el cotarro más pronto que tarde. Él tenía un aspecto espantoso, y estaba sucio, con la sangre seca cuajada alrededor de las uñas por los desesperados intentos de escapar.

—Solo quiero información, Ram —sondeó Eloise, fingiendo una ligera sonrisa—. Y luego, quizás compruebes que te damos una bienvenida más acogedora a nuestra operación.

—¿Qué tipo de información? —preguntó Ram con cautela.

—Por ejemplo, ¿cuándo fue la última vez que te comunicaste con Kami?

—Kami… Kami… —respondió Ram, como si estuviese buscando el nombre en sus bancos de memoria—. No. Diría que nunca he conocido a nadie llamado Kami.

—Qué desafortunado —respondió Eloise.

Le dio un amenazante mordisco a una manzana con intención, un manierismo que a Ebony le recordó a algo que Blake había hecho una vez frente a sus propios prisioneros. Eloise y su hermano eran realmente idénticos, pensó Ebony. Pero Eloise era incluso más intimidante, inteligente… y peligrosa.

—Me pregunto cómo puede ser —continuó Eloise—, cómo demonios es que no pareces saber nada sobre Kami. Cuando él parece saberlo todo sobre ti.

Ram sintió un escalofrío involuntario ante la mención de Kami, el líder del Colectivo. Pero no pensaba revelar ningún detalle, inseguro de si aquello le daría ventaja o desventaja.

—Debo saberlo, Ram. Si estás con nosotros, o contra nosotros —declaró Eloise.

—Ah, con vosotros. Desde luego. Estate tranquila.

—¡Entonces, dinos los códigos! —insistió Eloise.

—¿Qué… códigos?

—Lo sabes muy bien. Los códigos de acceso que pensabas utilizar después de invadir la ciudad en la que el Poderoso Zoot residió.

—Perdón. Sigo sin entender de qué estás hablando —dijo Ram.

—Entonces, Guardián, quizás sea hora de enviar a Ram al otro mundo —instruyó Eloise.

—Será un honor —dijo el Guardián, deseoso de complacer—. Antes de marcharte, aprenderás que la fe es mucho más poderosa que cualquier tecnología, "Tecno".

Ebony no quería quedarse de brazos cruzados y ver cómo le hacían daño a Ram. Una vez creyó compartir una conexión con él, pero comenzó a darse cuenta de que, en realidad, le importaba poco como persona. Sin embargo, y pese a tener la reputación contraria, no disfrutaba viendo sufrir a nadie. A menos que hubiese una muy buena razón. Era humana, después de todo, no una especie de monstruo. No podía estar segura de poder decir lo mismo de Eloise o del Guardián.

No sabía cuánto tiempo le duraría la suerte, y si un día se encontraría en el lugar de Ram, luchando por su vida. Ram podía ser un poderoso aliado. Claramente, sabía más de lo que estaba dejando ver. Y, aunque ella misma no tenía claro de qué iba todo aquello, decidió intentar convencer a Ram de que cooperase.

—¿Por qué no les dices que *sí* conoces los códigos? —sugirió Ebony, echándole una mirada a Ram—. ¿Quieres vivir, no es así? Entonces, deberías decirles lo que quieren saber.

Ram miró a Ebony, dándose cuenta de que le estaba echando un cable, aunque fuese sutil. Conocían muy bien las sutilezas del otro.

—¿Tú crees?

—Después de todo, parece ser que tú eres el único que los conoce, según nuestra Madre Divina —dijo Ebony—. E incluso si dieses códigos falsos, sería muy difícil que alguien supiera que estás mintiendo. Así que asegúrate de dar los códigos correctos.

Puntualizó su sugerencia con una expresión, intentando comunicarle sin palabras que, incluso si Ram los desconocía, como afirmaba, quizás le convendría decirles cualquier cosa. Y Ram captó el mensaje.

—Quizás pueda ayudaros si me dais más información sobre qué códigos buscáis exactamente —dijo Ram—. Quizás así pueda seros de ayuda.

Los ojos de Eloise brillaron triunfantes.

—Gracias, Ebony —le dijo, animada porque esta hubiese conseguido llegar hasta él. Entonces, contempló a Ram—. Eso está mejor. Y es mucho mejor para ti. Ahora, dime. ¿Cuáles son los códigos de acceso?

—¿A dónde? —cuestionó Ram, intranquilo.

—Oh, creo que lo sabes muy bien, habiendo estado involucrado con Kami. Antes de embarcarnos en la segunda fase de nuestra operación… solo hay un código de acceso que nos sea de importancia. Así que, ¡¿cuál es?!

—Te lo he dicho. ¡Necesito saber para qué sitio antes de poder contestar! —respondió Ram.

—Comienzas a poner mi paciencia a prueba, Ram —masculló Eloise—. Solo hay una localización que le interese a Kami. La Montaña del Águila.

Eloise miró fijamente a Ebony, y luego a Ram, para analizar sus reacciones.

CAPÍTULO DOCE

—¿Sabes lo gracioso, Amber? Estaba desesperado por tocar un ordenador —mencionó Jack—, y ahora estoy deseando alejarme de ellos.

—Lo has hecho muy bien —lo animó Amber—. ¿Por qué no te tomas un descanso?

—No pienso rendirme hasta haberlo comprobado todo —insistió Jack, que flexionó los dedos y se movió sobre su asiento, con la espalda dolorida de estar tanto rato sentado y tecleando.

—Venga, tú —se dirigió Jack al ordenador—, vamos allá.

Jack se movía incesantemente de un ordenador a otro en la oficina principal del bloque administrativo, y ya había pasado horas examinando sus contenidos. Gel le llevaba un suministro constante de aperitivos y bebidas.

Los demás se habían ofrecido a hacer turnos para indagar entre los innumerables archivos y datos de los discos duros, pero nadie sabía de ordenadores como Jack. Y había trabajado duro, haciendo su mejor intento por revisar toda aquella información.

Quienquiera que se hubiese comunicado antes con ellos *online*, no había vuelto a contactar, pero eso no impidió que Jack volviese a ponerse constantemente en línea con UNANET. Hasta el momento, UNANET había estado en silencio, y a Jack le parecía que era la única persona *online* en todo el planeta.

¿Quién debía ser, se preguntaba Amber, la misteriosa persona (o personas) que había intercambiado mensajes antes con Jack?

Fuese lo que fuese, habían pedido a los restantes miembros del grupo de exploración "esperar al siguiente contacto". Y eso era exactamente lo que estaban haciendo Amber y los demás. Las horas pasaban y, mientras tanto, Jack y Ellie continuaban buscando en los sistemas de los ordenadores.

Ellie había descubierto varios archivos con referencias a la ciudad en la que habían vivido en los ordenadores y datos que se encontraba examinando. Y también había algunas referencias a Isla Esperanza, que Amber y algunos de los Mall Rats habían visitado en el pasado, creyendo que le seguían la pista a un antídoto del virus.

Sin embargo, la Montaña del Águila era el tema más recurrente que aparecía en las búsquedas, durante las cuales habían descubierto información sobre distintas "etapas" que se habían conseguido, actualizaciones que decían que la Montaña del Águila estaba "lista" y que las "preparaciones se habían completado".

El grupo reflexionó si debía tratarse de algún tipo de plan que quedó del viejo mundo de los adultos, alrededor del momento de la pandemia. O si era de después, tras perecer los adultos. Pero, hasta el momento, no había ningún enlace con la Base Aérea Arthurs, donde se encontraban en ese momento. Ni nada que la conectase con la Montaña del Águila, que se encontraba en su tierra natal.

Estaba claro que debía haber sucedido algo gordo. O que estaba a punto de suceder.

Ram había asegurado, recordó Amber, que durante la invasión de los Tecnos, él adaptó algún tipo de tecnología de los adultos presente en la Montaña del Águila, en particular consiguiendo algunos de los dispositivos de realidad virtual que allí quedaron, y que Ram pudo usar para su propio programa, "Paradise", con el que controló la ciudad.

Pero a medida que el grupo repasaba en su cabeza todo lo que habían descubierto hasta el momento, se dieron cuenta de que no habían avanzado en la resolución del creciente misterio.

—¡Pillados! —gritó Darryl, arrastrándose bajo uno de los escritorios al otro lado de la oficina, sorprendiendo a Tiffany y Shannon, que habían usado el escritorio para esconderse y se pusieron a gritar, divertidos.

Darryl había estado jugando al escondite, para intentar distraer y entretener a los pequeños.

Emma estaba sentada en una de las sillas, junto a otro escritorio. Estaba de espaldas a la dirección donde había escuchado jugar a Darryl y los niños. No quería que estos supiesen que había estado llorando. Pero Amber se dio cuenta y se acercó a ella, dándole un abrazo.

—Oye, todo saldrá bien —le dijo.

—No puedo creer que esté volviendo a pasar, Amber —Emma se estremeció, intentando contener las lágrimas—. Así es como comenzó la otra vez… Uno a uno,… nos separamos. Y las Cucarachas se esfumaron.

—No pierdas la esperanza. Bray es muy capaz, y estará bien. Y Jay no parará hasta encontrarlo. No es como antes.

—¿No lo entiendes? Nadie que se fuese al páramo volvió nunca… Jamás debieron irse.

—¡Listos o no, allá voy! —gritó Darryl de fondo con amenaza juguetona, acechando por la oficina para buscar a Tiffany y Shannon, que habían encontrado un nuevo sitio donde esconderse.

—Darryl, ¿por qué no vienes a ayudarnos en vez de jugar a los monstruos? —dijo Ellie—. ¡Comienza a ponerme los pelos de punta!

—Y a mí también —añadió Gel.

Ellie y Gel sabían que era inútil. Darryl estaba disfrutando del juego seguramente más que Tiffany y Shannon, así que siguieron anotando cosas sobre un papel mientras comprobaban las pantallas de ordenador junto a Jack y Amber.

Gel nunca había entendido de ordenadores, y no tenía ni idea de qué estaba buscando. Su trabajo era registrar puntos de referencia para que tuviesen un catálogo de todos los datos, y esperaba no fastidiarla. Ya le parecía bastante difícil concentrarse sin los gruñidos de monstruo de Darryl.

Amber contempló las payasadas de Darryl mientras este pisoteaba por todas partes de forma melodramática, acercándose al lugar donde sabía se escondían los pequeños. Era algo surrealista: Darryl caminaba como un extraño zombi, con los brazos estirados, amenazando con estar más cerca a cada paso.

Aquello le hizo pensar a Amber en los peligros muy reales a los que podían enfrentarse. A la ausencia de seres queridos.

Se imaginó qué estarían haciendo Bray y Jay en aquel preciso instante, en algún lugar del páramo. Y esperaba con todo su corazón que la preocupación de Emma, así como la suya propia, fuese infundada.

CAPÍTULO TRECE

Connor estaba lleno de sorpresas, pensó Trudy mientras observaba el plato de comida que acababa de pasarle, y echándole a Connor una mirada de admiración.

—Veamos: marinero, explorador, chef con talento. Desde luego, eres un hombre lleno de misterio.

Los dos estaban a bordo del yate de Connor, el *Nemo*, anclado muy cerca de la isla. El barco se mecía ligeramente arriba y abajo con la aproximación de la marea.

Connor había preparado (como por arte de magia, le parecía a Trudy) una comida fabulosa, cocinando pescado sobre un hornillo del camarote del *Nemo* y cortando finamente algo de fruta para acompañar. Había cortado guayaba tropical en forma de pétalos, dispuestos sobre los bordes del plato como si fuese una hermosa flor.

—Tiene una pinta y un olor delicioso —Trudy sonrió—. La mejor comida que he probado en siglos.

—Te lo mereces. Es un pequeño agradecimiento —dijo Connor con modestia, apoyándose en un lateral del barco mientras se disponía a comer de su propio plato.

—¿Por qué?

—Por encontrarme.

—Bueno, realmente me encontraste tú a mí.

—Cierto —respondió Connor—. Debió ser el destino —añadió, y a Trudy le gustó cómo sonaba aquello, mientras tomaba otro mordisco y saboreaba la comida.

Trudy era consciente de que Connor había permanecido cerca de ella en la aldea, casi toda aquella tarde, ofreciendo hacer cualquier cosa que pudiese por ayudarla. Se estaba comportando casi como si estuviese prendado, siguiéndola a todas horas como un cachorrito. Y la verdad es que ella se sentía exactamente igual con él.

Era dulce, atento y, desde luego, bien apuesto.

Aunque se estaban conociendo el uno al otro, Trudy ya sentía que compartía una conexión con él. Tenía suerte de que Connor también parecía atraído por ella, en vez de por alguna de las otras chicas, como Lia. Podría elegir a quien quisiera, pensó Trudy, viendo que Connor era muy buen partido. Pero allí estaba ella, la persona a quien había invitado a subirse a su barco.

Trudy probó otro bocado del plato y saboreó de nuevo la comida.

—Connor, ¿dónde aprendiste a cocinar así?

—Cuando te pasas tanto tiempo como yo en este barco, debes aprender a llenar los días de algún modo. Créeme, he tenido mucho tiempo para practicar.

Un poco antes, Connor le describió algunas de sus experiencias y viajes, sus encuentros con otros supervivientes que vivían en el mar en barcos de todos los tamaños. Niños y adolescentes que habían escapado del virus, en busca de una tierra lejana donde comenzar una nueva vida, en alguna parte.

Trudy estaba impresionada con sus relatos. Ella nunca había pensado en qué pasaría más allá de la zona de su ciudad, pues estaba ocupada con su propia lucha por subsistir en medio de todo el caos. Era reconfortante, en cierto modo, escuchar que otros jóvenes habían sobrevivido, y alentador pensar que la humanidad podía resistir, tras haber estado al borde de la extinción. El mundo de ahí fuera era más grande de lo que Trudy había considerado jamás, y le traía una expectativa de esperanza. Pensó en todos los que, en ese momento, debían estar en alguna parte del océano, o en tierra firme en otras partes del mundo. Por desgracia, no todo el mundo compartía la visión de los Mall Rats de crear un mundo mejor. Y mucha gente, como los adversarios que los Mall Rats habían encontrado en su tierra natal, tenían la intención de dominar y controlar los restos que seguían existiendo tras la muerte de los adultos.

Connor le había explicado a Lex y a los demás que el Colectivo sí existía y que, según había escuchado, era al parecer cada vez más fuerte. Al principio se trataba de un grupo de tribus que se unieron. Gradualmente, expandieron sus fronteras, absorbiendo otros pueblos, ciudades, tierras. Reuniendo nuevos recursos, esclavos y guerreros.

Había rumores, dijo Connor, de que el Colectivo tenía incluso su propia flota de barcos, y que se quedaban con cualquier navío que les resultase útil.

Connor nunca había tenido ningún encontronazo con el Colectivo, según describió, pero había comerciado con otros supervivientes que se encontraban en el mar, como él mismo. Pero, por la gente con la que había hablado anteriormente, siempre que salía el tema del Colectivo se creaba una atmósfera de pavor.

Al parecer su líder era alguien llamado Kami, una figura enigmática. Pero no había ningún misterio entorno a su tribu. Parece ser que el Colectivo era despiadado, incansable y, cada vez, más poderoso. O pasabas a formar parte del Colectivo, ya fuese como un miembro leal o como un esclavo capturado, o directamente no sobrevivías.

Trudy escuchó atentamente, absorta por todo lo que Connor estaba contando, con una sensación de intranquilidad en aumento al recordar lo que Ram también le había contado anteriormente a su tribu sobre el Colectivo. Y se preguntó si aquello confirmaría los miedos de este de que, de algún modo, tuviesen presencia en la isla. Sobre todo, dada su capacidad para viajar.

Sus pensamientos también se relacionaban con algunos de los Mall Rats que habían desaparecido en su ciudad, y tomó nota mental de explicarle a Ellie todo lo que Connor había revelado, consciente de que estaría interesada en escuchar cualquier cosa que pudiese arrojar algo de luz sobre la desaparición de su hermana mayor, Alice.

Sobre todo, Trudy quedó conmocionada cuando Connor describió haber escuchado que había una prisión en una isla, en alguna parte del océano, que los traficantes de esclavos utilizaban como zona de espera. Los prisioneros valiosos eran llevados allí para ser vendidos o intercambiados a otras tribus de la región, o transferidos a tierras todavía más lejanas. Muchos de ellos acababan en manos del Colectivo, pues su red se extendía a lo largo y ancho, y siempre eran los compradores más ricos y poderosos.

Resultaba triste y devastador. Trudy pensaba que la esclavitud a gran escala era cosa de los libros de historia, pero Connor dijo que parecía estar regresando al mundo que ellos habitaban, y a lo grande. Los recursos humanos se habían convertido en los más importantes de todos en el mundo posterior a los adultos, después de la comida y el agua.

Connor prometió que revisaría las cartas náuticas en el interior del camarote del *Nemo* para ayudar a localizar los lugares donde podía situarse aquella isla en la que se llevaba a cabo la actividad del mercado de esclavos. Aunque estaba seguro de que las coordenadas no estaban nada cerca de su nuevo hogar en la isla.

Trudy y Connor habían dejado a los demás en la aldea de los nativos. De nuevo, Trudy agradeció que Ruby y Slade se ofrecieran para cuidar a su hija.

Connor le prometió a Trudy que la "mimaría", para agradecer que le hubiese salvado la vida. E, incluso antes de subirse al *Nemo*, Trudy se quedó encantada cuando, de repente, Connor la agarró en brazos, como un novio que carga con la novia a través de la puerta, y se metió en la marea baja, el agua llegándole a la cintura, sosteniéndola en lo alto para que ni siquiera tuviese que mojarse los pies al subir al barco.

Ambos se habían reído, y Trudy soltó alguna risilla cuando Connor fingió, en varias ocasiones, que estaba a punto de soltarla al agua. Pero era un hombre de palabra, un caballero, y llegó a bordo del *Nemo* completamente seca.

Le hizo un tour del barco, y se quedó sorprendida de los muchos artículos que Connor había conseguido meter en el camarote. Cada centímetro era espacio utilizado, con todo tipo de equipamiento, desde brújulas de sobra a viejos libros y revistas que leer, incluso un antiguo hornillo eléctrico que Connor decía aún funcionaba, usando electricidad de los paneles solares del tejado.

Otros objetos eran más bien pertenencias personales que había guardado, recuerdos de su pasado, como las varias fotos de Connor con su familia que había fijado en el interior del camarote del *Nemo*. Trudy quedó intrigada al ver las fotografías rasgadas y desgastadas de un joven Connor, de pie junto a sus padres, a bordo del *Nemo*, en días pasados. Este le había hablado más de ellos. Su padre había sido comandante en la marina, y su madre una doctora relacionada con las Naciones Unidas, que trabajó de forma muy valiente cuando la pandemia comenzó a esparcirse por el mundo como un incendio.

Trudy mencionó la experiencia que ella y los Mall Rats habían tenido a bordo del barco fantasma, el *Jzhao Li*, que navegaba bajo la insignia de las Naciones Unidas. Pero Connor fue incapaz de arrojar más luz al asunto, pues ignoraba que hubiese actividad en aquella región, hasta donde él sabía.

Pasaron unas cuantas horas en las que ambos habían hablado de muchas cosas, sin un momento de calma en la conversación.

Trudy se sentía como si estuviese en una cita en los viejos tiempos. Conociéndose mejor el uno al otro. Ciertamente, el entorno era romántico: la isla estaba hermosa de fondo, el sol brillaba sobre las aguas de un claro azul celeste que se alzaban lentamente con la marea que rodeaba al barco.

Todo aquello le pareció una maravilla, y disfrutaba de la combinación de un lugar perfecto y un acompañante atractivo y encantador con quien compartirlo.

—¿Crees en el destino, Connor?

—¿Y tú?

—No lo sé —dijo Trudy mientras rebañaba su plato—. Aunque tengo a Brady, y haría cualquier cosa por ella, la verdad es que siempre me he sentido perdida. Sola. Como si no perteneciese realmente. Excepto a mi tribu, claro. Es solo que… nunca le he encontrado sentido al mundo. A veces puede ser un lugar espantoso. Pero también hermoso. Quizás sea cosa mía. Pero nunca he encajado. La vida siempre ha sido… difícil.

—Todos tenemos nuestros problemas. Mis padres me enseñaron un dicho: "no te centres en la tormenta que encuentres, sino en cómo la navegas".

—Es una filosofía interesante.

—Solo puedes hacerlo lo mejor posible. Sortear las tormentas de la vida. Y esperar encontrar aguas más calmadas. Ahí fuera, en el agua, consigues una perspectiva distinta, tan lejos de todo. Quizás tu lugar esté en el océano en vez de en tierra. Como yo.

Trudy contempló los ojos comprensivos de Connor, estudiando aquel enigma. Era como un espíritu afín.

Quizás sí existiese el destino después de todo.

Siempre había esperado que fuese Bray, nunca había abandonado su sueño de que, de algún modo, estarían juntos, incluso si la esperanza de que sucediese se hubiese esfumado por completo cuando Bray y Amber se convirtieron en pareja en la ciudad.

¿Y si nunca debió llegar a ser, y Trudy estaba destinada a conocer a otra persona, a encontrar a otro que acabaría siendo su verdadera alma gemela?

O quizás se estuviese dejando llevar por todo aquello, reflexionó, consciente de que se encontraba cautivada, claramente, por el atractivo robusto de Connor y su encantadora personalidad. Sin mencionar sus sorprendentes dotes culinarias.

De repente, se dio cuenta de que ambos se habían quedado mirándose el uno al otro, con una obvia atracción física e interés romántico.

—Creo que debería volver ya —dijo Trudy, cohibida—. He de ver qué tal está Brady.

—¿Es necesario? —preguntó Connor, retirándole el plato a Trudy, dejándolo sobre la cubierta y tomándola de la mano—. Estoy disfrutando mucho de tu compañía, Trudy.

—Yo también.

—¿Seguro que no te puedes quedar aquí un poco más? A veces, debes ir contra la corriente… Otras veces, debes dejarte llevar por ella.

Connor se inclinó hacia delante, Trudy aceptó de buena gana su insinuación, y comenzaron a besarse con creciente pasión.

CAPÍTULO CATORCE

Bray sintió una mezcla de emociones mientras avanzaba por la tierra salvaje sobre el quad, saltando por el aire momentáneamente al planear sobre una ligera cuesta antes de aterrizar de un golpe, logrando apenas mantener el control. Sería mejor que fuese un poco más despacio, pensó. Eso había estado demasiado cerca.

La carretera continuaba por el páramo, serpenteante hacia el horizonte, en dirección a la silueta de una cordillera en la distancia.

Bray se detuvo y dejó el motor del quad al ralentí mientras comprobaba el mapa que se había llevado, intentando calcular a qué velocidad necesitaba viajar. Decidió que lo más sabio sería programar su llegada durante el amparo de la noche.

El motor del quad rugió cuando aceleró y siguió su camino. Estaba avanzando bastante y estimaba que, seguramente, tardaría solo unas cuantas horas al ritmo al que viajaba. En comparación con los agonizantes días que pasó tiempo atrás en el páramo, a pie, sin vehículo alguno, ni mapa, ni otro propósito más que sobrevivir.

Inspeccionando el árido y polvoriento terreno, Bray tuvo que maniobrar alrededor de varios cráteres durante su viaje, y volvió a especular que algo debió haber sucedido en aquella región. ¿Se utilizó como prácticas de tiro? ¿Pruebas atómicas? ¿Lo usó una antigua milicia en tiempos de los adultos? ¿O fue algún tipo de cataclismo el responsable de que esta zona estuviese desprovista de flora y fauna?

Se ajustó la chaqueta sobre la boca para protegerse contra el polvo que soplaba incansable por todas partes mientras el quad avanzaba.

Pese a sus pensamientos en torno al páramo, estaba preocupado también por Amber, y se preguntaba si acaso, con el paso del tiempo, se habían ido distanciando poco a poco y si ella prefería su vida con Jay a la que ambos compartieron en el pasado.

Aquella pregunta debería esperar a su regreso.

Por ahora, Bray se centró en la tarea que tenía ante sí. Acababan de descubrir más acerca de a qué se enfrentaban, la amenaza que suponía Eloise y cómo estaba conectada con el Colectivo.

Sobre todo, estaba decidido a hacer lo que pudiese por salvar el legado de su hermano. Y, si la oportunidad se presentaba, haría todo lo que estuviese en su poder por echar al traste los planes de Eloise.

Tenía una cuenta pendiente.

* * *

Bray llegó a las afueras del recinto de las montañas poco después del atardecer, completando la última parte de su viaje fuera de la carretera, conduciendo el quad con lentitud y manteniendo el motor en tanto silencio como le fue posible.

Al descender la oscuridad, se ocultó todavía más, conduciendo entre los gruesos árboles del bosque, esperando que le diesen todavía más seguridad y quedase escondido ante ojos fisgones.

Sin haber visto todavía rastro de las fuerzas de Eloise, Bray detuvo el quad y lo escondió tras un árbol, decidiendo acercarse con sigilo hasta el recinto a pie.

Encontrándose a una altura mayor a la que estaba acostumbrado, notó que el aire nocturno era frío. El viento daba golpetazos fuetes, haciendo crujir las ramas de los árboles, cuyas extremidades temblaban como si quisieran advertir a Bray, darle una señal para que se marchase. Pero aquello también le ofreció mayor protección contra cualquier ruido.

Incluso así, Bray tomaba cada paso con cuidado, asegurándose de que no pisaba ninguna rama caída, decidido a no hacer ningún sonido.

Su lento proceso suponía un contraste enorme a la última vez que estuvo allí, recordando el momento en que corrió para salvar la vida a través de las verjas, adentrándose en la noche, perseguido por Eloise y sus guardias.

Para sorpresa de Bray, parecía no haber seguridad patrullando, al contrario que la otra vez. No había ni un alma excepto él mismo. Lo que provocó mayor preocupación en Bray, mientras avanzaba cuidadosamente entre la oscuridad hacia las puertas de entrada.

Echó otro vistazo a su alrededor. Seguía sin haber ni rastro de nadie, así que empujó las puertas, que giraron sobre sus bisagras y chirriaron en el viento.

¿Habían evacuado el lugar? ¿Estaba todo el mundo fuera, en alguna misión? De ser ese el caso, habrían dejado a algunos guardias vigilando la base.

Bray continuó moviéndose lenta y sigilosamente, avanzando a través de la oscuridad y de las puertas, entrando a la base.

* * *

Estaba completamente solo allí, pensó Bray. Al menos, hasta el momento. Caminaba por los largos y oscuros pasillos, con la electricidad aparentemente apagada, las luces del techo completamente sin vida. Los pasos resonaban pese a su intento por suavizar el sonido de sus movimientos, por si acaso la base albergaba más ocupantes aparte de él.

Bray sujetó una pequeña linterna que había pillado de la Base Aérea Arthurs. Y agradeció haberlo hecho, pues su rayo de luz proporcionaba la única fuente de iluminación, mientras alumbraba con su círculo adelante y atrás por las paredes, utilizándola para abrirse camino.

Pasó por delante del área de repoblación del complejo, y recordó haber oído que las habitaciones estaban llenas de chicas embarazadas, alojadas allí. Se estremeció al recordar los llantos distantes de bebés (y de sus angustiadas madres, clamando libertad), los cuáles se entremezclaban en una horrorosa cacofonía. Pero, en esos momentos, los cuartos estaban vacíos, según pudo comprobar Bray al mirar dentro. Silenciosos y oscuros.

Encontró el laboratorio, un lugar que le traía recuerdos particularmente emocionales e intensos, donde Eloise había realizado todo tipo de experimentos con él. Adyacente a la sala de realidad virtual. Durante un momento, Bray se preguntó si sus recuerdos de lo ocurrido en la base de las montañas habían sucedido realmente. Era una sensación surrealista, siendo los recuerdos tan vívidos. Pero no parecía haber allí nada remotamente similar a lo que él recordaba.

El laboratorio estaba ahora inactivo. Habían destripado totalmente la estancia, los cables eléctricos colgaban de las paredes a las que había estado conectado el equipamiento que faltaba.

Eso lo convenció de que la base sí que estaba abandonada. ¿Había ocurrido un accidente? ¿O quizás alguien había atacado la base? Pero no encontraba sentido a que todos se hubiesen marchado, o a dónde podrían haber ido.

De repente, reparó en otra habitación, con la puerta parcialmente abierta.

Intrigado, Bray entró.

Podía oler un aroma inusual en el aire, el aroma de velas sobre una mesa al final de la estancia, apagadas hacía ya tiempo.

Se encontraba en lo que parecía ser algún tipo de aula, con filas de pupitres dispuestas ordenadamente en la habitación y las sillas vacías.

Sin embargo, fue contemplar lo que había en la pared del fondo lo que provocó que Bray se quedase atónito.

Su linterna iluminó un enorme cuadro que cubría toda la pared, similar a los que se solían ver en las iglesias.

En el centro de la imagen había una representación de su hermano, Zoot, ataviado con la ropa que acostumbraba a llevar, la gorra y las gafas en la cabeza, de pie sobre la parte trasera de su coche de policía. Al fondo había una ciudad. La ciudad de Bray, como pudo reconocer por la representación de algunos de los edificios.

Zoot estaba representado como un visionario, brillaba con energía divina y señalaba a la distancia: hacia la Montaña del Águila, enclavada entre verdes colinas. El observatorio esférico brillaba con colores vibrantes y emitía rayos de luz.

Bray estaba molesto por ver a su hermano representado de aquella forma. El propio Martin habría estado sorprendido si se enterase de la leyenda que había crecido en torno a él, con tantos seguidores Zootistas que lo veneraban diligentemente como un icono.

A Bray, aquello le dolía profundamente, por la tragedia que había acaecido a su hermano pequeño y el perturbador legado que había dejado.

La imagen parecía contar la vida de Zoot en varias etapas: el lado izquierdo de la pared lo mostraba de bebé, descendiendo desde los cielos, creciendo, con una representación de Bray junto a él, hasta llegar a la imagen final de Zoot, señalando a la Montaña del Águila en la distancia. Y Bray estaba completamente confundido respecto a qué podía significar aquello.

Lo raro es que también había caricaturas de otros: Trudy, adornada con su atuendo de Madre Suprema durante su etapa con los Elegidos, una imagen del Guardián de pie junto a Zoot, una imagen más pequeña de Ebony cerca de él, que parecía haberse pintado recientemente.

Y luego estaba la imagen de Eloise, vestida de túnicas, con una columna de luz brillando sobre ella desde los cielos, situada entre Zoot y la Montaña del Águila.

Extrañamente, Bray reparó en Lex, situado en el mural bajo una sombra, amenazante detrás de Zoot. El rostro de Lex observaba con malicia. Bray reflexionó si pretendía indicar, de algún modo, el papel crucial de Lex en la muerte de Zoot. Fuese cual fuese el simbolismo, se quería transmitir que Lex tenía también, claramente, un papel importante en la mitología.

Alterado por lo que acababa de ver, Bray sintió que era suficiente. Era hora de irse.

Y estaba realmente afligido. Se encontraba en las tinieblas, por implicaciones mucho más inquietantes que el vacío de aquellos lúgubres y oscuros pasillos.

CAPÍTULO QUINCE

Lex escogió su objetivo y lanzó un coco tan bien como pudo, pero le falló la puntería y el coco voló demasiado lejos, mucho más allá de lo que él pretendía, dando saltitos después de aterrizar.

—¡Joder! —bramó mientras golpeaba la arena.

—Tranqui, tranqui —dijo Lia, preparándose para su tiro.

Se encontraban en las afueras de la aldea, jugando a una versión improvisada de la petanca. Lia le había sugerido a Lex jugar para pasar el rato, en un intento de que despejase la mente.

De momento, no estaba funcionando. Lex se estaba poniendo cada vez más nervioso por perder aquel juego contra Lia.

El coco de Lia golpeó el suelo y rodó hasta llegar a unos centímetros del objetivo al que estaban apuntando, una botella de champú que antes era de Gel.

—Soy demasiado fuerte, ese es el problema —dijo Lex como forma de excusarse por sus malos tiros, que se pasaban continuamente del objetivo—. Necesito algo más pesado, los cocos son demasiado ligeros para mí.

—Lo que tú digas —se burló Lia mientras notaba el peso del siguiente coco que iba a lanzar, que estaba lejos de ser ligero. Era pesado, como todos los cocos—. Eres súper fuerte… Pero, ¿de verdad hace falta que te enfades tanto con Trudy?

—¿Quién ha dicho que esté enfadado con ella? No es culpa mía que se esté comportando como una completa idiota. ¡No se daría cuenta del peligro ni aunque le saltase delante de la cara!

Lia le echó una mirada a Lex.

—¿Ves lo que quiero decir? Ya estás otra vez quejándote sobre Trudy.

Lex sí que se sentía resentido con Trudy por ignorar sus consejos de mantenerse alejada de Connor. ¿No se daba cuenta de que era un desconocido? Apenas lo conocían. Y ahora, al parecer, Trudy había pasado la noche con él.

Lex también era consciente de la profecía que le había entregado la Sacerdotisa: que los Mall Rats serían visitados por el espíritu de la muerte. No podían ponerse demasiado cómodos con Connor hasta que descubrieran más acerca de él.

—No me estoy quejando —protestó Lex mientras lanzaba el siguiente coco y fallaba estrepitosamente, avergonzándose de su puntería.

—Ya es mayorcita para tomar sus propias decisiones —dijo Lia—. No puedes controlar lo que hace. Y tampoco deberías intentarlo.

—¿Es que ahora te has puesto de su lado? —la desafió Lex.

—Por lo que yo veo, la única persona de la que estoy al lado… eres tú.

Lex le echó una mirada. Ella fingió una sonrisa y calculó su puntería. Y el siguiente tiro fue incluso mejor que el anterior, aterrizando directamente sobre la botella de plástico.

—Mira. Creo que he ganado.

Lex admiró la destreza de Lia, y su constitución atlética.

—Solo porque te he dejado —Lex sonrió con descaro.

—Si tan seguro estás, ¿por qué no jugamos otra vez?

—Conozco otro juego al que podemos jugar los dos —insinuó Lex, lascivo.

—¿Quién dice que yo esté interesada?

—¿Quién dice que no lo estés?

Un sonido metálico se oyó en la lejanía, desde el corazón de la aldea. Ruby golpeaba el lateral de una olla con una cuchara, que había recogido de los restos del *Jzhao Li* y estaba usando para cocinar en una fogata, tomando su turno para hacer el desayuno. Y haciéndoles saber a todos en los alrededores que la comida estaba lista.

—Salvados por la campana —Lia se encogió de hombros—. Habremos de dejar esos otros "juegos" en los que estabas pensando para otra ocasión.

Lex la observó alejarse de vuelta a la aldea. Era todo un desafío. Y a Lex siempre le habían deleitado los desafíos. En su interior sentía un apetito por algo que iba más allá de la comida que había preparado Ruby.

Lia no sabía que, en realidad, Lex la había dejado ganar la competición de cocos, asegurándose a propósito de que fallaba sus tiros. Ahora sólo tenía que ganársela a ella.

* * *

—Mmmm… Esto está bueno, pero que muy bueno —elogió Sammy mientras engullía el desayuno que Ruby había preparado—. Tu bebé tendrá suerte de tener a una madre que cocine como tú.

—Me alegra que te guste. Pero Slade también cocinará para el pequeño —insistió Ruby—. Haremos turnos. Después de todo, no es justo que solo cocinen las chicas.

—Sí que lo es —objetó Lex, consiguiendo miradas de ira por parte de Lia, Ruby, Lottie, Salene y May—. ¿A qué vienen esas caras? —preguntó.

—Eres un machista tremendo, Lex —afirmó Salene.

—De eso nada —Lex bufó con desaire.

—Entonces, ¿por qué no nos preparas tú la cena esta noche, Lex? —sugirió Lia—. Ruby tiene razón. Todos deberíamos turnarnos. Creo que tú no me has cocinado nada a mí… nunca.

—Vale. Lo haré —dijo Lex con obstinación—. Pero se supone que soy el jefe de seguridad aquí, no el cocinero. Solo espero que no acabéis pillando una intoxicación alimentaria por mi culpa.

—Yo también lo espero —dijo Lottie, preocupada ante la idea. Confiaría en la cocina de Slade, pero no estaba tan segura con Lex (que no le parecía demasiado higiénico). Imaginando a Lex cocinar, y segura de que acabaría enferma después, Lottie se estremeció junto al pequeño Bray, al que había estado sosteniendo en brazos mientras Ruby estaba ocupada preparando el desayuno.

Había servido otras tres raciones, que quedaron a la espera del regreso de Slade, Brady y Trudy.

Slade se había ido con Brady para llamar a su madre de vuelta a la aldea, consciente de que había quedado para reunirse con Connor la tarde previa en la playa para ir a enseñarle el *Nemo*.

Salene se puso de pie, dándole una mirada cómplice a May, y esta dejó su plato en el suelo y también se puso lentamente en pie.

Habían estado hablando de qué hacer sobre su romance naciente. May pensó que lo mejor sería guardarlo en secreto, que sería demasiado embarazoso si los demás lo descubrían. Y ya podía imaginarse la reacción de Lex.

Sin embargo, Salene creía que no tenían nada de qué avergonzarse. Estaba orgullosa de lo que sentía por May, y estaba segura de que mantener su relación bajo llave sería demasiado difícil. Además, realmente no había nada que esconder.

Al contrario, sería más fácil para ambas (y para todos los involucrados) si lograban ser abiertas y honestas, según le insistió Salene a May. Podían hacer lo que quisieran con sus vidas y, en vez de fingir ser alguien que no eran, ocultar sus emociones, era mejor que fuesen ellas mismas. Además, estaban en su derecho, reivindicó Salene.

—Hay algo que May y yo llevamos un tiempo queriendo contaros a todos —habló Salene, un tanto nerviosa.

—No me lo digas. ¿Estáis las dos embarazadas? —respondió Lex, con una amplia sonrisa ante su propio ingenio, lo que incrementó la incomodidad de Salene y May.

—No nos iréis a confesar que estáis las dos metidas en el Colectivo, espero —bromeó Sammy.

—Ojalá fuese tan sencillo —dijo Salene.

Estiró la mano y tomó la de May, lo que provocó miradas de confusión en los demás, y especialmente en Lex.

—May y yo,… bueno,… estamos juntas.

Lottie dio un respingo, con la boca abierta, y Sammy casi se ahoga con la boca llena al escuchar la inesperada noticia.

—¿Vais en serio? —preguntó Lex.

—Sí. Totalmente —declaró May—. Sin importar qué digáis.

—No tenía ni idea, y no sé bien qué decir —confesó Ruby—. Excepto que, si sois felices, es maravilloso.

—Enhorabuena —coincidió Lia—. Deberíamos estar celebrando.

Ruby y Lia se levantaron y les dieron abrazos a Salene y May. Se podía notar el alivio en las expresiones de estas al haberse sincerado acerca de su relación.

—Pues me parece realmente estupendo —comentó Lex, sorprendiendo a todos con su reacción.

—¿De veras? —cuestionó una incrédula May.

—Sí. Sed libres de ser vosotras mismas, seguid así. Por mí podéis abrazaros y besaros las veces que queráis. Si no os importa que yo mire, claro está.

Lex guiñó un ojo con picardía y frunció los labios.

—¡Menudo cerdo más desagradable! —protestó Salene.

—¡Eh! —llamó de repente Slade, volviendo a toda prisa a la aldea con la pequeña Brady nerviosa, abrazada a él en sus brazos.

—¿Qué sucede? —preguntó Ruby, notando la preocupación de Slade.

—Puede que tengamos un problema —respondió Slade.

—Y que lo digas —bromeó Lex—. Parece que todo el mundo se acuesta unos con otros. Primero Trudy y Connor. Y nunca adivinarás quiénes más. El agua de aquí debe llevar algo.

—Esto es serio —reiteró Slade, recuperando el aliento—. Hemos intentado encontrar a Trudy, pero no he visto el barco de Connor por ninguna parte. El *Nemo* ha desaparecido. No están.

CAPÍTULO DIECISÉIS

Jay iba tan deprisa con su vehículo como se atrevía, intentando alcanzar a Bray, que había salido mucho antes que él.

Podía reconocer que Bray era extraordinario, y se preguntaba cómo habría sobrevivido al lúgubre y hostil páramo, con aquel intenso sol que abrasaba la tierra y golpeaba a Jay desde las alturas. El hecho de que Bray hubiese realizado aquel peligroso viaje a pie, en el pasado, era una proeza extraordinaria, pensó, impresionado por su determinación y voluntad patentes.

¿Presentaría Bray una cabezonería similar como rival de Jay por el corazón de Amber, si es que conseguía encontrarlo y convencerlo de volver?

Pensar que Amber pudiese elegir a Bray antes que a él le dolía profundamente. Habían pasado por muchas cosas juntos, luchado contra la tiranía de Ram y luego de Mega, antes de comenzar su viaje a través del mar hasta la isla. Habían derrotado a Blake, liberado a quienes mantenía prisioneros. Y Jay era consciente de que, irónicamente, él mismo había desempeñado un papel a la hora de salvar a Bray y reunirlo con Amber.

¿Volvería aquello para morderle y acabaría arrepintiéndose de sus decisiones?

Era completamente consciente de las implicaciones que pudieran darse en caso de que tuviese suerte al encontrar a Bray y de que trajese a quien era su rival directo por el afecto de Amber de vuelta al camino de esta.

Pero debía hacerlo. Y lo hacía por Amber, precisamente. Haría lo que fuese por ella. Estaba completamente dedicado a todas las causas por las que ella luchaba, a su forma de vida, a la persona que era. Su pareja ideal. Y no podía evitar empatizar con los sentimientos que Bray también debía albergar por alguien tan especial.

Jay miró hacia delante, entre el polvo que se levantaba en la carretera ondulante, serpenteante por el páramo.

El terreno estaba cambiando gradualmente, elevándose. Jay podía ver la costa a su derecha, con acantilados escarpados creando afilados ángulos hacia el océano más abajo, de forma espectacular. Grandes olas se acercaban y rompían contra los lados de los acantilados.

Y había vislumbrado otra cosa.

Detuvo el quad de repente, rociando gravilla con las ruedas.

Había un barco avanzando por el agua, tomando las olas, como ningún otro que Jay hubiese visto jamás. Era enorme, como una colosal criatura marina, y debía tener entre 60 y 90 metros de eslora, según estimó. Era un buque de vela, un poderoso navío con velas gigantes en los mástiles ondulando por la fuerte brisa. Un barco moderno que parecía estar hecho de metal.

Conduciendo el quad para acercarse al lateral del acantilado, Jay frenó y sacó unos binoculares de la mochila que se había llevado consigo, para intentar verlo más de cerca.

Tras mirar a través de las lentes, en el punto de mira vio al personal del barco realizando sus tareas. Un grupo bien organizado, observó Jay, por sus movimientos disciplinados y coordinados.

La parte delantera del gran barco tenía los restos de un vehículo pegados encima, colgado bien arriba de las aguas, haciendo las veces de un estrafalario mascarón sin sutileza alguna. Jay se dio cuenta de que era un coche de policía, o lo que quedaba de él.

Tenía la proa llena de grafitis. Consiguió apenas leer las enormes letras que escribían palabras en el lateral del navío para darle nombre: *Fantasma Marino*.

De pie sobre la cubierta había una chica alta, de aspecto despampanante, con la larga melena morena ondeando al viento. Junto a ella, una figura vestida con una túnica ceremonial blanca, sus propios bucles rubios fluyendo con la brisa marina.

Debía tratarse del Guardián, pensó Jay, incrédulo. Nunca antes había conocido al antiguo líder de los Elegidos en persona, pero no había olvidado la descripción de Amber.

Jay pudo ver que el Guardián se encontraba empujando a un prisionero, que pedía clemencia, hasta el mismo borde de la barandilla del barco. Con un veloz movimiento, el Guardián arrojó al chico por la borda. El prisionero chocó contra las olas y desapareció sin dejar rastro. Jay se encontraba demasiado lejos para escuchar sus gritos. El Guardián miró hacia arriba, sujetando los brazos en alto sobre su cabeza y realizando una señal de vasallaje a los cielos. Debía ser algún tipo de ceremonia terrorífica, supuso Jay, aturdido por la brutalidad sin sentido de todo ello. Seguramente era una ofrenda hecha en nombre de la deidad del Guardián, Zoot.

Jay se apartó los binoculares de los ojos y observó a medida que el *Fantasma Marino* sorteaba las olas, propulsado por sus enormes velas.

—Lo siento, Bray —se dijo Jay a sí mismo, abandonando de inmediato su misión, seguro de que Bray comprendería sus razones y esperando que, donde estuviese, se encontrase sano y salvo. Ahora mismo, Jay tenía otras prioridades.

Aceleró el motor y se alejó rápidamente de los acantilados, uniéndose de nuevo a la carretera principal y volviendo sobre sus pasos en la dirección de la que había venido.

No sabía qué destino o qué curso tendría el *Fantasma Marino*. Y pensó que podía haber estado en la zona, simplemente, para llevar a cabo la extraña ceremonia que había presenciado desde la distancia. Fuese hacia donde fuese, esperaba que el barco se mantuviese lejos de la isla.

Pero no podía arriesgarse. Debía regresar y advertir a Amber y a los demás tan rápido como le fuese posible. Y se apresuró con el quad por la carretera, virando de nuevo hacia el páramo. Mientras, por su parte, el *Fantasma Marino* proseguía su inquietante viaje entre las olas.

CAPÍTULO DIECISIETE

—¿Has oído algo? —preguntó Emma, vacilante, concentrada en el extraño y lejano sonido que pensaba haber identificado.

—No —respondió Amber, somnolienta. Acababa de meterse en la litera tras haber completado su turno de guardia hacía nada—. Intenta relajarte y dormir un poco —continuó con delicadeza.

—Escucha. Estoy oyendo algo claramente —repitió Emma, mientras Amber, poniéndose repentinamente en alerta, se sentaba y concentraba.

—Creo que tienes razón. Sí que hay algo.

Amber se levantó de la litera, se acercó a las ventanas y miró afuera, intentando descubrir la fuente del distante ruido de motor que se acercaba, y rápido. Bañada en la luz de la luna, podía apenas vislumbrar una nube de polvo que se dirigía rápidamente hacia la base.

—¡Han vuelto! —dijo Amber con alegría, animada por el regreso de Jay sobre su quad, con suerte junto a Bray. El ruido venía, claramente, del sonido de vehículos, acercándose hacia ellos a gran velocidad y dejando un largo rastro de polvo tras de sí.

De repente, Amber se quedó destrozada al darse cuenta de que, en realidad, no eran sus amados desaparecidos.

Se trataba de una docena de quads y motocicletas, en una especie de formación, acercándose de forma rápida y amenazadora.

Amber se temía que solo podía tratarse de una cosa, algo que confirmó Ellie, quien había estado de guardia y se apresuraba ahora hacia el dormitorio.

—¡Me parece que van a atacarnos! —gritó Ellie, incapaz de creer que estuviese sucediendo realmente, temiendo la llegada de los inesperados visitantes que había descubierto.

* * *

Lo que quedaba del grupo de exploración contempló, cada vez más alarmados, las múltiples imágenes en los monitores de seguridad que mostraban a los Zootistas rodeando la base con sus vehículos. La mayoría llevaban a uno o dos pasajeros detrás, que saltaron de las máquinas al tiempo que las fuerzas de asalto daban vueltas por la zona ajardinada en el centro de la base, buscando a quien anduviese por allí.

Fuera del recinto, el Guardián se apeó de su quad, con un destello maníaco en los ojos, sediento de batalla y ansioso por complacer a su dios.

—¡Dispersaos! —ordenó, y los Zootistas obedecieron sus órdenes, separándose en grupos hacia sus lugares pre-asignados.

Axel corrió junto a sus guerreros hacia el hospital y centro médico. Ebony y los Zootistas con quién la habían colocado corrieron hacia el bloque de alojamiento, y una tercera unidad de combate avanzó hacia el edificio administrativo y de oficinas.

—¡Por la Madre Divina! ¡Por Zoot! —gritó Aras con pasión.

Se encontraba en el grupo de Ebony. Aquel fanático adepto de la fe estaba desesperado por mostrar a todos que era digno de unirse a ellos, a Zoot en particular. Aras imaginaba que sus ojos divinos lo estarían observando en aquel preciso momento, juzgándolo.

—¡Vamos allá! —gritó Ebony, cargando hacia el interior de la planta baja del complejo de alojamiento.

Eloise les había informado de sus objetivos en una reunión durante su viaje a bordo del *Fantasma Marino*, y el Guardián había bendecido a los Zootistas en cubierta. Ebony se estremeció al escuchar los gritos de uno de los prisioneros, que juzgaron no se había convertido realmente a la fe y arrojaron por la borda, como ofrenda del Guardián a Zoot.

Ebony se quedó impresionada con el tamaño del *Fantasma Marino*, y con el poder que obviamente ostentaba el Colectivo si este era solamente uno de los barcos que entendía tenían en su posesión.

Le dijeron que, anteriormente, se llamaba *La Odisea* y que era muy antiguo, que había estado en funcionamiento durante años para la marina como navío de trabajo donde entrenar a jóvenes cadetes en tiempos de los adultos.

En los últimos días de la pandemia, los adolescentes que quedaban en la tripulación, tras haber creado un vínculo y vivido juntos durante su entrenamiento, se llevaron a *La Odisea* del puerto donde estaba atracado, pues, para entonces, casi todos los adultos habían muerto ya. *La Odisea*, junto a su joven tripulación, pronto fue absorbida por el Colectivo y acabó transformándose en el *Fantasma Marino*, utilizado para transportar fuerzas, recursos y cargamentos de esclavos del Colectivo a través de las olas.

El *Fantasma Marino* se encontraba ahora amarrado a un pontón en la costa, abandonado allí por el personal de las Naciones Unidas que estaban destinados en la Base Aérea Arthurs. El Guardián, Ebony y el resto del grupo de asalto habían desembarcado allí, bajando la carga que habían llevado a bordo del *Fantasma Marino* para poder llevar a cabo el asalto a la base.

Aras había intentado congraciarse con Ebony durante la travesía, con ganas de impresionar a alguien que, según descubrió, había conocido a Zoot en la vida real.

Rápidamente se volvió leal hacia Ebony y le contó que, en el pasado, había vivido en la Base Aérea Arthurs con su antigua tribu, las Cucarachas. Entonces, Aras no era más que un crío ignorante, admitió, pero volvería como un guerrero, preparado para entregar el sacrificio final y servir a la fe verdadera de Zoot.

Mientras que Aras estaba desesperado por exhibir la devoción que sentía por su religión, Ebony sintió que debía mostrar su propia valía de otras formas. De momento, había demostrado ser de gran utilidad a Eloise, que permanecía a bordo del *Fantasma Marino*, protegida por sus guardaespaldas. Ram también se encontraba en el barco, en aislamiento.

La última vez que Ebony estuvo involucrada en un asalto, todo había salido mal. Le dieron órdenes de capturar a los Mall Rats y a la tribu de los nativos, y fracasó en la misión que le había encomendado Blake.

Estaba decidida a no volver a cometer el mismo error por segunda vez, y a llevar a cabo con éxito lo que le había pedido hacer, irónicamente, la hermana de Blake. Seguiría mostrándole a Eloise que podría serle muy útil.

Aquello le venía bien a Ebony, pues le parecía mucho mejor ser premiada que castigada por el Colectivo. Eran la mayor potencia de la región, y Ebony deseaba conseguir una porción de lo que le pertenecía.

—Si hay alguien aquí,... ¡encontradlos! —rugió Ebony a Aras y los entusiastas seguidores Zootistas de su grupo.

Comenzaron a avanzar por la planta baja del edificio de alojamiento, tirando puertas abajo y buscando dentro de las habitaciones.

Conocía sus órdenes. Capturar a cualquiera que siguiese con vida. Si encontraban resistencia, debían aplastarlos sin piedad, utilizando los medios necesarios. Y los Zootistas tenían muchas ganas de destruir a cualquiera que se opusiese a ellos… o a su causa.

Ebony abrió una puerta de una patada, rompiendo el cerrojo, y comenzó a buscar por la estancia sucia y en desuso. Repasaría cada centímetro de la base, si era necesario. No decepcionaría a Eloise, ni a la promesa de futuras recompensas.

* * *

—¡Vamos a morir! —gritó Gel, yendo de un lado a otro de la habitación llena de adrenalina.

—Por favor, Gel, ¡estate callada! —le pidió Amber entre susurros —. Aún tenemos una oportunidad.

Emma estaba de pie con la espalda contra la puerta, agarrada con fuerza al picaporte, absolutamente horrorizada por los acontecimientos y desesperada por mantener la puerta cerrada a cualquier precio.

Tiffany y Shannon estaban apiñados, tratando de mantenerse tan quietos como podían, en el baño contiguo, escondidos en la bañera y esperando no ser vistos.

Era cruelmente paradójico, pensó Amber, que los dos niños hubiesen estado jugando al escondite con Darryl horas antes de que Amber descubriese a los asaltantes. Ya no se trataba de un juego.

En cuanto Amber vio a los invasores que se acercaban, dirigió al grupo rápidamente hacia la planta superior, varios pisos arriba, por la escalera de incendios. Amber sujetaba la mano de Emma, guiándola y ofreciéndole soporte.

Jack, Ellie y Darryl habían arrastrado un pesado aparador de roble desde el pasillo y lo colocaron contra el pomo de la salida de emergencia, esperando así bloquearla.

Quizás hubiese sido una idea terrible, se maldijo Amber al pensar en ello, pues se dio cuenta de que, si los atacantes llegaban a subir hasta la última planta del edificio y descubrían que la puerta de la salida de emergencia se mantenía cerrada desde el otro lado con un mueble, eso les confirmaría entonces que sí había moradores escondiéndose en alguna parte. Sin embargo, ahora era demasiado tarde para volver.

Amber se había metido en uno de los dormitorios de aquella planta con Emma, Gel y los dos pequeños.

Jack, Ellie y Darryl estaban al otro lado del pasillo, en la habitación del lado opuesto, pues consideraron mejor separarse en dos grupos.

—¡Apaga la luz! —le susurró Amber a Gel, que había encendido la luz principal de la estancia.

—¡Pero así no veremos nada! —respondió Gel, intentando hablar tan bajo como podía.

—De eso se trata: ¡nadie será capaz de ver nada!

Gel hizo lo que le dijeron, apagando la luz y sumiendo al cuarto en la oscuridad. Amber sabía que estaba atemorizada. Todos lo estaban. Pero no podían hacer nada que hiciese saber a sus atacantes dónde se encontraban. Por ahora, debían permanecer escondidos, fuera de vista, y completamente en silencio.

Así que esto era lo que se sentía, pensó Amber mientras miraba alrededor del cuarto, que se había convertido en un vacío completamente oscuro, e imaginaba cómo percibía Emma el mundo a todas horas. Emma era muy especial, reflexionó Amber, que se sentía inspirada por su valentía para seguir avanzando y no dejar que su ceguera la limitase.

Amber haría todo lo posible por proteger a Emma, y agarró una lámpara que había cerca. Era lo único que pudo encontrar para usar como arma improvisada para defenderse, en caso de que los atacantes llegasen allí.

Se estremeció al escuchar ruidos de movimiento más abajo, en algún lugar del edificio. Puertas abriéndose de golpe, pasos, voces sofocadas. Poco a poco, se acercaban cada vez más.

El único sonido en su habitación era el de sus respiraciones ansiosas, y los lloriqueos silenciosos de Tiffany y Shannon en el baño, que luchaban por contener las lágrimas.

—No pasa nada —les susurró Emma, mientras seguía empujando la puerta de la habitación todavía más determinada.

Amber echaba de menos a su hijo desesperadamente, y no se atrevía a pensar en qué podría haberles pasado a Bray y a Jay... Si es que ellos mismos se habían encontrado con fuerzas invasoras y habían caído prisioneros. O peor.

Amber notó vibraciones en el edificio, el suelo temblaba un poco. Pero no era ningún terremoto. Sonaba como si estuviesen golpeando y rompiendo la puerta de la salida de emergencia. El aparador que bloqueaba el paso parecía estar cediendo.

Hubo un poderoso estruendo, seguido del repentino sonido de pasos que se acercaban y voces siniestras por los pasillos.

Una a una, los invasores abrieron a la fuerza las puertas de la planta superior y exploraron todas las habitaciones.

La cabeza de Amber iba a mil. No tenían muchas opciones. Pero, de repente, tuvo una idea.

—¡Gel! —susurró Amber—. ¡Dame tu pintalabios!

—¿Qué? ¿Estás loca? —preguntó Gel tan bajito como se atrevió—. ¡Ahora no es momento de preocuparte por tu aspecto!

—¡Lo necesito ya! —la apresuró Amber.

Gel rebuscó en su bolso de mano y dejó caer el pintalabios sobre la expectante mano de Amber.

Amber, intentando no hacer ningún sonido ni chocarse con nada, corrió con cuidado a través de la oscuridad y se introdujo en el baño contiguo.

Pensando que Amber había perdido la cabeza, Gel se echó al suelo y se arrastró debajo de la cama de matrimonio para mantenerse escondida. Los asaltantes ya casi estaban en su habitación, el sonido de su aproximación en el pasillo exterior acechaba cada vez más.

Amber regaló una sonrisa tranquilizadora a Tiffany y Shannon, apenas visible entre la oscuridad del baño, pero su presencia los reconfortó, y ella intentó parecer menos aterrada de lo que se sentía realmente.

Inclinándose sobre el lavabo, se puso a buscar el espejo que sabía había sobre la pared y comenzó a escribir un mensaje usando el pintalabios de Gel.

De repente, se oyó un estridente grito en el pasillo. Era Ellie, y estaba chillando. Los horribles sonidos de su resistencia se mezclaban con el lamento temeroso de Tiffany y Shannon.

—¡Quitadle las manos de encima! —se escuchó gritar a Jack.

Amber corrió de vuelta al dormitorio y tomó su lugar junto a Emma en la puerta, empujando tan fuerte como podía.

La puerta se desplazó un poco. Emma y Amber gruñían por el esfuerzo conjunto, desesperadas por cerrarla.

Tenían desventaja, y las dos se echaron hacia atrás de un empujón mientras uno de los Zootistas abría la puerta de golpe e irrumpía en la habitación.

Uno de los invasores encendió la luz.

—¡Me acuerdo de ti! —exclamó un delirante Aras al reconocer el rostro de Emma.

Emma forcejeó para liberarse de sus asaltantes, pero era inútil. Y quedó completamente atónita al escuchar la voz de un miembro de las Cucarachas, pensando que nunca volvería a cruzarse con ninguno de ellos.

—¿Aras? ¿Eres tú de verdad? —preguntó Emma, sobrecogida.

—Ahora ya no. Ahora, pertenezco a Zoot. Y tú también.

—¡No! —respondió Emma, consternada y preocupada al escuchar los gritos de Shannon y Tiffany. Habían tomado a los dos niños de su escondite en el baño.

—¡Quitadles las manos de encima! —exigió Amber, retorciéndose en las garras de los invasores Zootistas.

—¡Hay otra! —soltó entusiasmado uno de los Zootistas, sacando a Gel por uno de los tobillos, entre gritos, de debajo de la cama.

Rápidamente, los arrastraron a la fuerza por el pasillo. Amber vio que llevaban a Darryl, Jack y Ellie hacia las escaleras de la salida de emergencia.

—Pero mira quién es —comentó Ebony al ver a Amber resistiéndose mientras los asaltantes Zootistas la sacaban del cuarto—. Qué gusto verte por aquí. ¿Cómo te va, Amber? No muy bien, por lo que parece.

Amber se quedó asombrada de ver a Ebony, y la fulminó con la mirada.

—¡Debí suponer que tú estarías involucrada en todo esto!

Ebony miró con desdén a Amber, y luego hizo una señal a los guardias.

—¡Llevadla con el Guardián!

Los Zootistas rodearon a Amber y a los demás. Ebony se quedó quieta un instante, contemplando la situación.

La culpabilidad o remordimiento que pudiese sentir al ver que sus antiguos adversarios, e incluso en alguna ocasión amigos, habían sido capturados, quedaba sobrepasada por la alegría de su propia salvación (y por la recompensa que esperaba recibir por parte de Eloise). Estaba contenta de haber sido tan minuciosa, de haber comprobado todas las habitaciones del edificio. Esto ayudaría a solidificar la posición que deseaba establecer para sí misma dentro del Colectivo.

A veces, la vida era cruel. No era culpa suya. Ella no hacía las reglas. E hizo solo lo que debía hacer. Era un mundo salvaje.

—¡Poder y Caos! ¡Poder y Caos! —corearon los Zootistas con fervor, adorando el mantra de Zoot a medida que abandonaban el pasillo con los Mall Rats cautivos.

Ebony los observó irse, con una sonrisa burlona sobre el hermoso rostro.

—Alabado sea Zoot. Como en los viejos tiempos —se dijo Ebony para ella misma burlonamente, consciente de la ironía, y se unió a los demás. Era hora de entregar a los prisioneros al Guardián y Eloise.

CAPÍTULO DIECIOCHO

Toda la aldea se encontraba en una sensación de alarma intensa. La Sacerdotisa había enviado a sus guerreros más fuertes, dispuestos en posición defensiva, con las armas listas, en guardia, anticipando cualquier intrusión hostil. La tribu había recogido tanta comida y agua como había podido, y estaban reunidos en el corazón de la aldea, preparándose con urgencia para lo peor, en caso de que terminasen bajo asedio.

Una atmósfera tensa e inquietante permeaba el ambiente, y la presteza en la preparación de la defensa se había acelerado tras el regreso de tres de los Mall Rats: Trudy, Jay y Bray, en ese orden.

Todos habían atravesado una montaña rusa de emociones durante el día. Y todo era muy distinto cuando Trudy fue la primera en regresar por la tarde, tras anclar Connor el *Nemo* algo más hacia el interior de las aguas poco profundas de la playa, por miedo a que quedase encallado sobre los arrecifes con la bajada de la marea.

Se sintieron aliviados de ver que Trudy estaba a salvo. Sobre todo Brady, que corrió por la arena hacia su madre al verla, saltando en los cariñosos brazos de Trudy.

Trudy se sentía mal por haber estado fuera más tiempo del que había planeado, y agradecida con Ruby y Slade por echarle un ojo a Brady en su ausencia, sabiendo que estaría completamente a salvo (de otro modo, Trudy no habría pasado la noche fuera).

Explicó que Connor la había llevado a dar una vuelta en el barco para ver un precioso arrecife de coral, para despejarse. Habían disfrutado mucho de su tiempo juntos, según reveló Trudy.

—¡Pero qué locura! —había respondido Lex—. ¡Si apenas conoces a ese tío!

—Hemos conectado —dijo Trudy, defendiéndose.

—¡Apuesto a que Connor tiene otra forma de "conectar" en mente! —dijo Lex enfurecido, frustrado por lo que percibía era ingenuidad en Trudy.

—No es tu estilo ser tan recatado, Lex —dijo Ruby—. Menuda doble moral.

Pero no se trataba solamente de eso y todos estaban al corriente, incluida Ruby. Sencillamente, Lex no confiaba en Connor, seguro de que estaba manipulando a Trudy, vulnerable y desesperada por ser amada. Connor estaba utilizando su atractivo para descubrir todo tipo de información sobre ella y los Mall Rats. Lex estaba escuchando a su intuición, y esta le decía que Connor era una amenaza desde el momento en que llegó.

Connor se sintió ofendido por las críticas de Lex. Ambos habían iniciado una acalorada discusión que resultó en Lex dándole un puñetazo a Connor y debiendo ser sujetado por Slade.

Todo aquello quedó eclipsado, sin embargo, cuando Jay fue el siguiente en regresar, él solo, y les contó lo que había experimentado, colocando a toda la aldea en estado de emergencia.

Después de ver al *Fantasma Marino*, Jay había conducido de vuelta por el páramo hasta la Base Aérea Arthurs, para encontrarla totalmente abandonada. No había señales de Amber, Jack, Ellie, ni ninguno de los demás por ninguna parte, para su sorpresa.

Varias pistas indicaban que la base había sido atacada. Había huellas visibles de otros vehículos en la zona ajardinada central. Había muebles patas arriba, puertas rotas, lo que sugería que quien fuese responsable había llevado a cabo una búsqueda metódica y agresiva por toda la base.

Tras repostar el quad, Jay siguió la carretera hacia el sur, llegando por fin de vuelta a la aldea de los nativos para informar de sus hallazgos, y para advertir a Lex y a los Mall Rats restantes.

Connor había oído hablar del *Fantasma Marino*, explicó, mencionando que debía ser uno de los navíos más grandes y veloces en posesión del Colectivo.

—¿Seguro que tú no has tenido nada que ver en esto? —le había preguntado Lex—. ¿Cómo sabemos que no alertaste tú al *Fantasma Marino*? ¿Les contaste a quién encontrarían en la base?

—¿Cuándo contemplas que pude haber hecho eso? —resopló Connor—. He estado con Trudy prácticamente todo el tiempo.

—Y ella tan contenta de seguir recordándonoslo.

—Lex, por favor. Ahora no —le rogó Salene—. No empeores las cosas. Debemos permanecer unidos.

Pese a la tensión que estallaba esporádicamente entre Lex y Connor, la tribu se había unido aún más por las adversidades a que se estaban enfrentando.

La revelación previa de Salene y May sobre su relación personal había quedado oculta por los acontecimientos. Era raro, pero en realidad eso les hizo sentirse empoderadas, libres para ser ellas mismas, sin tener que preocuparse de ser juzgadas por otros. La tribu las apoyaba a las dos, y todos estaban más preocupados por el problema de sus amigos y seres queridos desaparecidos.

Incluso Lex se comprometió, tras la petición de Lia, a intentar ser más sensible con Salene y May. Ya se había disculpado por bromear sobre ellas previamente, y estaba contento de que se tuviesen la una a la otra.

Bray se apresuró de vuelta a la aldea en su vehículo, llegando esa noche, y les transmitió lo que había sucedido.

Tras descubrir que la base de las montañas de Eloise estaba vacía, Bray había regresado también a la Base Aérea Arthurs.

Buscando a fondo por todo el edificio de alojamiento mientras llamaba a gritos a Amber, Emma y los demás, intentando ver a la desesperada si seguía alguien allí, había descubierto el mensaje garabateado sobre el espejo de uno de los baños. Reconoció la letra de Amber al encontrar la pista que esta había dejado escrita con pintalabios para explicar qué había pasado con ellos.

¡NOS ATACAN! ¡EL GUARDIÁN!

Bray y Jay intercambiaron más datos sobre lo que se habían encontrado, haciendo llegar a todos a la misma conclusión.

—Está claro que los ha capturado el Guardián —dijo Bray, articulando lo que todos pensaban—. Y, si están en el barco que vio Jay, eso nos deja solo una gran pregunta.

—¿Que es…? —se preguntó Salene.

—Hacia dónde se dirige el barco —contestó Bray.

—¿Y si vienen hacia aquí? —se preguntó May—, ¿para intentar capturarnos?

—Si quieren pelea, estaremos listos —dijo Lex, echando humo.

—Será mejor que lo estemos, antes de hacer nada más —enfatizó Bray—. Hemos de prepararnos.

CAPÍTULO DIECINUEVE

El *Fantasma Marino* se mecía arriba y abajo, partiendo las olas. Muy abajo, en la celda de contención, Amber sintió una oleada de náuseas, de mareo. Parecía estar en la travesía de los malditos.

El Guardián la observaba con intensidad, una mirada de regocijo y victoria en el rostro.

De pie junto a él estaba Eloise, pudo saber ahora Amber, la misma chica cuya belleza física solo era comparable con su predisposición al mal. La que había atormentado a Bray, teniéndolo prisionero. Y Amber reflexionó sobre lo irónico que era, mientras recordaba todo lo que Bray le había contado sobre su tiempo en el extraño complejo de las montañas. Ahora era la propia Amber quien estaba prisionera.

—Así es como debe ser —dijo el Guardián con malicia, saboreando la imagen de Amber y los demás en la celda.

De repente, echó la cabeza atrás, mirando a los cielos.

—¡Oh, Zoot! ¡Gracias por traernos a nuestros enemigos… hasta nuestras propias manos! ¡Nosotros te los entregaremos, para tu divino propósito!

—Estás enfermo —dijo Amber con asco, casi con pena.

—¡Sois vosotros quienes lo estáis! —rebatió el Guardián—. ¡Y purgaremos el mundo de todas sus enfermedades, en los fuegos de nuestra fe!

Emma abrazaba a Tiffany y Shannon para tranquilizarlos. Los pequeños tenían los ojos cerrados, intentando escapar de todo aquello. Pero ya no había sitio donde esconderse.

Se encontraban en los niveles más bajos, los habían situado en lo que una vez fue una zona de almacenaje con rejas, que impedían que los objetos se moviesen de un lado a otro durante los viajes del barco.

Amber no sabía dónde estaban Ellie, Jack o Darryl. La última vez que los vio, Ebony y Axel se los llevaban por los pasillos del barco, hacia otra cubierta. Ni siquiera sabía si seguirían a bordo.

—¿Qué habéis hecho con los demás? —exigió saber Amber.

—Respóndeme tú primero: dime todo lo que sepas sobre Bray —insistió Eloise del otro lado de los barrotes.

—Ya te lo he dicho. Está muerto. ¡Todos lo están! —mintió Amber.

Amber estaba desesperada por desviar la atención de Eloise de los otros Mall Rats, y proteger a la aldea de los nativos presentando a la Sacerdotisa y sus guerreros como una temible amenaza que debían evitar a toda costa.

Le dijo a Eloise que, poco después de derrotar a Blake, había comenzado un conflicto entre los Mall Rats y la tribu de los nativos. Que la Sacerdotisa se negaba a abandonar su tradicional cultura, valores y pasado. La violencia había irrumpido, y la mayoría de Mall Rats habían sido asesinados, según describió Amber. Solo ella y unos pocos supervivientes habían logrado escapar de la aldea y dirigirse a la Base Aérea Arthurs para comenzar una nueva vida.

Amber recordó a Lia mencionar que incluso Blake había evitado entrar en conflicto directo con la Sacerdotisa y sus fuerzas. Tan solo esperaba que el Guardián y Eloise creyesen su historia, y que aquello ayudase a los Mall Rats y la tribu de los nativos que sabía seguían con vida en la aldea, incluido su hijo.

—Si nos estás engañando, y Bray y los demás siguen con vida... Debes saber que Zoot los traerá ante nosotros, por sus divinos poderes, si así lo desea. ¡Igual que ha hecho contigo! —dijo el Guardián.

Amber sabía que, obviamente, el hecho de haber sido capturados no tenía nada que ver con Zoot. Seguramente tenía más que ver con los ordenadores.

Tras tomarla prisionera, Amber, junto a los demás, había sido interrogada por Axel. Y, claramente, este parecía pensar, según sus preguntas, que la Base Aérea Arthurs había quedado abandonada, excepto por unos cuantos supervivientes sin valor de la tribu de las Cucarachas que vivían allí.

Al principio, Amber estaba confundida, pero ahora había llegado a la conclusión de que la invasión debió haber sucedido debido a que los rastrearan cuando estaban *online*, "esperando el siguiente contacto".

En esos momentos, Eloise estudiaba atentamente a Amber.

—Así que tú eres la líder de los Mall Rats, supongo.

—No entiendo a qué vienen todas estas preguntas. Está claro que ya lo sabes —respondió Amber.

—¡Muestra respeto hacia la Madre Divina! —soltó el Guardián, cada vez más irritado.

—¿Madre Divina? —se mofó Amber—. ¿Es así como te haces llamar? No hay nada de divino en ti. Y siento mucha pena por el niño que tienes dentro.

El Guardián se abalanzó sobre los barrotes de la celda, mostrando los dientes, gruñendo como un animal salvaje y desquiciado.

—¡¿Cómo te atreves a hablar de ese modo?!

Eloise se acercó lentamente a la celda de Amber, con una sonrisa retorcida en el rostro, como si pareciese estar disfrutando de aquella confrontación. Colocó un brazo sobre el hombro del Guardián, apartándolo con delicadeza, pues este estaba desesperado por darle un castigo a Amber tras su falta de respeto.

—Guardad las fuerzas, Guardián. Puedo luchar mis propias batallas. Es una pena que Bray esté muerto, Amber. Una vez fuiste suya, ¿no es así?

—¿Y a ti qué más te da? ¿Qué te importamos ninguno de nosotros?

—¿Te contó Bray que él y yo llegamos a conocernos bien? Muy bien, por lo que yo recuerdo. Tan bien, de hecho, que me dio este hijo. Su hijo. Fue una noche de pasión que jamás olvidaré. Quizás tengamos más en común de lo que piensas, Amber. Excepto que mi hijo sigue con vida. Mientras que, según tú, el tuyo está muerto, así como Bray y el resto de los Mall Rats. Quizás te reconforte saber que una parte de Bray sigue viva… en mí.

Bray le había mencionado a Amber que, además de las carencias que había sufrido, Eloise había intentado obligarle a engendrar un hijo con ella. Bray se resistió a sus intentos, se negó a doblegarse.

—¡Estás mintiendo! ¡Él nunca haría eso!

Eloise sonrió diabólicamente, disfrutando de la expresión de dolor en el rostro de Amber.

—Ah, pues sí. Sí que lo hizo —dijo mientras daba suaves golpecitos sobre la zona de su estómago, un poco abultada.

Eloise estaba embarazada, eso era innegable. Pero Bray nunca habría cedido, ¿verdad? ¿Era posible que hubiese perdido el control de sus acciones, después de todo?, ¿tras haber estado enchufado a máquinas de realidad virtual, con la mente afectada por los experimentos que Eloise había realizado con él? ¿Eloise solo se divertía, jugando a un juego cruel?, ¿o existía la posibilidad, se preguntó Amber, por mucho que lo dudase, de que Eloise estuviera diciendo la verdad?

Eloise se dio la vuelta sobre sus tacones y se alejó casualmente.

—Hora de irnos. El destino nos espera, Guardián. Adiós, Amber. Nunca volverás a ver esta isla. Disfruta del trayecto.

El Guardián la siguió con diligencia por el pasillo.

—¡¿A dónde nos llevas?! —gritó Amber.

—Tened paciencia —gritó el Guardián en respuesta—, ¡todos nos reuniremos muy pronto con Zoot!

CAPÍTULO VEINTE

Bray contempló el océano. Las olas brillaban de un extraño color naranja en la noche, mientras la luna llena los iluminaba, y se imaginó a Amber y el *Fantasma Marino* ahí fuera, en alguna parte.

Habían mantenido la aldea bien preparada para que pudieran defenderse ante cualquier invasor.

Sin embargo, no había habido señales del Guardián, Eloise o el *Fantasma Marino*. Y cada minuto que pasaba hacía más probable, según sentía Bray, que el *Fantasma Marino* hubiese tomado un rumbo diferente, y que la aldea no fuese atacada de noche.

—Parece que no van a venir —dijo Lex, llegando por la arena para situarse junto a Bray en la plaza—. Qué pena. Lo que daría por ponerle las manos encima al Guardián.

Lex y Bray regresaron, atravesando el círculo defensivo que los guerreros formaban alrededor de la aldea.

Slade, Salene, May, Connor y Trudy se unieron a la reunión convocada por Bray, tras haber permanecido anteriormente junto a los guerreros nativos para formar parte del anillo defensivo.

—¿Mencionaste que había una isla diferente en la que se comerciaba con esclavos? —le preguntó Trudy a Connor—. Quizás van a llevarlos allí, para venderlos.

Connor se encogió de hombros.

—Quizás.

—O quizás están de camino a las tierras del Colectivo, por lo que sabemos —sugirió Jay—. Podrían estar en cualquier parte.

—No —respondió Bray—. Creo que solo hay un lugar donde podrían haber ido.

—¿Dónde? —preguntó May.

Bray explico lo que había visto en el complejo abandonado de las montañas. En especial, el enorme cuadro que había descubierto con su representación de Zoot, de pie en la ciudad natal de los Mall Rats, señalando en la distancia como proféticamente, más allá de la ciudad y hacia la Montaña del Águila.

—¿La Montaña del Águila? ¿Por qué cojones iban a ir allí? —dudó Lex.

—No lo sé. Pero parecía tener algún tipo de importancia en la base de Eloise.

—Solo hay una manera de averiguarlo —habló de repente Connor.

* * *

—¿Estás seguro de hacer esto, Connor? —preguntó Trudy, intranquila.

—No. Pero vale la pena intentarlo —respondió él.

Estaban a bordo del Nemo, acompañados de Bray y Lex. Los demás se habían quedado en la aldea para hacer guardia nocturna. El camarote recibía la tenue iluminación de una solitaria bombilla que colgaba en su interior.

Connor estaba agachado cerca del panel de batería del camarote, girando los diales de la radio de corta frecuencia que se alimentaba de la unidad eléctrica, potenciada por los paneles de luz solar.

—Si se encuentran en un rango de 150 kilómetros, puede que consigan captar esto —explicó Connor. La radio transmitía sonidos de interferencias distorsionadas mientras Connor buscaba por las distintas frecuencias.

—Para que lo sepas: sigo observando todos tus movimientos —le advirtió Lex, plantado detrás de Connor.

—No hace falta que me lo recuerdes. Ya lo sé —dijo Connor—. Y no debéis preocuparos por mí. Podéis confiar en mí. Creedme.

—Ah. Eso me hace sentir mucho mejor —dijo Lex.

—Déjalo en paz, Lex, ¡deja que se concentre! —lo defendió Trudy.

—*Fantasma Marino*, ¿estás ahí fuera? Cambio —inquirió Connor, hablando a través del micrófono de la radio mientras giraba el dial.

—Sigue probando —lo animó Bray, deseando que la radio estableciese contacto.

Connor había pasado, poco a poco, por más de la mitad del espectro de frecuencias durante los últimos minutos. Y lo único que habían conseguido hasta el momento era el sonido de su propia voz, haciendo eco de vez en cuando, y el ruido constante de interferencias.

—No creo que haya nadie ahí fuera... —dijo Trudy.

—Estamos perdiendo el tiempo —murmuró Lex—. Es más probable que nos conteste un extraterrestre.

Connor siguió intentándolo, y pasaron unos minutos antes de que apretase el puño en señal de victoria. Habían establecido contacto.

—Aquí el *Fantasma Marino* —una voz distorsionada restalló desde la radio, casi indescifrable—. Identifícate.

—Aquí el *Nemo* —contestó Connor—. ¿Cuáles son tus coordenadas?

No hubo respuesta. Bray miró a los demás.

—¿Alguna idea?

—¿Por qué no les digo que tengo cargamento que entregar? —sugirió Connor.

—¿Y de qué mierda nos serviría eso? —bufó Lex.

—Podría darnos su localización —dijo Connor—. Si el *Fantasma Marino* está relacionado con el Colectivo, suben prisioneros a bordo por parte de comerciantes todo el tiempo.

—No tenemos nada que perder, y todo que ganar —sugirió Trudy.

—Vale. De acuerdo. Intentémoslo —asintió Bray.

—Aquí el *Nemo* —Connor le habló a la radio—. *Nemo* a *Fantasma Marino*. Tengo suministros valiosos para el Colectivo. Repito. Cargo suministros valiosos para el Colectivo. ¿Cuál es vuestro rumbo, para poder reunirme con vosotros? ¿Cambio?

—Proporciona el código. Como autorización de seguridad.

—¡Ahora sí que estamos jodidos! —suspiró Lex.

Connor no había soltado el dedo del botón de habla y Lex, Bray y Trudy intercambiaron miradas perplejas cuando la voz respondió.

—Incorrecto.

—Se pierde la conexión —dijo Connor—. Olvida lo de reunirnos. ¿Cuáles son tus coordenadas, para que pueda ajustar la frecuencia y tener mejor señal?

Connor comenzó a garabatear frenéticamente las coordenadas que le estaban comunicando sobre una antigua revista del tiempo de los adultos que había leído innumerables veces durante sus viajes.

—Gracias, *Fantasma Marino*. *Nemo* cierra.

Connor dejó escapar un gran suspiro de alivio, apagando la radio en caso de que el *Fantasma Marino* quisiera volver a ponerse en contacto.

—¡Lo has conseguido! —gritó Trudy, emocionada, chocándole la mano a Connor.

—Quizás no sepamos hacia donde se dirigen —Connor sonrió—, pero al menos tenemos cierta idea de dónde están ahora mismo.

Connor extendió sus cartas náuticas sobre el pequeño escritorio del camarote. Lex inclinó la linterna para iluminarlos y ayudar a que Connor pudiese ver, mientras realizaba una referencia cruzada de las coordenadas.

—Parece que deben estar por aquí —dijo Connor finalmente, situando un dedo sobre el mapa—. Bueno, al menos eso han dicho. Y solo hay una tierra en concreto si continúan en dirección norte-norte-este.

Señaló el mapa y, aunque Bray estaba satisfecho ante el hallazgo que habían conseguido hacer, también estaba ansioso por lo que significaba.

—Lo sabía —suspiró intranquilo.

La posición que había indicado Connor no era otra que la misma tierra que albergaba la ciudad donde Amber, Bray y los Mall Rats vivían antes. Seguía sin haber garantías de que el *Fantasma Marino* se estuviese dirigiendo allí. Pero Connor creía que debía tener razón, en tanto que no había otro destino aparente sin que alterasen curso de forma drástica. Si se dirigían a otras tierras, tendría más sentido haber tomado otro rumbo desde el principio.

* * *

El plan era marcharse la mañana siguiente, y se levantaron temprano, cargando suministros en el *Nemo*.

La Sacerdotisa y su propia tribu les ayudaron en la tarea, formando una cadena humana que iba desde la playa hasta la aldea, pasando comida y agua potable, guardada en contenedores de plástico y rescatada de los restos del *Jzhao Li*.

—Estaremos muy apretados. ¿Estás segura de poder hacerlo? —le preguntó Salene a May mientras guardaban otro pesado bidón de agua dentro del camarote del *Nemo*.

—Hemos de ir. Ellos harían lo mismo por nosotros.

Apenas había espacio en el interior del barco, hasta arriba de suministros. Connor ya había tirado la mayoría de objetos para liberar espacio, manteniendo solo sus pertenencias más personales y de valor sentimental.

Había una sola cama, y habían despejado una pequeña zona abajo donde Brady y el pequeño Bray pudiesen descansar y jugar. No podrían descansar cómodamente más de dos personas a la vez. El plan era que, a medida que avanzaba la travesía, irían consumiendo más suministros, lo que liberaría espacio en el interior.

—Qué bien que a algunos no nos importe compartir la cama, ¿eh, chicas? —comentó Lex descaradamente, metiendo la cabeza en el camarote a través de la escotilla sobre la cubierta superior.

—Ni se te ocurra empezar —le advirtió Salene, fulminándolo con la mirada.

Poco después, el barco estuvo finalmente lleno. Y, con la marea en alza, era hora de marcharse.

Se encontraban en la playa con la Sacerdotisa y su tribu, que habían venido a despedirse. Pero no todos se embarcarían en el viaje a bordo del *Nemo*.

—Siento que también deberíamos ir —insistió Slade—, para echaros una mano.

—Estando Ruby embarazada, lo mejor es que os quedéis aquí a salvo —respondió Jay—. No sabemos cuánto tiempo tardaremos. Además, serán dos bocas menos que alimentar.

—Tres bocas —señaló Ruby, con las manos abrazando su vientre embarazado—. Ojalá pudiésemos unirnos a vosotros. Pero, la próxima vez que nos veamos, espero poder presentaros a todos a nuestro pequeño bicho.

—Si es un chico, ponedle mi nombre —sugirió Lex sin modestia alguna, lo que provocó las risas de los demás—. Oye, que lo decía en serio.

—Así que esto es la despedida —dijo Ruby emocionada, golpeada repentinamente por la realidad de la situación.

Era una sensación extraña para Bray ver a miembros de los Mall Rats interactuar con aquellos que habían desempeñado un papel tan importante en sus vidas después de que él desapareciese. Y podía ver que a todos les afectaba profundamente tener que separarse.

Intercambiaron abrazos y se desearon lo mejor unos a otros. Connor mantuvo la vista sobre la marea creciente, para que no perdiesen la ventana de oportunidad y poder marcharse de inmediato.

La Sacerdotisa también estaba triste de verlos marchar. Durante mucho tiempo, había desconfiado del mundo más allá de la isla, observándolo con sospecha, pero había terminado creando lazos con los Mall Rats y sus amigos. Prometió cuidar de Ruby y Slade, y les enseñaría su idioma poco a poco (e intentaría aprender el de ellos), para ayudarlos a comunicarse. Echaría de menos tener al resto de Mall Rats por allí, según interpretó Lia, habiendo disfrutado de su compañía.

A nadie más que a Lex. Echó un último vistazo a la Sacerdotisa con una obvia atracción (y afecto), y la Sacerdotisa lo reciprocó. Se dieron un abrazo, y Lex por fin estuvo más cerca de la Sacerdotisa de lo que nunca antes había logrado. Incluso si no era del todo el tipo de contacto físico que tanto había deseado.

Por mucho que Lex estuviese prendado de la Sacerdotisa y de la forma de vida de la isla, sentía que su verdadera lealtad residía con los Mall Rats. Haría todo lo que estuviese en su poder para salvar a sus amigos desaparecidos y frustrar la amenaza que suponían Eloise y el Guardián. Aun así, despedirse era doloroso, particularmente de la Sacerdotisa. Era la única chica que se le había escapado, pese a sus esfuerzos, y Lex esperaba que sus caminos volviesen a cruzarse algún día.

Pero había otra.

Lia apenas había dormido esa noche, rota por sus sentimientos en conflicto, con sus lealtades divididas. Durante mucho tiempo, la tribu de los nativos había sido la suya propia. La habían acogido y cuidado después del virus. Lia también había creado lazos con los Mall Rats, sin embargo, y había desarrollado sentimientos sinceros hacia Lex.

No soportaba la idea de estar separada de él, y su corazón le decía que podía tener un futuro con ese ciertamente rebelde y pícaro "chico malo" al que había acabado conociendo tan bien. Él la hacía reír, a veces se comportaba de forma indignante, pero sabía que también era amable, valiente e incluso sensible, por muy macho que fuese. Lia se dio cuenta de que él hacía del mundo, de su mundo, un lugar mejor.

Y, cuando se decidió que lo mejor sería que Ruby y Slade se quedasen debido al embarazo de Ruby, la esperanza de Lia aumentó, dándose cuenta de que habría un espacio extra para ella en el diminuto navío.

—Puede que tú seas el mejor *souvenir* que he traído de vuelta a casa —comentó Lex, sujetando la mano de Lia y ofreciéndole su apoyo mientras ella miraba a la Sacerdotisa y la tribu de los nativos por la que quizás podía ser la última vez, con lágrimas en los ojos, antes de montarse al *Nemo*.

La Sacerdotisa agitó lentamente los brazos en un movimiento circular, y comenzó un cántico en su lengua nativa.

—¿Qué está diciendo, Lia? —preguntó Bray.

—Nos da su bendición —transmitió Lia—. Pide a los espíritus de los ancestros que nos guíen, que nos ofrezcan su protección. Que el mar sea amable,… que el viaje sea veloz,… y que encontremos lo que más desean nuestros corazones.

* * *

Nemo estaba en camino, con Connor al timón, y la vela principal desplegada, ondeando con la brisa. El barco comenzaba a acelerar, aprovechando el viento.

En la playa, se podía ver a Ruby y Slade de pie junto a la Sacerdotisa y su tribu, saludándolos, despidiéndose con la mano.

Bray estaba plantado en la parte trasera del barco, con los demás, observando la isla empequeñecer en la distancia.

Sujetaba a su hijo, al hijo de Amber, en brazos. Bray prometió que se reunirían. No se detendría ante nada, viajaría por todos los océanos del mundo, para encontrarla.

En algún lugar del mar se encontraba el *Fantasma Marino*. Y Bray sabía que debería enfrentarse al Guardián y a Eloise una vez más, así como al espectro y legado de su hermano Zoot. Una parte de él se sentía aterrado al pensarlo. Pero, si eso significaba que había una oportunidad de salvar a Amber y a los demás, debían hacerlo.

Había pasado mucho tiempo desde el día en que Bray fue capturado. A menudo, se había preguntado si regresaría algún día. Pero ahora tenía una sensación de esperanza mezclada con la preocupación de no saber qué les esperaría en el camino. Por fin volvía a casa.

CAPÍTULO VEINTIUNO

Rodeados de guardias, los fanáticos Zootistas escoltaban a Amber y los demás prisioneros, así como al resto de pasajeros que una vez habitaron la base de las montañas en la isla. En esos momentos, el Guardián y Eloise los estaban guiando a través de las fantasmales calles de la ciudad.

Amber estaba sorprendida, sobre todo, al ver a tantos bebés en brazos de sus madres, quienes caminaban en silencio, como metidas en una especie de trance. Había otros niños caminando juntos en otro grupo, y Amber no era capaz de averiguar hacia dónde se dirigían. O por qué.

Eso sí, era muy raro estar de vuelta, reflexionó, en la ciudad en la que había crecido. O lo que quedaba de ella.

Mientras miraba alrededor de los históricos e imponentes edificios en el corazón del viejo distrito central, a Amber le pareció que se trataba de un sueño.

Pasasen por donde pasasen, la inundaban recuerdos de sucesos que habían tenido lugar durante su infancia, y durante el tiempo posterior a la pérdida de los adultos, cuando Amber había luchado por sobrevivir mientras su preciada ciudad descendía a un estado de caos.

Reconoció el lugar donde ella y su mejor amigo Dal se escondieron una vez de Zoot, donde encontraron y rescataron a Cloe, justo antes de que los Mall Rats formasen su propia tribu.

Más adelante en esa misma calle, caminó ante las ruinas de unos viejos grandes almacenes, saqueados tiempo atrás. Amber recordó la feliz infancia que pasó allí en navidades, yendo a visitar a Santa Claus de pequeña con sus padres. Ahora aquel recuerdo la reconfortaba, pero también la entristecía.

Si tan solo sus padres hubiesen sabido lo que el destino les tenía guardado. Deseó poder volver y decirles lo mucho que los quería, escucharles hablar, estar de nuevo en su compañía.

Amber podía ver a Ebony más adelante, caminando sin restricciones cerca de Eloise, mientras el grupo avanzaba sin descanso a través de la silenciosa y vacía ciudad.

Lo había vuelto a hacer, pensó Amber, admirando la destreza obvia de Ebony al haber conseguido, de algún modo, una posición de influencia una vez más. Aunque se sintiese, al mismo tiempo, asqueada por la total falta de preocupación de Ebony respecto al bienestar de los demás. Quizás se tratase de la superviviente definitiva, pero Ebony estaba demasiado dispuesta a pisotear a quien fuese con tal de salvarse a ella misma. Amber siempre quedaba impresionada con la capacidad que tenía para cuidar de sí misma.

Y también con la de Ram. Reparó en él, caminando justo detrás de Ebony. Lo flanqueaban un cuarteto de fornidos guardias Zootistas. Pero, por lo que podía ver, el propio Ram iba sin ataduras, y no parecía demasiado preocupado por su situación. Y, desde luego, parecía estar en una mejor condición que Amber y los prisioneros. Ram no se comportaba como alguien que estuviese "condenado", como había asegurado previamente que estaría de encontrarse con el Colectivo.

Sorprendente, dado que les había contado a los Mall Rats que el Colectivo había puesto precio a su cabeza, y que era un hombre buscado.

La ciudad parecía estar completamente desierta, reflexionó Amber, recordando la apresurada evacuación que la población tuvo que hacer para evadir la amenaza de un nuevo "virus" liberado por Mega y sus Tecnos.

¿Habría rastro del virus de Mega en el mismo aire que respiraba en esos momentos?, ¿o no había sido nada más que una amenaza desatada por el Colectivo, habiendo saboteado los ordenadores de Mega para poder provocar el pánico y destruir de un golpe todo lo que los Tecnos habían conseguido?

En la isla, Ram le había contado que eso era precisamente lo que había ocurrido, motivo por el cual había insistido tanto en regresar a casa. Pues creía que, después de todo, la ciudad era segura y no una trampa mortal. Amber se preguntó si todo lo que les había contado sobre el Colectivo era cierto. Y si Eloise, el Guardián y los Zootistas estaban allí, simplemente, para tomar el control de la ciudad ahora que sus habitantes y los Tecnos la habían abandonado.

—¡Las manos divinas de Zoot nos guían! —gritó de repente el Guardián con fervor, al darse cuenta de un grafiti que proclamaba que "Zoot vive". La insistencia maníaca del Guardián hacía eco entre las calles—. Alabad a Zoot, ¡*alabadlo* de inmediato!

—¡Poder y Caos! ¡Poder y Caos! —los guardias Zootistas y los fervientes adeptos comenzaron a corear. Los gritos de la consigna de Zoot volvieron a inundar la ciudad, recordándole a Amber los días en que el propio Zoot, junto a Ebony y los Locos, habían traído un reino de terror sobre aquel paisaje urbano.

El *Fantasma Marino* estaba atracado en el muelle. Irónicamente, no muy lejos del área desde donde Amber y los Mall Rats se habían marchado de la ciudad, cuando zarparon al agua sobre el pequeño pesquero que había sido su hogar temporal durante varias semanas. Amber nunca había esperado que sus caminos se volviesen a cruzar con el del Guardián. Ni que acabasen capturados y llevados de vuelta a la ciudad.

El viaje a bordo del *Fantasma Marino* había sido una experiencia horrorosa, con el buque de vela meciéndose a todas horas. En una ocasión llegaron a pasar incluso por una fuerte tormenta que impulsó a todos quienes iban a bordo a un lado, faltando poco para volcar.

Amber había estado confinada en una celda del interior de la proa del barco, junto a Emma, Tiffany y Shannon. Los mantuvieron en todo momento apartados de Jack, Ellie, Darryl y Gel, que supo estaban en otra parte del barco, según le había dicho el Guardián. Le dieron de comer raciones escasas, y de beber agua tibia e insalubre, parte de la cual usaban para lavarse. Se sentían ansiosos por descubrir las intenciones de sus captores y qué los esperaba en su destino. Habían pasado unas arduas semanas en el océano.

Durante el viaje, Amber había escuchado extraños sonidos de angustia de otros prisioneros encerrados en el barco. Niños pequeños pidiendo ayuda a gritos, bebés llorando… Estaba segura de poder oír quejidos de dolor provenientes de varias cubiertas, de madres dando a luz allí mismo, a bordo del navío.

Al llegar a la ciudad, el *Fantasma Marino* desembarcó su cargamento de cautivos humanos y devotos Zootistas. Y, para sorpresa de Amber, todos se habían unido a ellos en procesión.

Otras futuras madres, con los vientres hinchados por los bebés que llevaban en su interior, caminaban lentamente a la zaga del grupo. Las que tenían un embarazo más avanzado, a punto de dar a luz cualquier día, iban sentadas como pasajeras en los quads que habían descargado del barco, los mismos vehículos que habían estado involucrados en el asalto a la Base Aérea Arthurs.

Al ver tantos bebés a su alrededor, Amber se sintió desesperada por volver a estar de nuevo con su hijo, por sostenerlo, darle todo su cariño. Pero su hijo estaba muy lejos, en la isla, pensó con desesperación, separados por los vastos mares. Esperaba que estuviese a salvo, confiando en el buen cuidado de los Mall Rats con quienes lo había dejado en la aldea de los nativos. Y deseaba también que todos se encontrasen bien.

Emma echaba mucho de menos a Bray, y le había ofrecido su apoyo a Amber durante la travesía. A su vez, esta le daba aliento a Emma. Las dos establecieron un vínculo y se hicieron compañía, manteniendo los ánimos tanto como podían.

Mientras cruzaban el mar, Amber había sido llevada ante Eloise y el Guardián varias veces, para ser interrogada. La mayoría de las preguntas que le hacían tenían que ver con cuánto sabía sobre la Montaña del Águila. En particular, qué sucedió en el transcurso de su visita allí con Bray, Ebony y los Mall Rats originales.

Amber no quería contestar a sus cuestiones, sino resistir de cualquier forma que pudiese. Sin embargo, con la amenaza de retirarles comida y agua a Emma y sus hermanos a menos que ella cooperase, no tuvo más opción que relatar sus experiencias.

Les habló acerca del satélite, de las voces pre-grabadas de adultos que habían escuchado, los ordenadores con los que Jack trabajó, y finalmente la explosión accidental que casi acaba con la vida de Amber. Al menos, siempre creyó que había sido un accidente, reparando en la expresión de duda sobre el rostro de Eloise cuando les transmitió su conocimiento sobre lo sucedido en la Montaña del Águila.

Con la procesión pasando a lo largo de las calles abandonadas, que tenían el mismo aspecto que la última vez que Amber había estado en la ciudad, el grupo llegó a una zona que ella conocía muy bien. Estaba familiarizada con prácticamente cada centímetro, habiendo pasado gran parte de su corta vida allí, intentando construir un nuevo futuro para ella y para la ciudad.

El círculo se había completado. Habían llegado al centro comercial.

* * *

Amber, Ellie, Jack, Darryl, Gel, Emma y sus hermanos estaban retenidos en la misma jaula que el propio Jack había construido en los primeros días del mundo posterior a los adultos, con las rejas bloqueando la antigua entrada principal del Centro. Era la misma celda en la que Lex, Ryan y Zandra quedaron prisioneros de Jack y los Mall Rats cuando los creían una amenaza. Hacía muchísimo tiempo, reflexionó Jack. Parecía otra vida completamente.

—¡Nunca esperé estar atrapado aquí dentro! —protestó Jack, consciente de la ironía. Su mente estaba haciendo horas extras, intentando encontrar un modo de salir de su propia trampa, con las persianas de rejilla metálica bien aseguradas a su alrededor.

—Cuántos recuerdos, ¿verdad, Amber? —se burló Ebony, observando del otro lado de la celda.

Estaba acompañada de Aras y varios seguidores Zootistas, a quienes habían puesto directamente bajo su cadena de mando.

Después de impresionar al Guardián con sus acciones durante el asalto a la Base Aérea Arthurs, Ebony había continuado mostrando su lealtad y valía a Eloise durante la larga travesía del *Fantasma Marino*. Entretuvo a los seguidores Zootistas con sus historias sobre Zoot, que aseguraba haber presenciado de primera mano cuando él vivía en la ciudad.

Ebony había aumentado la leyenda, metiendo de paso un par de "milagros", unificando la fe, avivando su fanatismo, y llegando a ser considerada una persona de alta posición e influencia. En todo momento, Ebony había enfatizado a propósito la importancia de la "Madre Divina" y del Guardián, pero sobre todo de Eloise, bien consciente de que ella estaba al mando. Y de que parecía ser ella quien contactaba directamente con Kami, el líder del poderoso Colectivo.

—¿Vienes a regocijarte? —le preguntó Amber con desprecio.

—Puede que un poquito. Pero no, no soy de las que se regocijan, Amber. Ahora ya no. Tan solo sigo órdenes.

—¿Así es como lo llamas?

Amber miró hacia la primera planta del Centro, donde estaba plantada Eloise, que contemplaba los acontecimientos acechante, ahora en una etapa más avanzada de gestación. Su apariencia seguía siendo inmaculada, pues sus sirvientas la habían cuidado al detalle durante la larga travesía. Eloise rezumaba autoridad y seguridad. La "Madre Divina" desprendía un aura de magnetismo personal hacia sus fieles seguidores, que obedecían todos sus caprichos sin rechistar.

Amber podía escuchar apenas a Eloise deliberando con Axel, dándole órdenes y despachando a los Zootistas a diferentes sectores de la ciudad para realizar tareas (desde reunir más vehículos en funcionamiento, o el combustible que pudiesen encontrar, a asegurarse de que no había "vagabundos" deambulando por las calles).

Mantenían a Ram muy cerca de Eloise, y los guardias Zootistas eran su sombra.

—Me parece que eres como todos los demás, Ebony —dijo Amber—. No eres más que una marioneta. Y Eloise es quien mueve los hilos.

—Si soy una marioneta, ¿qué eres tú entonces? —Ebony sonrió—. Ah, ya lo sé. La que está encerrada. Una perdedora, del lado de los perdedores.

Tiffany comenzó a llorar, lo que hizo que su joven hermano, Shannon, la imitase. Ambos estaban aterrorizados por su situación. Emma rodeó cariñosamente los brazos alrededor de sus hermanos pequeños, intentando calmarlos y apaciguar sus miedos.

—¿Qué queréis de nosotros? —exigió saber Amber al Guardián, de pie al otro lado de la verja, con un destello en los ojos, como si estuviese disfrutando del sufrimiento de sus prisioneros—. ¡Solo son unos niños, no le han hecho nada a nadie!

—Todos somos niños de Zoot —dijo el Guardián, avanzando lentamente hacia la reja sin dejar de mirar a Amber ni para parpadear, beligerante—. Todos debemos cumplir una función. Encontrar nuestro lugar en el universo. Y, a veces, hay que hacer "sacrificios".

Amber reprimió un escalofrío involuntario tras oír aquello. ¿De eso se trataba? ¿Era ese el motivo de su presencia allí? ¿Buscaba el Guardián vengarse de forma retorcida, con un sacrificio?

—Estás completamente loco —dijo Amber desafiante—. La verdad es que me das lástima.

El Guardián caminó de un lado a otro, murmurando algo para sí mismo con intensidad e incoherencia, soltando carcajadas de vez en cuando, casi como si tuviese una conversación con una presencia invisible, antes de girarse hacia Amber y contemplarla con un sorprendente cariño.

—Tú estuviste aquí, Amber, en el comienzo. Tú fuiste *testigo* del momento en que comenzó todo. Ojalá Lex estuviese aquí.

El Guardián miró con reverencia hacia el último tramo de escaleras de la primera planta del Centro donde se encontraba Eloise, conversando con Axel.

—¿Por qué? ¿Es que acaso te gusta? —lo desafió Gel.

—¡Que así no ayudas! —la instó Darryl.

—¡Lex es mucho más grande de lo que vosotros seréis jamás! —gritó el Guardián a los prisioneros.

De repente, Amber se dio cuenta de la conexión: el Guardián había estado mirando al mismo lugar, donde se encontraba ahora mismo Eloise, en el que Lex había embestido contra Zoot, resultando en la caída de Zoot desde la primera planta del Centro, precipitándose hacia su muerte.

—Hemos de glorificar a Lex, ¡como el Portador de Muerte! —continuó el Guardián, maravillado, observando la zona donde Zoot cayó—. Si Lex no hubiese cumplido su función, ¡nada de esto habría sucedido! ¡Quitar una vida es algo sagrado y honorable! Fue la madre de Zoot quien le dio la vida, ¡pero fue Lex quien tuvo el privilegio de quitársela! De elevar a Zoot, ¡¡de convertirlo en un dios!! Todo, todo tiene que ver con el propio comienzo, ¡con ese momento! ¡Con Lex! ¡Es a él a quién debemos entregarle el elogio que tanto se merece!

El Guardián parecía estar completamente ido, en un frenesí.

—¡Aléjate de nosotros! —le gritó Ellie, aferrada a Jack y aterrorizada por lo que acababa de escuchar y lo que decía el Guardián.

—¡Ojalá Lex estuviese aquí, para entregarnos a todos el privilegio de la muerte! —vociferó—. Pero quizás haya otras personas dignas de tal misión. ¿Serías tú capaz, Ebony, de enviarme a la otra vida para poder unirme a él en el nirvana?

—Sería todo un placer —dijo Ebony antes de intercambiar una mirada sutil con Ram. Los dos inseguros e igualmente precavidos con el Guardián.

—¡Guardián! ¡No es vuestra hora, aún no! —gritó Eloise, que comenzó a bajar las escaleras para acercarse a él con Axel, Ram y los guardias siguiéndola.

El Guardián volvió en sí al oír su voz, llevándose las manos a las orejas y desplomándose de rodillas.

—¡Madre Divina, perdonadme!

Eloise situó una mano sobre la cabeza del Guardián para calmarlo. Este cerró los ojos, notando su tacto, sintiendo las energías divinas que fluían a través de ella y entraban en él.

—Levantaos, Guardián —dijo Eloise con calma—. Defensor de la fe. Sed paciente, Zoot os aguarda. Y vuestro tiempo llegará, pero aún no. Aún hay trabajo por hacer.

—¿Qué tipo de… "trabajo"? —tanteó Amber con cautela.

Eloise se dirigió a los prisioneros en el interior de la celda.

—Estáis todos como la chica ciega. En la oscuridad. Completamente ciegos a la verdad. Zoot puede daros la habilidad de ver cosas que ningún ojo puede ver.

—¡Mientes! —gritó Emma desde el interior de la jaula, aferrando a Tiffany y Shannon con fuerza contra ella—. Bray tenía razón, ¡eres un monstruo! ¡Nunca nos uniremos a vosotros!

—¿Así que esas tenemos? —dijo Eloise mientras observaba a Emma con crueldad, furiosa por aquella falta de respeto tan pública—. ¡Quitadle a los pequeños! —le ordenó de repente a Ebony—. Los educaremos en la fe. Se unirán a nosotros y formarán parte del Colectivo. Y quizás le enseñen a su hermana a ser respetuosa.

—¡No! —gritó una incrédula Emma, desesperada, oyendo el forcejeo y gritos de socorro de Tiffany y Shannon al tiempo que una de las persianas de metal se levantaba. Ebony, Aras y los guardias entraron y empujaron a Amber y los demás, separando a Tiffany y Shannon de Emma a la fuerza, mientras esta intentaba desesperadamente mantenerlos en sus brazos.

El Zootista que operaba la palanca en la primera planta del centro comercial volvió a cerrar la persiana de rejilla de la celda, tan pronto como Ebony y los Zootistas a su cargo habían salido.

Aras cargó con Tiffany y Shannon en sus brazos, mientras los pequeños lloraban desconsolados por ser separados de su hermana, y se los llevó a otra parte del Centro, para situarlos con los otros niños pequeños a los que estaban criando.

Emma, rota, lanzó un salvaje lamento de desaliento, de pura impotencia. Era como si le hubiesen arrancado una parte de ella desde dentro. Ellie observó compasivamente mientras Amber la abrazaba con firmeza, intentando ofrecerle su apoyo.

—¡No os saldréis con la vuestra! —protestó Amber contra Eloise—. Sea lo que sea lo que pretendáis hacer, ¡no lo conseguiréis!

—Ya lo he conseguido. Axel, prepara a los prisioneros. Te veré mañana, Amber. Y te darás cuenta de que puedo hacer lo que yo quiera —insistió Eloise antes de dar la espalda a la celda y alejarse, con el Guardián siguiéndola diligentemente.

CAPÍTULO VEINTIDÓS

El *Nemo* navegó hacia el muelle de la ciudad bajo el amparo de la oscuridad.

No hubo ni rastro del *Fantasma Marino* durante ningún momento de su viaje y, cuando Bray reparó en la silueta del poderoso buque de vela atracado en el puerto, fue la primera vez que vio el navío que iban persiguiendo. Todos se quedaron aliviados al comprobar, como sospechaban, cuál era el destino del *Fantasma Marino*. Aunque se sentían aún más inquietos al pensar en lo que podía esperarles.

Después de haber desembarcado del *Nemo*, aliviado, Lex besó literalmente el suelo bajo sus pies (o "terra firma" como decía él), tras haber acabado muy harto del movimiento interminable del barco de Connor a medida que avanzaba por los mares.

La travesía había sido dificultosa y Connor dormía solamente algunas horas cuando podía, habiendo tomado la responsabilidad al timón, dirigiendo su curso. Los demás intentaban mantener las manos al timón en su ausencia para seguir con el rumbo del *Nemo* y avanzar en la dirección correcta.

Nadie había disfrutado de un sueño reparador e ininterrumpido. Había tan poco espacio que la vida allí era incómoda para todos. El grupo hacía turnos en el camarote para descansar, aunque con el constante movimiento y avance del *Nemo*, era más fácil decirlo que hacerlo.

Sin embargo, estar tan cerca unos de otros había hecho que el grupo se uniese todavía más, y tenían la moral alta. Los Mall Rats (o "Ratas de Mar", nombre que Lex sugirió adoptar temporalmente) tenían el ánimo fuerte, decididos a perseguir al *Fantasma Marino* y rescatar a sus miembros ausentes.

Lex había dejado incluso de meterse con Salene y May, respetando que las dos fuesen felices como pareja de enamoradas.

Siguió sospechando de Connor durante los primeros días del viaje, pero pronto llegó a conocerlo mejor. La insistencia de Trudy y el hecho de que Connor estuviese cumpliendo su palabra, trabajando sin descanso y con mucho esfuerzo por levarlos a la ciudad donde vivían antes, hicieron que las sospechas previas de Lex se disipasen. Bray, sin embargo, seguía guardándose su opinión, aunque Connor no había hecho nada que alimentase dudas.

Trudy estaba encantada de haber encontrado un compañero romántico en el apuesto propietario y capitán del *Nemo*. Connor y Trudy solían hacerse compañía, sobre y bajo cubierta, y se los veía (y escuchaba) riendo y soltando risillas. Ambos formaban ahora una feliz pareja.

Connor había pasado también algo de tiempo jugando con Brady, fabricando barcos y criaturas marinas de *origami* para ella con páginas de sus viejas revistas. Trudy estaba contenta de ver la reacción de su hija, y Brady disfrutaba estando con Connor, a quien Trudy consideraba orgullosa y cariñosamente como el nuevo "hombre" de su vida.

Anclaron al *Nemo* muy lejos del *Fantasma Marino*, al otro lado del puerto. El grupo lo abandonó y se llevó la comida que les quedaba.

Connor le dio un golpecito cariñoso al casco del *Nemo* mientras salía del barco, esperando volver a ver su preciado yate.

Bray era consciente de que necesitaban un lugar seguro donde quedarse, y no podía pensar en un lugar mejor que la casa en la que Trudy había crecido, donde el grupo pasaría la noche. Realizaron el peligroso viaje en la oscuridad hacia los barrios residenciales, preocupados de que pudiesen encontrar alguna amenaza, quizás por parte de las fuerzas del *Fantasma Marino*. Pero por fin llegaron, agotados, a la casa que había pertenecido a los padres de Trudy y donde ella se había criado. Trudy recordaba cada paso del camino de cuando iba caminando a la escuela.

Era la casa donde Bray y Trudy, embarazada por aquel entonces, habían encontrado refugio tras el colapso del mundo de los adultos. Estaba muy lejos de la caótica zona céntrica de la ciudad, posicionada en una calle sin salida casi oculta, en el enclave de un barrio residencial casi rural. Era una zona tranquila y silenciosa. Los pájaros trinaban en el jardín trasero, descuidado por haber estado abandonado, con el césped a la altura de la cintura y hierbajos enormes apoderándose del lugar.

Bray pensó en el pasado, cuando Trudy y él abandonaron la casa tras descubrir que los Gallos, una tribu separatista y anárquica, podían suponer una amenaza al haberlos visto patrullar por el barrio. Estaba preocupado por mantener a Trudy lejos de su hermano, Zoot, quien sabía que su exnovia esperaba un hijo suyo. Y, sobre todo, por intentar encontrar un refugio seguro donde ella pudiese dar a luz.

La decisión de abandonar la casa en aquel momento alteró sus vidas de manera fundamental. No solo encontraron protección Trudy y su bebé nonato, sino que Bray y Trudy llegaron así a encontrarse con Amber y los Mall Rats, y sus caminos cambiaron para siempre.

Los Gallos eran historia, desaparecidos hace mucho, como sabía Bray, y la frondosa área suburbana donde Trudy había crecido parecía ser ahora el mejor lugar para establecer un "piso franco" que usar como base temporal. Esperaba, a partir de ahí, poder averiguar qué sucedía en la ciudad en aquellos momentos.

Al despertar con el nuevo día, y si el destino volvía a ser amable con él, Bray tenía la intención de ponerse en marcha para, como había hecho hacía mucho, ir en busca de Amber una vez más.

—Mira, Brady, ¡es el Sr. Orejitas! —dijo Trudy emocionada, sujetando un suave conejito de peluche que había en su dormitorio, aún en el mismo lugar en que ella lo había dejado. Era su juguete favorito cuando era niña, se lo habían regalado sus padres un cumpleaños y le había cogido aprecio desde entonces. Era un recordatorio de su familia, y de tiempos más felices.

Trudy le dio el enorme juguete, casi del mismo tamaño que su hija, a Brady, que lo rodeó con sus brazos con cariño y alegría, sin importarle el polvo y olor rancio que había adquirido el peluche tras estar guardado en el armario del dormitorio de Trudy. Casi todos los demás objetos de la casa habían desaparecido hacía tiempo, tras muchos saqueos.

—Ahora es tuyo. Él cuidará de ti. Siempre que tú cuides de él.

—Ten cuidado, Trudy —deseó Salene—. Tenedlo todos. No tardéis mucho en volver.

—No lo haremos —prometió Bray.

Jay y Bray habían trazado un plan poco después de despertarse esa misma mañana, creyendo que había una forma de descubrir más información sobre qué les había sucedido a Amber y los demás prisioneros, así como qué se proponían Eloise y el Guardián.

Para que la idea funcionase, era imprescindible que Trudy y Bray regresasen a la ciudad con Lex, Jay, Connor y Lia. Eso significaba que se pondrían en riesgo, y necesitaban ser precavidos.

—Tienes una casa encantadora, Trudy —dijo Lia, reuniéndose con los demás en el pasillo antes de marcharse a su misión, tras disfrutar de un sueño reparador por primera vez en semanas.

—Desearía que pudiésemos quedarnos aquí.

—No eres la única —coincidió Lex mientras se ponía los zapatos sentado en el suelo—. Me imagino encontrando un lugar como este donde vivir, con una hermosa y ruborizada esposa a mi lado. A ser posible rubia... y alemana. Un poco como tú, en realidad.

Lex miró sugestivamente a Lia, que de hecho sí se estaba ruborizando de vergüenza por el coqueteo descarado de Lex con ella.

—Será mejor que salgamos —dijo Bray, dándole un beso a su pequeño hijo una vez más, y pasándoselo con cuidado a May.

—Estará bien, te lo prometo —lo tranquilizó May, tomando al hijo de Bray en brazos con delicadeza.

El plan era que May, Salene, Sammy y Lottie se quedasen en casa de Trudy junto a Brady y el pequeño Bray. Para pasar desapercibidos y no hacer más que estar a salvo, fuera de peligro, a la espera de que los demás regresaran de la ciudad.

A la primera señal de peligro deberían desplazarse, si Salene y May lo creían oportuno, al siguiente lugar más seguro que se les ocurrió: una buena parada recomendada por Lex en caso de que tuviesen que irse de casa de Trudy.

Les había descrito la localización de su "nidito de amor", un escondite secreto que había usado en la ciudad durante el reinado de los Tecnos, donde Lex, en sus días de amoríos, se había encontrado con Siva, su antigua novia. Era el lugar perfecto, pensó, a donde podían desaparecer los Mall Rats si en algún momento necesitaban recluirse.

Estaba deseando llevar allí a Lia, como le había contado, pero a ella no le entusiasmaba la idea, incómoda al mencionar Lex su pasado con Siva (y qué decir de su auto-proclamado "nidito de amor"). Aquello le hacía tener dudas sobre Lex y sobre lo que sentía por él. Este insistió en que sus días de *playboy* habían pasado, pero Lia no podía evitar preguntarse si ella sería solamente la siguiente en una larga lista de chicas que habían caído ante sus encantos. Lo que ella deseaba conseguir era algo mucho superior: una relación real, auténtica y duradera. Y esperaba poder descubrir más cosas en Lex.

—Mi señora —dijo Connor, ofreciendo su mano con encanto. Trudy le siguió el juego, haciendo una reverencia antes de aceptar, con una sonrisa radiante. Ambos se agarraron del brazo y caminaron por el pasillo hacia la puerta principal.

Una vez imaginó que Bray sería la persona con quien estaba destinada a vivir felizmente para siempre, si es que seguían existiendo los cuentos de hadas. Cómo habían cambiado las cosas. Nunca hubiese adivinado que acabaría conociendo a Connor. Especialmente tan lejos, en la isla.

La última vez que se marchó de su antiguo hogar, era mucho más joven, sobrepasada y asustada por el mundo en el que se encontraba. Y aterrorizada por su embarazo. En aquel entonces, Bray había sido su único pilar de apoyo, ayudándola a seguir adelante.

Ahora, Trudy era consciente de que había crecido de muchas maneras. Pese a la ansiedad que sintió al abandonar la ciudad, y su dificultad para adaptarse a la isla, tenía más fuerza y confianza, y volvía a estar contenta consigo misma. Su bebé se había convertido en la niñita encantadora a la que adoraba y cuidaba. Trudy sonrió al ver a Brady jugando con el "Sr. Orejitas", lo que le recordó a cuando ella misma era una niña pequeña caminando por la casa, feliz y sin una preocupación en el mundo.

Ahora era una figura materna, llevaba el "testigo" que le habían pasado sus padres, y estaba decidida a proteger y a educar a su hija con el mismo amor con que lo habían hecho sus padres. Trudy tenía una familia diferente, su tribu, y haría cualquier cosa por ellos, igual que ellos por ella.

—Vamos —dijo Bray, que abrió la puerta principal y salió, seguido de Lex, Lia, Jay, Connor y Trudy.

Trudy se giró una vez más, viendo como su hija le decía adiós con la mano en la entrada junto a los demás que iban a quedarse atrás, despidiéndose a gritos.

Volvería de nuevo a esa casa, y con Brady.

Pero, primero, debía ir a su misión en la ciudad. Ya no era la chica asustada que emprendió su viaje con Bray.

La vida había avanzado, y Trudy había cambiado. Estaba lista.

* * *

Avanzaron sigilosamente a través de las desoladas calles de la ciudad. Era extraño volver a estar en territorio familiar, lleno de tantos recuerdos del pasado. Y lleno del misterio de qué debía estar sucediendo en aquel momento en la ciudad, que percibían había estado abandonada durante mucho tiempo. Ahora, sin embargo, era la anfitriona de todos aquellos que habían llegado con el *Fantasma Marino*.

Era mucho más peligroso estar fuera de día, sin la oscuridad de la noche para ocultar su presencia.

El grupo intentó cubrirse tanto como pudo, corriendo de detrás de un vehículo destrozado a otro, manteniéndose cerca de los altísimos edificios de la zona céntrica de la ciudad, con los sentidos agudizados en busca de señales de vida. Miraban por cada esquina nerviosos, alerta ante cualquier sonido.

Desde luego, la ciudad parecía estar desierta. Todo lo que habían visto hasta el momento eran unos cuantos gatos callejeros y algunos perros que rebuscaban comida, tras haber sido perros domésticos en los tiempos de los adultos.

—¿Estáis seguros de que nadie nos... sigue? —dijo Lia, girándose para mirar detrás de ella una vez más, convencida de que había ojos fisgones observando todos sus movimientos. Estaba más acostumbrada a la vida en la isla, y era una experiencia distinta (e inquietante) para Lia encontrarse en las calles, rodeada de esa jungla de asfalto.

—Afirmativo —respondió Bray en tono tranquilizador mientras seguían buscando, avanzando por la ciudad de manzana en manzana, haciendo lo posible por mantenerse fuera de vista.

De repente, Bray les indicó que se detuvieran.

Al girar la esquina, en la intersección de varias calles, había un coche estacionado en medio de la amplia avenida de la ciudad. A un observador casual no le habría parecido más que una ruina, pero para Bray, con los sentidos experimentados, ese vehículo era diferente. Lleno de golpes y grafitis, la luna trasera apenas en pie, con el cristal a punto de explotar en cualquier momento, Bray reparó en que el coche estaba lleno de ocupantes. Y, por su atuendo, estaba claro que eran Zootistas.

Bray les dio el visto bueno con el pulgar.

—Espero que esto funcione —susurró Jay, fisgando desde detrás de la esquina donde estaban los demás, escondidos.

—¡Esto es una locura! —insistió Lex entre susurros—. ¿Qué piensas hacer, acercarte y empezar una conversación?

—Esa es la idea —respondió Jay, reuniendo valor.

—Buena suerte —dijo Bray, mientras Jay avanzaba lentamente hacia el final del edificio que le había ofrecido cobijo.

—Gracias. Tú también —asintió Jay con respeto mutuo—. Hora de ir a pescar —dijo, dando un paso al frente con valentía y caminando hacia el coche. Se estaba colocando como cebo.

Las puertas del vehículo se abrieron y salieron cuatro Zootistas, que observaron con cautela, sorprendidos de ver a otra persona en la ciudad aparentemente desierta.

—Por mucho que te hayas arrepentido de escapar y quieras entregarte, Tecno, te aseguramos que la Madre Divina no tendrá piedad contigo —advirtió bruscamente el líder de aquel grupo de Zootistas.

—No. De eso nada. No me estoy entregando. Solo quería deciros a todos el aspecto tan ridículo que tenéis —dijo Jay—. Nos vemos.

Con eso, Jay se dio la vuelta, corriendo tan rápido como podía por donde había venido. Los Zootistas, confundidos pero furiosos por su provocación, lo persiguieron a pie, gritándole obscenidades por ser un no creyente.

Cuando los Zootistas giraron la esquina, dieron un paso atrás, totalmente sorprendidos, incrédulos por ver ante sí figuras tan sagradas en su religión. Leyendas vivas.

Los cuatro Zootistas se arrodillaron sobre el suelo, postrándose ante Bray, el hermano de Zoot, que creían había muerto, según las palabras de Eloise. Lo reconocieron tras haberlo visto cuando Eloise lo tenía encarcelado. Y no había duda de quién estaba con él, pues los Zootistas conocían muy bien la mitología de los Mall Rats: se trataba de Trudy, y también Lex. Delante de sus propios ojos.

—¿Dónde está Eloise? —preguntó Bray lentamente, consciente de que los cuatro Zootistas se habían acobardado, creyéndolo una presencia divina conectada directamente a su dios, según las enseñanzas de Eloise y el Guardián.

—¡Respondedle! —les ordenó Trudy, representando su papel como había ensayado anteriormente con Jay y Bray—. ¿Es que no sabéis quién es?, ¿quién soy yo? ¡Yo soy... la Madre

Suprema! ¡Yo di a luz a la hija de Zoot! ¡Responded, u os juro que responderéis ante el propio Zoot!

Connor se sobresaltó por la aparente transformación y actitud dominante de Trudy, pero recordó lo que le había contado acerca de sus experiencias en el pasado como "Madre Suprema". Ella nunca olvidaría todo por lo que había pasado, y estaba claro que era capaz de volver a representar el papel que tuvo una vez, de hacer una gran actuación para seguir el plan.

—¡Yo les haré hablar! —amenazó Lex, que se acercó a los Zootistas para intimidarlos—. Me parece que tenéis muchas cosas que explicar. ¿Dónde están el resto de vuestros secuaces?

Era extraño, pensó Lex, porque se echaron hacia atrás, completamente aterrorizados de él. Como si su persona tuviese también algún significado espiritual. Eso era nuevo, una reacción que Lex nunca había experimentado antes en sus encuentros con los Zootistas.

—La Madre Divina… ha ido a la Montaña del Águila —contestó finalmente uno de los Zootistas.

—¿Y qué hay de los prisioneros del *Fantasma Marino*? —exigió saber Bray.

Los Zootistas revelaron que algunos de los prisioneros habían acompañado a la Madre Divina, y hasta les dieron sus nombres: eran Amber, Jack, Ellie y Ram.

—¿Y los demás? —indagó Trudy, dejando claro que no quedaría satisfecha con otra cosa que no fuese una respuesta sincera.

—Se encuentran en el altar donde cayó el Divino. Con el Guardián.

—¿Qué hay de la chica ciega? —inquirió Bray.

Los Zootistas describieron que ella también estaba en el centro comercial, y Bray les advirtió que iban a dejarles marchar, y que debían informar al Guardián de lo que habían presenciado. Explicarle que se habían encontrado con

Bray, Lex y Trudy. Y los Zootistas asintieron obedientes, aún maravillados.

—Antes de iros, dadme las llaves de vuestro coche —ordenó Lex, y el líder Zootista se las entregó vacilante.

—Yo… ¡no puedo creer que os haya conocido en persona! —dijo, abrumado.

—Solo te falta pedirme un autógrafo —respondió Lex—. Pero estarías perdiendo el tiempo. ¡Ahora, largo de aquí! —rugió.

Los Zootistas retrocedieron, pasmados por la experiencia, y se marcharon corriendo, dejando allí a Bray y a los demás, que los observaron girar una de las esquinas.

—Ha ido mejor de lo que esperaba —dijo Jay, satisfecho de que su plan hubiese funcionado—. Buen trabajo, chicos.

—Estabas muy sexy en modo Madre Suprema —no pudo evitar comentarle Connor a Trudy—. Te hubiese seguido a cualquier parte.

—Entonces ya sabes lo que te espera si alguna vez me haces enfadar —Trudy sonrió.

—¿Por qué los habéis dejado marchar? —le preguntó Lia a Bray.

—Para aumentar su confusión. Su duda. Con suerte, el Guardián enviará a más de sus seguidores a la ciudad… Y, cuantos más Zootistas haya en las calles, menos nos encontraremos en el centro comercial. O en la Montaña del Águila.

—¿Habéis visto la forma en que me miraban? —se maravilló Lex, aún confuso por la reacción de los Zootistas al verlo—. Era como si hubiesen visto un fantasma o algo.

—Desde luego, se te da bien la gente —comentó Lia.

Pero Bray conocía el motivo real, consciente del valor y estatus que ostentaba cualquier persona relacionada con Zoot. Y sintió lástima por los Zootistas, pensando que seguramente ellos mismos habían sido prisioneros antes, que Eloise y el Guardián les habrían lavado el cerebro con sus retorcidas mentiras y su propaganda. Le daba pena aquella devoción equivocada a la causa. Muchos estaban simplemente atemorizados y luchaban por sobrevivir. La fe Zootista, en nombre de su difunto hermano, les ofrecía la promesa de lago mayor, y ejercía una atracción poderosa en los débiles y vulnerables, que sentían no tener más opción que convertirse.

Por ahora, por fin habían descubierto qué había sucedido con sus amigos y seres queridos desaparecidos.

Bray estaba desesperado por intentar descubrir qué tenían planeado el Guardián y Eloise, tras las noticias de que Eloise parecía haberse llevado a algunos de ellos (incluida Amber) a la Montaña del Águila, por razones desconocidas.

Por suerte, la jugada de utilizar la propia reputación y posición que ostentaban en la religión en contra de los Zootistas que la seguían les había salido bien en aquel primer encuentro. Sin embargo, los Zootistas eran un grupo impredecible y peligroso, radicalizados por su fe, y todos sabían que deberían ser extremadamente cuidadosos. Muchos de ellos seguro demostrarían ser enemigos mortales e implacables.

—Bueno, ¿alguna idea de qué hacer ahora? —se preguntó Jay.

—Iremos tras ellos —respondió Bray con intención. No había otra opción—. Pero, primero, ¿por qué no creamos nosotros un poco de Poder y Caos?

CAPÍTULO VEINTITRÉS

Era temprano, y el rocío de la mañana rodeaba la Montaña del Águila, casi ocultando el dispositivo circular de seguimiento de satélites sobre el edificio, cuando Eloise trajo hasta allí a Amber junto a Jack, Ellie, Ram, Axel y varios guardias.

Era un lugar lleno de recuerdos (y misterios), pues los Mall Rats habían hecho su propio viaje hasta la cumbre mucho antes, guiados por Tai San, mientras intentaban descubrir más información sobre el virus, creyendo que el observatorio albergaría respuestas.

La tumba de Zandra seguía allí, tras perder la vida en la explosión que tuvo lugar trágicamente. Amber la echaba de menos, y pensaba en la chica alocada pero dulce que aportaba tanta alegría a la tribu. ¿Qué habría hecho Zandra de seguir con vida? ¿Habría encontrado la felicidad en una relación duradera con Lex? Era una lástima, pero nunca lo sabrían. Amber ordenó sus pensamientos, en recuerdo de Zandra, mientras pasaron por el lugar de sepultura.

Ella misma también había estado cerca de perder la vida, golpeada por la explosión y perdiendo la memoria durante cierto tiempo. Ebony había intentado engañar a todos, y hacerles creer que Amber había muerto. Les contó que la había enterrado en la tumba contigua a la de Zandra. Aquella tumba también seguía en pie, y Amber se preguntaba sí esta vez acabaría realmente encontrando su final en la Montaña del Águila, tras haber escapado antes a la muerte por tan poco allí mismo.

—Es irónico que una vez te hicieses llamar "Eagle", águila —se regodeó Eloise—. Y que finalmente hayamos venido a tu nido. ¿Preferirías que te volviese a llamar Eagle, o Amber?

—Me da igual cómo me llames —respondió Amber, insegura de cómo podía tener Eloise tanta información sobre ella y su pasado. Incluido el tiempo que pasó con Pride y la tribu de los Ecos.

El grupo se encontraba ahora de pie en el interior de las destrozadas ruinas del observatorio, devastado por la explosión. Las paredes quedaron marcadas con el fuego que había irrumpido en su interior. Donde una vez hubo escritorios y ordenadores, recordó Amber, quedaban ahora solamente restos de plástico derretido y equipos destruidos.

Eloise volvió a exigir a los prisioneros que revelasen todo lo que tuvo lugar en su visita previa a la Montaña del Águila, interesada en conocer hasta el más mínimo detalle.

Ellie se encontraba presa de Axel y algunos guardias, retorciéndose ante su firme sujeción, consternada pero también intentando ser valiente por Jack, ansiosa sobre lo que podía pasar a continuación.

De hecho, Amber se dio cuenta de que la presencia de Ellie allí parecía cumplir solo la función de rehén. Eloise debía estar usando a Ellie para llegar hasta Jack. Ella no podía ser de ayuda directa para explicar nada sobre la Montaña del Águila. Conocía su existencia, por supuesto, pero nunca había estado dentro. Amber y Jack sí que lo estuvieron, y quedaba claro que

Ram también la había visitado, aunque era un gran misterio lo que habría ocurrido, y cuando.

Tuviese la explicación que tuviese, Amber ató cabos: ninguno de los otros prisioneros que habían dejado atrás en la ciudad, a manos del Guardián, había estado tampoco en la Montaña del Águila.

Amber pensó en Patsy, Ryan, Cloe, Tai San, KC y, por supuesto, en Bray, que habían estado también en su visita inicial al observatorio. ¿Tenía algo que ver la Montaña del Águila con la desaparición de todos ellos? ¿Los habían secuestrado otras personas con la intención de interrogarlos sobre lo que sabían?

Eloise parecía particularmente concentrada en Jack, que había desempeñado un papel fundamental a la hora de reactivar los ordenadores aquella vez, y obtener la subsecuente transmisión que recibieron de un satélite en órbita. Si pudo llegar a conseguir tanto antes, ella tenía claro que podría serle de ayuda esta vez.

Amber quería resistirse a Eloise, plantarle cara. Pero le preocupaban las amenazas que les había hecho, diciéndoles que, si no cooperaban, ordenaría al Guardián hacerles algo terrible a los Mall Rats y sus nuevos amigos que quedaban en el Centro.

Eloise era peligrosa pero también metódica, pensó Amber, dándose cuenta de que se había cubierto bien las espaldas al tener rehenes en dos lugares, con el grupo de la Montaña del Águila y el resto de prisioneros en la ciudad.

—¿Por qué tardas tanto, Ram? —lo apresuró Eloise—. Pensaba que conocías el código de acceso al Nivel 2.

—Ya casi está —respondió Ram. Había estado trabajando en el panel de control sobre la pared, anteriormente oculto en el interior de un compartimento sólido que había sobrevivido a la explosión que tuvo lugar durante la visita de los Mall Rats en el pasado.

—Ha pasado mucho tiempo —dijo Ram, probando códigos distintos en el panel táctil—. No recuerdo cómo se entraba.

—Algo me dice que estás ganando tiempo. Inténtalo de verdad, o empezaremos a deshacernos de rehenes.

—Lo hago lo mejor que puedo —respondió Ram.

—¡Pues no es suficiente!

Eloise lo fulminó con la mirada, frustrada por la falta de progreso de Ram (o resistencia deliberada) y avanzó hacia él, con los guardias siguiéndola de cerca.

—O quizás empieces tú a perder dedos, Ram… Y luego miembros. Te haré trizas, pedazo a pedazo, hasta que no quede nada de ti. Ni siquiera tu nombre. Puedo borrar todo rastro de tu existencia.

—Lo estoy intentando. No es fácil trabajar bajo estas "condiciones".

—Será mucho más difícil si me decepcionas. Kami me ha dado autoridad para hacer lo que yo crea necesario.

—Me sorprendería que alguien de su inteligencia subestimase que yo os puedo ser mucho más valioso vivo que muerto —dijo Ram.

No había revelado exactamente nada de su pasado, decidiendo que lo mejor sería guardarse los ases bajo la manga. Y se encogió en silencio al pensar si quizás habría dado demasiada información, confirmando que sí conocía a Kami, o al menos que había oído hablar de él.

De repente, Eloise lanzó un brazo adelante y comenzó a apretarle un lado de la cara a Ram con los dedos. Las largas e inmaculadas uñas se le clavaban en la mejilla.

—¡Que no se te suba a la cabeza, Ram! Solo porque tú creas resultar de valor para Kami, no significa que seas más importante que los demás. ¡Para mí no vales nada! ¡No eres indispensable!

Para puntuar su opinión, clavó las uñas con todavía mayor profundidad en el rostro de Ram, y luego se retiró. Este soltó un quejido, agarrándose el costado de la mejilla que ahora sangraba por los cortes, con ronchas rojas donde habían estado los dedos de Eloise.

—Si crees que esa es forma de conseguir que colabore contigo —bramó Ram—, ¡estás muy equivocada!

Estaba cansado y harto de todo lo que había sufrido en su tiempo de cautiverio, e instintivamente sintió que había un pequeño cambio en el equilibrio de poder. Y que, pese a todas las amenazas, todo el conocimiento y datos que almacenaba en sus bancos de memoria le garantizarían no sufrir ningún daño.

—Ah, tengo otras formas. Axel, rómpele la mano izquierda —ordenó Eloise con calma—. Lentamente.

—Un placer —respondió Axel, acercándose rápidamente a Ram.

—¡Espera! ¡Ya me acuerdo de cómo entrar! —admitió Ram, mirando a Eloise con resentimiento, menos confiado en el valor que poseía su conocimiento.

—Eso me imaginaba —Eloise sonrió—. Es increíble lo que se puede conseguir cuando uno pone la mente a trabajar.

—No tienes ni idea —murmuró Ram, seguro de que se quedaría maravillada ante el verdadero poder de la mente de Ram, que él sentía era más potente que cualquiera de sus amados ordenadores.

—Ay, Ram,… has hecho que me rompa una uña —suspiró Eloise, frunciendo el ceño con decepción exagerada mientras se examinaba las uñas—. ¡No vuelvas a hacerme perder la paciencia!

Ram tecleó un código sobre la pantalla táctil, mientras seguía acariciándose la cara con la otra mano, cubriéndose las heridas.

Entre chirridos de metal rasgándose, toda la pared trasera junto al panel de control comenzó repentinamente a estremecerse, abriéndose a un lado con un fuerte estruendo y ruidos mecánicos que hacían temblar hasta los cimientos del edificio. La pared era extremadamente gruesa, según pudo ver Amber mientras se apartaba gradualmente. Medía varios metros de ancho y estaba hecha de distintas capas de metal y cemento. Amber se maravilló ante el poder y la ingeniería que se necesitarían para mover la pesada carga, y se preguntó qué demonios habría al otro lado. Era una zona en la que los Mall Rats nunca se habían adentrado durante su tiempo en la Montaña del Águila, o que supiesen siquiera que existía.

¿Acaso Ram había estado diciendo la verdad todo este tiempo? Se acordó de cómo describió haber descubierto otros niveles en la Montaña del Águila, encontrando tecnología de los adultos que acabó adaptando para sus propios propósitos con los Tecnos.

Jack y Ellie tragaron saliva, nerviosos, a medida que la pared dejaba de deslizarse, y claramente compartían la misma inquietud creciente que Amber.

—Ahí lo tenéis, el Nivel 2 —dijo Ram, señalando la apertura que había aparecido, y dibujando una sonrisa falsa para Eloise—. Todo tuyo. Espero que te haga muy feliz.

—Empiezo a serlo. Guíanos —le ordenó Eloise a Ram, que atravesó sin muchas ganas la apertura y se adentró en la total oscuridad.

Ellie, Jack y Amber fueron empujados por Axel y los guardias hacia el hueco donde había estado la pared.

El grupo avanzó cautelosamente por una pendiente, y su presencia dibujaba sombras en las paredes. Amber se preguntó qué los estaría esperando.

* * *

Pasaron por una serie de pasillos, que giraban para un lado y para el otro de vez en cuando. Y, a medida que viajaban, como descendiendo a las profundidades de la propia tierra, luces de ambiente en los laterales de techos y suelos iluminaban débilmente los sombríos pasillos, encendidas por sensores que detectaron su presencia.

Conforme a sesiones informativas previas, Eloise sabía que la zona donde se encontraban era un antiguo búnker nuclear y reflexionó, según avanzaban por los pasillos, sobre la ironía de que los adultos creían poder sobrevivir a una guerra nuclear y, sin embargo, no se prepararon tan a fondo para el apocalipsis que trajo consigo el virus.

Ram los guio hasta la zona central del complejo, mucho más grande que el nivel superior escondido dentro del observatorio en el que habían estado antes, sobre tierra.

A Amber le pareció increíble pensar que existía este otro nivel, más abajo, que hubiese estado allí todo ese tiempo, bajo los pies de los Mall Rats mientras ellos se encontraban por encima, en la planta baja del observatorio, tanto tiempo atrás.

Las luces se encendieron automáticamente cuando el grupo entró en la estancia principal del Nivel 2. Amber reparó en símbolos de las Naciones Unidas sobre las paredes de la cámara.

—*Escuchad muy atentamente lo que voy a decir a continuación...* —se escuchó de repente decir a una voz adulta, muy alto, a través de altavoces situados en el techo.

—¡Es esa!, ¡es la misma voz que oímos la otra vez! —exclamó Jack, reconociendo la voz del mensaje pregrabado que los Mall Rats habían escuchado en el pasado.

—¡Sssh! —lo mandó callar Eloise, que escuchaba atentamente el mensaje.

—*Ya debéis haber encontrado el antídoto. En esta habitación hay técnicos que os ayudarán a sobrevivir. Han recibido formación extensa, y están protegidos del mundo exterior por las cámaras de hibernación que tenéis ante vosotros...*

Así que era cierto, pensó Amber al ver varias cámaras criogénicas de hibernación, de aspecto casi idéntico a las que Jack y Ellie habían descubierto en los niveles inferiores del hospital en la Base Aérea Arthurs. Sin embargo, al contrario de lo que anunciaba la voz adulta… estas cápsulas de hibernación parecían estar completamente vacías.

—*Debéis usar el antídoto que poseéis en los adultos de esta habitación. Primero, revividlos pulsando el botón verde en la parte exterior de las cámaras. Cuando se despierten, podéis administrarles el antídoto. También encontraréis en esta habitación cascos especiales que los técnicos sabrán cómo operar. Están conectados a una sofisticada red que permitirá que otros adultos alrededor del mundo se comuniquen entre sí.*

No había señal de ningún "casco" por ninguna parte. Pero no era ninguna sorpresa, consideró Amber, pues Ram les había contado en la isla que se había llevado los cascos de realidad virtual de la base de la Montaña del Águila, y que los había adaptado para su propio programa de ordenador, "Paradise". Y no pudo esconder una muestra de culpabilidad en su expresión a medida que la voz proseguía.

—*No temáis. Todavía hay esperanza. La raza humana sobrevivirá, gracias a los esfuerzos de jóvenes como vosotros. Despertad a los técnicos, ellos sabrán qué hacer ahora. Para volver a reproducir este mensaje, pedidle al ordenador activado por voz que lo repita.*

La última parte del mensaje resonó por todo el complejo, y los ocupantes de la estancia intercambiaron miradas de sorpresa por lo que habían oído. A excepción de Ram, que escuchó impaciente, esperando que el mensaje acabara.

—Ya lo había oído. Cada vez que entras aquí, se reproduce el mensaje. Estoy harto de esa voz, de tantas veces que la he escuchado. No parece haber forma de apagarlo.

—Es exactamente como Kami dijo que sería —mencionó Eloise, mirando alrededor del cuarto con veneración—. O lo habría sido, si tú no hubieras sido tan codicioso y no te hubieras llevado casi todo el equipamiento.

Había varias estaciones de trabajo reunidas en el centro del complejo. El *hardware* del ordenador, en desuso desde el tiempo de los adultos, estaba cubierto de polvo. Pero Amber veía algunos huecos en los escritorios, y algunos cables desconectados allí tirados, donde seguramente debió haber otros ordenadores. Que, sin duda, Ram y los Tecnos se llevaron.

Amber asimiló el mensaje que se acababa de reproducir. Debía reconocerles el mérito a los adultos, pues quedaba claro que las autoridades habían dispuesto planes de contingencia y emergencia durante la pandemia.

Pensó en el primero de los mensajes pregrabados, que los Mall Rats habían escuchado en su visita inicial al observatorio. La voz les dijo que escuchasen con atención, mientras les daba instrucciones de cómo encontrar el antídoto del virus con varias pistas. Al parecer, los adultos se habían quedado sin tiempo para fabricarlo.

Así que eso era lo que pretendían, reflexionó Amber, tras descubrir que la siguiente fase del plan de los adultos era que los jóvenes supervivientes les llevasen el antídoto a los adultos del Nivel 2 de la Montaña del Águila, para poder revivirlos. Pero, ¿qué hubiese pasado después de eso, se preguntó Amber, si hubiesen tenido éxito despertando a los adultos de las cámaras de hibernación en esa misma estancia?

Como Amber, Jack también especulaba en silencio por qué motivo los Mall Rats no habrían escuchado anteriormente ningún mensaje que hablase del Nivel 2, y se preguntó si la explosión no fue ningún accidente o fallo en el funcionamiento del sistema durante su última visita al misterioso observatorio.

—¿Qué les pasó a los técnicos de los que hablaba el mensaje? —le preguntó Amber a Ram, que se volvió evasivo de repente y evitó mirarla a los ojos.

—Preferiría no decirlo.

—Dilo —exigió Eloise.

—No sobrevivieron. La mayoría de las cámaras de hibernación ya habían fallado para cuando yo llegué. Los adultos hacía tiempo que habían muerto. Tuve que hacer ingeniería inversa para averiguar cómo funcionaba el proceso de criogenización. No quería que me sucediese lo mismo. Digamos que hice algunos tests en las cámaras que había aquí.

—Para ser capaz de ponerte a dormir durante toda la eternidad. Sé lo que sucedió realmente, Ram —Eloise sonrió de forma retorcida, dejándole ver a Ram que estaba al corriente, casi con una pizca de admiración por lo que pensaba que Ram había hecho en realidad.

Amber se estremeció, preguntándose si la situación se dio realmente como Ram había descrito. O si había tenido lugar algo más tenebroso, resultando en que las cámaras de hibernación estuviesen ahora vacías. Si era posible que Ram hubiese llevado a cabo pruebas con los técnicos que estuvieron antes en aquel cuarto.

Era increíble, reflexionó Amber, pensar que pudo haber adultos, encerrados, congelados en criogenización, esperando el día en que los jóvenes supervivientes vendrían a rescatarlos. Pero ese día nunca llegó.

—Bueno, hemos llegado al final. Os he traído hasta aquí, he cumplido mi parte del trato —dijo Ram—. Espero que el viaje no haya sido en balde, Eloise. Que te haya merecido la pena. Enhorabuena. Te has hecho con un mensaje pregrabado que poder escuchar, y una habitación casi vacía.

—No del todo. Llévanos al Nivel 3 —ordenó Eloise.

—¿Nivel 3? —preguntó Ram, desconcertado ante aquel comentario.

—No intentes jugar conmigo, Ram. No soy uno de los ordenadores que tanto te gusta controlar. Kami sabe que existe otro nivel. Y tú también.

—Te equivocas, y también Kami. ¡No hay ningún Nivel 3! —insistió Ram—. E, incluso si lo hubiera, ¡yo no conozco el código para entrar!

—Entonces, ¿cómo sabes que está protegido con un código?

Eloise sonrió. Lo había pillado. Ram se quedó momentáneamente sin palabras.

—Solo supuse que debía tener algún tipo de código.

—Claro que sí —dijo Eloise, sin creer sus palabras—. Bueno, adivina qué pasará si no encuentras la forma de bajar al Nivel 3. Una pista: nunca volverás a salir de esta habitación. Y lo mismo va por vosotros, Mall Rats.

Eloise se giró para dirigirse a Amber, Jack y Ellie, sujetos por Axel y los guardias.

—Encontrasteis una forma de reactivar los ordenadores en el pasado. Y cuento de nuevo con vuestro esfuerzo y cooperación.

—¡Haz tú misma el trabajo sucio! —se enfureció Ellie, forcejeando contra el firme apretón de Axel.

Eloise miró el reloj, una hermosa pieza de antigüedad que rodeaba su delicada muñeca, y que habría costado una fortuna en tiempos de los adultos.

—Os doy hasta la medianoche. Si no encontráis una forma de entrar al Nivel 3 para entonces, contactaré con el Guardián, ¡y haremos la primera de nuestras ofrendas a Zoot!

—¡Eres un monstruo! —le gritó Amber a Eloise.

—¡Si fuese tú, no perdería el tiempo insultándome, Amber! —le gritó esta de vuelta, caminando con brío hacia las puertas y dejando a Axel y los guardias para vigilar a los rehenes.

—¡Se os acaba el tiempo!

CAPÍTULO VEINTICUATRO

—Es increíble —Aras soltó un soplido, estirando la mano con cuidado y tocando el pupitre, sintiéndose empapado de energías divinas.

—Aquí es donde sucedió. El lugar donde se hizo historia —confirmó Ebony.

Había llevado a Aras y los demás seguidores Zootistas bajo su mando en un tour personal de la ciudad, después de que el Guardián se lo instruyese.

Los Zootistas quedaron prendados de la oración de Ebony en el templo del complejo de las montañas, estando en la isla. Pero el objetivo ahora era, según había explicado el Guardián, dirigir a algunos de los conversos más importantes en viajes de peregrinación a los lugares donde se dieron momentos de gran importancia, para descubrir más sobre la vida de Zoot.

Entreteniendo a Aras y los seguidores con sus recuerdos, podrían a su vez difundir la palabra a los demás en un futuro, transmitir los milagros e historias que habían sucedido, pruebas de la existencia y mitología de Zoot.

También había cierta preocupación por los rumores de que se habían encontrado a algunos de los Mall Rats en la ciudad fantasmal. Y Ebony estaba intrigada por salir a comprobarlo, aunque no daba crédito alguno a lo que habían informado algunos de los seguidores que volvieron poco antes de un viaje de reconocimiento. Y se preguntó si eran víctimas de todos los retorcidos juegos mentales y lavados de cerebro a los que se habían visto expuestos durante tantísimo tiempo.

Ebony se desplazaba por la ciudad en el mismo vehículo que transportaron en la parte delantera del *Fantasma Marino*. Los Zootistas lo habían adaptado para que se pareciese lo más posible al legendario vehículo usado por el propio Zoot, así como por Ebony, en los legendarios primeros días de los Locos. Tenía incluso un pasamanos en la parte trasera donde sujetarse, y un lugar donde ponerse de pie, como lo tenía el coche de policía de Zoot.

A Ebony le recordó a los viejos tiempos: la emoción de tener las calles para ella sola, la libertad de ir donde desease, con un poderoso vehículo a su disposición y un grupo de leales seguidores a quienes liderar.

Parte de ella había considerado intentar escapar. Se veía tentada a enviar a Aras y los seguidores a uno de los edificios de la ciudad, decirles que Zoot había realizado algún milagro allí, distraerlos con alguna excusa,… lo que le permitiría hacerse con el coche y escapar.

Sin embargo, hacer eso la dejaría sola en el mundo. Y estimaba que, con la ciudad bajo el control absoluto de las fuerzas de Eloise, con los Zootistas del Guardián a la cabeza, Ebony no tendría muchos sitios a los que ir antes de acabar siendo capturada.

No. Por ahora, lo mejor que podía hacer era seguir con los Zootistas. Le daban un suministro constante de comida y refugio, tenía cada vez más influencia… y una oportunidad de subir de rango bajo el liderazgo de Eloise.

Ebony se estaba posicionando muy bien. Había conseguido una plataforma sobre la que seguir construyendo, como lo había hecho en otros tiempos al confabular con Ram y los Tecnos, y al involucrarse con Blake en la isla.

Irónicamente, su estrategia era muy similar a la que había seguido cuando se acercó al propio Zoot al comienzo de todo. Entonces, se había dado cuenta de quienes comenzaban a tener el poder: Zoot y sus Locos. Y se aseguró de entablar relación con ellos, de demostrar que era indispensable. Era una opción mucho mejor que intentar sobrevivir sola en un mundo peligroso.

Tenía un contexto, un punto de referencia. Y, en cierto modo, si la historia había de repetirse, esta vez le mostraría a Eloise lo mucho que podía poner sobre la mesa. Y, al demostrar su valía, las muchas habilidades y atributos que poseía, Ebony podría tomar gradualmente el control de su propio destino. Y quizás incluso destituir a Eloise.

De momento, debía seguir las órdenes del Guardián. Pero sabía que pronto llegaría el momento en que sería ascendida. Y, un día, sería ella la que diese las órdenes, la que ostentase poder e influencia, con el futuro en sus manos. Como había sido durante sus días con Zoot, y más tarde, con los Locos.

Ebony ya había llevado a Aras y su grupo a las vías del tren, uno de los lugares favoritos de Zoot. Cerca de allí, en la parte industrial de la ciudad, se habían luchado varias batallas en su día entre los Locos y sus principales rivales en aquel momento, los Perros Salvajes. Había visitado las calles donde tuvieron lugar las luchas, relatando las batallas a Aras y los demás, que escucharon intrigados y maravillados mientras ella describía el espectáculo ofrecido por Zoot al derrotar a sus enemigos, con Ebony a su lado.

Ahora se encontraban en la vieja escuela a la que había asistido Zoot, Martin en aquel momento, con Ebony como compañera.

Jaffa también había asistido a esa escuela. Antes de remodelarse a sí mismo como el Guardián.

Describió más detalles a Aras y a los atentos miembros a su cargo sobre el fatídico e importante día en que Martin se plantó sobre su escritorio y empezó a gritar la frase que estaba destinada a moldear la historia, o así lo había creído él: "¡Poder y Caos!".

Se había alzado contra el profesor, pues Zoot era consciente de que los tiempos estaban cambiando rápidamente. Y de que los niños de su clase, sin hablar de los de todo el mundo, necesitarían salvarse a sí mismos. Los adultos no podían enseñarles nada más. Su tiempo había terminado. El futuro pertenecía a los jóvenes. La revolución había comenzado.

—Ahí. Incluso se puede ver el nombre de Zoot sobre el pupitre —señaló Ebony, mostrando a Aras y los demás la pintada sobre el que había sido el pupitre de Martin. Este había tallado su apodo favorito, Zoot, con una navaja automática.

Junto al nombre de Zoot grabado sobre su sitio había el símbolo de un corazón, y el nombre de la propia Ebony, que el mismo Zoot había marcado sobre la superficie.

Ella había tentado a Zoot, lo había atraído con su atractivo físico y su atención constante para hacerse con él. Martin se había estado acostando con Trudy, que también iba a esa escuela y a esa misma clase. Pero Ebony consiguió arrebatárselo, sabiendo que él influiría en el futuro con su poderosa oratoria y carisma. Y ella necesitaría estar a su lado.

Los recuerdos le vinieron todos de golpe. En aquel entonces, lo había hecho todo por sobrevivir. Al igual que ahora.

Pese a que la escuela había sido saqueada, la clase estaba prácticamente igual que la dejaron. Los pupitres casi en el mismo sitio, la atmósfera similar. Los libros de texto que solía haber allí ya no estaban, tras haberlos quemado Zoot mucho tiempo atrás.

—¡Aquí está tu nombre también! —comentó Aras, fascinado al comprobar el nombre de Ebony en el pupitre de Zoot.

—Mira tú por dónde —sonrió esta con modestia, consciente de que Aras y los Zootistas sentían que el aula era un lugar santo.

Durante mucho tiempo, el Guardián y Eloise habían menospreciado su papel en la mitología, sintiendo que presentar a Ebony como parte valiosa de la fe no les servía otro propósito que ayudar a sus propias ambiciones. En cambio, Ebony había sido excluida, marginada de la leyenda. Tanto que, cuando conoció por primera vez a Aras y los demás adeptos en la isla junto a Ram, ni siquiera la reconocieron o sabían quién era.

Decidió que eso debía cambiar, construyendo su propia leyenda para asegurarse de que ella también tomaba su lugar en la historia. Y, demostrando su valía ante Eloise, Ebony estaba comenzando a desempeñar un papel cada vez más fundamental a la hora de unificar a los fieles. Eloise, así como el Guardián, llegó a darse cuenta de que esta podía ser uno de sus principales recursos para difundir la religión. En consecuencia, Ebony comenzaba a recibir cada vez más respeto y reconocimiento, como creía merecer.

Aras y los demás adeptos en el aula la contemplaron, así como al pupitre de Zoot donde estaba sentada, con reverencia. Para ellos, ella era una reliquia viva, un vestigio humano real de los tiempos de Zoot. Estar en su presencia era un privilegio. Casi una bendición. Una experiencia que les alteró la vida.

Para Ebony, la religión no era más que un medio con el que lograr un fin. Quizás un pasaporte hacia el Colectivo. Quienes, según apuntaba todo, mantenían el equilibrio de poder.

Sentía, sobre todo, que Aras y los "conversos" estaban siendo embaucados, utilizados por Eloise. Al contrario que el Guardián, que parecía creer genuinamente en la religión con total sinceridad.

En el pasado, Ebony consideró que este parecía exagerar su comportamiento religioso, fingiendo estar perturbado. Pero ahora creía que el Guardián había perdido completamente la chaveta y estaba en otro mundo.

Este había comenzado su misión de transformar el Centro en un templo desde el que poder predicar su fe. Hizo que algunos de sus seguidores reuniesen ciertos restos de la era de los Tecnos. Y habían realizado una ceremonia para quemar una pila de cascos de realidad virtual, pósteres de Ram y equipos de ordenador. La tecnología cumpliría un papel mínimo en el mundo del Guardián, según había afirmado orgulloso, declarando que su mayor poder estaba en su fe.

Ebony había tenido que seguir las órdenes del Guardián, pues Eloise le había instruido quedarse en la ciudad y trabajar con él.

Sentía que Eloise quería casi mantener al Guardián alejado de lo que estuviese haciendo en la Montaña del Águila, pues esta le había dado una serie de tareas por cumplir, en particular vigilar a sus prisioneros, Emma, Darryl y Gel, "en el nombre de Zoot". La propia Ebony era una experta manipuladora, podía leer las señales, y estaba segura de que Eloise estaba distrayendo al Guardián a propósito, por los motivos que tuviese, para mantenerlo en la ciudad.

A veces, se preguntaba si le estarían lavando el cerebro a ella misma poco a poco, porque se sintió decepcionada tras no ser seleccionada para acompañar a Eloise en su misión a la Montaña del Águila. No tenía ni idea de lo que esta esperaba conseguir yendo allí, pero, como resultado, sintió que no era aceptada. Y eso le preocupaba.

Era irónico que una vez hubiese intimado con Blake, el hermano de Eloise, y que ahora la propia Eloise confiase en ella y le permitiese tener cierto poder e influencia propios. Y muchas libertades, de hecho, prometiéndole grandes recompensas si continuaba demostrando su lealtad hacia ella.

Mientras siguiese manteniendo la cordura, consciente de cuánta gente había sucumbido al terreno resbaladizo de las formas sectarias con que procedía el Guardián, el futuro de Ebony parecía prometedor. Y eso era lo único que importaba.

—¿Qué tal si volvemos a la calle? —sugirió—. Os enseñaré por dónde solíamos conducir Zoot y yo en busca de vagabundos. Y, quién sabe, quizás podáis capturar vosotros a alguno.

Durante un instante se quedó absorta en su propio comentario, imaginando su estatus, que ascendería rápidamente de rango si conseguía capturar a algunos de los Mall Rats que decían haber visto. Pero consideró, de igual forma, que los supuestos avistamientos eran una locura, completamente inverosímil, producto del desgaste y de una imaginación desequilibrada.

Ebony guio a Aras y los seguidores de vuelta al coche de policía que los esperaba fuera de la escuela, recordando cómo había conducido con Zoot en el pasado, cazando supervivientes solitarios por las calles, "vagabundos", que no eran parte de ninguna de las tribus que se estaban formando.

Algunos de estos vagabundos pasaron a formar parte de los Locos. Otros se convirtieron en esclavos, vendidos en congregaciones tribales. Los menos afortunados encontraban la ira absoluta de Zoot.

El Guardián también quedó trastornado por el informe de los avistamientos de Bray, Trudy y Lex. Ebony era escéptica, segura de que seguían en la isla, muy, muy lejos. Pero ella lo tranquilizó diciéndole que, si estaban en la ciudad, estropeando todo lo que el Guardián y Eloise habían planeado, entonces deberían detenerlos. Y sabría cómo hacerlo.

Se subió a la parte trasera del coche de policía, golpeando dos veces el techo para hacer saber a Aras, conduciendo en su interior, que estaba lista.

—¡Vamos! —gritó. En el coche, los seguidores respondieron con un rugido de entusiasmo, animados, con la adrenalina fluyendo, ansiosos por demostrar su valor ante Zoot… y ante Ebony.

La caza daba comienzo.

CAPÍTULO VEINTICINCO

Sammy tosió para aclararse la garganta, nada sutil, en cuanto entró a la cocina de la antigua casa de Trudy.

—¿Estás bien, Sammy? —se preguntó Salene.

May y Salene habían estado preparando la comida para todos, abriendo lo último que les quedaba: unas latas de alubias que habían pillado del *Nemo*.

—Esperaba que me pudieseis dar un consejo —admitió Sammy, llamando su atención.

—Por supuesto. Lo que sea —lo tranquilizó May.

—Es que… me da un poco de vergüenza —dijo Sammy tímidamente.

—Déjame adivinar. ¿Empieza por la letra "L"? —preguntó May.

—Es increíble. ¿Cómo lo has sabido?

—Cuando eres mayor, empiezas a darte cuenta de ciertas cosas —explicó May, intercambiando una discreta sonrisa con Salene.

Ambas se habían percatado de que Sammy parecía estar encaprichado de Lottie. Tenían prácticamente la misma edad, pero Lottie había vivido más en la calle y tenía más experiencia en la vida que Sammy, que aún poseía gran parte de su inocencia infantil.

—¿Creéis… que se puede haber dado cuenta *más gente*? —se preguntó Sammy, que temía que los demás lo supiesen, particularmente Lottie.

—No, tu secreto está a salvo con nosotras —Salene sonrió—. ¿Cómo podemos ayudarte?

—Quería preguntar: ¿cómo sabes que estás enamorado de alguien? ¿Y qué puedes hacer al respecto?

Salene y May intercambiaron otra mirada, dándose cuenta de que era la misma pregunta que ambas habían experimentado la una con la otra en la isla. Y la respuesta había sido convertirse en pareja, abriendo sus corazones a la otra.

—*Lo sabes*. Y tan solo has de seguir a tu corazón —contestó May —. Ves a alguien, y piensas, "me siento muy feliz estando con esta persona". Es como un lazo. Te preocupas por cómo está. Echas de menos estar con ella. Tu vida se enriquece, y es mejor, cuando estás con esa persona.

—¿Es así como te sientes tú con Salene? —quiso saber Sammy.

—Sí —respondió May, mientras seguía preparando la comida.

—Entonces, digamos que hay alguien aquí a quien quiero. El tema es que tengo miedo de admitirlo. ¿Qué pasa si no siente lo mismo?

—Pues que podéis seguir siendo amigos. Pero, ¿y si sí que siente lo mismo? Alguien debe ser valiente y dar ese primer paso —recomendó Salene.

—O no —dijo Lottie mientras entraba en la habitación con el pequeño Bray en brazos, y Brady a su lado. Llevaba un rato escuchando del otro lado de la puerta.

Sammy se puso rojo y se sintió expuesto, humillado.

—Estaba… Solo estaba pidiendo consejo —Sammy sonrió tímidamente antes de seguir con cuidado—. ¿No habrás oído nada, no?

—Yo iba a hacer la misma pregunta —respondió Lottie.

—¿En serio? —dijo Sammy animadamente.

—¿Estáis todos sordos aquí o algo? Ya no puedo más con esto —suspiró Lottie, muy frustrada.

—¿Con qué? —dijo May.

Lottie señaló a Brady, que lloraba desconsolada, frotándose las lágrimas de los ojos con los dedos. El Sr. Orejitas, el querido conejo de peluche de Trudy, había sufrido un accidente y se le había partido un brazo, con las puntadas sueltas.

—¿Qué ha pasado? —preguntó Salene.

—Pues que quería quitarle este conejo o lo que sea, y se le ha salido el brazo. Brady lleva desde entonces enfurruñada.

Salene se acercó y cogió a Brady en brazos.

—Oye, que no pasa nada. Arreglaremos al Sr. Orejitas.

—Quiero a mami —sollozó Brady, que echaba de menos a Trudy.

—Volverá pronto. Y también el tío Bray y los demás. Te lo prometo.

—Están tardando un poco, ¿no creéis? —dijo Sammy, intranquilo.

—Tendrán sus razones —contestó May para tranquilizarlo—. Hemos de esperar aquí y ser pacientes, eso es todo.

—Es más fácil decirlo que hacerlo —dijo Lottie echando un vistazo a Sammy, consciente de que él la estaba mirando.

—¿Tienes hambre? —le preguntó este, algo resentido, y Salene y May miraron a otra parte, divertidas—. ¿Ves algo que te apetezca?

—No —respondió Lottie—. Preferiría estar sola.

Salene observó marcharse a Lottie y se sintió mal por Sammy. Y por Lottie. Los temas del corazón nunca eran fáciles, Salene lo sabía por experiencia personal. Y más le valía a Sammy acostumbrarse a esa verdad, por difícil que fuese. Lottie, también, debería aprender a lidiar con las atenciones de Sammy. Salene creía que todo aquello formaba parte de las lecciones de la vida, de crecer.

Abrazando con cariño a Brady para reconfortarla, Salene, May y Sammy esperaban que Trudy volviese pronto con su hija. Y que los demás que se habían marchado a la ciudad estuviesen sanos y salvos, donde fuera que estuviesen ahora.

CAPÍTULO VEINTISÉIS

"ZOOT VENERA A LEX".

—Ya está. ¿Qué os parece? —preguntó Connor, dando un paso atrás para admirar las palabras que acababa de pintar con spray sobre la pared.

—Perfecto —respondió Lex—. Me gusta. Bien hecho.

Bray esbozó una ligera sonrisa para sí mismo. La intención no era inflarle el ego a Lex, aunque estaba claro que se sentía halagado por el grafiti. Se trataba de causar tanta perturbación como pudiesen, para contrarrestar lo que Eloise y el Guardián estuviesen planeando, así como para intentar sacar a sus adversarios fuera del centro comercial.

Tras su primera experiencia con los Zootistas, el grupo de Bray había permanecido unido, desplazándose por la ciudad con cuidado y pintando eslóganes como *"LA MADRE SUPREMA GOBIERNA", "LOS MALL RATS DERROTAN AL COLECTIVO", "ZOOT ESTÁ MUERTO PERO BRAY VIVE", "EL GUARDIÁN TRAJO EL VIRUS".*

Bray y Jay coincidieron, y también Lex, en que aún no tenían opción de intentar un rescate directo en el centro comercial, donde sabían que mantenían prisioneros a algunos miembros de su tribu. Así que decidieron implementar algo de propaganda como primera táctica, basándose en una antigua estrategia militar: divide y vencerás.

—Es el último spray que quedaba —dijo Lex, agitando su lata, que se había terminado a juzgar por el sonido hueco que hacía—. Una pena, justo cuando empezaba a divertirme.

Lex dio un paso atrás, admirando la firma que acababa de pintar.

—¿Me pregunto qué pensarán de esto? —se preguntó Lia, examinando también el último grafiti de Lex—. Una cosa está clara, no es un Van Gogh.

—¿En qué tribu está? —dijo Lex—. Nunca he oído hablar de él.

Los demás los miraron con cierta diversión, preguntándose si estaba bromeando con Lia, por el travieso destello de sus ojos, mientras seguía examinando las imágenes caricaturescas que había pintado sobre la pared de Zoot, llevando su gorra y gafas, con los ojos cerrados y la lengua fuera.

—Qué cosa más rara, Lex —dijo Trudy.

—¿Qué? Es una obra maestra —respondió este.

—Seguro que les hará ponerse a pensar —reflexionó Bray, mirando a su alrededor.

Habían visitado varias zonas de la ciudad, garabateando en las paredes y laterales de los edificios con grandes letras que pudiesen alterar y confundir a cualquiera que las viese, sin hablar de atraer a más gente para comprobar qué había detrás de su campaña de propaganda.

El grupo había saqueado una tienda de manualidades, cuyos artículos estaban desparramados tras haber sido víctima del vandalismo de muchos visitantes previos. Por suerte, vieron que aún quedaban latas de pintura en spray y un gran bote de pintura que, extrañamente, seguía en el mismo lugar de la estantería en el que había estado durante el tiempo de los adultos, incluso con su etiqueta original de descuento.

Pero ahora que no les quedaba nada más, decidieron pasar a la siguiente fase de su plan.

—Bueno, supongo que es hora de que nos separemos —dijo Jay.

Los demás coincidieron. Debían separarse en tres grupos.

Jay vigilaría el perímetro del propio centro comercial, creyendo que podría dejar inactivo el transformador eléctrico conectado a las líneas de alta tensión. Lo que les cortaría la electricidad de inmediato en el Centro, y causaría aún más alboroto entre el Guardián y sus fuerzas.

—¿Seguro que no te electrocutarás? —le había preguntado Trudy antes.

—Los únicos que tendrán un *shock* serán los Zootistas —aseguró Jay al grupo—. Recuerda que yo era un Tecno. Y uno bien entrenado.

—Acordaos: abortad misión si creéis estar en peligro, y nos reuniremos en casa de Trudy —dijo Bray—. Si encontramos problemas allí, usaremos el sitio de Lex como alternativa —continuó.

Mientras Jay comprobaba el Centro, Bray, Lex y Lia debían volver tras sus pasos hasta donde habían encontrado a los Zootistas previamente ese mismo día, con la intención de recuperar el vehículo que los Zootistas estaban usando antes de dispersarse.

Los tres pretendían ir en una misión de reconocimiento a la Montaña del Águila para registrar la zona.

—Ten cuidado, Trudy —le dijo Bray, dándole un abrazo antes de separarse—. Y recuerda: informa a Salene, May y los demás. Luego esperad, permaneced escondidos hasta que volvamos.

—Mientras volváis todos —respondió Trudy nerviosa.

—Estaremos bien —intentó tranquilizarla él—. Aseguraos de cuidaros vosotros también.

—No te preocupes, lo haremos —dijo Connor.

—Tengo a mi apuesto príncipe para cuidarme —añadió Trudy, alejándose de Bray para situarse junto a Connor, agarrándose la mano del otro de forma romántica.

El grupo se deseó buen viaje y la mejor de las suertes, y marcharon por distintos caminos.

Connor y Trudy salieron en dirección a las afueras.

Con su amante junto a ella, Trudy sentía esperanzas renovadas, una sensación de bienestar. Juntos, podrían lograr cualquier cosa.

Apenas habían abandonado la ciudad y su entorno cuando, de la nada, Connor agarró repentinamente a Trudy, poniéndole una mano firmemente sobre la boca.

—¡¿Qué estás haciendo?! —gritó Trudy, la voz embrollada y amortiguada por la sujeción de Connor. Abrió los ojos como platos, impactada y asustada por lo que estaba sucediendo, tras pensar inicialmente que Connor debía estar gastándole una broma.

—¡Estate quieta y no te haré ningún daño! —la amenazó Connor, dejando claro que hablaba absolutamente en serio

CAPÍTULO VEINTISIETE

Amber iba de un lado a otro, colocando las manos contra las paredes, buscando con los dedos cualquier marca o muesca que pudiese señalar la presencia de otras trampillas escondidas que abriesen más paneles de control escondidos en el complejo. Algo. Cualquier cosa que pudiesen usar para salir de esa.

—Debe haber una forma de salir de aquí —dijo Amber mientras buscaba por la habitación, concentrada.

—Siempre podríamos buscar una pala e intentar cavar en la montaña —se burló Ram, mordaz y entretenido ante los persistentes esfuerzos de Amber por escapar.

Al parecer, Eloise estaba investigando otras áreas del complejo, y había dejado a los guardias estacionados fuera de la puerta mientras Amber, Ram, Jack y Ellie continuaban buscando el código de acceso al Nivel 3.

—Pues lo haré, si es necesario. Probaré cualquier cosa, lo que haga falta. Pero no voy a quedarme sentada y dejar que otros hagan el trabajo duro.

Amber se refería al hecho de que Ram se mostraba desinteresado, recostado en una silla de oficina junto a un ordenador, descansando los brazos detrás de la cabeza como si no tuviese más preocupación en el mundo.

—Estoy ocupado… pensando. Deberías probarlo de vez en cuando.

Ram le regaló una sonrisa condescendiente.

Amber decidió que no perdería más el tiempo con él. Estaba lleno de misterios, una fuente constante de sorpresas y, a menudo, irritación. Amber tenía cosas más importantes de que ocuparse que azuzar continuamente a Ram para que ayudase. Había rechazado todos sus intentos, y parecía estar muy tranquilo a la suya. Aunque parecía no estar haciendo absolutamente nada.

Jack y Ellie se encontraban junto al panel de control táctil que habían logrado encontrar en la habitación.

Se emitió un zumbido para indicar un error y decirles que el último código que habían introducido no había funcionado.

—¡Venga ya! —suplicó Jack al panel de control, preparándose para otro intento.

—¿Seguro de que no se te ocurre nada, Ram? —preguntó Ellie.

—Afirmativo. Créeme. No pasaría por todo esto si lo supiese. ¿Qué sentido tendría?

Amber continuó caminando de un lado al otro, cada vez más frustrada, mientras Jack probaba algunas opciones distintas.

Ram soltó un bufido de burla, en desaprobación de su lógica.

—Si crees que a ti se te dará mejor, te invito a que pruebes —le soltó Jack con desaire.

Ellie le ayudó con otras sugerencias. Y también a recordar los códigos que habían introducido hasta el momento, todos sin resultado.

—¿Qué tal… "Proyecto Acuario"? —sugirió Amber al recordar el nombre de un proyecto secreto de los adultos que

Jack había descubierto en uno de los ordenadores de la Base Aérea Arthurs.

—No… Ya lo hemos usado —le recordó Ellie.

Habían introducido todo lo que se les ocurría: Proyecto Edén, Proyecto Águila, el *Jzhao Li*, Naciones Unidas, los nombres de políticos y adultos famosos del pasado que podían recordar. Nombres de animales, barrios de la ciudad, nombres de mitos griegos. Se les estaban agotando las ideas… y el tiempo.

—¿Qué tal "me estáis empezando a poner nervioso"? —dijo Ram, frustrado.

Jack escribió varias de las palabras mencionadas por Ram en el panel de control, por el improbable caso de que funcionasen de milagro, y Ram suspiró.

—¿Por qué nadie entiende nunca mis comentarios?

—No hace falta ser un genio para saber por qué, Ram —respondió Jack.

—A eso me refiero exactamente. Genio. Te digo que me he pasado toda la vida sufriendo, sin tener a nadie que estuviese a mi nivel intelectual —afirmó.

Echó una mirada de hastío a Jack mientras este escribía "intelectual". Luego, "genio". De nuevo, el sonido de error fue la única respuesta.

—Vamos, aparta un ratito —sugirió Ellie, alejándolo del panel de control, consciente de que él estaba más decepcionado que nadie por su falta de progreso hasta el momento—. Despejemos la mente.

—No debería costaros mucho —se regodeó Ram.

—¡Cállate, Ram! —le gritó Ellie.

—Encantadora. Está claro que a Jack no le gustas solamente por tus modales.

Eloise entró con pasos largos.

—Me apetecía venir a comprobar vuestro… progreso. ¿Cómo está yendo la cosa? —Eloise miró amenazante el reloj.

—No nos va muy bien, si quieres que te diga la verdad —contestó Ram. Entonces, viendo que Eloise lo fulminaba con la mirada, especificó—. Entre nosotros, quiero decir.

—Hubiese pensado que no querríais perder tiempo preocupándoos de eso. No quedan muchas horas hasta que termine el plazo —les advirtió.

—Hacemos todo lo que podemos, Eloise. De verdad —insistió Amber.

—Sería muy desafortunado para ti y tus amigos si eso resulta no ser suficiente —rugió antes de marcharse rápidamente mientras gritaba—. ¡Os quedan menos de cuatro horas!

—Probemos con "Pandorax" —dijo Ellie, escribiendo el nombre del fabricante de químicos y medicamentos que los Mall Rats creían estaba involucrado en la creación accidental del virus. Sin embargo, recibieron de nuevo un sonido, advirtiéndoles que el código era erróneo.

—¿Pandorax? Eso no era más que una tapadera —indicó Ram.

—¿Qué quieres decir? —quiso saber Amber.

—¿De verdad creéis que los adultos fueron eliminados por accidente?, ¿por un simple virus? —cuestionó él.

—¿Tú no? —se preguntó Ellie.

—He aprendido a no creer todo lo que me dice la gente. Y vosotros tampoco deberíais hacerlo.

—Entonces, ¿cómo esperas que te creamos a ti ahora? —señaló Amber.

—Creedlo. Los adultos sabían lo que se avecinaba, mucho antes de que ocurriera. ¿Por qué creéis que instalaron todo esto? —Ram señaló las cámaras de hibernación vacías y las terminales de ordenador del complejo.

—¿Qué estás queriendo decir? —se preguntó Jack.

—Exploración espacial, experimentación y minería de asteroides en paso… Investigación sobre fisión nuclear, nuevas formas de energía… Colonización de planetas, desarrollo de armas sofisticadas… —sugirió Ram.

—¿No estarás insinuando que no fue un accidente?, ¿que, por algún motivo, el virus se hizo a propósito? —indagó Amber, impactada ante la posibilidad de que se hubiese acabado con miles de millones de vidas intencionadamente.

A menudo, ella misma se había planteado esa teoría, pero no era una persona que prestase demasiada atención a conspiraciones. Sin embargo, Ram parecía tener sus propias teorías, y también estar guardándose más información de la que había revelado hasta el momento.

—Solo digo que el mundo entero,… todos los adultos,… estuvieron preocupados por si sucedía una catástrofe nuclear. Durante años. Pero, ¿y si quisieras eliminar a tus enemigos sin que ellos pudiesen anticiparse, y dejar todas las ciudades y recursos en pie, intactos? ¿Se os ha pasado por la cabeza alguna vez que podríamos ser los únicos supervivientes de la Tercera Guerra Mundial?, ¿una que se luchó con armas invisibles?, ¿una contienda sin precedentes, librada con gérmenes y químicos? Según mi experiencia, los accidentes no existen. Todo sucede por una razón.

—¿Intentas ayudarnos, o dejarnos cagados de miedo? —preguntó Jack, agitado por la versión de Ram de lo que había sucedido.

—Solo digo que,… en su día, nadie pudo predecir qué tipo de armas se usarían en caso de producirse la Tercera Guerra Mundial. Pero una cosa estaba clara: en caso de producirse una Cuarta Guerra Mundial, esta se lucharía con palos y piedras —reflexionó Ram.

—Espera, ¿crees que hubo una Tercera Guerra Mundial? —preguntó Ellie, incrédula.

—Mira cómo hemos vivido desde que todos los adultos fueron aniquilados. Solo digo eso —respondió Ram.

—O quizás quieras hacernos perder el tiempo, Ram —comentó Amber.

—¿Qué iba a conseguir yo haciendo eso?

—¿Tu libertad? —inquirió ella—. A cambio de dar detalles de lo que sea que sabes en el último momento, y asegurarte de quedar como un héroe a ojos de Eloise.

—La verdad es, Amber, que no conozco el código.

—Tengo una idea, pero es poco probable —sugirió Jack.

Se llevó el teclado de una de las terminales de ordenador a la pared donde colgaba el panel de control.

Les habló de cómo configuraba las contraseñas su padre, utilizando los equivalentes numéricos de las letras. El número 1 en el teclado estaba sobre la letra Q, pero también podía representar la A y la Z, dispuestas en las filas inferiores. La tecla del número 2 estaba sobre las letras W, S y X. Etcétera.

Aquello llamó el interés de Ram, que se acercó para observar a Jack con la curiosidad en aumento, que se disponía a escribir "Montaña del Águila".

—Sería mejor que probases con 7965101 339 157891 —sugirió Ram.

Los demás se miraron entre sí, confundidos.

—¿De qué estás hablando? —dijo Ellie.

—¡Gente, intentemos ir a mi ritmo, por favor! —suspiró Ram impaciente.

Jack estaba examinando el teclado. Y se quedó muy sorprendido por la velocidad de la mente de Ram, y porque pudiese haber calculado los números y letras apropiados en su cabeza.

—Odio decir esto, pero admito que eres bastante bueno, Ram —dijo Jack.

—¿Por qué no tecleas las palabras, o los números, y comprobamos lo bueno que eres tú? —respondió este.

Los demás observaron mientras Jack tecleaba MONTAÑA DEL ÁGUILA, resultando en un tono indicativo de que seguía siendo incorrecto.

—Ahora prueba con los números —dijo Ram, mirando fijamente cómo Jack pulsaba sobre los números dispuestos sobre las letras correspondientes que formaban las palabras, mientras sostenía el antiguo teclado QWERTY como referencia.

Por primera vez, no apareció el sonido de error que había caracterizado los intentos previos. En su lugar, toda la pared detrás del panel de control comenzó a temblar, abriéndose lentamente. El aire estancado y polvoriento entró en avalancha a la estancia en la que se encontraban desde el otro lado, tras estar previamente sellado en una burbuja de aire.

—Genio. Una auténtica genialidad. Para quienes no seáis capaces de seguirnos el ritmo a Jack y a mí, es 53689 —dijo Ram, intercambiando un choque de manos con Jack y celebrando, mientras Amber y los demás se preparaban para lo que debían estar a punto de descubrir.

CAPÍTULO VEINTIOCHO

Trudy estaba horrorizada. Continuaba forcejeando, resistiéndose como podía, desesperada por librarse de la mano de hierro de Connor.

Tras su captura, este la había arrastrado lejos del destino que tenían previsto, de camino hacia otra parte.

Las lágrimas se le acumulaban a Trudy en los ojos. Estaba alterada y devastada por la traición de Connor, en quien había confiado, entregándole su corazón… e incluso dejándole estar en compañía cercana de su hija.

Connor intentaba suprimir cualquier remordimiento que pudiese sentir por traicionarla. Trudy se había enamorado completamente de él, y de su engaño. Y, aunque había disfrutado realmente conociéndola, y los muchos placeres extras que habían compartido, Connor juzgó que ya era hora de atacar, mientras estaban los dos solos, lejos de los demás. Para entregar a Trudy. Y reclamar su recompensa.

Había sido parcialmente sincero respecto a lo que le había contado sobre su vida y sobre quién era. Sí que se llamaba Connor, y sus padres fueron propietarios del *Nemo*. Había pasado gran parte de su infancia a bordo, viajando con ellos y aprendiendo a navegar. Las fotos en la pared del interior del camarote eran reales.

Connor nunca creyó que la mejor opción para llevar a cabo aquel trabajo fuese adoptar otra identidad. Fingir ser otra persona completamente suponía demasiados riesgos, según sentía, por tener que buscarse otro nombre o inventarse una vida imaginaria. Los riesgos de encarnar una personalidad falsa eran constantes. No, siempre había considerado que ser él mismo le haría la vida más fácil. Que, además, era como más cómodo estaba.

De ese modo, Connor podría mantener la mayor parte de su verdadera esencia y personalidad, minimizando el engaño que ejercía sobre sus víctimas. Nadie lo había descubierto nunca, y él solo se tomaba el gusto de meter ciertas explicaciones y mentiras creativas sobre la marcha, para justificar las razones circunstanciales de haberse encontrado tan convenientemente con sus presas y haberse involucrado en sus vidas.

Era cazarrecompensas. Uno de los mejores de la región. Seguramente el mejor, como prefería pensar con modestia. La mayoría de supervivientes que había en el mundo no lo conocían, no habrían oído hablar de su barco ni reconocerían su cara. Pero quienes importaban, los líderes que ostentaban poder e influencia, sabían de Connor y de sus capacidades, y lo enviaban a realizar misiones para traer a sus objetivos.

Él era consciente de su atractivo. El destino, Dios, sus genes, o la misma suerte, lo que fuese… lo habían bendecido con un físico increíble y una apariencia apuesta, así como con un carisma rebosante. En muchas ocasiones, había usado esos recursos para embaucar a alguna chica locamente enamorada. Sentía que era una especie de araña, dejando que ellas trepasen hacia su red, o su cama, sin ser conscientes de lo que estaba sucediendo hasta que era demasiado tarde.

Pero su mejor arma era su astucia. Connor leía muy bien a la gente. Sabía de qué pie cojeaban. Tejía los hilos para entrar y salir de situaciones sociales, identificando las fuerzas, debilidades, sueños, miedos e incluso hábitos personales de todos. La información era su moneda, encontrando pistas y evaluando rumores, muchos de los cuales resultaban ser verdad y lo ayudaban a capturar a su ansiada presa.

Era el cazador definitivo, con el aspecto de un ángel y la mente de un depredador, escondiendo el peligro bajo una sonrisa deslumbrante.

De repente, Trudy le mordió el brazo, y él gritó de dolor, retirándolo involuntariamente, reaccionando por instinto y provocando que Trudy se liberase de él.

Ella comenzó a correr por la calle, abrumada, repugnada por las acciones traicioneras de Connor mientras intentaba escapar.

Este sonrió, impresionado por el espíritu luchador de Trudy, y por el tamaño del mordisco que le había dejado en el brazo.

Había pasado por muchas cosas en su vida, y él la respetaba con sinceridad. Puede que hubiese conseguido dejar atrás sus días como "Madre Suprema", o eso pensaba ella, pero Connor no la dejaría escapar. Y se puso a la caza, persiguiéndola.

Connor sentía que había en juego muchas cosas si la entregaba, y esperaba poder llevar a Trudy y los Mall Rats ante el Colectivo para conseguir la mayor de las recompensas de parte de Eloise.

Al principio, fue a la isla con el *Nemo* con la intención de localizar a Ram, pues sabía que el Colectivo había puesto un precio enorme a su cabeza.

Había escuchado que la ciudad de Ram había sido evacuada, y rumores de que se le había visto por última vez en un pequeño barco, junto a los Mall Rats, abandonando el puerto. Tras buscar por las regiones costeras de alrededor de la ciudad, vio que no había señales de los Mall Rats o de su pequeño pesquero. Eso dejaba como posibilidad que se hubiesen alejado más, y la siguiente zona de tierra era una hilera de islas al oeste. O eso, o habían sido víctimas del inclemente océano. Solo había una forma de averiguarlo.

Connor se subió a bordo del *Nemo*, cruzó los mares y, finalmente, acabó en la isla. Pasó semanas navegando por la zona investigando, intentando mantenerse a distancia de la Sacerdotisa y su tribu, quienes percibía podían ser una temible amenaza, evitándolos completamente.

Recibió permiso para seguir buscando a Ram de Blake, a quien conoció a bordo de su plataforma petrolífera, un lugar de reunión habitual para tratantes de esclavos.

Connor había continuado con tesón, pero era como si Ram hubiese desaparecido.

Más adelante, cuando descubrió que Blake también había desaparecido, intentó mantenerse en la zona para localizarlo. Pues sabía que encontrar al líder de la tribu Legión resultaría en una buena recompensa de Eloise.

Al intentar encontrar a Blake, y mientras seguía buscando a Ram, Connor finalmente localizó a otros supervivientes deambulando por la costa cercana a la aldea de los nativos, y navegó con el *Nemo* más cerca de la playa, lo que llevó a su encuentro inicial con Trudy.

Había quedado entusiasmado al descubrir su identidad, y al saber que la tribu con la que estaba no era ni más ni menos que los Mall Rats, quienes le contaron también que Ram había llegado a la isla con vida, aunque estaba desaparecido.

Connor se ganó su confianza y logró de paso seducir a Trudy, quedando prendado él también del atractivo y personalidad de ella.

Bray, Lex y Lia habían sido los únicos con sospechas, resistiéndose a Connor y sus encantos. Pero, al final, incluso ellos habían comenzado a confiar más y más en él. Como pasaba con todo el que se encontraba, reflexionó. Solo necesitaba tiempo, y estaba seguro de poder convencer a cualquiera de aceptarlo en sus vidas. Sin embargo, era consciente de que Bray y Lex seguían teniendo sus dudas.

Al avanzar corriendo por la calle, las zancadas de Connor lo acercaron más a Trudy.

Estiró el brazo, desestabilizando a Trudy, que tropezó y casi cayó, esforzándose por recuperar el equilibrio.

—No tienes escapatoria —le advirtió Connor, atrapándola contra el lateral de un edificio—, así que no pierdas el tiempo intentándolo.

—¿Por qué, Connor? ¡¿Por qué?!

Le había partido el corazón, seguía sin poder creerlo.

De repente, Trudy se abalanzó y propinó una punzante bofetada sobre el rostro de Connor. Este se echó hacia atrás por la fuerza del ataque, y ella apretó también la mano, dolorida por el golpe. No se rendiría sin luchar.

—Me has hecho daño —dijo Connor, con ojos amenazantes.

—¿Ah, sí? ¡Tú me has hecho daño a mí! —gritó Trudy.

Se encogió de hombros, arrastrándola hacia la dirección deseada. Ella seguía sin sacar conclusiones de hacia dónde se dirigían. Pero, por sus resueltas zancadas, Connor lo tenía claro.

Sin saberlo los demás, había mantenido el contacto mientras su barco estaba atracado en la isla, y era consciente de que el *Fantasma Marino* del Colectivo navegaba hacia la base de las montañas para recoger a Eloise, el Guardián y sus fuerzas allí presentes. Mientras el barco seguía dentro del radio de alcance, Connor les había contado qué Mall Rats había en la aldea de los nativos, comunicándose con el *Fantasma Marino* usando la radio del *Nemo*.

Connor les explicó que los Mall Rats se habían dividido, que Bray, Amber y lo demás se dirigían a la Base Aérea Arthurs, y el personal del *Fantasma Marino* prometió transmitir esa información a Eloise.

Connor recomendó al *Fantasma Marino* no llevar a cabo un asalto en la aldea, a juzgar por los arrecifes y bancos de arena de la zona, que serían demasiado peligrosos para el enorme navío, mucho más grande que el *Nemo*. Él había conseguido evitar los peligrosos obstáculos al maniobrar con destreza y anclar finalmente en las aguas poco profundas de la playa.

La Sacerdotisa y su tribu también podían presentar una resistencia formidable, les había advertido Connor. Y un ataque directo, en caso de que el *Fantasma Marino* fuese siquiera capaz de salvar milagrosamente las rocas y descargar sus guardias y vehículos, resultaría sin duda en una cantidad considerable de bajas. Hasta Blake, con su fuerte tribu Legión, había evitado enfrentamientos directos con la Sacerdotisa.

Confiados en poder capturar a los Mall Rats que habían ido a la Base Aérea Arthurs, el *Fantasma Marino* coincidió con la hipótesis de Connor de que atacar a la Sacerdotisa y su aldea sería demasiado arriesgado y no les compensaban las posibles ganancias. Connor planificó, en cambio, secuestrar a los miembros de los Mall Rats que pudiese llegado el momento, y llevárselos a Eloise a bordo del *Nemo*.

Estuvo a punto de escapar inicialmente cuando se llevó a Trudy a su primera cita a bordo del barco, supuestamente para ver el arrecife de coral que había justo a las afueras de la isla.

En cierto momento, se vio tentado a encerrar a Trudy en el camarote y marcharse con ella, para reunirse con el *Fantasma Marino* antes de que hubiese abandonado las aguas de la isla. Pero ella le había ofrecido otras tentaciones a las que había sucumbido. Connor creía también que, si era paciente, podría capturar de algún modo a más gente, pues sabía que su hija, la niña de Zoot, también le reuniría un alto precio.

Había reaccionado con disimulada alegría cuando Bray y Jay regresaron a la aldea de los nativos, haciendo que Connor terminase llevándoselos, junto a Trudy, Lex, Salene, Brady y los demás, a bordo del *Nemo* en su viaje hacia la ciudad.

Eran como corderitos inocentes y confiados, había reflexionado mientras estaba al timón del barco, llevando a los Mall Rats precisamente donde él quería. Tan solo debía esperar al momento preciso para informar a Eloise y el Guardián sobre los prisioneros que había traído consigo, ajenos a todo.

Con ganas de no perder más el tiempo y llegar puntual, Connor agarró a Trudy en brazos, colgada sobre su hombro, aguantándola y restringiéndole las piernas con sus fuertes brazos. Trudy gritaba con rabia y frustración pero no se rendía, golpeándole la espalda a Connor con los brazos.

Otra vez, recordó Connor, había levantado a Trudy cuidadosa y románticamente, poniendo su mundo patas arriba, de forma literal. Los dos se habían reído mientras cargaba con ella, vadeando el agua hasta su barco, tras lo cual la pareja pasó una tarde perfecta y memorable juntos, fuera de la isla.

—¡Deja de resistirte! —le ladró Connor.

—¡¿A dónde me llevas?! —repitió Trudy.

—A casa, Madre Suprema —dijo Connor con frialdad, ignorando los gritos y esfuerzos de Trudy.

CAPÍTULO VEINTINUEVE

El viento aullaba, extendiéndose por los grandes espacios abiertos de la ondulante campiña, con golpetazos más potentes cuanto más ascendían Bray, Lex y Lia. Se cobijaban contra el lateral de la colina, intentando mantenerse fuera de la vista de los guardias de Eloise, a quien podían observar patrullando en la distancia.

Estaban a unos cien metros del edificio del observatorio, fisgando sobre la cima de la cuesta que estaban usando como refugio para ver y controlar el complejo.

Lex había insistido en conducir el vehículo que habían tomado de los Zootistas al perímetro de la Montaña del Águila, siendo aquella una experiencia espeluznante, pues era el único vehículo en la fantasmal carretera, lo que les hizo preguntarse con qué se encontrarían al llegar.

Bray recordó cuando Lex y él se habían desplazado del mismo modo en el autobús que los Mall Rats utilizaron para hacer su primer viaje al observatorio de la cumbre.

Esta vez solo eran tres personas viajando, y habían abandonado el coche cerca de un kilómetro más atrás, cuando por fin vislumbraron el dispositivo circular de rastreo de satélites sobre la cima de la Montaña del Águila, visible a lo lejos, un punto de referencia que los guiaría hacia donde querían ir.

El resto del viaje lo hicieron a pie, vigilando con atención por si veían indicios de Eloise o sus fuerzas Zootistas.

Hasta el momento, habían contado ocho guardias estacionados en la entrada principal del observatorio. Era casi como si estuviesen esperando visitantes, comentó Lex, y se preguntó si dentro habría alguno de los Mall Rats, o solamente los Zootistas.

Bray ya había explorado el perímetro para ver si había otra forma de entrar, pero parecía que la única entrada era la que se encontraba ahora ante ellos, bien custodiada.

Lia estaba temblando, poco acostumbrada a los vientos frescos que soplando en ráfagas por todas partes. Todavía no se había aclimatado, y estaba más a gusto con las temperaturas cálidas de la isla que había abandonado recientemente.

—Y pensar que abandonamos un paraíso tropical por esto… —murmuró Lex quitándose la chaqueta y envolviéndola sobre los hombros de Lia, para ayudarla a mantener el calor.

—Gracias —dijo Lia, apreciando el gesto—. Desearía que la Sacerdotisa estuviese aquí.

—Yo también —coincidió Lex, con cierta nostalgia, al pensar en la Sacerdotisa. Obviamente, echaba de menos más que solamente su compañía.

—Me refería a que la Sacerdotisa y su tribu podrían haber sido de gran ayuda. Nos vendría bien contar con más gente.

—Puede que ellos no estén, pero quizás podamos contar con más gente de la región —declaró Bray, a quien Lia le acababa de dar una idea—. Hawk y los Ecos.

La tribu de los Ecos vivía en el bosque, al otro lado de la ciudad, y ninguno de los Mall Rats sabía qué habría pasado con ellos cuando la ciudad fue evacuada por miedo a que el arsenal químico de Mega liberase un nuevo virus. Bray se preguntó si cabía la posibilidad de que los Ecos no hubiesen abandonado su hogar, y que siguieran allí, en el bosque que rodeaba la región de la Montaña del Águila.

Los Ecos eran personas con principios, que intentaban ser uno con la naturaleza, renegando de la tecnología y aspirando a vivir una vida en armonía, física y espiritualmente, con el medio ambiente. Habían acogido a Amber, tiempo atrás, tras conocer esta a Pride. Después de encontrarse con Bray, los Ecos se convirtieron en valiosos aliados de los Mall Rats, ayudándolos en la resistencia que trajo consigo la caída de los Elegidos, y más tarde de los Tecnos. Además de poseer una ética envidiable, eran igualmente unos guerreros muy capacitados.

Lex estuvo de acuerdo en que valía la pena probar, sugiriendo que podía marcharse él a comprobarlo, para ver si seguían viviendo en el bosque. Bray recomendó que se llevase a Lia con él, y el plan era que Bray se quedase donde estaba para vigilar la actividad en el observatorio.

Lex y Lia deberían poder volver caída la noche, con suerte acompañados de un grupo de apoyo de los Ecos. Pero, fuese como fuese, necesitarían tiempo para repasar su estrategia final antes de emprender un asalto sobre el observatorio, una vez supiesen el número exacto de Zootistas que este albergaba.

* * *

Lia y Lex viajaron rápida y sigilosamente hacia la región del bosque.

Desde que llegasen a la ciudad, Lia se había descubierto reevaluando sus propios sentimientos y el lazo que había comenzado a estrecharse poco a poco entre Lex y ella. Le preocupaban las muchas historias de los días de amoríos de Lex, sus relaciones, sus aventuras con antiguas amantes: Tai San, Siva, Gel… Sin mencionar la sorpresa de Lia cuando Lex mencionó que tenía un "nidito de amor" escondido en la ciudad.

Era consciente de que Lex tenía mucho de pícaro. Pero también poseía sinceridad, y un lado amable y sentimental. Esto fue muy evidente cuando pasaron por delante de la tumba de Zandra al acercarse al observatorio, y Lex ofreció un conmovedor homenaje a la que una vez había sido su amante, según sabía Lia, durante y después del tiempo de los adultos.

¿Quién era el verdadero Lex?, se preguntaba Lia. ¿El descarado "chico malo" al que se le iban los ojos… o esa persona íntegra y sincera junto a la que podía imaginar pasar su futuro en una relación duradera?

Él la hacía reír, llorar y dudar de él, todo al mismo tiempo. Desde luego, era un enigma.

Ahora, dándose cuenta de los riesgos asociados y los peligros inesperados en los que comenzaban a verse metidos, y dejando a un lado la preocupación por su propia seguridad, pudo saber que su vida nunca volvería a ser igual si llegaba a perderlo.

CAPÍTULO TREINTA

Atravesaron varias intersecciones en el laberinto de túneles, y ya habían viajado durante cierto tiempo a través del Nivel 3, un complejo enorme que los seguía introduciendo más y más en un laberinto, una red al parecer infinita de pasillos blancos y estériles, iluminados por alguna esporádica luz en la pared.

Amber y los demás repararon en varias señales que indicaban el camino a diferentes secciones de la enorme base.

Centro Médico. Recreo. Mando. Comunicaciones. Alojamiento. Armería. Suministros. Mantenimiento. Almacenaje.

Quedaron sorprendidos por la escala de la operación existente bajo tierra. Ya solo por su tamaño, aquellas catacumbas eran impresionantes. Era como estar en una especie de ciudad subterránea, sellada al mundo exterior.

—Por aquí —señaló Eloise mientras dirigía al grupo hacia el área nombrada *Almacenaje.*

—Hemos hecho lo que nos pediste —dijo Amber—. Pero supongo que no nos dejarás marchar.

—Todavía no —contestó Eloise—. Puede que Jack ya haya demostrado sus habilidades, pero Ram aún tiene una contribución que hacer.

—No ha sido solo Jack —respondió Ram de mala manera—. Aunque he de admitir que se le da bien la tecnología. Yo también tuve que ver a la hora de descifrar el código, ¿recuerdas?

—Ah, ¿así que Jack solo ha tenido un golpe de suerte, no? —dijo Ellie a la defensiva, para proteger el mérito de Jack.

—Yo no lo llamaría suerte, exactamente. Más bien chantaje —murmuró Jack en voz baja, ofendido por haber sido obligado a cooperar con Eloise y los Zootistas ante las amenazas contra Ellie, los Mall Rats y el resto de rehenes.

—Debéis saber todos una cosa. Necesitaré vuestra ayuda para desentramar el último misterio de nuestro viaje. Sobre todo la tuya, Ram. Si te niegas a colaborar, habrá consecuencias. Créeme.

Aparte de sus propios pasos y voces, que hacían eco a través del cavernoso complejo, el único otro sonido era el del zumbido constante del sistema de ventilación, cuyos ventiladores no dejaban de rodar para hacer circular el aire.

Era bastante costoso respirar, no obstante. Había falta de oxígeno, y Amber estaba segura de poder oler algún tipo de extraño hedor nocivo. Aquel no era un lugar para cardíacos, o para claustrofóbicos, concluyó al pensar en los millones de toneladas de piedras y tierra sobre ellos.

Al caminar ante una larga fila de trajes presurizados anti-contaminación, colgados en la pared, la mente de Amber empezó a jugarle una mala pasada. Imaginó haber visto un rostro en el visor de uno de los trajes, asustándose de repente, pensando que una figura espectral los observaba. Pero volvió a mirar para comprobarlo, y no vio nada más que un traje vacío colgado de una pared.

—Recuérdame que nunca vuelva a intentar descifrar un código. Este lugar me pone los pelos de punta —susurró Jack a

Ellie, quienes también miraban de reojo mientras pasaban ante los trajes anti-contaminación.

—No te preocupes, yo te protegeré —dijo Ellie, enlazando su brazo con el de Jack.

—Parece que ya hemos llegado —dijo Eloise con expectación cuando el túnel dio paso a una gran habitación, con más luces de sensor parpadeando al detectar su presencia.

Habían llegado a una cámara enorme, una estancia perfectamente cilíndrica, de unos treinta metros de diámetro y tres de alto.

En el interior, la atmósfera era fría, extraña, como si estuvieran en otro mundo, lo que provocaba inquietud incluso en Eloise, Axel y el resto de guardias, así como en los rehenes.

Todos quedaron estupefactos al ver fila tras fila de cámaras de hibernación criogénicas, con las cubiertas aún cerradas, luces brillando de manera intermitente, senderos de vapor humeante inflando el aire, evaporándose desde pequeños tubos a ambos lados de cada unidad. Las cubiertas de cristal estaban llenas de condensación.

Ram pareció aterrorizado, como si quisiera salir corriendo en dirección opuesta, y comenzó a retroceder, chocándose con Axel y algunos de los guardias, también distraídos y atrapados por aquel extraño lugar al que los había llevado Eloise. Axel reparó en Ram en el último instante, agarrándolo sin cuidado por los hombros para detener cualquier intento que pudiese hacer por escapar.

—¿Qué cojones es este sitio? —habló Axel, cuya tensión iba en aumento.

—¡Kami nunca dijo nada de todo esto! —respondió Eloise, casi para sí misma, mientras miraba a su alrededor completamente pasmada, asombrada por lo que tenían delante. Y, en particular, por la visión de un gigantesco e imponente ordenador central que los miraba desde las alturas en el centro de la estancia.

Tenía presencia propia, poseía algo inquietante. Tenía tanta altura como la habitación y unos cinco metros de ancho. Un inmenso mastodonte tecnológico compuesto de una carcasa de acero sólida y brillante que revestía una multitud de procesadores y discos duros, enlazados por un amasijo de cables. Cientos de luces brillaban siguiendo algún tipo de secuencia, emitiendo un extraño brillo sobre el rostro de Eloise y de todos los que contemplaban ensimismados aquella inmensa máquina que dominaba la cámara

Un delgado arco de luz de láser verde salió disparado del ordenador repentinamente, escaneando a los intrusos que habían entrado en su guarida. Todos permanecieron quietos, preguntándose qué sucedía, mientras eran iluminados por la luz palpitante que registraba sus cuerpos de arriba abajo.

A ambos lados del gigante ordenador, Amber pudo ver las palabras que indicaban el nombre de la poderosa máquina.

Conocimiento Artificial mediante Máquina de Inteligencia

En otros lugares podía verse claramente su forma abreviada: *K.A.M.I.*

La red de luz láser que los escaneaba parpadeó de repente hasta apagarse tan rápido como había aparecido.

—¡¿De qué va todo esto, Ram?! —exigió saber Eloise, mirando el ordenador absolutamente confundida, con claras dificultades para controlar su miedo. Era la única vez que Amber había visto a Eloise alterada. Como si las cosas estuviesen, por primera vez, fuera de su control.

Ram, sujetado por Axel, estaba sin palabras. Y apartaba la vista de Eloise, según se dio cuenta Amber, evitando mirarla a los ojos.

La atención de Jack se repartía entre el monstruoso ordenador central y las cámaras criogénicas, y comenzó a avanzar hacia una de las que tenía más cerca, atraído hacia ellas con una mezcla de fascinación y anticipación por lo que podía esperar.

—¡Te he hecho una pregunta, Ram! ¡Respóndeme! —gritó Eloise, cuya voz resonó por toda la habitación.

—¡Deja de mencionar mi nombre, por favor! —susurró Ram, entrando cada vez más en pánico, mientras le enviaba una mirada de intranquilidad a Eloise.

Una pequeña luz láser brilló de repente desde la cima del sistema *K.A.M.I.*, destacando el rostro temeroso de Ram, que quedó petrificado allí en medio. Y una voz comenzó a hablar, emanando desde el interior del gigantesco ordenador.

—*Reconocimiento facial y de voz confirmado. Hola, Ram. Me alegra volver a verte.*

Jack se dio la vuelta, asombrado y asustado ante la aparición de la voz, que reverberaba por toda la cámara y mucho más allá. Pero volvió a quedar completamente absorto y concentrado en las unidades criogénicas, totalmente anonadado por lo que había descubierto.

—Oíd, chicos —dijo, con una mezcla de incredulidad, emoción y pavor—. Aquí dentro hay adultos... Y creo que están vivos...

CAPÍTULO TREINTA Y UNO

Los Zootistas avanzaban de forma lenta y amenazadora. Cada paso los llevaba más cerca de la antigua casa de Trudy, y de capturar a los Mall Rats que sabían se encontraban escondidos en su interior.

Eran diez los seguidores que habían viajado hasta aquel barrio residencial, usando las direcciones que Connor les había dado en el centro comercial.

Condujeron sus vehículos tan lentamente como pudieron al llegar a la zona donde estaba situada la casa de Trudy, dejando los motores en reposo, cuidadosamente, para no hacer ruidos que pudiesen alertar a los Mall Rats rebeldes de su inminente presencia.

Como una jauría de asesinos, rodearon la casa en todas direcciones. Las cortinas estaban echadas, por lo que nadie los había visto acercarse.

El Guardián estaría contento con aquella captura.

Zoot contemplaría a aquellos seguidores con afecto por haberse probado fieles a él con su continua devoción.

De repente, los Zootistas entraron en acción, rompiendo las ventanas con ladrillos y haciendo que los cristales explotaran por todas partes.

En la parte trasera de la casa, otros Zootistas echaron abajo las puertas del patio y entraron en su interior.

En la parte delantera de la casa, el grupo principal atravesó la puerta a golpes, apresurándose por el pasillo y dispersándose, distribuyéndose por toda la casa de Trudy.

Los Zootistas comenzaron a dar gritos frustrados, y uno de ellos alzó la voz, a pleno pulmón.

—¡Aquí no hay nadie!

La casa estaba vacía.

CAPÍTULO TREINTA Y DOS

Jay avanzó lentamente por el tejado del centro comercial, intentando mantener el equilibrio y no distraerse demasiado mirando hacia abajo. Estaba a unos veinte metros del suelo, y era consciente de que al menor error podría tropezar o resbalarse sobre el tejado desigual, provocando su caída hacia una muerte segura.

Tras haber avanzado con cautela a través de las calles de la ciudad, Jay había logrado evitar encuentros con los Zootistas y, por fin, había llegado a la parte trasera del *Phoenix Mall*.

Hubo de esperar durante un tiempo en unos matorrales cercanos, escondido de los Zootistas que montaban guardia. Pero, cuando estos pasaron cerca de él en su paseo de vigilancia, aprovechó para correr hacia el Centro y trepar por una cañería hasta el tejado.

Lleno de adrenalina y con los sentidos agudizados, Jay estaba ansioso por quedarse fuera de la vista de las fuerzas hostiles que pudiesen descubrirlo sobre la parte superior del complejo.

El tejado estaba cubierto de musgo, e inundado de charcos de la lluvia que había caído la noche antes, presentando una superficie resbalosa y poco hospitalaria.

Poco a poco, Jay cruzó el tejado hasta llegar finalmente al transformador eléctrico que recibía la energía de las líneas de alta tensión cercanas. Ahora era momento de confiar en su formación como Tecno. Aunque se había sentido avergonzado de todas las cosas malas que los Tecnos habían llevado a cabo bajo el mandato de Ram, a veces Jay agradecía las habilidades que poseía, muchas de las cuales no tendría, irónicamente, de no haber llegado a ser un Tecno.

Arrancó un pedazo de mampostería del debilitado tejado y, tras mirar hacia abajo para asegurarse de que no había nadie mirando, comenzó a golpear la unidad de control del transformador.

Si su acto de sabotaje tenía éxito, impediría que llegase electricidad al centro comercial durante un largo periodo de tiempo. Haría falta una reparación considerable para restaurar los daños que pretendía causar en el transformador.

Unos cuantos golpes más, pensó, y se iría la luz. Significaría también que debería irse rápidamente, antes de ser descubierto.

Agarrando el trozo de construcción con las manos, Jay se preparó para finalizar el sabotaje que había empezado.

* * *

—Sois realmente vos, Madre Suprema —le dijo el Guardián a Trudy con una mirada lasciva, totalmente asombrado y emocionado de volver a verla, mientras daba vueltas a su alrededor.

Trudy tenía las manos atadas a la espalda, y miraba fijamente al Guardián, desafiante, suprimiendo la ansiedad que se acumulaba en su interior y amenazaba con sobrepasarla.

Seguía completamente en *shock* por la traición de Connor, y por volver a estar en presencia del Guardián, así como de los Zootistas que lo seguían.

Lo único que quería Trudy era marcharse y volver con Brady.

Debería seguir siendo fuerte. Los fantasmas del pasado la estaban llamando. Trudy recordó la angustia del tiempo que pasó como Madre Suprema, cuando llegó a perderse literalmente a sí misma, y su propia identidad quedó enterrada bajo el papel que el Guardián la había obligado a interpretar. La había obligado a convertirse en algo que no era, y prometió no volver a pasar por eso nunca.

Al menos, no había señales de Brady en el centro comercial (ni de Salene, May o la mayoría de los demás). Trudy se sentía agradecida por eso, reconfortándose y aferrándose a la ligera esperanza de que Brady lograse de algún modo seguir libre. A salvo.

Sintiendo los ojos del Guardián sobre ella, como si intentase hurgar en su misma alma, Trudy se preparó para lo que este pudiese tenerle reservado.

Se encontraban en el vestíbulo principal del Centro, cerca de donde cayó Zoot. Habían convertido la zona en un altar, lleno hasta arriba de velas que parpadeaban y bañaban el suelo con su luz. El Guardián había celebrado varias ceremonias con sus seguidores en el que, a su parecer, era un lugar sagrado.

Trudy reparó en Darryl, Gel y Emma, atrapados en la jaula cercana. Estaban sorprendidos de ver a Trudy, pues pensaban que ella, Bray, Lex y los demás estaban muy lejos, en la isla.

Emma estaba desconsolada tras haber sido separada de Tiffany y Shannon, con quienes no había tenido contacto desde que se los llevaran. Los dos niños acudían a las "clases" que tenían lugar en otra parte del centro comercial, para ser adoctrinados en las enseñanzas de Zoot.

—¡Déjanos salir! —gritó Emma, sacudiendo la malla metálica de la celda.

—¡Sí! ¡Grítame, muchacha ciega! —imploró el Guardián—. ¡Canta! ¡Haz oír tu voz! ¡Pide tus deseos a voces!

Contempló con admiración como Emma forcejeaba, intentando desesperadamente, y con todas sus fuerzas, hacer palanca para abrir la persiana de la celda con sus propias manos, por la angustia de querer encontrar a sus hermanos.

—Solo ella podrá ser salvada. Y unirse a nosotros. Junto a su hermano y hermana. Al contrario que el resto de vosotros.

—¿Qué quieres decir con eso? —preguntó Gel con cautela.

—¡Pronto lo averiguaréis!, ¡vosotros y esta enérgica muchacha! ¡Casi ha llegado el momento!

A Trudy le dio un vuelco el corazón, preguntándose si el Guardián iba a intentar realizar algún tipo de milagro para restaurarle la visión a Emma. No sintió ningún alivio cuando este continuó gritando su maníaca letanía.

—En cuanto la Madre Divina de la orden, haremos nuestras primeras ofrendas a Zoot.

—No si yo puedo evitarlo —dijo Darryl con una mueca.

Darryl y Gel habían hecho lo posible por reconfortar a Emma durante su encarcelamiento. Darryl había comprobado la resistencia de casi toda la jaula, buscando algún punto débil, cuando tenía claro que los guardias no miraban. De vez en cuando, aflojaba sutilmente las bisagras en la esquina de la persiana con la punta de una cuchara que se había quedado tras una de sus comidas. Estaban completamente desesperados por aprovechar sus menguantes posibilidades de escapar.

—Parece que habéis llegado justo a tiempo para presenciar el primero de los sacrificios, Madre Suprema —dijo el Guardián.

—Mi nombre es *Trudy* —enfatizó—. Y no pienso tomar parte en nada de lo que estés planeando. ¡Así que no intentes utilizar tus juegos mentales conmigo, Guardián!

—No podéis escapar de vuestro destino, Madre Suprema. O de la voluntad de Zoot. Ninguno podemos. Zoot te escogió para ser la madre de su hija. Es un privilegio dichoso. Pronto, Bray y los demás estarán entre nosotros. Está destinado a ser.

Al principio, el Guardián se había preocupado por los informes que habían dado los Zootistas sobre las "señales" que habían presenciado en la ciudad, los grafitis sobre paredes y edificios. Parecía obra de fuerzas divinas. El Guardián no tenía claro quién, o qué, era responsable de aquella alteración. Dado que creía que el resto de Mall Rats, en caso de seguir con vida, se encontraban todavía en la isla, y que Bray estaba muerto. El propio Guardián había comenzado a desear disfrutar del mismo destino en algún momento, para poder reunirse con su dios, Zoot, en la dimensión espiritual. Lo cual era mucho más importante que limitar a su deidad al reino terrenal.

Cuando Connor apareció con Trudy, todo cobró sentido por fin. Connor explicó el viaje que había hecho en barco con Bray y el resto de Mall Rats. Y el Guardián comprendió que habían sido ellos los causantes de tanta confusión entre sus seguidores en las calles de la ciudad.

Hasta el momento, los Mall Rats habían evadido sus esfuerzos por capturarlos. El Guardián sabía que era solo cuestión de tiempo, sin embargo, antes de que Zoot los trajese ante él. Para que él y los Zootistas continuasen con su misión de difundir la fe, habiéndose mostrado ya dignos de tal cometido tras superar toda duda y resistencia.

—¿Dónde están Brady, la hija del Divino, y los demás? —preguntó el Guardián a Trudy, consciente de que el asalto a su casa había fracasado.

—¿Cómo voy a saberlo yo?

—¡Mientes! —gritó repentinamente el Guardián—. ¡Respóndeme!

—¿Quieres mentiras? ¡Entonces habla con él! —gritó Trudy de vuelta, señalando a Connor—. ¡Todo lo que sale de su boca es una mentira!

Trudy estaba muy dolida y enfurecida por el engaño de Connor. Se maldijo a sí misma. ¿Cómo podía haber sido tan ingenua?, ¿tan confiada? Y, para empeorar las cosas, estaba tan desesperada por encontrar pareja y volver a amar que, por su culpa, sentía haber puesto en peligro a sus amigos y a su propia hija.

—¿Quieres saber por qué no estaban los Mall Rats en mi casa? ¡Pues porque Connor te está enredando en su red de mentiras! ¡Si lo crees a él, puedes creer cualquier cosa!

—¿Es así, cazarrecompensas? —preguntó el Guardián a Connor con sospecha—. ¿Se trata de algún truco?

—Se agarra a un clavo ardiendo —dijo Connor, recostado casualmente contra la escalera—. Aquí la única mentirosa es Trudy. Yo la he traído ante ti. Y he traído a los Mall Rats a la ciudad. Así que espero ser bien recompensado. He tenido que pasar muchas cosas. Muchas noches sin dormir por su culpa. Y no todas fueron tan "placenteras" como me hubiese gustado.

Connor le echó una mirada de desaire a Trudy, que había comprendido perfectamente la indirecta que le acaba de lanzar.

—Ten por seguro que el mayor placer será no volver a verte nunca, Connor.

De repente, el Centro quedó completamente bañado por un manto de oscuridad, la única luz restante la que emanaban el círculo de velas parpadeantes en la zona del altar, designando el lugar donde Zoot había caído.

—¡Sí, amo! ¡Sentimos tu presencia! ¡Y no te fallaremos, oh, ser Divino! —dijo el Guardián, alzando rápidamente la mirada a los cielos.

Algunos de los guardias Zootistas entraron en pánico, sintiendo que comenzaba el fin del mundo. Muchos se postraron en el suelo, pensando que se trataba de un presagio, que Zoot les enviaba un augurio.

Por todo el Centro se escucharon los gritos de angustiadas y jóvenes voces, algunas gritando de terror, temiendo saber qué habría causado el apagón. Se trataba de los niños en la primera planta, donde los Zootistas habían establecido sus nuevas aulas de educación.

Muchos comenzaron a reunirse rápidamente en la primera planta del vestíbulo, mirando hacia abajo, donde estaba de pie el Guardián. Los Zootistas que los habían estado adoctrinando escoltaron a los pupilos por los pasillos. Los pequeños se mantuvieron bien unidos, asustados por la oscuridad y por lo que podía significar.

—¿Tiffany? ¿Shannon? —gritó Emma, segura de que podía oír a sus hermanos pequeños por arriba, en alguna parte. Uno de ellos gritó el nombre de Emma.

—¡Dinos tu deseo, Divino! —entonó el Guardián.

Tenía una mirada maníaca y casi excitada en los ojos, creyendo genuinamente que Zoot era el responsable de portar la oscuridad.

—No es por cortarte el rollo, Guardián —dijo Darryl desde el interior de la celda, jocoso—, pero creo que el único milagro aquí se debe a que alguien no ha pagado las facturas. Parece que se ha ido la luz.

—¡Silencio! ¡Callaos todos! —gritó el Guardián.

Lentamente, el ambiente de pánico y el coro de inquietud comenzaron a reducirse, mientras los Zootistas calmaban a los jóvenes estudiantes arriba.

—¿Te da miedo la oscuridad, Guardián? Ten claro que nunca encontraréis a los demás. Y, pase lo que pase, os derrotarán —insistió Trudy, recordando el plan de Jay de dejar inservible la electricidad del Centro.

—¡Estás equivocada! ¡Equivocada! —gritó el Guardián, furioso, como si estuviese a punto de golpear a Trudy antes de volver a controlarse rápidamente.

—¿Qué demonios está pasando? —preguntó Ebony, apareciendo por la planta baja del vestíbulo con Aras y los demás miembros del grupo de seguidores Zootistas, con los que había estado comiendo en la cafetería de la primera planta—. ¡Apenas se ve nada! —dijo mientras miraba a su alrededor.

—A mí me lo vas a contar —suspiró Emma para sí misma, incapaz de contener el comentario sarcástico en medio del miedo que sentía, mientras continuaba escuchando con atención, intentando hacerse una idea de qué estaba sucediendo.

Trudy compartía la misma sensación. Estaba alterada, consternada por ver a Ebony caminando libremente, entre los Zootistas, como si fuera uno de ellos. Ya sabía que Ebony estaba del lado del Guardián, pues Connor se lo había dicho. Aun así, verla realmente allí molestó a Trudy. Al menos, Connor había dicho una verdad.

—Ebony… Debí suponer que estarías metida en todo esto —dijo Trudy con desprecio—. ¿Cómo puedes vivir contigo misma, después de todo por lo que hemos pasado? ¿Nuestra historia no significa nada para ti?

—El pasado es el pasado, Trudy. El futuro es lo único que importa ahora.

Ebony había recibido la noticia de la captura de Trudy, pero estaba igualmente sorprendida de verla. La última vez que se cruzaron fue cuando Ebony intentó capturar a Trudy y a su hija en la isla.

Conocía a Trudy desde hacía muchísimo tiempo, y tenían una relación complicada, ambas antiguas rivales por el afecto de Bray… y de Zoot. Su fortuna y su destino se habían entrecruzado con el paso del tiempo, fluían como la marea. Ahora que ella se encontraba subiendo, a Ebony le producía una profunda satisfacción saber que el contraste en sus respectivas situaciones le daba la razón a su decisión de aliarse con Eloise. Trudy era la prisionera allí, y el futuro de Ebony parecía más que prometedor.

Pero fue Connor quien atrajo la atención de Ebony. Le echó un ojo, como una depredadora, y le gustó lo que vio del apuesto y robusto cazarrecompensas. Aras y los Zootistas bajo el mando de Ebony habían estado hablando de Connor y sus hazañas antes con ella, durante su comida, y se sentía intriga por ver quién era exactamente aquella enigmática figura.

—¡Traedme al responsable de esto! —ordenó el Guardián a un grupo de guardias Zootistas, que subieron las escaleras apresuradamente en dirección al tejado, donde sabían que se encontraba el transformador eléctrico.

El corte de luz no podía deberse a un simple accidente, razonó el Guardián. Si no se trataba de la voluntad de Zoot, entonces llegó a la conclusión de que el Centro había sido saboteado. Quizás a manos de Bray, Lex, o cualquiera de los Mall Rats que seguían en libertad.

—¡Sal a la calle, Ebony! ¡Encuéntralos! ¡Tráeme a todos los Mall Rats que haya en la ciudad! ¡Y le mostraremos a la Madre Suprema quién tiene el verdadero poder… y qué sucede con los traidores!

—Como desees —dijo una respetuosa Ebony. Le entregó sin embargo una mirada cómplice y sutil a Connor, para indicar que, según pensaba, al Guardián parecían faltarle unos cuantos tornillos.

—¿Por qué no te vienes?, ¿y montamos juntos? —le preguntó Ebony a Connor, con una insinuación más que descarada.

—Encantado —respondió Connor, deseoso por alejarse del enfurecido Guardián, y entusiasmado por aceptar la oferta de Ebony para poder conocerla mejor.

—¡Colocad a la Madre Suprema con los demás! —comandó el Guardián, y algunos Zootistas arrastraron a Trudy hasta la celda.

—¡Por lo que a mí respecta, puedes tirar la llave! —gritó Trudy, señalando la persiana metálica que retenía a Emma, Gel y Darryl—. ¡Nunca me doblegaré ante la bruja de Eloise! ¡Ni seré parte de tu religión imaginaria!

—Ya fuiste parte una vez. ¡Y volverás a serlo! —vociferó el Guardián—. El destino está de nuestro lado. Tú te unirás a nosotros, Madre Suprema… ¡como lo hará la hija de Zoot, en cuanto la encontremos!

CAPÍTULO TREINTA Y TRES

De pie junto al enorme ordenador en medio de la estancia, Eloise, que de por sí era alta, se sentía totalmente dominada por el tamaño y presencia imponente de la máquina.

Miraba hacia arriba asombrada, intentando comprender qué hacía allí aquella maravilla tecnológica, abandonada por los adultos. Y extendió la mano con indecisión, pasando los dedos por la fría estructura de acero, tocando las palabras en el lateral que indicaban su nombre: *K.A.M.I., Conocimiento Artificial mediante Máquina de Inteligencia.*

Jack, por el contrario, seguía contemplando atentamente las cámaras de hibernación criogénicas de la habitación. Cada una de ellas contenía un adulto, yaciendo en un estado de perfecta preservación.

—¿Estás seguro de que siguen vivos? —preguntó Amber, de pie allí cerca, junto a Ellie y Ram.

—Según las señales vitales… eso parece —Jack señaló los paneles que había arriba de cada una de las unidades, que indicaban la presión sanguínea, el ritmo cardíaco y otras estadísticas vitales.

—Entonces… Deben estar en animación suspendida —reflexionó Ellie.

—Obviamente —respondió Ram.

Eloise se trasladó desde el mastodóntico sistema informático a donde estaban los demás, inclinados sobre la unidad de hibernación, mientras los guardias seguían maravillados con el enorme ordenador central, como si de pronto fuese a cobrar vida y atacarles.

—Tienes muchas cosas que explicar, Ram —dijo Eloise, lanzándole una mirada feroz y recelosa.

—¿No puedes disfrutar de mi compañía por una vez, sin pensar siempre que tramo algo? —respondió Ram inocentemente, regalándole a Eloise una sonrisa falsa.

—Difícilmente. Has dicho que nunca habías estado aquí antes. Pero está claro que esa "cosa" te conoce.

Eloise estaba conmocionada por los adultos encerrados en las cámaras de hibernación, pero lo que más le preocupaba era el descubrimiento del ordenador *K.A.M.I.*, claramente. Y el hecho de que le hubiese "hablado" a Ram tras reconocerlo, según parecía.

Siguió echando miradas nerviosas al inmenso ordenador. Durante mucho tiempo, el nombre de Kami había hecho referencia al enigmático y poderoso líder del Colectivo.

Solo algunos miembros en los escalones más altos del Colectivo conocían a Kami en persona, cuya verdadera identidad permanecía siempre oculta al conocimiento público.

Los comandantes del Colectivo, de los cuales Eloise formaba parte, informaban normalmente al líder central a través del sistema UNANET, que les permitía establecer contacto a larga distancia con cualquier parte del mundo, siempre que ambas partes tuviesen acceso a un ordenador con conexión a las redes en línea.

Obviamente, era de vital importancia mantener cierto grado de anonimato por razones de seguridad, como comprendía

Eloise. Kami era el jefe de un gran imperio en crecimiento y, cuanta menos gente conociese su identidad, mejor. No hubo nunca intentos de asesinato, porque ningún enemigo externo conocía quién era Kami exactamente, o dónde se encontraba el dirigente del Colectivo.

Esto también tenía un beneficio añadido del cual Kami debía ser consciente, según consideró Eloise mucho tiempo atrás: todos los miembros del Colectivo eran cuidadosos en sus actividades, en caso de que Kami se enterase de algún modo. Aseguraba su lealtad en una eficiente cadena de mando. Nunca tendría lugar un golpe de estado. No habría facciones o luchas por el liderazgo. Por el contrario, si un comandante obedecía las órdenes de Kami y continuaba mostrando un rendimiento fructífero, y demostrando su utilidad, Kami le ofrecería ascensos y recompensas.

Había rumores sobre Kami. Algunos pensaban que era un chico. Otros, una chica. Cierta gente sugería que Kami podía ser incluso un adulto. Otros opinaban que no existía una sola persona llamada "Kami", sino que Kami era más bien el nombre de un frente simbólico, en representación de un consejo supremo formado por varias personas que dirigían en realidad el Colectivo. ¿Cómo si no iba a poder una sola persona mantenerse al tanto de todas las actividades que el Colectivo llevaba a cabo a lo largo de una zona geográfica tan amplia y diversa?

Eloise creía haber sido una de los pocos comandantes del Colectivo a los que habían concedido el privilegio de conocer a Kami, quien resultó ser un chico un poco mayor que ella. No era atractivo, pero tenía mucho talento. Eloise fue consciente de que estaba en presencia de un genio. Él había quedado impresionado con la belleza, lealtad y absoluta falta de piedad de ella.

Al menos, en aquel momento, Eloise había creído que aquel era el verdadero Kami. ¿Acaso la habían engañado? La verdadera identidad de su líder no podía resultar ser un ordenador, ¿no?

Parte de ella (por extraño que pareciera, al pensarlo para sí misma) se preguntaba si la máquina *K.A.M.I.* ante ellos en el cuarto podría guardar alguna relación con el "Kami" real. Desde luego, no podía ser solamente coincidencia que aquel ordenador y el líder del Colectivo compartiesen el mismo nombre, sintió Eloise. ¿O le habría puesto él mismo su nombre? En cuyo caso, ¿cómo sabía de su existencia? A menos, claro está, que lo hubiese *hackeado* en tiempos de los adultos. O incluso después de que todos perecieran.

Lo único que tenía por seguro, o al menos eso pensaba, era que las órdenes de "Kami" eran acudir a la base subterránea de la Montaña del Águila para encontrar a los adultos que allí quedaban. Nunca esperó encontrar aquel poderoso ordenador, repleto de energía e inteligencia artificial. El líder del Colectivo no le había hablado de su existencia con antelación. Tal vez el Kami humano no supiese del sistema de ordenador *K.A.M.I.*, o tal vez había preferido no contárselo a Eloise. No estaba segura.

Eloise echó un vistazo al gigantesco sistema informático que acechaba sobre ella en el corazón de la Montaña del Águila, como un poderoso dragón enclaustrado en su guarida subterránea. Y, por un momento, se preguntó si este sería capaz de leerle el pensamiento.

Tenía claro que, si había alguien que pudiese arrojar luz sobre el asunto, ese debía ser Ram.

—Debo saberlo, Ram —indagó—. Este sistema informático… parece casi "humano".

—*Correcto* —dijo el ordenador con un estruendo. Ram estalló en una risa desesperada, seguido de *K.A.M.I.* El ordenador lo imitaba, pero de forma monótona y calmada, varios octavos por debajo de la voz de Ram.

Todos los presentes intercambiaron miradas de incredulidad mientras su miedo iba en aumento, y escucharon atentamente mientras Ram sosegaba su risa e intentaba explicarse.

—Nuestro amigo *K.A.M.I.* tiene inteligencia artificial. Y reconocimiento facial. Esa es la función de los rayos láser, escanear vuestro rostro. Así que cuidado con vuestras expresiones faciales, porque quizás lo malinterprete y llegue a una conclusión equivocada con su programa. Odiaría pensar lo que podría llegar a hacer si creyese que somos hostiles y se sintiera amenazado.

Eloise miró fugazmente el gigantesco ordenador central e intentó mantener una estoica cara de póquer.

—¿Quieres decir... que entiende nuestras expresiones? —inquirió.

—Desde luego, lo intenta —respondió Ram.

—Pero,... ¿cómo es posible que el sistema *K.A.M.I.* te haya reconocido, a ti o a nadie? —dijo Ellie.

—Es una larga historia. No sabría por dónde empezar —respondió Ram.

—Pues por el principio —sugirió Amber, preguntándose qué otros secretos se habría guardado Ram.

—Bueno, si hace falta que conozcáis todos los detalles... Poco después de que los Tecnos invadiésemos la ciudad, decidimos tratar de llegar a este lugar antes de que cayese en manos del Colectivo... Mis disculpas, por cierto —añadió Ram, encogiéndose de hombros sin arrepentimiento alguno para con Eloise.

—Sigue hablando —exigió esta.

—En resumidas cuentas, como se dice... Antes del virus, yo era miembro de un gremio. Y un *gamer* impresionante, si se me permite decirlo. Fue ahí donde conocí a una persona *online* que se hacía llamar Kami.

Se detuvo repentinamente. Los demás también se quedaron petrificados, incluyendo Axel y sus guardias, cuando los láseres del gigantesco ordenador central comenzaron a moverse sobre sus rostros.

—¿Esa "cosa"… está… escuchando? —preguntó Axel.

—Por así decirlo —respondió Ram—. Intentad no parecer demasiado preocupados y no creo que pase nada.

—Ese gremio tuyo. ¿Es el mismo sobre el que nos hablaste tras llegar a la isla? —reflexionó Jack—. ¿Fue ahí cuando comenzaste a *hackear*, como dijiste?

Ram asintió, y explicó más acerca de cómo sus amigos *online* tuvieron que recurrir a UNANET para mantener el contacto después del virus y poder encontrar información de qué podía estar pasando, no solo en su propia localización sino en otras partes del mundo.

Nunca había conocido a su amigo Kami en el mundo real, y admiraba su gran habilidad con la tecnología, pero no tenía intención de ser su Número Dos. Así que decidió separarse y fundó los Tecnos.

Amber se preguntaba si Ram estaría tejiendo una red de mentiras, o si sería verdad, y Eloise volvió a insistir acerca de la última vez que había estado en el territorio.

—Vine a la Montaña del Águila justo después de la invasión. Fue muy sencillo averiguar cómo saltarse los códigos de seguridad. No fue muy difícil, para alguien tan experto en ordenadores como yo. Y debo admitir que tú también eres bastante bueno, Jack.

—Muchas gracias —respondió Jack con una orgullosa sonrisa.

—*Sí, muchísimas gracias, Jack* —repitió el ordenador K.A.M.I., creando un estruendo con su voz mientras los láseres verdes recorrían la expresión de Jack.

—Cuidado —le previno Ram—. Está leyendo tu expresión, y buscando en su base de datos cualquier programa asociado a cómo te sientes ahora mismo. No creo que tenga mucha información en su sistema sobre los cumplidos. Pero siempre está aprendiendo, alimentando a sus programas con conocimiento expansivo.

Jack se quedó quieto, y las luces láser dejaron inmediatamente de escanearle el rostro.

—Bueno, como iba diciendo —continuó Ram—, solamente yo y un puñado de mis simpatizantes más leales llegamos aquí, hasta el Nivel 3 —prosiguió—. Mega, Java, Siva, Ved... Todos ellos nunca vieron más allá del Nivel 2. Ni siquiera sabían que este lugar existía.

—¿Por qué? ¿Por qué mantener todo esto... en secreto? —preguntó Amber.

—¿No es obvio? No sabía en quién podía confiar. Si alguno de los Tecnos podía traicionarme, venderme al Colectivo. Si otras personas conocían todos los secretos que había aquí abajo, en esta misma habitación, quizás intentarían venir a descubrirlos. No podía arriesgarme. Y después de conocer a *K.A.M.I.* aquí presente... Decidí intentar proteger este lugar.

—Qué noble de tu parte —lo elogió Eloise con evidente sarcasmo—. Ve al grano, Ram.

—Pude ver que los adultos, durmiendo en sus heladas cámaras como si se creyesen verduras congeladas, habían encontrado una forma de perfeccionar la hibernación criogénica. Realizamos algunos experimentos en el Nivel 2, donde habían estado los técnicos. Intenté replicar lo que los adultos habían hecho. Estoy casi avergonzado de reconocer... que al principio no pude averiguar cómo lo habían conseguido.

—Pero lo averiguaste —le recordó Amber, recordando los esfuerzos del propio Ram por aislarse del mundo exterior y vivir para siempre durante el punto álgido del programa de realidad virtual "Paradise" que él había introducido en la ciudad antes ser evacuada.

—Todo fue cosa de *K.A.M.I.* —continuó Ram—. Este ordenador se ocupa él solito de dirigir la Montaña del Águila. Y de mantener a los adultos, e incluso a nosotros, con vida. ¿Quién creéis que controla el propio aire que estamos respirando? Además de observarnos y escucharnos en este preciso instante. *K.A.M.I.* controla todas las cámaras de hibernación. Es un aparato tecnológico bastante increíble. Por lo que sabía que la cámara donde me introduje yo sería segura. Posteriormente, les enseñé a Mega, Java y los demás lo que *K.A.M.I.* me había enseñado. Pero, por supuesto, Mega tenía sus propios planes y acabó vendiéndome. El tema es que *K.A.M.I.* tiene un rico conocimiento sobre los adultos y su tecnología.

—¿Y quién lo programó? —preguntó Jack, cada vez más intrigado.

—Bueno, esa es la pregunta que todos queremos saber, Jack —dijo Ram—. Incluido yo. Siempre quise investigarlo más a fondo, pero Mega tenía ambición y yo, otras cosas en la cabeza.

Había ciertos indicios que indicaban que Ram se estaba reservando parte de la información, y Amber se preguntó si habría estado involucrado en todo aquello de algún modo, por cómo observaba con cariño a *K.A.M.I.*, casi como rememorando otros tiempos.

—Entonces, por lo que estás diciendo, parece que *K.A.M.I.* es más que un ordenador para ti, Ram. Es más bien un amigo —dijo Amber.

—Definitivamente —respondió Ram con ternura.

La luz láser apareció de repente, desplazándose alrededor del rostro de Ram.

—*Gracias, Ram* —clamó la voz del ordenador. —*Tú también eres mi amigo.*

Las luces láser volvieron a desaparecer al nublarse la expresión de Ram.

—¿Eso ha sido un anzuelo? —le preguntó a Amber.

—Solo probaba —se encogió ella de hombros—. Está bien saber quiénes son tus amigos —añadió.

—Qué conmovedor —se burló Eloise—. ¿Por qué no lo habías dicho antes? ¿Por qué negarlo continuamente y fingir que no sabías lo que había aquí abajo?

—Pensaba que os desharíais de algo,… de mí, principalmente, si no era de utilidad. El Colectivo solo mantiene lo que les es útil. Cuanto más tiempo ganase, y os siguiese siendo de utilidad, más tiempo seguiría con vida. O eso pensaba, vaya. Además, tampoco iba a contároslo todo directamente, ¿no? De ser así, ya no estaría aquí —dijo, aludiendo al hecho de que sí tenía otra información que todavía no había revelado, para garantizar su propia supervivencia.

—Espera un momento —dijo Jack, repasando sus pensamientos.

Estaba centrado en los adultos, que parecían dormir en las unidades de hibernación. Durante mucho tiempo, Jack había soñado con encontrar adultos. Aunque fuese uno, en alguna parte del mundo. Se había quedado despierto muchas noches, buscando frecuencias radiofónicas de larga distancia, convencido de que debía haber alguien ahí fuera, un adulto, aún con vida. El hecho de que Jack estuviese viendo a uno a través del cristal de la unidad criogénica le resultó una experiencia de lo más extraordinaria. Un sueño que, por fin, había alcanzado. Quería saber muchísimas cosas. Pero primero, había una cosa que le molestaba.

—Si ya habías estado aquí antes, Ram, ¿por qué no resucitaste a ninguno de ellos? Yo lo habría hecho.

—El tema es, Jack, que la última vez que estuve aquí, estaba un poco… "obsesionado", digamos, con mi propia salud. No sabía si los adultos tendrían restos del virus encima. Podía seguir latente, por lo que sabía, inactivo tras estar congelado. Si hubiese pedido al ordenador que los resucitase, cabía la posibilidad de estar resucitando al virus. ¿Y si había mutado?

De ningún modo pensaba correr ese riesgo. Era mejor mantener a los adultos, y cualquier residuo del virus, bajo llave.

—Pero, ¿no sabría el ordenador si hay restos del virus dentro de las unidades? —preguntó Amber, siempre dudosa de la versión que contaba Ram de los acontecimientos, tras haberles mentido en tantas ocasiones.

—Quizás. Pero no puede saber si quedan rastros del virus en el mundo exterior. Otro motivo para dejar las cosas como estaban. De haber despertado a los adultos, ¿quién dice que no los habría puesto a ellos en riesgo, una vez abandonasen la protección de sus cámaras? Según el ordenador, podrían seguir con vida eternamente así. Siempre que *K.A.M.I.* siga conectado a la corriente, claro está.

—*Los niveles de energía son óptimos. No se detectan ineficiencias* —habló el sistema *K.A.M.I.* a viva voz.

—Eso me gusta de él. Siempre está pensando, y escuchando lo que yo digo. Una pena que la raza humana no sea tan eficiente —dijo Ram, maravillado ante el vasto ordenador en el centro de la habitación, y echando una mirada despectiva a los demás—. Los algoritmos que tiene este tipo son algo de otro mundo.

Eloise miró a Ram con incertidumbre tras lo que acababa de escuchar.

—Aunque estaría bien oírlo de primera mano, ¿no es así? —se preguntó Ram—. Apuesto a que los adultos tienen mucho que contarnos. Es tentador revivirlos. Desde luego, nos deben algunas respuestas.

—Y tú también. ¿Hay alguna otra cosa más que me estés ocultando? —exigió Eloise—. ¿Algo que debería saber?

—Tienes que creerme.

—Yo ya no sé en qué creer. Especialmente si viene de ti, Ram —dijo ella, caminando entre las filas de unidades criogénicas, observando los rostros de cada uno de los adultos al pasar, contemplándolos durante un instante.

—Y pensar… que una vez los adultos controlaban el mundo. Y ahora somos nosotros quienes mandamos. Es realmente el amanecer de una nueva era. Todo lo que importa ahora es el mañana. Y el mañana… pertenecerá al Colectivo.

—¿Qué tienen de especial estos adultos?, ¿por qué se salvaron ellos? —se preguntó Ellie en voz alta, resentida porque tantos otros adultos no hubiesen tenido la misma oportunidad de salvarse, entre ellos sus padres y su familia—. Obviamente, debían considerarse muy importantes para acabar aquí.

—Lo eran. Según nuestra red de inteligencia… Este era un importante genetista —explicó Eloise, reconociendo al adulto que había dentro de una de la cámaras—. Y esta de aquí era Lauren Edwards, experta en inteligencia artificial.

—¿Según… quién? —preguntó Amber.

—Digamos que el Colectivo tiene un sistema de información muy eficiente, Amber —contestó Eloise—. De no ser así, ¿por qué nos habríamos molestado en traeros aquí?

—No pretendo aguarte la fiesta, Eloise, pero el Colectivo, e incluso tu amigo Kami, valen solamente tanto como la información que conozcan —dijo Ram.

—¿Qué quieres decir? —indagó Eloise.

—Una red de inteligencia se llama así por un motivo. Requiere de inteligencia. Que solo puede venir de aquellos que posean un nivel adecuado. Y creo que yo entraría en esa categoría, así que te sería de gran interés recordarlo, Eloise —Ram sonrió sin modestia—. Incluso el sistema *K.A.M.I.* vale solamente tanto como las personas que lo programaron.

—Odio decir esto… Pero no parece que *K.A.M.I.* esté funcionando correctamente ahora, ni tampoco las unidades de hibernación —dijo Jack.

—¿De qué estás hablando? —inquirió Eloise, irritada.

—Todas las unidades parecen tener un temporizador, que supongo indica el tiempo que llevan ahí dentro. Pero el tema es que los temporizadores deben estar mal. Según lo que pone, estos adultos se habrían metido aquí mucho antes de la aparición del virus. Y estamos hablando de *años*. Debe ser algún tipo de error. Quizás el ordenador tenga un fallo técnico y no es tan potente después de todo. Así que, si lo que te interesa son los adultos, Eloise,… que es por lo que supongo te has tomado tantas molestias en llegar hasta aquí, parece que todo el viaje puede haber sido una pérdida de tiempo. Está claro que las unidades no funcionan bien.

Amber y los demás se quedaron en silencio, preocupados y confundidos por los misterios y las posibles implicaciones.

—¿Tú qué opinas, Jack? —quiso saber Amber.

—La verdad es que no sé qué pensar —respondió este—. Pero empiezo a sospechar que no hubo ningún virus accidental que apareciese de la nada. Los adultos debían estar muy bien preparados e hicieron sus planes. Sabían lo que estaba pasando mucho, mucho antes. Sabían que al mundo se le acababa el tiempo. Una pena que no compartiesen ese conocimiento con los demás.

—Pero lo harán —interrumpió Eloise.

—¿Cómo puedes estar tan segura de eso? —preguntó Amber, aún incapaz de aceptar que, quizás, en algún lugar del planeta, los adultos se habían visto envueltos en una especie de Tercera Guerra Mundial imperceptible. Que hubiese sido un acto deliberado, liberando un arma de destrucción viral. Si había algo de verdad en ello, ¿cómo podían saber tanto las autoridades y haberlo mantenido en secreto, eligiendo a efectos prácticos quién viviría y quién moriría? Era demasiado que procesar, y muy desalmado, sintió Amber.

—Si las unidades no funcionan, ¿no creéis que deberíamos intentar despertar a los adultos? —sugirió Ellie, profundamente consternada. Entonces soltó un grito, cegada repentinamente por las luces láser verdes que la rastreaban, saltando sobre su cara y atravesando sus ojos.

—*¡Código Rojo! Sistemas de seguridad reprogramando.*

—¿De qué está hablando? —preguntó Eloise.

—Debe ser algún sistema de seguridad por si fallan las unidades de hibernación —Ram se encogió de hombros.

—Así que eso quería Kami —susurró Eloise en voz baja, principalmente para sí misma, mientras miraba a su alrededor. Detuvo la mirada cuando el enorme ordenador central del sistema *K.A.M.I.* habló, mientras los láseres investigaban la expresión de su rostro.

—*Correcto. K.A.M.I. confirma que toda la información será almacenada con seguridad.*

—No lo entiendo.

—Yo empiezo a entenderlo —interrumpió Ram—. Creo que, en alguna parte, debe haber un dispositivo que contiene datos. Como una copia de seguridad. Para que, si algún día alguien necesitaba sacar a la luz los secretos del pasado y tener más información con la que asegurar su futuro,… esa información estuviese disponible justo aquí. En la Montaña del Águila. ¿No es eso cierto, Eloise? ¿De eso trata tu misión, verdad?

—A menos, claro está, que tú tengas otra información —dijo Eloise, contemplando a Ram con sospecha.

—Lo único que sé es que, la última vez que estuve aquí, los visores de realidad virtual, todo lo que encontré y adapté… Todo eso eran simples juguetes comparados con el poder de la información que podría haber aquí realmente.

Ram decidió no revelar más detalles que arrojasen luz acerca de a qué se refería, decidido desde hacía mucho a cumplir su máxima ambición de saber todo lo que había por saber, la culminación del conocimiento humano hasta este momento. Los diseños tecnológicos más avanzados. Los resultados de años de investigación y progreso. Nuevas formas de obtener energía… Armamento… Descubrimientos médicos… Inventos… Diseños de impresión en 3D que le volarían a uno la cabeza, igual que habían sobreexcitado el cerebro de Ram.

Incluso la localización de otras bases donde había más adultos, esperando el día que pudiesen dejar de estar bajo tierra.

Quien controlase el conocimiento, sería capaz de ejercer un poder absoluto y ser, ciertamente, omnipotente.

—Nos habéis ayudado a llegar hasta aquí —amenazó Eloise—. Ahora, guiadnos hasta el final. Ayudadme a encontrar el dispositivo. Vuestras vidas dependen de ello… y también las vidas de vuestros amigos. Solo hace falta una orden mía, y el Guardián hará el resto.

—Ni siquiera sabemos lo que estamos buscando, qué aspecto tiene el dispositivo… —señaló Ellie—. Además, por lo que sabemos, podría estar lleno de trampas.

—Si el dispositivo se encuentra en esta habitación, ¡quiero que lo encontréis! —saltó Eloise, señalando furiosa a Ram y Jack—. ¡Sois más que capaces de poder hacerlo!

Los láseres recorrieron su rostro y ella se giró, mirando hacia arriba, mientras el ordenador repetía sus palabras.

—*Sois más que capaces de poder hacerlo* —dijo el sistema *K.A.M.I.*, con un inusual tono de enfado en su voz monótona.

Eloise intentó recobrar la compostura, y la luz láser desapareció de su rostro.

—Obviamente, está dentro del sistema *K.A.M.I.* —murmuró Ram mientras lo pensaba, observando el inmenso ordenador que dominaba la habitación—. Pero, ¿os dais cuenta de la cantidad de datos que debe haber ahí dentro? Podríamos tardar años en revisarlo todo… Espero que no tengáis prisa por hacer ningún descubrimiento.

Eloise se quedó mirando las unidades de hibernación.

—Parecen tan tranquilos, ¿verdad? —dijo suavemente—. Cuando descubramos el dispositivo de datos, cosa que haremos, no podemos arriesgarnos a que su conocimiento se comparta con nadie más. Es imperativo que el Colectivo sean los únicos que posean todos los secretos que los adultos tuvieron tanto cuidado por preservar.

—Lo que suponía —dijo Ram—. Ya sabías todo esto.

De repente, Eloise comenzó a pulsar los botones de la parte superior de las cámaras de hibernación, y helados bufidos de aire comenzaron a emanar desde el interior mientras sonaba un zumbido de alarma y las cámaras se descomprimían, perdiendo su integridad.

—*Fallo de emergencia en la unidad 37, unidad 38…* —advirtió el sistema *K.A.M.I.* por los altavoces.

—¡No! ¡No puedes hacer eso! —gritó Amber, conmocionada.

—¡Sí puedo! ¡Ellos tuvieron su momento! —gritó Eloise, arrancando los cables conectados a los laterales de otras unidades cercanas—. ¡Su era ha terminado! ¡Apagadlos todos!

Se dio la vuelta, observando con furia el descomunal ordenador central.

—¡Y tu hora también ha llegado!

—*Fallo de emergencia en la unidad 35, unidad 36…* —los informó la voz extrañamente sosegada y casi sin emoción del ordenador.

Axel y los guardias siguieron la orden de Eloise, pasando de cámara en cámara, arrancando los plomos que conectaban las unidades criogénicas al sistema *K.A.M.I.*, mientras el ordenador enumeraba los fallos a medida que, una a una, todas las cámaras se iban apagando.

—¡¿Se os ha ido la puta cabeza?! —gritó Jack a voces, intentando detenerlos, antes de que Axel lo pusiese patas arriba, haciendo que se golpease contra el suelo y dejándolo inconsciente a causa del severo golpe.

—¡Aléjate de él! —gritó Ellie, apresurándose a donde yacía Jack.

—¡Basta! —gritó Amber, tirando de uno de los guardias, pero otro la golpeó en la espalda, y se desplomó al suelo.

—¡Tened una cosa clara! ¡Cuando hago una amenaza, la hago completamente en serio! —dijo Eloise enfurecida, apagando la última de las unidades criogénicas, saboreando el momento, mientras un pequeño rastro de vapor flotaba desde la cámara tras ser desconectada.

—*Fallo de emergencia en la unidad 1. Todas las cápsulas desconectadas.*

—¡¿Por qué?! —se lamentó Amber, desconsolada ante el acto cruel y malévolo que había tenido lugar—. ¡¿Cómo habéis podido?!

—¡Ellos no tienen futuro! ¡Tuvieron su oportunidad! Cuando encontremos el dispositivo de datos, ¡el conocimiento será nuestro! O debería decir… ¡mío!

Dibujó una falsa sonrisa, y caminó apresuradamente hacia la salida, dejando a Ellie, Jack, Ram y Amber intercambiando miradas de intranquilidad, mientras el tono continuado de las vitales en el interior de las cámaras de hibernación perforaba el aire. Constantes planas.

—*Todos los sistemas de vida han concluido* —entonó la voz del ordenador *K.A.M.I.*—. *Repito. Todos los sistemas han concluido.*

CAPÍTULO TREINTA Y CUATRO

—¡Ten cuidado, Brady! —la previno Salene mientras la pequeña saltaba felizmente sobre la cama como si se tratase de un trampolín.

—Sí, no vayas a romperla. No se ha diseñado como un juguete —dijo Sammy—. Es para que la gente duerma en ellas. Así como alguna cosa más —añadió algo incómodo, echando un vistazo a Lottie, que examinaba los alrededores.

Estaban dentro del antiguo "nidito de amor" de Lex, un pequeño compartimento escondido en la ciudad, y que no contenía más que una gran cama de matrimonio, cubierta con lujosas sábanas, y varios muebles pequeños (la mayoría de los cuales había encontrado Lex en alguna tienda antigua, mientras otros los había ganado apostando o comerciando).

Poco antes, estando en el antiguo hogar de Trudy dentro del barrio residencial, mucho más cómodo, Salene y May habían comenzado a preocuparse al no aparecer ninguno de los demás al cabo de muchas horas.

May tenía claro que algo debía haber salido mal y, como las mayores de su pequeño grupo, Salene y May se preocuparon de que Bray y los demás pudiesen haber sido capturados por Eloise y el Guardián, lo que habría puesto en riesgo su propia posición de haberse quedado Salene y May en casa de Trudy, conscientes de que los Zootistas irían a por la hija de Zoot.

Pese a los peligros de viajar a través de la ciudad, Salene sintió que era la mejor opción. De otro modo, no habrían sido más que una presa fácil, consideró, de haber esperado en la antigua casa de Trudy.

Además, los demás sabrían dónde encontrarlos. El "nidito de amor" de Lex debía ser un punto de encuentro alternativo si la casa de Trudy se veía amenazada.

Aunque no hubiese amenaza como tal, a menos que May y Salene supiesen, decidieron que debían reubicarse, porque estaban cada vez más preocupadas por la tardanza de los demás. Consideraron que quizás se habrían metido en algún problema, y decidieron implementar la segunda opción, usando el escondite de Lex como base, en vez de casa de Trudy.

Salene los había guiado hasta el lugar, recordando las instrucciones de Lex sobre cómo llegar, y teniendo mucho cuidado de eludir por el camino las patrullas de Zootistas en las calles. Pero la ciudad y sus alrededores estaban completamente desiertos.

El escondite de Lex estaba tan oculto que a Salene y May les costó encontrarlo al principio. Una disimulada lámina de metal hacía las veces de puerta, que pudieron apartar ligeramente, apretándose para pasar dentro.

—¿No piensas sentarte? —le preguntó Salene a May, que estaba de pie al lado de la cama, meciendo al pequeño Bray en sus brazos.

—¿Estás de coña? No me atrevo a pensar qué habrá pasado sobre esa cosa —respondió May.

—Desde luego, este sitio encaja a la perfección con el estilo de Lex —Salene sonrió con afecto, en desacuerdo con la elección de Lex para las sábanas, con aquellos colores que no pegaban nada.

—Estoy hambrienta, y aburrida —dijo Lottie, sintiéndose confinada en aquel pequeño cuarto.

—Entonces, ¿por qué no vienes a sentarte conmigo? —sugirió Sammy, dando un golpecito sobre el lado de la cama donde se encontraba apretujado—. Nada más que como amigos, claro —añadió rápidamente.

—Gracias, pero prefiero quedarme mirando a la pared —respondió Lottie, sin ganas de escuchar las insinuaciones de Sammy.

—¿Dónde está mamá? —sollozó Brady, que echaba mucho de menos a Trudy.

—La veremos pronto, no te preocupes —insistió May para intentar que Brady no estuviese desanimada.

Debían mantenerse positivos. Salene sentía que ninguno de ellos podía perder la esperanza. Pero, cuanto más tiempo pasaban separados, más se preguntaba qué motivos habría para explicar la ausencia prolongada de sus amigos desaparecidos.

CAPÍTULO TREINTA Y CINCO

—¿Qué te parece? ¡Apuesto a que es mucho mejor que estar en el mar! —Ebony sonrió mientras el viento le soplaba el pelo, que volaba tras ella por la velocidad a la que viajaban.

—¡Me encanta! —gritó Connor sobre el sonido del motor—. ¡Y me encanta estar contigo!

El par estaba de pie sobre la parte trasera del coche de policía personalizado que el Guardián había dejado en posesión de Ebony.

Aras había conducido el vehículo en todas direcciones por las calles de la ciudad, atreviéndose a ir tan deprisa como le instaba Ebony, como si estuviesen en una carrera de coches. Ebony y Connor se agarraban al pasamanos trasero, incapaces de contener las sonrisas de sus rostros por estar disfrutando de la velocidad tanto como de la compañía del otro.

Ebony estaba eufórica. Era como en los viejos tiempos, cuando había estado de pie al lado de Zoot, viajando en su coche de policía, sin nada que se interpusiera en su camino.

—¡Esto es increíble! —le gritó Connor a Ebony.

—No. Creo que ESTO te parecerá aún más increíble —dijo Ebony, situando sus labios sobre los de él, y comenzando a besarse con pasión en aumento.

Connor era justo la distracción que Ebony necesitaba después de estar rodeada del cansino fanatismo de los Zootistas durante tanto tiempo.

Estaba contenta de alejarse del Guardián. Aunque Ebony disfrutaba de una relativa libertad, siempre prefería ser ella quien daba las órdenes, antes que recibirlas. Era cierto que tenía un grupo de leales Zootistas a quienes comandar, ninguno más fiel a ella que Aras. Pero, en ausencia de Eloise, Ebony sabía que debía seguir las instrucciones del Guardián, según se esperaba de ella. Siempre impredecible, e incluso inestable, pensó. Era un soplo de aire fresco poder salir a las calles de la ciudad una vez más. Pasar algo de tiempo alejada, como una especie de independencia… y disfrutar de la emoción de estar viva, con el atractivo Connor junto a ella.

—Casi hemos llegado —dijo Ebony al reconocer en qué parte de la ciudad se encontraban, y golpeó la cubierta del coche para hacer saber a Aras que debía ralentizar el paso. Tras pisar los frenos, el vehículo chirrió hasta detenerse entre una nube de humo a causa de la goma quemada.

—¿Qué tal otro beso antes de "desembarcar"? —preguntó Connor con descaro—. Me estoy acostumbrando a cómo saben.

—Guárdatelo, vendrán muchos más después. Tenemos trabajo que hacer —dijo Ebony.

Ebony sentía que el aspecto era siempre lo primero que se tenía en cuenta para una relación y, al final, lo más importante. Decidió que ya podría conocer mejor a Connor en otro momento. Si no le gustaba como persona, bueno, eso no le impedía disfrutar de sus pasiones con él a corto plazo. Pero, si le gustaba, era un añadido que recibiría de buen gusto.

Por lo que sabía hasta el momento, Ebony estaba impresionada por la picardía de Connor. Este le había descrito muchos de los botines que había recolectado en el pasado. Y, en cierto modo, sus historias le recordaban a Slade, que una vez realizaba un trabajo similar.

Ebony estaba intrigada por el trabajo que había realizado para el Colectivo, quienes sin duda debían estar impresionados con los resultados que había obtenido.

Entregar él solo a la mayoría de los Mall Rats en la ciudad era una hazaña muy significativa, según podía apreciar ella, y así se lo había dicho. Disfrutó especialmente del hecho de que hubiese engañado a Trudy de paso. Ebony sabía que, durante un tiempo, Trudy y Connor habían mantenido una relación sentimental. Y tomar el lugar de Trudy, suplantarla y quedarse a Connor para ella,… eso sí que era especial. Una forma de venganza por todo el daño que Trudy le había hecho en el pasado.

—¿Estás seguro de que el resto de Mall Rats no sospecharon de ti? —le preguntó Ebony mientras saltaban del coche de policía al suelo.

—No tienen ni idea. Trudy es la única que lo sabe.

Connor había informado de las instrucciones de Lex de cómo encontrar su escondite secreto como punto de encuentro alternativo a la casa de Trudy. Y Ebony recordó que su hermana Siva le había mencionado una vez que compartió algunos encuentros secretos con Lex en la ciudad.

Ebony miró alrededor de la calle, preguntándose dónde demonios estaría la entrada a la misteriosa "alcoba" de Lex. Obviamente, estaba bien oculto. Y seguramente tan bien asegurada que podrían entrar con un abrelatas.

—Ve a por ellos, cazarrecompensas —le susurró una seductora Ebony, que observó cómo Connor comenzaba a caminar por la calle.

—¿Salene? ¿May? ¿Estáis aquí? —gritó Connor—. ¿Dónde está Brady? Trudy me envía a buscaros. Brady, mamá te necesita. Es muy importante.

Connor se encogió de hombros ante Ebony. No parecía haber rastro de nadie en los alrededores.

Pero, de repente, hubo un sonido. Ebony escuchó movimientos sutiles y silenciosos. Connor también los había oído, y se acercó hacia el origen del ruido, cerca de una pieza de metal.

—No pasa nada. Si estáis ahí dentro, podéis salir —insistió él—. Bray y los demás están en el centro comercial, esperándoos. Han derrotado al Guardián. Todo ha terminado.

Connor era bueno, muy bueno, reflexionó Ebony. De no haberlo sabido, podría haber estado casi segura de que lo que estaba diciendo era cierto, por lo convincente que sonaba.

Y era lo bastante enterada en el juego entre mujeres y hombres como para darse cuenta de que no necesitaría convencerlo demasiado para que le proporcionase el placer físico que tanto necesitaba. Después de todo, una tenía sus necesidades. Y su futuro parecía ofrecer todo tipo de recompensas.

Salene, May con el pequeño Bray a brazos, Sammy, y Lottie llevando a Brady, aparecieron por la hendidura tras el metal, antes de echarse atrás al darse cuenta de que Connor estaba con Ebony.

—¿Cómo va todo, chicos? ¡Es todo un disgusto veros! —rugió Ebony.

CAPÍTULO TREINTA Y SEIS

Bray estaba sentado en una silla de oficina. Al menos eso creía reconocer, por el tacto suave del asiento de cuero acolchado a su espalda. Aparte de eso, y del firme agarrón de dos guardias Zootistas, que le presionaban los hombros hacia abajo para impedir que se levantara, Bray no tenía ni idea de qué le estaba sucediendo ni de dónde se encontraba exactamente.

De manera irónica e involuntaria, Lex y Lia eran responsables indirectos de su captura. Quizás hubiese sido también culpa de Eloise. Cuando desactivaron las unidades de hibernación que almacenaban a los adultos, esto provocó a su vez que toda la base se pusiera en alerta roja, resultando en la activación de cámaras de seguridad que escanearon la zona. Mirando las cámaras, los guardias repararon en el vehículo de Lex y Lia alejándose por la carretera cercana, a lo lejos, y desplegaron una unidad para buscar por la zona inmediatamente fuera del complejo del observatorio.

Bray escuchó la palpitante alarma de seguridad, y se había acercado con sigilo al complejo desde su punto de observación, para poder evaluar la situación. Y, como el guerrero capacitado que era, opuso una vivaz resistencia, derribando fácilmente a dos guardias que se habían reunido tras reparar en él, pero pronto quedó subyugado por otros Zootistas, que lo arrastraron al interior del complejo. Algunos reconocieron a Bray, tras haberse encontrado con él en la isla, durante su encarcelamiento. Y, sabiendo la importante figura que era, nada menos que el hermano del propio Zoot, se quedaron un tanto asombrados de haberlo capturado.

Ahora, tras haberle atado una venda con firmeza alrededor de los ojos, Bray era incapaz de ver, pero era consciente de que lo estaban llevando desde el chamuscado nivel superior de la Montaña del Águila cuesta abajo, a través de un largo túnel, hacia otro nivel bajo tierra.

Se escuchaban acercarse pasos distantes en el lugar donde mantenían a Bray. Pero no eran los sonidos característicos de los guardias Zootistas.

Y, aunque no podía ver quién era la persona que se acercaba debido a la venda, reconocía el patrón rítmico de sus andares, el sonido de los tacones resonando, avanzando con propósito implacable en perfecta sincronía, como el compás de un metrónomo, llevando a su dueña cada vez más cerca de Bray.

Estaba seguro de que era ella. Parte de él temía este momento, volver a estar en su presencia. Los pasos estaban ahora justo detrás. Lo había atormentado en el pasado, pero debía enfrentarse a ella y a sus miedos, por Amber y por su hijo.

Podía olerla, tan cerca, y reconocía el olor de su dulce perfume, el mismo que utilizaba en la isla.

Las pocas dudas que le quedaban a Bray acerca de quién estaba en su presencia se desvanecieron rápidamente, cuando sintió aquellas largas uñas rozando suavemente el lado de su cara. Y se encogió mientras lo acariciaban cariñosamente, como si fuese una mascota. Entonces, cierto grado de tormento se sumó a su preocupación creciente cuando escuchó una voz familiar y espeluznante.

—¿Me has echado de menos? —le susurró Eloise a Bray en la oreja—. Porque no tienes ni idea de cuánto te he echado de menos yo a ti.

Le besó con ternura una de las mejillas, le levantó ligeramente la venda para mirarlo a los ojos, apenas a unos centímetros. Lo observó con atención, llena de júbilo, pero queriendo asegurarse al mismo tiempo de que sí era él quien se encontraba ante sus propios ojos. Bray era el prisionero más importante que jamás había poseído, y el único que había logrado escapar de ella con éxito.

—¿Cómo tú por aquí? ¡Qué sorpresa! —ronroneó Eloise de forma seductora. Entonces, agarró de repente las mejillas de Bray y le plantó los labios sobre los de él. Eloise gimoteó de placer, besándolo apasionadamente por lo que pareció una eternidad. Bray se quedó sentado, impasible, sin responder. Pero, decidiendo que ya era suficiente, le mordió la lengua.

Ella soltó un grito y dio un paso atrás, pero no había sensación de enfado en su reacción, solo una mirada de satisfacción al haberse reunido de nuevo con él.

Se limpió las gotas de sangre que le caían por los labios, decepcionada por la reticencia de Bray a aceptar sus insinuaciones.

—Veo que sigues siendo el mismo Bray de siempre —dijo Eloise, echándose atrás para observarlo bien. Volvía a ser su prisionero, aún sujeto a la silla por dos guardias a cada lado—. Aunque no llamaría a eso una bienvenida amistosa —continuó, chupándose la lengua y tragando otro hilo de sangre mientras tomaba con suavidad la mano de Bray para situarla sobre la zona de su barriga, que exhibía las primeras etapas de su embarazo.

—Y es una pena —dijo Eloise—, porque tenía muy buenas noticias para ti, Bray. Vas a ser padre de nuevo. Enhorabuena.

—Eso no tiene nada que ver conmigo, y tú lo sabes.

—Me temo que nuestro secreto ya ha salido a la luz.

Bray soltó un bufido y luego miró a Eloise con inquietud, mientras esta dibujaba una fría sonrisa.

—Imagina cómo se sentiría Amber… si se entera de que la engañaste conmigo.

—Ella nunca te creería —respondió Bray—. Sabes tan bien como yo, Eloise, que eso no es cierto.

—¿Por qué no dejamos que lo juzgue la propia Amber? —sugirió ella.

—¿Ella está… aquí? —indagó Bray.

Eloise movió el dedo delante de Bray en desaprobación.

—Ssshh. Debes aprender a decir las palabras mágicas primero. ¿Qué tal un "por favor"? Y, si eso no funciona, quizás te haga suplicarme que te lleve ante ella.

Bray no pudo contenerse y se abalanzó sobre Eloise, indignado por la mera mención del nombre de Amber, así como furioso por el tono jocoso de Eloise. Pero los guardias lo retuvieron, empujándolo de nuevo contra su asiento.

—Quiero que admitas que tú eres el padre de mi bebé. Entonces, y solo entonces, te permitiré estar con tu preciada Amber. Lo cierto es que no está lejos de aquí. Podrías estar con ella en cuestión de minutos.

Eloise señaló una entrada abierta que dirigía al Nivel 3, con una inclinada pendiente en el pasillo que desaparecía hasta el nivel inferior.

—Solo tienes que reconocerlo. Con las seis palabras que quiero que pronuncies: *soy el padre de tu bebé*. No es tan difícil, ¿no crees?

Le arrancó la venda de los ojos y, por primera vez, Bray fue capaz de evaluar realmente su entorno.

Sin él saberlo, lo habían retenido en el Nivel 2 del complejo, y quedó perplejo al ver tantas filas de cámaras criogénicas vacías, destinadas anteriormente a los técnicos adultos, así como las potentes estaciones de ordenador que rodeaban la estancia.

Pero fue el pasillo, que descendía hacia abajo, hacia donde Eloise insinuaba que se encontraba retenida Amber, lo que más le llamó la atención.

—¿De verdad te resulto tan aterradora? —preguntó Eloise con suavidad, percatándose de la mirada intranquila que le estaba dando Bray.

—Me das asco —respondió este.

—Esa no es forma de ganarse el corazón de una chica —dijo Eloise coqueta, fingiéndose ofendida. Era muy consciente de su atractivo, y de su poder. Era absurdo, consideraba Eloise, que causase repugna alguna en nadie. Especialmente un hombre de sangre caliente. Amber no podía compararse a ella. Bray aprendería a apreciar sus encantos.

Eloise se llevó una mano a la boca para limpiarse otro hilo de sangre y luego, lenta y seductoramente, pasó un dedo por la mejilla de Bray, dibujando una línea carmesí. Entonces sacó la lengua para chupar la sangre de la mejilla de Bray, ardiente.

—Entonces, ¿qué opinas, Bray? ¿Tenemos un trato?

—Malgastas tus palabras —dijo Bray.

—¿Qué tal si te dejo yo a ti sin palabras?

—En tus sueños.

—Todo esto te sería mucho más fácil si aprendieses a cooperar.

—No a menos que me digas qué pasa con Amber. ¿Dónde está? —preguntó Bray, mirándola fijamente.

—Amber, Amber, Amber —se burló Eloise—. ¿Es que solo piensas en ella?

—Si está aquí…

—Ah, claro que lo está —lo interrumpió—. Junto a otros de tus amiguitos.

—Bueno, pues si dejas marchar a Amber y a los demás… Entonces, sí… Quizás esté un poco más dispuesto a cooperar.

—No te encuentras en posición de negociar. Eso quiero dejártelo muy claro —dijo Eloise—. Pero yo sí. Tengo todas las cartas en mi mano: tengo tu centro comercial, tu ciudad, a tus amigos, a Amber… y a ti.

—Yo no estaría tan seguro de eso —respondió Bray, intercambiando miradas con creciente desprecio—. ¿Qué quieres exactamente? —preguntó.

—Nos encontramos a punto de lograr el mayor descubrimiento desde los tiempos de los adultos. Así que, visto que estamos ante un día histórico, quizás me muestre algo más razonable ante tus términos y condiciones.

—¿Ah, sí? ¿Y cuáles son exactamente?

—Qué tal si te permito vivir con Amber durante el resto de vuestras vidas. En medio de lujos. Nunca tendrás que volver a preocuparte de nada. Incluso estoy dispuesta a ser tu amante, y no interferir. Puedes querer a Amber, lo que tú quieras, hacer lo que desees. Solo pido que hagas apariciones en público de vez en cuando, ante los devotos, y admitas que eres el padre de mi hijo. Aparte de eso, os dejaré a ti y a Amber en paz. ¿Qué tal suena la oferta?

Bray se tomó un momento para pensar el trato que le acababa de proponer Eloise. Haría lo que fuese por salvarle la vida a Amber, y a sus amigos. Pero, ¿a qué precio? Otorgar verdad a la mentira de que había engendrado al hijo de Eloise, dar legitimidad al hecho de que el bebé estuviese conectado con Zoot… De hacer eso, Bray solamente fortalecería la posición de Eloise, y toda la religión Zootista a la que ella lideraba y manipulaba. Cualquier acuerdo con ella sería como hacer un pacto con el diablo. Bray sabía exactamente lo que debía hacer.

—¿Sabes por dónde puedes meterte tu oferta, Eloise?

—¡Es una pena… para ti! Verás, tengo otra opción que ofrecerte. ¿Qué tal si te encierro para siempre dentro de una de estas máquinas?

Eloise señaló las cámaras criogénicas vacías de la habitación.

—¡Podemos convertirlo en un sepulcro viviente! Los fieles podrían venir a visitarte, al hermano de Zoot, ¡congelado por toda la eternidad en un mausoleo! ¡¿Te gustaría eso?!

Sonrió ligeramente, leyendo la inquietud en la expresión de Bray.

—Siempre podría disponer que el resto de tus amigos se unan a ti. Y no nos olvidemos de Amber. Puedo imaginármela recostada en una tumba junto a ti. ¡Seguro que lo disfrutarías, dado lo que sientes por ella! ¡Podríais estar juntos, por toda la eternidad!

CAPÍTULO TREINTA Y SIETE

Encontrar el campamento de los Ecos durante el día ya habría sido lo bastante difícil. Pero, a medida que el sol descendía entre las colinas en el horizonte y el atardecer se asentaba, Lex se dio cuenta de que Lia y él iban abocados a perderse. Pronto quedarían envueltos por una completa oscuridad, reflexionó Lex, en todos los sentidos de la palabra.

Encendió las luces delanteras del coche, cuyos rayos atravesaron la campiña cada vez más oscura, iluminando el bosque a su alrededor. Lex hacía lo posible por conducir tan rápido como podía entre la serpenteante carretera.

—Debería estar por aquí cerca —dijo concentrado, intentando reconocer cualquier punto de referencia que le resultase familiar e indicase el desvío de la carretera hacia la zona donde estaba seguro de que se encontraban Hawk y los Ecos—. O, al menos, eso creo.

Lia le regaló una mirada de admiración. Estaba orgullosa de sus esfuerzos, aunque entendía las dudas que albergaba sobre su ubicación. Y sus preguntas sobre si Hawk y su tribu seguirían siquiera allí, donde solían vivir. Asumiendo que Lex pudiese acordarse de cómo se llegaba a esa parte del bosque.

De repente, Lex giró el volante, y el coche se desvió de la carretera principal hacia un sendero.

—¡Será mejor que te sujetes fuerte! —dijo mientras daban saltos. Lia se aferró al salpicadero y al agarradero de la puerta—. Si con eso no te basta —continuó—, no te sientas mal si necesitas agarrarte de mí.

Lia no pudo evitar sonreír mientras una risita traviesa se dibujaba también en la expresión de Lex.

—Desde luego, eres de lo que no hay, Lex —dijo ella.

—A veces, parece que no lo digas como un cumplido —comentó.

—Bueno, si quieres saber la verdad… sí que lo es.

—Para llevar aprendiendo idiomas toda tu vida, parece que es ahora cuando comenzamos a hablar la misma lengua.

Poco después, el coche se detuvo en un claro. Lex y Lia salieron de él y miraron a su alrededor.

—Parece que no hemos tenido suerte —suspiró él.

Las cabañas que alojaron antiguamente a la tribu de los Ecos estaban desiertas, el campamento entero abandonado. Lex le explicó más cosas a Lia sobre la tribu, y concluyó que debieron haberse marchado a otro lugar al mismo tiempo que los Mall Rats, sospechando que el virus que Mega había liberado supuestamente en la ciudad pudiese haber llegado también a otras áreas.

—Me recuerda a la aldea de la isla de muchas maneras —reflexionó Lia—. Y me ha dado una idea.

—Qué gracia. Estaba pensando justo lo mismo. ¿Qué tal si tú y yo nos metemos en esa cabaña de ahí y nos ponemos más cómodos antes de volver con Bray?

—Eso no es exactamente lo que tenía en mente, Lex —dijo Lia.

Y él comprobó asombrado cómo Lia comenzaba a correr hacia un árbol cercano, que empezó a trepar rápidamente, colgando los brazos de una extensa rama y columpiando las piernas adelante y atrás.

—Ven y ayúdame —lo llamó.

—¿Qué demonios estás haciendo? —gritó Lex, echándole una mirada con la que parecía indicar que, a su juicio, Lia había perdido temporalmente el suyo.

—¡Estoy… rompiendo… la… rama! —respondió Lia, apretando los dientes por el esfuerzo mientras aplicaba toda su fuerza y peso corporal a la rama, que repentinamente se rompió y cayó al suelo junto a Lia. Ella controló su caída, rodando al tocar el suelo.

Se puso de pie y arrastró la rama hasta Lex.

—Necesito tu chaqueta otra vez —instruyó Lia.

Él se la quitó y se la pasó.

—¿Por qué?

Ahora, Lia estaba reuniendo rocas y pedruscos a la orilla de un pequeño arroyo.

—¿Y esto de qué nos sirve? —se preguntó Lex—. No me digas que quieres llevarte un recuerdo.

—Aprendí muchas cosas durante el tiempo que pasé en la isla… y la Sacerdotisa me enseñó muchas cosas que quizás ayuden.

Lex contempló a Lia, intrigado, mientras esta se ponía las manos tras la espalda, dentro de la blusa, y, según le pareció a Lex, se desabrochaba el sujetador.

—Si volvemos a encontrarnos con la Sacerdotisa,… ¡recuérdame que le diga lo buena profesora que debe haber sido! —dijo Lex, observando tentadoramente a Lia, que sacó los brazos de la blusa y reveló que, efectivamente, sostenía su sujetador en las manos.

—Bien hecho. ¡Me gusta! —dijo Lex.

Entonces miró, fascinado, cómo ella mordía las tiras del sujetador, hincándoles el diente y abriendo un pequeño agujero por el cual comenzó a introducir los dedos para sacar el elástico del interior.

Sujetó el elástico frente a ella, como si estuviera apuntando, tirando de él hacia atrás, haciendo que volviese a su sitio tras soltarlo.

—¡*Bra*-vo! —bromeó Lex—. Estoy deseando que vuelvas a hacerlo.

—Guardemos eso para cuando regresemos a la Montaña del Águila —Lia sonrió—. Si puedo fabricar lo que estoy pensando, quizás podamos sorprender a los guardias con unas cuantas armas propias muy especiales.

CAPÍTULO TREINTA Y OCHO

—Qué bien que te dejes caer por aquí —dijo Ebony, mientras observaba cómo empujaban a Jay hacia la jaula del Centro, uniéndose este a Emma, Trudy y el resto de Mall Rats capturados antes en el nidito de amor de Lex, quienes se encontraban ahora también en la celda.

Descubrieron a Jay en el tejado del Centro tras sabotear el transformador eléctrico, pero había opuesto una gran resistencia y se negó a entregarse después de ser rodeado y superado en número por los Zootistas, que no cesaron en su intento de capturarlo.

—Madre mía, Jay, ¿estás bien? —le preguntó Salene al ver a Jay tambalearse hasta el suelo. Le echó un vistazo y vio que tenía un ojo muy morado, y la cara hinchada.

—He estado mejor, eso seguro —dijo Jay, tosiendo mientras se volvía a poner de pie con dificultad debido al dolor en las costillas.

—Parece que ya tenemos a toda la pandilla. Casi —dijo una burlona Ebony desde el otro lado de la celda, de pie junto a Connor —. Prácticamente todas las ratas han vuelto a su Centro.

—Saludos —dijo el Guardián, mirando desde la primera planta a los prisioneros que se apiñaban en la jaula del vestíbulo en la planta baja.

Tenía pillada de la mano a la pequeña Brady, que comenzaba a sollozar.

May tenía agarrado al pequeño Bray en brazos dentro de la jaula, y se echó atrás por instinto para proteger al niño de Amber y Bray, en caso de que también pretendiesen llevarse al bebé.

Viendo a su niña en las garras del Guardián, Trudy soltó un primitivo rugido de rabia y desesperación. Emma se acercó para ofrecerle un abrazo cariñoso y reconfortante.

Emma la comprendía, pues también sentía el dolor por estar separada de Tiffany y Shannon, que al parecer seguían recibiendo lecciones, o más bien siendo adoctrinados, en las clases que se impartían en las tiendas abandonadas de otra parte del Centro.

El Guardián descendió por las escaleras, con Brady de la mano, que se estaba incomodando al ver a su madre tan molesta en la celda.

—Lo has hecho bien, cazarrecompensas, y pronto obtendrás tu retribución —dijo el Guardián con cierto desprecio al pasar ante Connor, allí cerca, e hizo una señal a los guardias.

—¡Apartaos de mí! —gritó Connor—. ¡Largo!

Quedó rodeado de unos cuantos Zootistas, ansiosos por satisfacer los deseos del Guardián.

—Pronto apreciarás la importancia de la fe, ¡una moneda mucho más valiosa que cualquier cosa que hayas podido desear jamás! Echadlo con los demás mientras decidimos su futuro, ¡mientras aún tiene uno!

Connor fue superado rápidamente por los Zootistas, que lo arrastraron a la celda y lo arrojaron adentro como había pedido el Guardián. La persiana de metal dio un golpetazo al cerrarse tras él.

—¡Ebony! —le suplicó Connor en busca de ayuda, sintiéndose traicionado.

Ebony estaba realmente perpleja ante el giro radical en la suerte de Connor. Y se preguntó si sería un presagio de su propio destino, si sería más desechable que necesaria, como estaba claro que era el caso con él.

Sin embargo, rodeada de Zootistas, devotos a su causa y al Guardián, Ebony sintió que no había nada que pudiese hacer, aún no, y se encogió de hombros ante Connor.

—La Madre Divina me ha informado de que una nueva era se avecina —habló el Guardián, llegando al final de las escaleras mientras la joven Brady estiraba los brazos, llorando desconsolada, intentando llegar hasta su madre. Trudy sollozaba agitada del otro lado de la jaula en la que se encontraba prisionera.

—Nuestra fe ya no alberga lugar en ella para la Madre Suprema —continuó el Guardián, manteniendo a Brady bien firme—. Con sus acciones, la Madre Suprema ha demostrado ser una traidora a nuestra religión, a todos nosotros. Ha conspirado con nuestros enemigos, ha esparcido mentiras sobre nuestra misión divina. Ha profanado el nombre de nuestro poderoso Zoot, que situó en ella una responsabilidad tan grande. Y ha menospreciado a la Madre Divina, poniendo en duda su enlace divino, incluso dudando del Niño Divino que espera a ser nacido. Por tanto, mi profecía, que quedará documentada en las escrituras para toda la eternidad, es que la Madre Suprema necesita ser castigada por ser la traidora en la que se ha convertido. ¡Traédmela!

Varios Zootistas se acercaron prestos a la jaula y la rodearon por todos lados.

Del otro lado del recinto de la malla metálica, Jay, Salene, May, Gel y Darryl formaron su propia línea de defensa, posicionándose ellos delante de Trudy, decididos a protegerla. Incluso Connor se unió a la línea, uniéndose a la suerte de los demás prisioneros, pues sentía que no tenía nada más que perder, furioso al haber sido aparentemente traicionado. Mientras, Emma envolvía al pequeño Bray en sus brazos, y Lottie y Sammy se abrazaban firmemente, completamente aterrorizados.

—La hija de Zoot será educada para apreciar la grandeza y poder divino que tenía su padre… Y le hablaremos de la traición de su madre. Hoy, eliminaremos el veneno que supone la Madre Suprema de nuestras vidas. Y la ofreceremos como sacrificio a Zoot. Los actos de Trudy han traído su propia condena. No vivirá para ver el glorioso futuro que tenemos por delante, ¡donde su hija continuará el legado de su padre inmortal!

Ebony observó mientras levantaban lentamente la verja de la jaula, sintiéndose aturdida por la velocidad de los acontecimientos, viendo como sus antiguos amigos (incluso amantes, al venirle a la mente recuerdos de tiempos más felices en el pasado junto a Jay) se encontraban en grave peligro.

Ella tenía parte de la culpa de que hubiese llegado a pasar esto, lo sabía, motivada por la promesa de las recompensas que esperaba obtener.

Siempre había pensado que el Guardián estaba de farol con sus amenazas de realizar "ofrendas" a Zoot con sus prisioneros. Por el contrario, Ebony esperaba que viviesen sus días realizando trabajos manuales o algún otro tipo de tareas de servicio para el Colectivo.

Lo que no significaba que hubiese anticipado nunca que Jay, Trudy e incluso el pequeño Bray, un bebé inocente que no había hecho daño a nadie, se encontrasen en esta posición, quizás a punto de pasar los últimos momentos de sus vidas.

Sabía demasiado bien que, con los valores que tenía la tribu, los Mall Rats mayores estarían dispuestos a luchar hasta el final, a morir unos por otros, por sus creencias,… para salvar a Trudy y detener el perturbado plan del Guardián de sacrificarla.

La decepción inicial que sintió Ebony cuando Eloise no la llevó con ella a la Montaña del Águila, eligiendo excluirla, sin tan siquiera informar a Ebony de qué se proponían,… quedaba ahora magnificada, a sus ojos.

Primero, había visto cómo desechaban a Connor sin miramientos, y le negaban la recompensa esperada. Ebony era consciente de la ironía de que este fuese traicionado por el Colectivo, pues el propio Connor había traicionado a Trudy y los Mall Rats. Eso sí que era karma.

Ahora, la propia vida de Trudy estaba en juego.

¿Sería Ebony la siguiente? ¿O Brady? Si era así como operaba Eloise, manteniendo lo que le era "útil" y eliminando lo que no tenía valor para ella, entonces un día, si Eloise consideraba que Ebony ya no le era "útil" o que se había convertido en una amenaza, ¿sufriría ella el mismo destino que el Guardián presentaba ahora ante Trudy?

Ebony siempre había considerado que el Guardián, que claramente no estaba en su sano juicio, era muy fácilmente controlado por la inteligente y astuta Eloise.

¿Acaso ella misma no era distinta? Quizás la verdad resultase otra, y había sido manipulada también por Eloise sin darse cuenta siquiera, todo este tiempo. Pensaba que podría aprovecharse de Eloise, pero, ¿y si había sido al revés? ¿Había dejado que su propia ambición le nublase el juicio?

De ser ese el caso, Ebony sentía que se diferenciaba del Guardián en un aspecto clave: como alguien intentase alguna vez convertirla en una marioneta, estaba decidida a tirar de los hilos… y luchar contra el titiritero. No se dejaría manipular.

La verja de la celda estaba ya casi abierta y algunos de los Zootistas se arrastraron al interior, coreando el nombre de Zoot en un estado de fervor, ansiosos por llegar a los Mall Rats y traer a Trudy hasta el Guardián.

Jay y Connor, trabajando juntos, intentaron formar una barrera, empujando a los Zootistas de vuelta a la multitud de seguidores que los rodeaban. Los Mall Rats estaban desesperados por mantener su posición en el interior de la jaula. Trudy, Salene, May, Darryl, Gel, Sammy y Lottie tiraron de la verja hacia abajo, intentando proporcionar algunos minutos, incluso segundos, de protección, para evitar que los furibundos Zootistas llegasen hasta ellos.

Ebony consideró rápidamente sus opciones. Bien podía mantenerse al margen y ver cómo los últimos restos de su pasado eran eliminados ante sus propios ojos, o bien podía atreverse a hacer algo. Intentar intervenir. Jugarse un comodín que cambiase la partida, saltándose las normas.

La imagen de las velas ardiendo sobre el lugar donde cayó Zoot la inspiró. Volvió a pensar en aquel momento crucial en la escuela cuando Martin, en su joven encarnación antes de adoptar la personalidad de Zoot, cambió las vidas de tantos al tomar una posición. Ella se disponía a intentar algo de lo que él hubiese estado orgulloso, estaba segura. Era hora de que ella misma tomase una posición.

—¡Esperad! ¡Esperad! —gritó Ebony

Era inútil. Los fanáticos Zootistas no oían nada sobre sus cánticos frenéticos, y seguían intentando alzar la verja para llegar a los prisioneros en el interior de la jaula.

Ebony subió corriendo las escaleras hasta la primera planta del vestíbulo, donde uno de los Zootistas operaba la palanca que levantaba la verja de la celda.

Antes de que pudiese reaccionar, Ebony lo apartó de la palanca de un estirón… hacia las escaleras, y entonces le propinó una poderosa patada en la espalda, empujándolo y tirando al Zootista, que cayó, rodando una y otra vez, antes de detenerse en seco en mitad de las escaleras.

Sin nadie que operase la palanca de la jaula, las verjas de rejilla de la celda dieron un golpe al cerrarse contra el suelo bajo su propio peso, enviando a los Zootistas que la rodeaban lejos de allí rápidamente, por miedo a ser aplastados por la pesada verja.

—¡¿Qué significa todo esto?! —vociferó el Guardián. Los seguidores y los prisioneros de la celda, todos, miraron arriba, hacia la primera planta del vestíbulo, desde donde Ebony los observaba.

Por fin había conseguido captar su atención.

—¡Os he dicho que esperéis! —repitió.

—Has olvidado tu lugar, ¡tú no das tales órdenes! —le gritó el Guardián.

—Eres tú quien ha olvidado su lugar, *Jaffa* —soltó Ebony con desaire, llamándolo por el nombre con el que se le conocía en la escuela, antes de convertirse en el Guardián.

—¡Hoy he tenido una visión! —continuó ella, dirigiéndose a toda la congregación—. El propio Zoot se apareció ante mí en la ciudad, ¡con la advertencia de tener cuidado con los falsos profetas! Hay quienes traicionan la verdadera causa, y Zoot me contó que Eloise y Jaffa son en realidad quienes difunden mentiras, ¡quienes fingen ser lo que no son! Nos han engañado para seguirlos, ¡pero ellos mismos no siguen el camino marcado por Zoot!

El Guardián explotó de rabia.

—¡¡Eso es blasfemia!! ¡¡Muerte a la infiel!! ¡¡Apresad a la pagana!! ¡¡Y arrancadle las mentiras del cuerpo, así como su corazón!! ¡¡Luego rezaremos a Zoot para que tenga piedad por su salvación!! ¡¡Mientras yo como y devoro su alma!!

Comenzó a gruñir de forma maníaca, como si estuviese abandonando este mundo, en trance, mientras algunos Zootistas se apresuraron a subir las escaleras. Pero Aras y el resto de acólitos del leal grupo de Ebony, tan devotos y decididos a protegerla, se situaron en la parte baja de la escalera, impidiendo el paso a cualquiera de los seguidores del Guardián que quisiera llegar hasta ella.

—¡La historia demostrará que *yo* fui la elegida por Zoot, para estar a su lado! ¡No tú, Jaffa! ¡Y tampoco Eloise! ¡Él me eligió a mí! ¡Y ahora… ha vuelto a elegirme, para transmitir sus palabras!

Todos en el Centro escuchaban atentamente las palabras de Ebony, especialmente los Zootistas en la parte inferior del vestíbulo. Muchos se negaban a creer lo que estaba diciendo, pero otros quedaron completamente impactados por su mensaje, mirando con dudas al Guardián, que tenía las manos agarradas sobre las orejas y gruñía, echando odio y furia.

—¡¡Esto es sacrilegio!! —gritó.

—Si no estoy diciendo la verdad, ¡entonces que Zoot me derribe ahora mismo! ¡Tú has estado corrompiendo su legado, Jaffa! ¡Eloise te ha estado manipulando, a ti y a todos! ¡Pero todo eso termina hoy!

Trudy se dio cuenta de que las palabras de Ebony estaban causando efecto. Muchos de los Zootistas creían que era una leyenda viva, la antigua Reina de los Locos. E, instintivamente, vio la oportunidad de hablar.

—¡Ebony dice la verdad! —gritó Trudy desde la celda—. ¡Yo soy la madre de la hija de Zoot! ¡Yo la traje al mundo! ¡La he criado! ¡Ebony tiene razón! ¡Ese al que llamáis "Guardián", así como Eloise, no son más que impostores! ¡Ellos son los que han estado difundiendo mentiras!

Hubo un creciente murmullo de intranquilidad tras escuchar cómo Trudy respaldaba a Ebony. La propia Trudy siempre había ocupado un lugar sagrado en la fe como Madre Suprema. Hasta el momento en que el Guardián había revelado su supuesta traición, momentos antes. Por las expresiones en los rostros de muchos de los Zootistas reunidos, era obvio que no sabían a quién, o en qué, creer ya.

Ebony caminó por el balcón interior, mirando sobre la barandilla el círculo de velas que brillaban ardientes más abajo. Se encontraba ahora en el mismo sitio donde sabía que Lex había hecho perder el equilibrio a Zoot, haciendo que cayese al otro lado y se precipitase a su muerte, tanto tiempo atrás.

—¡Honrad el lugar donde Zoot cayó! ¡Él no se alzará de nuevo! ¡Pero vosotros podéis alzaros, en su nombre! ¡Los Mall Rats tenían razón todo el tiempo! ¡Y yo estoy con ellos! Es lo que Zoot habría querido. Él amaba a Trudy, y a su hija, ¡y nosotros hemos de protegerlos ahora! ¡¿Quién está conmigo?! ¡Alzaos! ¡Hoy… podemos hacer historia!

—¡¡Silencio!! ¡¿Cómo te atreves a profanar la fe en nombre del Divino?! —rugió el Guardián. Y, de tan consumido que estaba por su frenesí, soltó la mano de la pequeña Brady, que se apresuró hasta la jaula para estar cerca de su madre.

A muchos les pareció un augurio claro de que la hija de Zoot había escogido dónde se situaba su lealtad, de qué lado estaba contando la verdad.

Inmediatamente comenzó un altercado entre el grupo de acólitos de Aras y Ebony, y algunos de los defensores más fanáticos del Guardián, que intentaban llegar al otro lado. Los empujones y estirones escalaron rápidamente en una batalla que, como una reacción en cadena, provocó que todos en esa parte del Centro tuviesen que elegir bando, y se viesen envueltos en un combate mano a mano.

Las fuerzas Zootistas estaban completamente divididas. Algunos escogieron al Guardián, otros decidieron en ese mismo momento ofrecer su lealtad a Ebony y a la Madre Suprema.

—¡Traidores! —chilló el Guardián.

Lo que siguió fue una aglomeración caótica. Segura de que había hecho suficiente para poner a los Zootistas unos contra otros, Ebony levantó la palanca de la jaula, pues sentía que era mejor liberar a Jay y los demás prisioneros para que tuviesen una oportunidad fuera de la celda, en vez de estar atrapados dentro sin poder hacer nada.

Jay y Connor guiaron el camino, apresurándose bajo las persianas en cuanto comenzaron a ascender, levantadas por el mecanismo que Ebony había activado. Ambos formaron un círculo protector con May, Salene, Darryl, Gel y Sammy, y se posicionaron en torno a Emma, Lottie y Trudy, que agarró a su hija en brazos, después de que Brady corriese bajo la verja tan pronto como estuvo lo suficientemente elevada para pasar por debajo.

Emma, aterrorizada por la caótica escena que estaba teniendo lugar a su alrededor, sostenía al pequeño Bray en brazos, y se apartó rápidamente de un Zootista que se disponía a atacarla, emitiendo un grito de guerra, antes de que Jay saltase entre ellos e impidiese el paso al Zootista. Le golpeó en la espalda con una poderosa patada que mandó al fanático al suelo de un movimiento.

Ebony lanzó su propio grito de batalla, apresurándose a bajar por las escaleras, entrando en la refriega para estar junto a Aras y sus simpatizantes, para luchar junto a ellos.

Parecía haberse desatado el infierno.

Ya no solo luchaban por su futuro, sino por sus propias vidas.

CAPÍTULO TREINTA Y NUEVE

Ram se desplazaba de una cámara de hibernación a otra, estudiando los rostros de los ocupantes en su interior, intentando encontrar alguna pista o indicación de dónde podría encontrarse el dispositivo de datos que estaba buscando.

Pese a que Eloise y sus guardias habían desconectado todas las unidades criogénicas, las temperaturas seguían tan frías en cada máquina que los adultos del interior seguían congelados, cubiertos por una sustancia líquida de un azul gélido, con las cubiertas de cristal de las cámaras opacas por la condensación. Sin embargo, la mezcla de gases de cada unidad comenzó a fugarse gradualmente, liberando un extraño olor en el aire. Y Amber temía que no tardarían mucho en morir todos, si es que no lo habían hecho ya.

—¿Estás seguro de que no hay forma de reactivar el programa? —le preguntó Amber a Ram.

—Quizás, si tuviese unas cuantas semanas —respondió él.

—Dejad de hablar y seguid buscando —ordenó Axel, observando desde el centro de la estancia, habiendo posicionado a sus guardias en diferentes partes del complejo circular para que pudiesen vigilar atentamente la actividad de sus prisioneros.

Amber seguía alterada por la forma desalmada en que habían desconectado las unidades criogénicas, asegurándose de que los adultos del interior nunca volviesen a despertarse. Sentía que no tenían ninguna necesidad de haber hecho eso. Era un acto inhumano, sin corazón. Eloise parecía haberlo disfrutado incluso, deleitándose con su poder, al tener el destino de otros en sus manos.

La idea de que aquel conocimiento profundamente importante cayese en manos de Eloise y el Colectivo hizo que Amber se sintiese más que incómoda.

Si el Colectivo pretendía obtener el dispositivo de datos y poseer el conocimiento de qué había provocado la pandemia (especialmente, si resultaba ser un acto deliberado, una especie de guerra química como había comentado Ram), eso les garantizaría una devastadora arma propia. Si fuesen capaces de reproducir el "virus", el Colectivo se convertiría en una fuerza imparable, eliminando a la oposición por el miedo a que liberasen un terror vírico, información que quizás los adultos habrían guardado a propósito en algún lugar de esa misma habitación.

Pero, si todo el conocimiento que habían dejado se usaba para el bien (y Amber estaba segura de que la cantidad de conocimiento por parte de las mejores mentes científicas del momento sería muy vasto), entonces les proveería con unos fundamentos muy fuertes sobre los que construir un futuro sobre las cenizas del pasado. Como pretendían los adultos, sin duda desesperados porque no cayese en manos equivocadas.

Axel estudiaba cada uno de sus movimientos, aún encargado de monitorizar la actividad de la cámara mientras los cautivos buscaban el dispositivo de datos.

—Este ordenador debe tener miles de discos duros —dijo Jack, que estaba echando un vistazo al sistema *K.A.M.I.*, viendo que el armazón traslúcido de acero albergaba infinidad de discos duros interconectados.

—Os lo dije —respondió Ram.

—Me pregunto cuánto tardaríamos en examinarlos todos —continuó reflexionando Jack, seguro de que si alguien pensaba meter datos de alto secreto en alguna parte, seguramente sería dentro del gran ordenador que dominaba el cuarto.

—*Hay cuatro mil noventa y seis discos duros e, incluso con el teorema del binomio, es difícil estimar el tiempo exacto para comprobar todos los datos debido a los distintos niveles de habilidad de aquellos que son expertos en ordenadores* —anunció el sistema K.A.M.I., que obviamente había estado "escuchando".

—Ordenador, busca los discos duros con información sobre los dispositivos de seguridad —instruyó Amber, contemplando el mastodonte tecnológico que se alzaba ante ella.

—*Todas las búsquedas están clasificadas. Autorización de seguridad necesaria.*

—¿Por qué no nos autorizas tú? —sugirió Jack.

—*Acceso denegado. Autorización de seguridad necesaria.*

—Buen intento —dijo Ram.

—Bueno, esto parece un punto muerto —dijo Jack, encogiéndose de hombros ante Amber.

—No, no vamos a rendirnos. No podemos —respondió ella.

Se desplazaron por la habitación, examinando debajo de cada cámara de hibernación, tocando las paredes en busca de paneles de control o pasadizos ocultos, mientras Axel y los guardias vigilaban atentamente.

—Ojalá pudieseis hablar vosotros —le dijo Ram a los rostros de los ocupantes de las cámaras criogénicas a medida que avanzaba.

Los adultos estaban dispuestos en orden, según se había dado cuenta Ram. Era un patrón. Las cámaras estaban llenas de filas alternas de hombres y mujeres.

Todos estaban acostados boca arriba, con los brazos cruzados y las manos sobre el pecho, como caballeros medievales expuestos en el sepulcro de alguna antigua iglesia.

El diablo se esconde en los detalles, como Ram había aprendido. Un ordenador podía funcionar perfectamente, igual que sus programas, pero solo hacía falta algo pequeñísimo, un error casi imperceptible en el código, inofensivo por sí mismo, para provocar que todo se viniese abajo, o que se borrasen datos. Los detalles eran importantes. No solo para los ordenadores sino también en los lugares más recónditos de la mente humana, que Ram consideraba sinceramente el mayor ordenador de todos. La mayoría de la gente usaba solo una fracción de lo que el cerebro podía ser capaz. Pero Ram no. Él expandía los límites. Él respetaba, algunos dirían que adoraba, la tecnología. Y, desde luego, le gustaba. Así como los ordenadores. Pero consideraba más importantes los datos que contenía su mente. Esos datos nunca podrían borrarse o quedar corrompidos. Y siguió centrándose en cada detalle que podía ver en la habitación, concentrándose atentamente, intentando identificar una secuencia.

Después de todo, no pensaba que ese tipo de pistas se encontrasen en el sistema *K.A.M.I.*, concluyendo que los adultos no pondrían datos poderosos e importantes en el sitio más obvio donde buscar (el único ordenador visible en la habitación), consideró. Parte de mantener un ordenador protegido era la "seguridad a través de la oscuridad": nadie sería capaz de acceder a algo que no sabían siquiera dónde se encontraba.

—Bonito traje —comentó Ram, admirando el elegante traje a medida de un hombre adulto dentro de su unidad de hibernación.

Pero fue la mujer en la siguiente cámara quien le llamó la atención.

No tenía las manos situadas del mismo modo que el resto de adultos. En vez de tener los brazos uno sobre el otro y las manos sobre el pecho, los brazos de la mujer estaban hacia abajo y a los lados de su cuerpo, con los dedos estirados como si apuntase, según creía Ram, a donde debían estar sus pies.

Llevaba un gran anillo de ópalo verde en la mano derecha, pero Ram podía ver que no era ninguna joya normal. El anillo, en el anular, era una forma de tecnología portable. Identificó con sus agudos ojos una pequeña interfaz sobre la superficie del anillo, confirmando sus sospechas de que la propia sortija podía estar relacionada con algún otro sistema tecnológico. Sospechaba que el enorme ópalo verde era en realidad un diminuto disco duro.

—¿Qué pasa? —lo llamó Axel desde el otro lado de la estancia.

—Nada —contestó Ram despreocupado, disimulando—. Estaba admirando a esta mujer. Es bastante guapa.

—Bastante asqueroso por tu parte —dijo Ellie, mirando a Ram con desdén—. Ella está muerta, y tú… enfermo.

—Solo quiero echar un pequeño vistazo. Es justo mi tipo.

Los demás intercambiaron miradas horrorizadas. Ram era excéntrico hasta en sus mejores momentos, pero todos creyeron que ese comportamiento era más que extraño en él. Utilizó el modo manual, agarrando las asas de la unidad de hibernación y abriendo la cubierta de cristal, lo que provocó que una mezcla de aire frío y gases saliese disparada de la unidad y se introdujese en la habitación.

—¿Es que no sientes ningún respeto? ¡Déjalos en paz! —gritó Amber, consternada por el comportamiento de Ram.

Él la ignoró y se concentró en la zona de la cámara donde se situaban los pies de la mujer, que habían estado ocultos, fuera de vista, bajo la cubierta metálica inferior de la unidad. Pues la zona de cristal transparente en la mitad superior solo mostraba la zona del rostro y torso de los ocupantes.

—Mira qué tenemos aquí —se dijo Ram a sí mismo, sonriendo por su persistencia y admirando su descubrimiento.

En la parte inferior de la unidad de hibernación, entre las piernas de la mujer, había un disco duro bañado en oro, con un tipo de interfaz de conexión que Ram nunca había visto antes.

No podía ni concebir dónde podría conectar el disco duro, pero sabía suficiente sobre tecnología para darse cuenta de que se trataba de un disco duro de estado sólido. Estaba claro que los adultos le habían puesto la carcasa dorada del exterior para mantener el disco y sus datos protegidos de las temperaturas congeladas de la unidad, según creía Ram. Era esto, y no el anillo que portaba la mujer en el dedo, lo que debía ser ese escurridizo dispositivo de datos.

Era apropiado que la carcasa pareciese estar hecha de oro, pensó un eufórico Ram. Era como si hubiese descubierto una pepita de los días de la fiebre del oro. Sabía que debía actuar con calma, parecer casual, intentar mantenerlo en secreto ante los demás. Si era esto lo que andaban buscando, era posiblemente el artículo más importante desde tiempos de los adultos, y no digamos ya en la historia del conocimiento humano avanzado.

Ram agarró el disco duro, pero se dio cuenta entonces de que todos lo habían estado observando, fascinados y asqueados por su inusual comportamiento. Y no era ningún secreto que lo que Ram llevaba en las manos era el disco duro.

—¿Qué llevas ahí? —preguntó Axel.

—Eso es cosa mía —respondió Ram.

—¡Dámelo! —comandó Axel, caminando con presteza hacia él.

—¡Vete al infierno! —gritó Ram, alejándose, retrocediendo ante el avance de Axel y sus guardias—. ¡En serio! ¡Soy casi el único que puede averiguar cómo acceder a esto, así que más os vale no hacerme daño!

—¡Yo no estaría tan seguro! —soltó Axel abalanzándose sobre Ram, que se dio la vuelta y echó a correr.

—¡No puedo creerlo! ¡Lo ha encontrado! ¡Tenemos que ayudarle! —gritó Amber al darse cuenta, consciente ahora del significado de lo que había descubierto Ram.

Amber, Jack y Ellie se apresuraron hacia Ram, que estaba corriendo ahora entre las filas de las unidades de hibernación, intentando usarlas como barreras para protegerse contra Axel y los guardias que se reunían a la persecución desde el otro lado.

—*K.A.M.I.*, ¿estás ahí? —gritó Ram, frenético.

—*Siempre estoy aquí* —respondió el ordenador con calma mientras la luz láser palpitaba por toda la cavernosa habitación.

—¡Apagado completo e inmediato del sistema! —chilló Ram, cambiando de rumbo en el último momento, corriendo en dirección contraria para evitar a Axel, que se acercaba rápidamente a él.

—*Por favor, confirma la petición.*

—Apaga todos los sistemas de inmediato.

—*Adiós, Ram.*

De repente, toda la habitación quedó envuelta en la oscuridad. Las luces de ambiente se apagaron, incluso las que parpadeaban en el interior del sistema *K.A.M.I.* desaparecieron, a medida que el ordenador se apagaba a sí mismo... junto a todo el complejo de la Montaña del Águila.

Amber dejó de correr de inmediato, temiendo poder chocarse con Axel, o con una de las cámaras de hibernación.

Escuchó ruidos de maquinaria apagándose. El sistema de ventilación perdió potencia y los ventiladores se detuvieron poco a poco, sin circular ya aire a ninguna parte del complejo.

—¡Encontradlo! —gritó Axel, luchando por ver en la oscuridad.

Todos los ocupantes podían escuchar los sonidos de movimientos frenéticos, pasos que corrían rápidamente, un forcejeo... Pero nadie podía distinguir amigo de enemigo. No había nada. Ni siquiera podían ver sus propios brazos o manos en medio de una completa oscuridad.

Era como si Ram, al igual que todos y todo en la estancia, hubiese desaparecido. Se hubiese evaporado. Escondido en aquel descomunal y oscuro sepulcro bajo tierra.

CAPÍTULO CUARENTA

La batalla del centro comercial se libraba con ferocidad e intensidad desenfrenadas en ambos bandos. Los Zootistas que seguían siendo leales al Guardián hacían todo lo posible por impedir el levantamiento instigado por Ebony. Mientras tanto, las fuerzas de esta, comprendidas sobre todo por Zootistas que les habían dado la espalda ahora al Guardián y Eloise, luchaban por su libertad junto a los Mall Rats.

Estaba en juego el control del Centro y de la ciudad, así como la vida de Trudy. El Guardián gritaba órdenes, alentando a sus devotos fanáticos a atrapar a Trudy para poder "ofrecérsela" a Zoot, de acuerdo con las instrucciones de Eloise.

Era un tumulto, un caos absoluto. Difícil saber, en ocasiones, quién luchaba en cada bando, debido a los atuendos similares de los seguidores Zootistas.

Muchos permanecieron leales al Guardián y Eloise, pero otros solo sentían un lazo especial con el propio Zoot, sin conexión personal con ninguno de los otros dos. Y la duda y difamación arrojadas por Ebony solo había servido para alimentar la desconfianza ya existente, que había crecido gradualmente entre algunos de los devotos, resentidos por las maneras arrogantes de Eloise y el Guardián. Gran parte de su autoridad se basaba en inducir miedo y disciplina en vez de respeto o adoración hacia sus líderes.

Ebony y Trudy eran también leyendas vivas entre la fe, figuras que habían tenido en sus propias vidas relación directa y experiencias con Zoot. Incluso el Guardián, en todas sus enseñanzas, había citado el pasado de ambas como prueba del poder divino e influencia de Zoot, al ser las dos testigos y participantes en los sucesos originales de su vida.

Irónicamente, la propia devoción instilada en sus seguidores comenzaba ahora a ponerse en su contra, pues muchos de los Zootistas que se habían puesto de parte de Ebony y Trudy lo estaban dando todo por defenderlas a las dos, así como a la hija de Trudy.

No era de extrañar, pensaron muchos Zootistas, que Zoot escogiese a Trudy y Ebony como personas significativas durante su existencia terrenal, pues ambas demostraban ser jóvenes fuertes, capaces y especiales, así como guerreras valientes.

Zootista contra Zootista, la planta baja del Centro quedó inundada por los frenéticos y estridentes sonidos de la batalla. Gritos,… llantos desesperados que resonaban por el edificio, de aquellos que se sentían alterados por la intensa refriega que había dado comienzo. Una horripilante amalgama de sonidos de batalla que retumbaba por todas partes, como si el propio complejo fuese a derrumbarse sobre sus cimientos. Estaban dando rienda suelta a una energía primitiva, y todos se movían por instinto, luchando por aquello en lo que creían, por sobrevivir.

—¡Salene, cuidado! —gritó May. Salene se agachó, consiguiendo esquivar justo a tiempo un salvaje puñetazo de un gigantesco asaltante que había dirigido su enorme puño contra ella. El atacante perdió el equilibrio y Salene le puso la zancadilla, haciendo que cayese al suelo.

May había estado tan concentrada en salvar a Salene, en advertirla, que no reparó en la chica Zootista que tenía detrás, y que le dio un golpe despiadado sobre la espalda, provocando que se desplomase al suelo, gritando de sufrimiento.

—¡May! —la llamó Salene a gritos, apresurándose para salvar a la persona que amaba, rompiéndole una silla en la espalda a la asaltante de May y enviándola al suelo.

En otra parte del campo de batalla, Connor intercambiaba golpes con un Zootista a punto de embestir, provocando que se precipitase al suelo y perdiese la conciencia debido al bien calculado noqueo de Connor.

Siendo un luchador experimentado, había estado en muchas peleas durante su tiempo como cazarrecompensas, y ya había interceptado a varios Zootistas, ayuda vital para impedir que la horda llegase a Trudy o Brady.

—¡Alejaos de nosotras! —gritó Trudy mientras más Zootistas avanzaban hacia ellas.

Trudy se había comportado como una tigresa arrinconada, defendiendo ferozmente a Emma, Brady, Lottie y el pequeño Bray con total determinación. Sus instintos maternos se habían puesto en marcha a otro nivel, y estaba lista para sacrificarse por salvar a su hija, así como a los otros pequeños. Nadie pasaría por delante de ella, se prometió, mientras le quedase un último aliento en su interior. Estaba dispuesta a morir por su hija de ser necesario, a conseguir que viviese, a intercambiar su vida por la de Brady.

Emma estaba asustada, incapaz de ver qué estaba sucediendo, escuchando solamente el caótico tumulto de la batalla. Se aferraba con firmeza al pequeño Bray, encorvando los hombros y el torso para situarse en posición de bola, con las piernas bajo el mentón, y el bebé bien sujeto sobre su regazo. Lo protegía con su cuerpo, confiando en que Trudy y Connor los defenderían a ellos y a Sammy y Lottie, que se unieron a la lucha, conscientes de que Emma estaba haciendo todo lo que podía por defender al bebé de Bray y Amber, de otro modo indefenso y vulnerable. Aun así, debido a su ceguera, no había nadie más vulnerable que la propia Emma en la batalla. Pero su gran fuerza de carácter y su espíritu la impulsaban a seguir adelante.

Connor y Trudy formaban un dúo fantástico, trabajando bien juntos, enlazados, cubriéndose los huecos defensivos el uno al otro, gritando advertencias y coordinando sus movimientos. Eran un par formidable.

Connor podía apreciar la ironía de la situación, y se sentía arrepentido de haber traicionado a Trudy y la confianza que ella había depositado en él. Era hermosa, cariñosa y ferozmente protectora. Una luchadora, y Connor la admiraba más que nunca.

Aquel estaba siendo un momento determinante para él, según se estaba dando cuenta. La vida era más que recompensas materiales. La vida era preciosa, y corta. Lucharía por Trudy, y por su hija. Y por la oportunidad del perdón que anhelaba de ellas, si los tres conseguían salir con vida.

Pese a la resuelta defensa de los Mall Rats, ellos y los seguidores Zootistas que ahora tomaban órdenes de Ebony estaban mostrando señales de cansancio, pues seguían siendo una minoría. Ebony y su grupo, en las escaleras, no habían cedido. Aras y sus leales seguidores luchaban con resistencia de acero, rechazando los ataques que el Guardián había enviado en su contra.

Pero hubo un cambio claro y repentino, pues el Guardián había cambiado de rumbo, observó Ebony, ordenando a la mayoría de sus seguidores que se alejasen de las fuerzas de esta y centrasen su ataque sobre los Mall Rats.

Trudy y Connor eran fuertes, y se encontraban luchando contra otra oleada de ataque por parte de los Zootistas fanáticos. Pero era el otro lado del círculo protector el que preocupaba a Ebony, pues el corro defensivo parecía a punto de romperse.

May estaba tumbada en el suelo, inmóvil. Salene en apuros, perdiendo su batalla contra una altísima chica Zootista.

Darryl, Gel, Sammy y Lottie (del lado opuesto a Trudy y Connor, con Salene y May en medio) luchaban con bravura, pero los Zootistas seguían presionando, al sentir su debilidad.

Ebony reparó en que no había señales de Jay, y se apresuró a bajar las escaleras desde la primera planta hasta el corazón de la batalla para asistir a los Mall Rats. Aras y sus leales seguidores la acompañaron. El grupo se entremezcló con los partidarios del Guardián, abalanzándose sobre ellos, como el golpear de una ola.

La mítica figura con la que la habían asociado estaba a la vista de todos: Ebony, la Reina Guerrera de los Locos, golpeando a sus enemigos con una fuerza implacable.

Era ella quien tenía más experiencia luchando que nadie de allí, desde los tiempos de los adultos. Y el legendario Zoot había aprovechado el talento natural de Ebony, entrenándola en la lucha callejera, enseñándole todos los trucos que conocía.

Ebony peleaba sucio, y peleaba duro. Y estaba disfrutándolo. Le fluía la adrenalina, la emoción del conflicto por luchar con el destino, sabiendo que el resultado de esta batalla sería crucial en las vidas de todos ellos. Estaba decidida a tomar el control de su propio futuro, jugando con el peligro. Era el subidón definitivo.

Gel recibió un golpe de un Zootista en la cabeza y cayó al suelo, inconsciente. Darryl se giró, propinando una poderosa patada al responsable antes de verse tirado al suelo por otro Zootista cercano. Darryl se puso sobre una rodilla, todavía luchando desesperadamente, dejando tras de sí solamente a Salene y May. Estas seguían defendiendo a medida que los Zootistas aumentaban sus ataques sobre este punto vulnerable, para poder llegar hasta Trudy y Brady, cerca de Connor, que seguía adelante con valentía, y terminar así con la batalla.

Ebony podía sentir que era solo cuestión de minutos antes de ganar o perder el equilibrio de la batalla. Aquello la estimuló, dándole una repentina carga de energía y urgencia. Y se dirigió, junto a sus seguidores, hacia adelante, consciente de que debía llegar hasta los Mall Rats antes de que estos quedasen rápidamente sobrepasados.

* * *

Moviéndose sigilosamente tras la fuente de la estatua del fénix, cerca de las escaleras de la planta baja, y agachado como un tigre merodeador, oculto a los demás,… Jay aguardaba su momento.

Al principio, se había mantenido hombro con hombro junto a Connor, con determinación, ayudando a defender a Trudy y a los demás al comienzo de la batalla. Pero sintió que debía haber una forma más directa de salvar a los Mall Rats y derrotar a sus enemigos.

Había hecho camino a través del campo de batalla, con una fuerza visceral, avanzando entre la oposición, evitando verse envuelto en una enredada aglomeración y concentrado solamente en una única cosa: su objetivo, que estaba de pie entre las ardientes velas del altar donde Zoot cayó, flanqueado por sus guardaespaldas más fanáticos.

Era desde ahí que el Guardián gritaba sus órdenes, sintiéndose él mismo empoderado por las energías divinas que sentía flotando hacia su interior desde el altar.

El Guardián sabía que la victoria estaba ya a su alcance, y alabó a Zoot, gritando una oración frenética para agradecerle cambiar el curso de la batalla a favor del Guardián.

Jay se había cobijado en las sombras para que le ayudasen a avanzar, cubierto por la oscuridad de la que él mismo era responsable tras sabotear el suministro eléctrico. Y se dio cuenta de que era ahora o nunca. Se preparó para lo que debía hacer, mirando fijamente al Guardián… y luego corrió, con toda la fuerza que pudo reunir, abalanzándose sobre el Guardián y haciendo volar literalmente al líder de los Zootistas, que se golpeó contra la pared.

Jay supuso que, si conseguía solamente capturar al Guardián, entonces sus entusiastas fuerzas cesarían su ataque.

Pero ahora se encontraba rodeado por los guardaespaldas de élite del Guardián.

Ignorando los golpes que le llovían encima, y resistiendo con cada fibra de su ser, Jay continuó luchando con valiente determinación, sin rendirse, desesperado por capturar al Guardián y terminar la batalla.

Su espíritu lo empujaba hacia delante, pero tenía las probabilidades en contra, y sus oportunidades de tener éxito disminuían con cada golpe que atestaban los guardias.

El Guardián se escapó de la sujeción de Jay, y sus guardaespaldas se apresuraron sobre Jay como una manada de lobos.

Pero Jay siguió luchando. Pensó en Amber. En el pequeño Bray. En su hermano, Ved. En sus padres. En todos quienes le importaban. Era como si su vida estuviese pasando ante sus ojos.

En ese momento, Jay sintió una repentina sensación de paz. Como si todo tuviese un profundo significado. Sintió complacencia en su alma. Estaba haciendo lo correcto, lo que tenía que hacer. Durante mucho tiempo, había luchado por hacer del mundo un lugar mejor. No para él, sino para los demás. Debía asegurarse de que el futuro no caía en manos de aquellos quienes lo ponían en peligro y amenazaban a sus seres queridos.

Apretando los dientes e intercambiando golpes con sus adversarios, Jay se sentía débil pero siguió adelante con nada más que su instinto, sin sentir ya el dolor de los golpes que pasaban factura a su cuerpo, apartando todo eso a un lado. Guiado por su fuerza de voluntad. Negándose a rendirse, volvió a estirar los brazos. El Guardián ya estaba cerca, a su alcance.

Jay se había prometido hacía mucho que daría todo lo que tenía por aquellos a quienes amaba. Tenía claro que lucharía hasta el final, fuese cual fuese.

* * *

En otra parte del Centro, en las tiendas de la primera planta, las madres acunaban a sus pequeños cariñosamente en brazos, mientras escuchaban los sonidos distantes de la batalla. Algunas sostenían a sus bebés de forma protectora, mientras otras chicas en varias fases del embarazo miraban a su alrededor preocupadas por lo que el destino tendría planeado.

Durante mucho tiempo, las habían tratado como animales. Su propósito era solamente el de criar y educar bebés. No se esperaba nada más de ellas. A menudo les arrebataban entre sollozos a los niños que habían traído al mundo, por los que habían sufrido los dolores del parto, durante largo periodos de tiempo, para ser adoctrinados en la religión Zootista, como parte del plan del Colectivo de repoblar el mundo con una nueva generación de devotos seguidores.

Tiffany y Shannon habían estado retenidos inicialmente en otra tienda cercana que usaban como aula, pero ahora habían avanzado por la planta superior para mirar hacia abajo, reparando en su hermana mayor, Emma, cerca de Trudy, rodeadas de Zootistas.

Emma seguía llevando al pequeño Bray en brazos, protegiéndolo con su cuerpo, negándose a entregar al bebé a los Zootistas que tiraban de ella para tratar de quitarle al niño.

Algunas de las madres y niños pequeños se unieron pronto a Tiffany y Shannon, y se fijaron en Emma. Fue algo casi simbólico, viendo cómo escudaba con tanta valentía al bebé, protegiéndolo de los partidarios del Guardián.

Uno a uno, acompañaron a Tiffany y Shannon tirando objetos hacia abajo, escogiendo sus objetivos: los que seguían siendo claramente leales al Guardián, asegurándose de no darle a Ebony y a sus seguidores, o a los Mall Rats.

Lámparas, sillas, platos, tazas, botellas… Artículos de todas las formas y tamaños comenzaron a llover hacia abajo.

* * *

Una bombilla lanzada por Shannon con mucha puntería se rompió al golpear al Guardián en la cabeza. La cabeza del profeta de Zoot dio vueltas mientras se agarraba la herida.

Sus guardias personales lo habían protegido del ataque sorpresa de Jay, pero nada había preparado al Guardián ante el júbilo que sentía ahora a medida que caían escombros sobre él, en el lugar donde Zoot había caído, aumentando su retorcido regocijo.

Extendió los brazos en el aire, miró hacia arriba, cerró los ojos y dijo en voz baja:

—¡Pronto llegará la hora de reunirnos, oh, Divino!

Algunos de los objetos que caían en la zona del altar, cerca de las velas, se prendieron fuego. Pequeños incendios cobraban vida y amenazaban con crecer, mientras los restos de una mesa de madera que habían echado abajo se veía envuelta ahora por las llamas.

Era un augurio, sentía el Guardián. Zoot le mostraba que él sería consumido por las llamas, y recompensado por la única escapatoria que anhelaba: la muerte.

—Quedará escrito que todos abandonamos este mundo, hermanos, para unirnos a Zoot en su reino eterno. ¡Solo a los infieles se les será negado tal privilegio!

Su ejército particular, junto a algunos de los otros Zootistas, miraron con intranquilidad al Guardián, que tenía los brazos en alto y se deleitaba ante la propagación de las llamas, que envolvían el Centro. Los comentarios del Guardián hacían parecer que se encontraba ante las propias puertas el infierno.

Uno a uno, sus guardaespaldas de élite, seguidos de sus seguidores leales, se echaron atrás, se dieron la vuelta y empezaron a correr… hasta ser capturados por las fuerzas de Ebony.

* * *

Los gritos de alegría estallaron por todo el Centro en celebración de la victoria. Los Zootistas que se habían unido a Ebony y los Mall Rats en la rebelión apreciaban ahora el significado de lo que habían conseguido. El Guardián había sido apresado, y lo retenían en la celda. Y formaron una cadena humana para transportar baldes llenos de agua con los que extinguir los fuegos.

Exhausta, y encantada, Ebony echó la cabeza hacia atrás sobre los hombros con alivio, lanzando un grito de guerra. Todo el cuerpo le dolía, y se encontraba delirante por el giro en los acontecimientos en el que había desempeñado un papel tan importante.

En la primera planta, las jóvenes madres, con sus hijos mucho más jóvenes, se apresuraron a bajar por las escaleras para reunirse con los Mall Rats, Ebony, Aras y el resto de antiguos Zootistas que se habían vuelto en contra del Guardián. Se dieron abrazos por doquier, sonrisas de triunfo, júbilo, éxtasis, compartiendo el momento.

—¡Emma! —gritaron Tiffany y Shannon a la vez, corriendo para abrazar a Emma, que envolvió los brazos emocionada a su alrededor y les dio el más cariñoso de los abrazos que dos hermanos pudiesen esperar recibir, uno cuyo recuerdo quedaría con ellos el resto de sus vidas.

—¡Todo saldrá bien! —dijo una eufórica Emma, muy contenta, ignorando los muchos cortes y moratones que había sufrido. El amor por su familia superaba el dolor que sentía por la batalla, por haber protegido al pequeño Bray, ahora en brazos de Lottie, de los atacantes Zootistas que habían ido tras ella, pensando que sería un blanco fácil debido a su ceguera. Pero ella había devuelto los ataques, demostrando su feroz determinación por sobrevivir.

—¿Te encuentras bien? —le preguntó Sammy a Lottie.

—Eres mi héroe —dijo Lottie, dándole un beso en la mejilla, con lo que Sammy quedó encantado. Muy valiente, se había mantenido cerca de Lottie durante la batalla, asegurándose de que estaba bien. Y Lottie comenzaba a sentir que, quizás, Sammy le importase más que como un amigo, después de todo.

Todos habían peleado duro, y merecían estar en el lado ganador, reflexionó Ebony mientras caminaba por el Centro, que se había convertido en un campo de batalla.

Pero, al mirar a su alrededor, Ebony se dio cuenta de que su victoria se había pagado a un alto precio. Habían sufrido pérdidas. No todos habían sobrevivido.

Ebony sabía que las muchas sonrisas y lágrimas de felicidad que se derramaban ahora, pronto serían reemplazas por lágrimas de tristeza y lamento, cuando los demás supiesen acerca de los sacrificios que ella acababa de descubrir habían tenido lugar.

CAPÍTULO CUARENTA Y UNO

El aire era fresco. El cielo estaba totalmente cubierto de estrellas. A Lia le pareció encontrarse más bien en un planetario, a medida que Lex y ella avanzaban sigilosamente hacia el observatorio, que parecía estar en completa oscuridad.

—Recuerda, durante un ataque, debemos asegurarnos de usar el factor sorpresa —articuló Lex a Lia en un susurro casi silencioso, entre nubes de vapor que salían de su aliento y se mezclaban con el frío aire nocturno.

Los dos se encontraban ahora a unos diez metros de la entrada al observatorio, contorneada por su dispositivo de rastreo redondo en forma de pelota de golf, enmarcado contra el cielo estrellado.

No había ni rastro de los guardias que había estacionados a la entrada antes. Lex asumió que deberían haberse metido en el complejo.

Se preparó la pica que llevaba en la mano, listo para entrar en acción. Lia la había fabricado durante el viaje de vuelta a la cumbre con la rama de un árbol, afilando la punta para que quedase como una lanza.

En cuanto a ella, Lia había confeccionado un tirachinas, uniendo el elástico de su sujetador con palos más pequeños que había tomado de la rama. Tenía las mangas de la chaqueta de Lex atadas a su cintura y, con unos cuantos cambios rápidos, Lia había transformado la chaqueta en una bolsa casera donde llevar algunas de las rocas que había recogido.

Lia había aprendido muchas cosas de la Sacerdotisa, quien la enseñó a sobrevivir, cazar… y el arte de crear armas. Normalmente utilizaba cepas de vid, las introducía en una sustancia especial antes de envolverlas alrededor de ramitas para crear la parte del tirachinas con la que se lanza. Y, en cierto modo, le resultaba raro haber utilizado parte del elástico de su propia ropa interior. Era lo mejor que pudo improvisar, y tan solo esperaba que funcionase.

—Vamos allá —dijo Lex, con temerosa anticipación—. ¿Lista?

Lia asintió y acompañó a Lex. Ambos salieron corriendo, mientras Lia soltaba un grito de guerra a viva voz.

—Adiós al factor sorpresa —murmuró Lex para sí mismo.

Blandiendo la pica de forma salvaje, se apresuró al interior del observatorio, seguido de Lia, que tenía el tirachinas estirado, cargado y listo para disparar. Pero no pudieron ver señales de nadie. De hecho, no se veía nada en todo el complejo debido a una completa oscuridad, y ambos intercambiaron con dificultad miradas preocupadas y confusas.

* * *

En otra zona del observatorio, Eloise también se había quedado congelada en aquella oscuridad impenetrable, un vacío aterrador.

Sola, Eloise iba de camino desde el Nivel 2, donde había dejado a Bray bajo la supervisión de sus guardias, hasta el Nivel 3, con la intención de comprobar el progreso de los que estaban buscando el dispositivo de datos… cuando la Montaña del Águila se sumió en un completo cierre de emergencia.

Ahora mismo, el único sonido era el de su respiración nerviosa, y el taconeo de sus zapatos, mientras avanzaba con cautela por el túnel, estirando los brazos ante ella en busca de obstrucciones u obstáculos con los que pudiese tropezarse de otro modo.

Continuando por el laberinto oscuro, sombrío y presagioso, Eloise maldijo lo que hubiese causado aquel parón en la luz y la electricidad, esperando que volviese pronto.

Siempre había temido a la oscuridad siendo una niña pequeña. De noche, a menudo corría a la habitación de su hermano menor, Blake, que la tranquilizaba y reconfortaba.

Sus padres querían lo mejor para sus hijos, pero eran estrictos disciplinarios. Su padre, que estaba en el ejército, sentía que cualquier debilidad (como tenerle miedo a la oscuridad) era intolerable, algo con lo que Eloise tenía que apañárselas sola. Le decían que necesitaba madurar. Aprender a lidiar con sus problemas, como sus padres debían hacer con los suyos cada día de sus vidas.

A menudo, Eloise sentía que "papá y mamá" lo eran solo de nombre, pues no actuaban como tal. Aparte de proporcionarle un hogar, alimento que comer, ropa que llevar y un estilo de vida pudiente, su hermano y ella recibían muy poco amor. Ambos progenitores eran militares muy ambiciosos, más interesados en hacer contactos y establecer conexiones en reuniones sociales.

El padre de Eloise había sido un oficial de alto rango en su juventud, y ascendió de nivel hasta llegar a general. Pasaba mucho tiempo fuera, y siempre guardaba un aire de misterio en torno a qué hacía exactamente o a quién dirigía, pues sus misiones eran siempre de alto secreto. Incluso cuando estaba en casa, nunca le leyó a Eloise un cuento para dormir, siempre demasiado ocupado haciendo otras cosas al parecer más importantes, como cenar fuera de casa con miembros influyentes de la comunidad local.

Blake y Eloise estrecharon lazos. Hermano y hermana se daban el apoyo y el cuidado que necesitaban, y que sentían que sus padres les habían negado.

Cuánto echaba de menos a Blake en estos momentos, reflexionó Eloise. Esperaba que estuviese vivo, en alguna parte, en la isla. Y, si alguien podía sobrevivir, era Blake.

Él, como Eloise, había desarrollado un feroz sentido de independencia y determinación para sobrevivir. Que, después de todo, es justo lo que sus padres esperaban inculcarles, acabó concluyendo. Quizás eran ellos los responsables de quién era hoy en día: la chica dura, inteligente y ambiciosa que estaba a punto de asegurar su futuro con el mayor descubrimiento de la era posterior a los adultos.

Pero se lo debía casi todo al Colectivo, que se había convertido en su nueva y verdadera familia.

Todo lo que había hecho durante el último año, más o menos, era por Kami, quien tenía intención de descubrir los secretos de la Montaña del Águila.

Eloise había trabajado muy duro, dirigiendo el puesto de avanzada en la isla para el Colectivo, y había estructurado los sub-regimientos de los Zootistas.

A través de su red del Colectivo, había recibido información amplia sobre los Mall Rats, incluso sobre Ram y los Tecnos. Pero, principalmente, sobre el Guardián y sobre la leyenda de Zoot, que se estaba difundiendo por toda la región.

Cuando un barco esclavista le entregó al Guardián, lo percibió como una incorporación muy adecuada para sus estrategias. Claramente estaba loco, pero era una figura útil dentro de sus maquinaciones. También lo pudo haber sido el hermano de Zoot, Bray, de haber engendrado él al hijo que llevaba dentro.

Despreciaba al bebé de muchas maneras, pero era consciente de que constituía otro elemento estratégico, vital en todo lo que estaba planeando. Simplemente debido a quién era el padre realmente. Reconociendo su enorme poder e influencia por toda la compleja red del Colectivo.

La historia se repetiría de nuevo, pensó Eloise con una sonrisa ante la ironía de todo aquello. ¿Se convertiría en una copia de su propia madre, con un total desinterés por su hijo? Y se preguntó si su madre se sintió de la misma forma que ella se sentía últimamente, detestando estar embarazada. Eloise habría finalizado el embarazo, de no ser porque tantas cosas dependían de su existencia. El bebé no era más que un medio para conseguir un fin, más que el propio fin.

No podía esperar a sacárselo de su cuerpo. Aquel bebé le estaba distorsionando su apariencia, haciendo que pareciese gorda y fea. El bulto que le hacía en la barriga distraía de su indiscutible belleza y arruinaba su normalmente impecable figura femenina. Sentía que tenía un tumor impío creciéndole dentro.

Eloise no se sentía nada contenta con el tal "brillo del embarazo", y anhelaba el día en que podría regresar a su forma anterior al embarazo. La envidia de casi todas las chicas, la fuente de lujuria para cualquier hombre al que pudiese tentar y seducir, la mayoría de los cuales terminaban deseando acostarse con ella,… incluido el que se había convertido en el padre de su hijo.

No importaban sus muchas dotes intelectuales, era consciente de que su cuerpo podía desempeñar un papel igual de importante a la hora de ayudarla a conseguir todas las ambiciones que tenía en mente. Sin su atractivo físico, sentía por instinto que, para empezar, seguramente no habría sido escogida por el padre del bebé que llevaba en su vientre.

Desde que era pequeña, Eloise supo que no importaba todo el arsenal que su padre utilizase en su trabajo, durante el tiempo de los adultos. Descubrió que los cuerpos también podían matar, y ser en sí mismos una potente y letal arma.

Solo faltaban unos meses hasta que pudiese expulsar al bebé de su cuerpo. Después de dar a luz, tenía la intención de regresar a la base principal del Colectivo. Y, si fuera por ella, el padre del bebé podía quedarse con el niño, siempre que Eloise obtuviese a cambio lo que deseaba.

De repente, de la nada, una mano se situó sobre la boca de Eloise y la agarró desde atrás.

Eloise intentó soltar un chillido, alertar a sus guardias, donde estuviesen... Pero la mano que cubría su boca le impidió hacer sonido alguno.

Forcejeó, agitándose en un intento por liberarse, pero era inútil.

Chillando, indefensa, furiosa... Eloise quedó desconcertada ante quienquiera que la hubiese encontrado en el túnel que creía vacío, donde creía estar sola... Y, sin ella saberlo, fue arrastrada hacia las profundidades por Bray, rodeados de una siniestra oscuridad.

*　*　*

—Este túnel no puede ser infinito —susurró Ellie—. Aunque parece que lo es.

—Solo espero que no estemos yendo en círculos —señaló Jack.

Después de abandonar la habitación de las unidades criogénicas tras apagarse el sistema *K.A.M.I.*, Amber estaba segura de estar sola, de haberse separado de Ellie, Jack y Ram. Era literalmente incapaz de ver a nadie. En ninguna parte.

Amber les llamó por sus nombres y ellos respondieron, escuchando con atención, acercándose al sonido de la voz de los demás y consiguiendo finalmente reunirse en el vacío sombrío. Sin embargo, no sabían si Axel y sus guardias estarían cerca, lo que añadía más inquietud.

Era como estar atrapados en un laberinto gigantesco e invisible. El pequeño grupo avanzaba con cautela por los oscuros pasillos con los brazos estirados, buscando cualquier cosa que les ayudase a avanzar.

Jack se llevó el susto de su vida al chocar contra un viejo traje de descontaminación que colgaba de la pared, pensando por un momento que se había encontrado con un adulto.

Amber les recordó que intentasen mantener no solo la concentración, sino sobre todo la calma. Sería muy fácil dejar correr la imaginación y el miedo, pues el grupo sentía que había todo tipo de peligros acechando en cada esquina.

A veces, si se esforzaban por escuchar, reconocían pasos distantes de personas corriendo que resonaban por el vasto laberinto de túneles. Y Axel, en alguna parte, gritaba órdenes a sus guardias.

De repente, Amber se detuvo y estiró los brazos, intentando impedir que los demás se moviesen.

—¡Escuchad! —susurró con ímpetu. Estaba segura de haber oído gritar a Eloise.

Los demás confirmaron haberlo oído también, y parecía venir de algún lugar más arriba.

—¡Vamos! —animó Amber a Ellie, Jack y Ram.

Aceleraron el paso, en la oscuridad, tocando con las manos los laterales de las paredes para ayudarse a avanzar tan rápido como podían, hasta descubrir por fin una escalera por la que comenzaron a ascender.

* * *

En otra zona del observatorio, Lex y Lia se movían cuidadosamente a través de la oscuridad, tras escuchar también los mismos gritos distantes.

Siguiendo los sonidos, doblaron una esquina que llevaba a un túnel en la planta baja. Entonces, repararon en una habitación iluminada de forma espeluznante por la luz de la luna que atravesaba una ventana exterior y delineaba lo que parecía ser una toma de rehenes.

Bray tenía agarrada a Eloise con sus brazos, impidiendo que se moviera pero permitiéndole hablar, lo que Eloise aprovechaba para soltar una ristra de obscenidades e insultos.

Axel y los miembros de la guardia de élite de Eloise estaban plantados allí cerca, acercándose poco a poco, listos para atacar.

—No te recomiendo hacer eso, colega —dijo Lex, blandiendo la gruesa pica que portaba.

Lia apuntó con el tirachinas, que contenía pequeñas piedras y rocas, lista para lanzarlas.

Axel y los guardias se quedaron quietos.

—¡Atrapadlos! —gritó Eloise.

—Si queréis arriesgaros, adelante. Pero yo de vosotros no me molestaría —dijo una voz, que Lex, Bray y Lia reconocieron pertenecía a Jack, quien había aparecido por otra puerta en la habitación junto a Amber, Ellie y Ram.

—No sé por qué, pero no creo que seáis rivales para Axel y mis hombres —dijo Eloise.

—Yo no estaría tan segura —rugió Lex—. Les he enseñado todo lo que sé. Y, hablando del tema, esta es toda una sorpresa —añadió mientras se fijaba en el resto de Mall Rats que habían entrado.

Bray también estaba aliviado al ver que su querida Amber y sus amigos estaban sanos y salvos.

—¿Te encuentras bien? —preguntó él con una sensación de urgencia.

—Qué dulce —interrumpió Eloise.

—Silencio —dijo Bray, sujetándola con firmeza para contenerla—. Ya has hablado suficiente.

Amber se sentía emocionada y abrumada por ver a Bray.

—Cuánto me alegro de verte —suspiró—. A todos vosotros. No creeréis todo lo que nos ha pasado.

—Estoy esperando a que obedezcas mis órdenes, Axel —saltó Eloise—. ¡No te quedes ahí parado! ¡Deshazte de ellos y larguémonos de aquí!

—Como deis un solo paso… ¡lo rompo contra el suelo! ¡Lo destruiré! —gritó Ram, señalando el dispositivo de datos bañado en oro que sujetaba en las manos.

—¡No serías capaz! —gritó Eloise, aún furiosa por estar prisionera de Bray, pero más por ver que el preciado objeto de su misión estaba en peligro.

Todo el grupo continuó congelado en esa aparente confrontación. Bray sujetaba a Eloise, Lex con la pica preparada, Lia apuntando con el tirachinas, Amber, Ellie y Jack tensos, listos para saltar a la acción,… y Ram dejando colgar el dispositivo. Fingió dejarlo caer al suelo, impidiendo que se cayese en el último momento.

Algunos de los guardias habían comenzado a acercársele cautelosamente. Pero se detuvieron tras la amenaza, mirando a Eloise para que les indicase qué hacer.

—¡Apresad a Amber! ¡Ahora! Como ejemplo de qué les pasará a todos los demás. ¡Rompedle hasta el último de sus huesos! —gritó Eloise.

Un proyectil silbó ante el rostro de Axel, por poco dándole en la cabeza. Axel se detuvo al instante mientras las rocas explotaban en pedazos contra la gruesa pared del complejo.

Lia volvió a cargar el tirachinas, apuntando directamente a él.

—La próxima vez no fallaré. Créeme.

—Y tú no estás en situación de dar órdenes a nadie —le dijo Bray a Eloise—. ¿Por qué no aceptas tu derrota?

—¿Sí? ¿Y negarte el privilegio de sujetarme tan fuerte? —lo provocó Eloise—, ¿de volver a tocarme?, ¿de que sientas tu cuerpo contra el mío? No consigo averiguar si estás intentando quitarme al bebé que tú pusiste en mí… o si pretendes ir a por otro.

La expresión de Amber se nubló, y todos miraron atentamente a Bray, que intentaba suprimir de algún modo la rabia que crecía en su interior.

—Si no fuese por ese bebé que llevas dentro —dijo Bray—, quizás me vería obligado a hacer algo de lo que me arrepentiría.

Parte de Bray se veía tentada a tomarle la palabra a Eloise tras su provocación, a ejecutar su venganza contra ella. Desde luego, se sentía resentido por todo el mal que le había hecho a él y a muchos otros.

Pero le preocupaba poner en riesgo a su bebé nonato, un inocente que no había hecho daño a nadie. Soltando ligeramente su firme sujeción, Bray decidió dejar ir conscientemente su deseo de buscar venganza. Había atrapado a Eloise como moneda de cambio, pero nunca tuvo la intención de hacerle daño a ella o al bebé que llevaba en su interior.

—¡Qué considerado! —se burló Eloise—. E ingenuo. ¡Axel, acabad con ellos! ¡Con todos ellos!

—No te lo recomiendo, Eloise —amenazó Ram—. Te lo advierto. Si toman un solo paso, encontrarás qué hay dentro de este disco duro… ¡un millón de piezas diminutas!

Situó el dispositivo en el suelo y dejó un pie colgando sobre él.

—¿Por qué no acabamos con esto a la antigua? —fanfarroneó Lex mientras giraba la pica, moviéndola con amenaza hacia Axel y los guardias.

—Si eso es lo que quieren,… podríamos luchar unos con otros —dijo Amber—. Y quizás, algunos no salgamos de aquí con vida. Quizás incluso tú, Eloise. O el bebé que llevas dentro. Pero, ¿vale la pena arriesgarse? Porque quiero que sepas… que nosotros *lucharemos* unos por otros, de ser necesario. Daría mi vida por cualquier miembro de mi tribu. Y por todos a los que amo.

Echó una mirada a Bray, mientras Eloise bufaba con desprecio.

—Qué tierno. Una familia encantadora.

—Más te vale creerlo —añadió Bray—. Siempre que me quede algo de aliento, estaré aquí de pie, en tu contra, hasta el fin de los tiempos. Así que más te vale saber a qué te enfrentas. La decisión es tuya.

—¿Qué has decidido? —dijo Amber—. Porque, si crees que clavarás tus garras sobre el conocimiento que dejaron atrás los adultos, te equivocas. Ram, ¿por qué no lo haces ya? ¡Rompe el disco duro!

—¡Con gusto! —respondió Ram.

Era obvio que Ram no iba de farol. Tenía un tono vengativo, como si esperase pagárselas a Eloise.

Ella se quedó mirando el dispositivo de datos en el suelo, vulnerable, a punto de ser aplastado por la bota de Ram. Y su mente dio mil vueltas, consciente de las implicaciones si Kami llegaba a enterarse de que había arriesgado toda la información que él tanto deseaba. Estaba segura de que encontraría otras formas de tratar con los adversarios a los que ahora se enfrentaba, incluso capturada. Pero, tras haber llegado tan lejos, reflexionó que no podía dejar que su orgullo excediese la importancia de conseguir su misión.

Era mucho mejor vivir para luchar otro día. Y, ciertamente, ella estaba decidida a luchar. Cuando llegase el momento.

* * *

Eloise y los guardias estaban atados con cuerdas que habían encontrado, y todo el grupo se preparó para marcharse del edificio del observatorio. Los Mall Rats creían que les serían de utilidad para negociar con sus enemigos una vez llegasen al Centro.

Bray fue el último en marcharse, comprobando que no hubiese nada más allí que pudiese serles útil, tras conseguir encontrar algunas linternas y pilas.

Cerró la puerta del armario de golpe y se giró para encontrar a Amber observándolo.

Ambos intercambiaron una intensa mirada durante un largo instante, bañados en la luz de la luna que se adentraba por una ventana cercana.

—Yo… eh… estaba comprobando si habría algo más que nos pudiese ser útil —dijo Bray, rompiendo el incómodo silencio.

—Eso veo —respondió Amber, sonriendo ligeramente.

—Pero tú no estás aquí por eso —indagó él, intrigado.

—Quería ver cómo estabas. Asegurarme de que estás bien.

—Gracias —respondió Bray.

—De nada —dijo Amber.

—Esto no es propio de ti —continuó Bray— Cuando tienes algo que decir, normalmente no dudas en decirlo.

—Es por ti.

—¿Por mí? —preguntó él—. No lo entiendo.

—Yo tampoco. Porque siempre has sido tú, Bray. Y nunca quiero volver a separarme de ti. Nunca jamás —dijo Amber, con la voz quebrada por la emoción, y lágrimas en sus ojos.

Bray la contempló, y entonces se acercaron al otro con urgencia, deleitados por reunirse, mientras se aferraban el uno al otro con firmeza y se besaban apasionadamente.

Arrojada por el destino, no por su elección, en un triángulo amoroso, Amber había tenido dificultades para salir de aquel callejón sin salida, y explicó que encontró la respuesta más abajo, en las profundidades oscuras de la Montaña del Águila. Aunque nunca había dudado cuál sería la respuesta. Pero imaginó que los retorcidos túneles representaban los muchos caminos que podía tomar su vida, y se dio cuenta de que podía quedarse perdida allí abajo para siempre, al negarse a tomar una decisión. Debía encontrar la manera de salir. Un camino.

Y, de igual manera, necesitaba dirigirse por el camino correcto en su vida personal. Para que la vida pudiese continuar.

Solo podía hacer lo mejor que dictase su corazón y escoger una dirección, dándose cuenta de que, si su corazón era sincero, todo lo demás vendría dado y se solucionaría solo.

Jay le importaba. Y siempre le importaría. Lo cual hacía aquello difícil, porque no quería hacerle daño. Pero, de igual modo, nunca querría hacerle daño a Bray, a su hijo, y por último a ella misma, dándose cuenta de que estaba en un cruce de caminos en su vida, y de que hacía mucho tiempo que había conocido y escogido a su alma gemela. Era Bray. Él era el elegido. Como siempre lo había sido.

Amber esperaba que Jay llegase a entenderlo, que los dos pudiesen seguir siendo amigos. Temía la próxima vez que se encontrasen, atormentada por cómo reaccionaría cuando hablasen de nuevo.

Por desgracia, Amber no era consciente en esos momentos de que ya no tendría la oportunidad de hablar con Jay nunca más.

CAPÍTULO CUARENTA Y DOS

El sol se alzaba sobre la curvatura de las ondeantes colinas, bañando la sierra con su cálido brillo, portador de vida. Nubes ondulantes se alzaban en lo alto, mecidas por una suave brisa, ensombreciendo el terreno verde de más abajo.

Era una mañana hermosa, reflexionó Amber, el rostro inundado de lágrimas. Escuchó el coro matinal y observó a los pájaros volar afanosamente. Encontró cierto confort en la espiritualidad que brindaba la naturaleza, le daba cierto consuelo. Pero nada podía detener el dolor emocional que atravesaban ella y los demás, al prepararse para decir adiós a algunos de los suyos, que ya no estaban entre ellos.

Las colinas alrededor de la Montaña del Águila parecían un lugar adecuado donde dejar reposar a sus amigos y seres queridos caídos.

Cavaron tres tumbas antes del amanecer, junto a la que conmemoraba el lugar de descanso final de Zandra. Todos contemplaban la ciudad en la distancia, mucho más abajo.

A Bray le recordó a la vez que estuvo en ese mismo lugar, cuando pensaba haber perdido a Amber. Era como si su propia fuerza vital hubiese abandonado su ser, su esencia, su misma alma.

—Deberíamos decir algo —dijo Bray, con suavidad.

Contemplando las nuevas tumbas, perdido en sus emotivos recuerdos, sintió una profunda sensación de arrepentimiento... Pues deseaba haber podido conocer mejor a cada uno de los miembros caídos de la tribu, tras haber estado fuera la mayor parte del tiempo que ellos habían formado parte de los Mall Rats, durante el tiempo que Bray estuvo prisionero de Eloise.

Aprendería más sobre quienes eran, estaba seguro, a través de las anécdotas e historias que los demás sin duda recordarían. Pero incluso sin conocer demasiado bien a los fallecidos, el hecho de que hubiesen realizado el sacrificio definitivo hizo que Bray les presentase sus más altos respetos. Sus acciones habían ayudado a salvar a otros, contribuyendo a la derrota de las fuerzas Zootistas y allanando el camino hacia un futuro mejor, y él se prometió que no sería en vano.

—Me gustaría decir unas palabras —dijo Lex, dando un paso adelante y arrodillándose ante la tumba de Gel, donde situó un par de sus tacones de aguja favoritos, junto a un ramo de flores silvestres.

—Echaré de menos verte llevándolos puestos. Y, lo creas o no, también te echaré mucho de menos a ti, Gel. Tu risa. La forma que tenías de ver las cosas. Si hay alguien que tenía estilo, esa eras tú. Desde luego, sabías ir a la moda. Tenías tu propia categoría. Y, seguramente, nunca te merecí. Aunque lo nuestro no funcionase, te valoraba como amiga. Y si existe una vida después de la muerte, te imagino allí ahora mismo, con Zandra, intentando superaros la una a la otra con vuestros peinados y maquillajes. Pero no me cabe duda de que os llevaríais muy bien. Te echaremos de menos. Todos te echaremos de menos. Pero no te olvidaremos. Llevaré conmigo los recuerdos que compartimos. Y siempre habrá una parte de ti en mí. En todos nosotros.

Lex no temía a nada. Y desde luego, no temía soltar una lágrima delante de los demás. Todos quedaron conmovidos por su sensibilidad y sus palabras, que consideraron muy emotivas. Sobre todo Lia, que le apretó gentilmente la mano para reconfortarlo mientras él tomaba de nuevo su lugar entre la tribu.

—Me gustaría hablar por Darryl. Si os parece bien —se ofreció voluntaria Salene.

—Adelante. Yo le echo un ojo a ella —le dijo Ellie a Salene, que sujetaba el brazo de May para que se apoyase en ella, pues Salene estaba sosteniendo a May hasta entonces.

May resultó herida en la batalla del centro comercial. Lia poseía conocimientos médicos muy básicos por lo que le enseñaron sus padres, ambos doctores, y temía que se hubiese fracturado un par de costillas.

Sin embargo, May estaba decidida a no perderse el funeral, sin importar lo que estuviese atravesando ella. La agonía física que sentía no era nada comparada con el sacrificio que los otros habían hecho, y quería presentar sus respetos. Incapaz de mantenerse en pie por sí misma, y haciendo un gesto de dolor, May se sintió agradecida de que Ellie le ofreciese su ayuda, apoyando su peso corporal sobre ella.

—Darryl. Dulce Darryl —Salene se dirigió a la tumba—. Tuve la suerte de conocerte mejor cuando estábamos en nuestro pequeño barco, perdidos en el mar, y en la isla. Todos sabíamos que eras un actor con mucho talento. Un artista nato. Pero, hasta entonces, yo no sabía que eras tan amable y considerado... Desearía haberte conocido mejor antes. Eras un amigo, para mí y para todos. Pero, sobre todo, para los más jóvenes.

Lottie y Sammy estaban pillados de la mano para apoyarse, con los ojos húmedos por las lágrimas.

Brady estaba en brazos de Trudy, abrazando fuerte a su madre, con cariño, sin terminar de comprender todo lo que estaba sucediendo. Pero era consciente de que Darryl, que a menudo había pasado tiempo con ella haciéndola sonreír, ya no estaba.

—Eras el mejor imitador que he visto jamás, y nos hacías llorar de la risa a todos. Ahora solo hay lágrimas, lo que demuestra lo mucho que te echamos de menos. No puedo creer que ya no estés —continuó Salene, la voz quebrada por la emoción—. Tan solo espero que hagas reír a otros en ese mundo del espectáculo celestial. Sé que hablo por todos nosotros cuando digo que hiciste del mundo un lugar más alegre. Por eso, yo... nosotros... todos te lo agradecemos de corazón. Descansa en paz, amigo.

Inclinó la cabeza en señal de respeto y regresó a su lugar entre los demás.

Quedaba una última tumba, y Amber había temido este momento. Pero había llegado la hora.

—¿Estás bien? —le preguntó Bray con cariño.

Ella asintió, pero estaba claramente conmovida, y le costaba mantener la compostura. Respiró profundamente, como para aumentar su resolución de acero, y tomó un paso al frente para hablar por el grupo, y por ella misma, y presentar sus respetos al último de los Mall Rats caídos.

—Jay... —comenzó Amber, antes de quedarse sin habla, su voz rompiéndose por el tormento de emoción.

Era demasiado. Se sentía abrumada, sobrepasada por el dolor al ver la tumba... y pensar que Jay yacía justo allí, bajo tierra.

Tras intentar recuperar la compostura de algún modo, Amber continuó con valentía, limpiándose las lágrimas que le llenaban los ojos.

—Jay... Valiente, cariñoso, dulce. Siempre un caballero. Sensible. Trabajador... Considerado... Luchabas por tus principios… Te mantenías firme. Y, Dios mío, desde luego que marcaste la diferencia… Ayudaste a salvar la ciudad y a muchos otros antes, de los Tecnos…

Amber era consciente de que Ram la estaba mirando, sabiendo que se refería a la importante contribución de Jay en la caída del propio Ram, cuando este dominaba la ciudad como líder de los Tecnos. Jay había sido su general, pero le dio la espalda, en desacuerdo con la mano de hierro y las formas cada vez más tiránicas de Ram. Pero Amber prosiguió, debía ser honesta y reconocer los logros de Jay.

—Entonces ayudaste de nuevo, contra Mega… Y todos queremos que sepas que honramos el sacrificio que entregaste, ayudando a derrotar al Guardián y Eloise… El mundo no será lo mismo sin ti, pero no tengo duda de que ayudaste a que fuese un lugar mejor. Siempre te recordaré con respeto,… gratitud,… felicidad… y con amor. Tan solo lamento no haber tenido oportunidad de despedirme de ti, Jay.

Rompió a llorar de forma desesperada, agitada, y Bray sintió la necesidad de acercarse a ella, de tenerla entre sus brazos. Pero se dio cuenta de que no había nada que él ni nadie pudiese hacer para reconfortarla en ese momento. Aquel debía ser, sencillamente, un momento íntimo para que Amber manifestase su dolor.

Muchos de los demás luchaban por contener también su emoción. Especialmente Trudy, mientras recordaba el tiempo que ella pasó también junto a Jay, y se limpió las lágrimas que se le derramaban por los ojos.

Amber intentó tranquilizarse, y continuó entre sollozos.

—Puedes descansar, Jay. Ten por seguro que continuaremos todo por lo que tú luchaste. Y, de esa manera, seguirás caminando a nuestro lado. Para siempre. Nunca te olvidaremos. Y, al final,… no puede existir un mejor legado.

Bray se acercó a Amber y situó un brazo protector sobre su hombro mientras esta se agachaba para situar un ramo de flores silvestres sobre la tumba, mientras el sol seguía alzándose, pregonando el amanecer de un nuevo día. Todos los allí reunidos apreciaron la profunda santidad de la vida. Lo especial que era estar vivo, valorar y vivir cada día. Por los demás. Un regalo que debían respetar.

Amber sintió una renovada determinación, una sensación de fuerza y empoderamiento. Y sabía que Jay hubiese querido que ellos siguieran adelante, que viviesen sus vidas al máximo. Y que intentasen construir un futuro mejor. Él, junto a sus compañeros caídos, murió para salvaguardar su libertad y sus oportunidades.

Gel, Darryl y Jay habían demostrado con su ejemplo… que valía la pena luchar por el futuro.

EPÍLOGO

Durante las semanas siguientes, los Mall Rats y sus compañeros trabajaron muy duro para limpiar el centro comercial, retirando los escombros de la batalla que había tenido lugar, y deshaciéndose de todo lo que había dejado atrás el Guardián, pintando sobre el simbolismo Zootista que había marcado en algunas de las paredes. Era una oportunidad para comenzar de nuevo. Los Mall Rats, en particular, estaban reclamando su hogar.

Algunos de los seguidores Zootistas que habían escapado durante el punto álgido de la batalla acabaron siendo capturados por la ciudad, pero el resto de seguidores leales habían escapado en el *Fantasma Marino*, que fue visto por última vez navegando hacia el océano, en el horizonte lejano.

Lex supervisó las preparaciones para reforzar las defensas del Centro, asistido por Lia, pues se daba cuenta de que necesitaban protegerse y estar listos para la batalla en caso de que sus adversarios regresasen. O de que otros invadiesen, como el Colectivo.

Lex y Lia nunca estaban muy lejos el uno del otro. Ella le enseñó más cosas que había aprendido de la Sacerdotisa, incluso a cómo hacer un tirachinas. Y Lex tenía ganas de enseñarle a Lia un par de trucos propios.

Sería responsabilidad de los que allí quedaban repoblar el mundo, y Lia lo había sorprendido con su revelación de que estaba deseando convertirse un día en madre, traer tantos bebés al mundo como fuese posible. A él le encantó la idea de tener a varios "pequeños Lex" corriendo por allí en el futuro.

Pero la conexión de Lex con Lia ya no se limitaba a lo físico. Había quedado completamente embriagado por su espíritu, su humor, su personalidad… y sentía que podía ser buena para él. Y él para ella.

Amber compartía la esperanza y optimismo de Lia por el futuro, consciente de que las jóvenes madres que estuvieron bajo el control de los Zootistas, con sus bebés y niños pequeños (y las que aún debían dar a luz), quienes se habían alzado sin excepción contra el Guardián durante la batalla del Centro para terminar con su opresión, traerían al mundo a toda una nueva generación.

Algunas habían preguntado si podrían quedarse a vivir en el centro comercial, y Amber les había dicho que por supuesto. El camino que las madres tenían por delante sería difícil. Muchas seguían siendo adolescentes muy jóvenes, asustadas ante la idea de dar a luz, como lo estuvo Trudy una vez.

Siendo madre ella misma, Amber se ofreció voluntaria para ofrecerles su apoyo y su consejo a partir de su experiencia personal. Como hizo Trudy, que les había sido de mucha ayuda, al ser la que más conocimiento tenía acerca de la maternidad por haber criado a Brady, la mayor de los niños que habían nacido hasta el momento en los Mall Rats, en el mundo posterior a los adultos.

Salene y May seguían siendo una pareja feliz, y pasaban la mayor parte de sus días ayudando a cuidar de los bebés y niños pequeños. Las heridas de May por la batalla se estaban curando lentamente, y Salene había hecho todo lo posible por mimarla.

Todos los antiguos seguidores, como Aras, que se habían alzado ante la petición de Ebony, también necesitarían ayuda para ser rehabilitados, según podía darse cuenta Amber.

Bray, Lex, Trudy y Ebony ya habían comenzado un proceso de "des-educación", donde explicaban lo que sucedió realmente en la ciudad durante los días de Zoot. Aras y los acólitos quedaron asombrados por las historias que les contaban, escuchando las palabras de aquellos que habían sido testigos y partícipes de los acontecimientos originales.

Bray, en particular, estaba satisfecho de que Zoot fuese gradualmente desmitificado. Aquellos que lo habían adorado previamente comenzaban a entender que no era ningún dios, sino un adolescente asustado, como lo eran la mayoría, esforzándose por sobrevivir, por darle sentido al mundo que lo rodeaba. Y que, sencillamente, se había descarriado.

Al disipar el aura que habían creado Eloise y el Guardián, Bray razonó que, cuanto más conociesen la verdad, más difícil le sería al Guardián volver a tratar jamás de convencer a la gente, en caso que lo intentase de nuevo.

El Guardián estaba prisionero en una celda de aislamiento. Y, pese a toda la angustia y desesperación que había provocado, la mayoría sentía cierta pena por él, pues se daban cuenta de que era totalmente inestable mentalmente y necesitaba ayuda. Aunque Bray se sentía esperanzado de que, por fin, hubiese una oportunidad de que los días de la religión Zootista llegasen a su fin. Del mismo modo, se sentía precavido, consciente por su experiencia pasada de que el Guardián había demostrado tener la capacidad de volver a levantarse.

Emma había quedado encantada al escuchar que Aras rechazaba la religión Zootista. Pero cualquier posibilidad de recuperar su amistad, al tratarse de los últimos miembros de la tribu de las Cucarachas, parecía remota. Aras y Emma se habían distanciado el uno del otro, sus vidas iban en direcciones opuestas. Aras se disculpó con Emma por cómo la había tratado a ella y a los Mall Rats, pero dijo que necesitaba descubrir su propio camino.

Al menos, Emma tenía a Bray, Amber y el resto de los Mall Rats para reemplazar a su tribu, que ahora parecía del todo extinta. Y estaba agradecida de que el destino la hubiese traído hasta ellos, entusiasmada por la idea de comenzar una nueva vida en el Centro con Tiffany y Shannon.

Aras y la mayoría de ex-Zootistas parecían estar más pendientes de qué haría ahora Ebony. Era ella con quien Aras y otros tantos seguidores habían estrechado lazos. Pese al deseo de Amber y Bray por ayudar a los antiguos Zootistas y examinar opciones para darles un nuevo alojamiento, era obvio que la mayoría de ellos, incluido Aras, seguían el consejo de Ebony.

Amber, Bray, Lex y Trudy se daban cuenta de que Ebony y los ex-Zootistas podían representar una amenaza potencialmente peligrosa, en caso de que Ebony movilizase a Aras y los ahora liberados Zootistas para alcanzar sus propios objetivos. Aún no había mostrado señales de querer hacerlo, y parecía en cambio querer colaborar e intentar trabajar con Amber y los Mall Rats. Solo el tiempo diría el curso que Ebony escogería seguir.

Ebony había insistido mucho para que todos los ex-Zootistas (así como ella misma) fuesen perdonados por los crímenes que habían cometido durante el tiempo que servían a Eloise y el Guardián. Desde luego, Amber era consciente de que no parecía práctico realizar un juicio para cada persona. Y, además, Ebony y los antiguos Zootistas habían demostrado estar en contra del Guardián y Eloise.

Lo correcto era que les permitiesen tener una segunda oportunidad, en opinión de Ebony. Muchos no habían elegido seguir a Zoot de forma voluntaria, sino que habían estado primero cautivos, los habían radicalizado y les habían lavado el cerebro con las enseñanzas del Guardián. Como era el caso de Aras, cuando fue arrebatado de las Cucarachas.

Para Lex en particular, era demasiado conveniente que Ebony desease que los Mall Rats la perdonasen tan fácilmente. Él no era de los que perdonaban fácilmente, ni olvidaban.

Y lo mismo podía aplicarse a Connor, según sentía Trudy.

Durante los días de limpieza, había aparecido casualmente por la cafetería del Centro, tras oler el agradable aroma de la comida que Trudy estaba preparando, quien había estado preparada cocinando para Brady y para ella.

—Si sabe la mitad de bueno de lo que parece, quien se lo coma va a quedar encantado —dijo un Connor entusiasmado, con una chispa en los ojos—. Y desde aquí, las vistas son espectaculares.

Su comentario contenía un coqueteo más que descarado. Algo también evidente por la manera en que miraba ahora a Trudy, que se dio cuenta de cómo Connor la observaba sin vergüenza.

—Aléjate de mí —dijo ella con desdén.

—No sé cuántas veces he dicho que lo siento. Pero seguiré diciéndolo hasta que me creas.

—¿De verdad crees que podré volver a confiar en ti?, ¿después de lo que me hiciste?, ¿de lo que nos hiciste?

—Me pondré de rodillas si es necesario —e hizo justo eso, agachándose sobre el suelo de rodillas ante ella, de forma dramática—. No me importa suplicar.

Connor había recibido el indulto de los Mall Rats por la participación que había tenido al defender valientemente a Trudy, Brady, Emma y el pequeño Bray, en la batalla del Centro, así como a Lottie y Sammy. Estuvo allí plantado, frente a frente, contra interminables oleadas de ataques Zootistas, poniéndose en peligro sin temor.

Pero el razonamiento de los Mall Rats iba más allá. Habían descubierto, tras seguir investigando, que sus padres habían formado parte de la flota de las Naciones Unidas y que habían trabajado con la Dra. Jane Gideon, cuyo inquietante diario había conmovido a Amber y a su tribu durante su trascendental viaje a bordo del misterioso *Jzhao Li*.

La Dra. Gideon había trabajado muy duro para salvar multitud de vidas, y era un homenaje apropiado que perdonasen a Connor en su memoria. Lex se preguntaba si habría algo de verdad en todo aquello, pero debía admitir que le hubiese resultado difícil mentir respecto a eso. La única forma de que conociese la existencia de la flota era a través de sus padres, pues toda la información era de alto secreto. Antes de que se marchasen en su misión, Connor recordó haber conocido a la Dra. Gideon, e incluso tenía una fotografía que sacó del *Nemo* para demostrarlo. Y parecía realmente emocionado al pensar en la conexión que, sin él saberlo, mantenía con los Mall Rats y sus amigos a través de la Dra. Gideon, pero en especial de sus padres.

Tras permitirle permanecer en el centro comercial para recuperarse, Connor había pasado gran parte de su tiempo libre intentando cerrar las heridas entre Trudy y él. Le traía flores, se ofrecía a hacerle las tareas… con la esperanza de que le diese otra oportunidad.

Explicó que todo lo que sucedió en la isla entre Trudy y él era real. Estaba avergonzado de haberla traicionado, sin hablar ya de su pasado como cazarrecompensas. Pero, en su corazón, Connor se sentía desesperado por conseguir la redención y poder estar con Trudy.

Sin embargo, Trudy no podía olvidarlo tan fácilmente. Había depositado su confianza en él, le había entregado su corazón… y él lo había acabado aplastando. De ninguna manera volvería a cometer el mismo error.

* * *

Días más tarde, Connor decidió zarpar con el *Nemo*. Ebony fue la única persona que lo acompañó hasta el muelle para despedirlo.

Antes de marcharse, Ebony le había dicho de forma seductora, en referencia a Trudy:

—Siendo un marinero, hubiese pensado que tú, más que nadie, te darías cuenta de que hay otros peces en el mar.

—Quizás un día me dé cuenta —respondió él—. Pero, ahora mismo, creo que lo mejor es que me marche y vea qué hay al otro lado del horizonte.

—Bueno, tú asegúrate de no encontrarte con el Colectivo esperándote al final del arcoíris.

Pese a que Connor afirmase haber cambiado ante Trudy, Ebony estaba segura de saber quién era él realmente. Incluso si no habían pasado mucho tiempo juntos desde su paseo en coche por la ciudad, semanas antes. Recordaba el largo y prolongado beso que compartieron de forma espontánea, y estaba deseando repetir, pues su apetito no había quedado satisfecho. Pero, aparte de eso, sospechaba que podía resultarle un aliado interesante.

Después de todo, Connor se parecía mucho a ella, no solo al ser solitario, sino sobre todo un superviviente. Además de uno de los chicos más atractivos que había visto en su vida.

Ebony observó el yate desaparecer en la distancia, y esperó volver a cruzar su camino con el de Connor algún día. Pero ahora mismo tenía cosas más importantes en la cabeza. Era hora de empezar a trazar sus planes para el futuro.

* * *

Eloise estaba cautiva en una celda junto a Axel y el resto de guardias leales, en la planta baja del centro comercial.

Jack y Ram habían ido a visitarla en un par de ocasiones, para intentar averiguar si realmente sabía algo más sobre el disco duro bañado en oro que habían descubierto tenía una interfaz inusual y necesitaba un cable de alimentación especial, uno que Ram y Jack no reconocían.

Ram estaba convencido de que, además, el disco duro estaba encriptado. Y el hecho de que necesitase cables tan raros era seguramente otro mecanismo de protección colocado por los adultos, para asegurarse de que solo aquellos con autorización llegasen a tener acceso a la gran cantidad de secretos que aparentemente contenía el dispositivo de datos.

La electricidad había vuelto al Centro de la mano de Ram y Jack, que habían arreglado el transformador eléctrico saboteado por Jay. Recuperaron ordenadores que pertenecían a los Tecnos y los trajeron allí. Lo tenían todo dispuesto para investigar el disco duro a fondo. Pero necesitaban encontrar los cables correctos antes de intentar acceder al dispositivo de datos.

Eloise no se había mostrado nada cooperativa, mandándolos al infierno, e invitándolos a meterse el disco duro por algún lugar incómodo. A Ram le divertía la elección de palabras de Eloise y su actitud peleona e impenitente.

Pero estaba profundamente preocupado, al igual que Amber, Bray y Lex, porque el Colectivo no era precisamente dado a quedarse de brazos cruzados, dada su red de inteligencia. Y todos especularon cuál podría ser su próximo movimiento. ¿Una invasión, tal vez?

Ram dudaba de ello, por el trato que había tenido con ellos a través de Kami, y creía que eran conscientes de que el conocimiento era el arma más poderosa de su arsenal. Su recomendación era regresar a la Montaña del Águila, para que Jack, Ellie y él intentasen reiniciar el sistema *K.A.M.I.* en un esfuerzo, no solo por desbloquear los secretos del dispositivo de datos, sino también por intentar obtener más información. Pero les advirtió de que, en caso de no tener éxito, quizás aquello vaticinase una "visita" del Colectivo.

A los Mall Rats no les hizo falta demasiado para quedar convencidos de la urgencia con la que debían arrojar luz sobre el misterio. Ram les recordó que, si los Tecnos fueron capaces de tomar la ciudad previamente sin demasiadas dificultades,…

cuando el Colectivo se movilizase, podría resultar posiblemente la mayor muestra de poder que habían visto jamás. Y, si no aceptaban ese hecho, entonces deliraban más que el Guardián.

Al principio, los Mall Rats habían considerado someter a los prisioneros a juicio, pero Eloise se negó a reconocer la autoridad de la tribu, y no creyó que fuesen imparciales. ¿Quién sería el juez?, ¿y los testigos? ¿Quién hablaría en su defensa? Todo aquel concepto de la justicia social que Amber había luchado tanto por introducir previamente, poco después de que los adultos perecieran, estaba anticuado y era absurdo. No existía el sistema judicial. Ya no. No existía la justicia en aquel mundo dejado de la mano de Dios. Era un "sálvese quien pueda".

¿Cómo podía ser realmente justo, señaló Eloise, ser recluida junto a un niño inocente, según palabras de la propia Amber? ¿Era correcto amenazar con encarcelar a Eloise, solo para acabar por separarla físicamente de su propio hijo tras el nacimiento del bebé? ¿Era ese el tipo de mundo que deseaba Amber, se burló Eloise?, ¿uno donde los niños inocentes son separados de sus madres a la fuerza?

Eloise tenía cierta razón, consideró Amber, y deberían encontrar una forma de encargarse de aquella prisionera tan importante y peligrosa que tenían entre ellos, así como del bebé que llevaba en su interior. Al niño no lo encerrarían, ciertamente, pues no era culpable de ningún crimen.

Eloise los amenazó diciendo que, si conociesen la identidad del padre, quizás se sentirían más inclinados a tratar a Eloise y sus guardias con más respeto. Ella no querría estar en el lugar de los Mall Rats si le sucediese algo "desafortunado", y reveló que Kami era el verdadero padre del niño.

A Ram aquello le parecía imposible, dado que Kami no era una persona normal.

—¿Qué quieres decir con eso? —lo desafió Jack.

Parte de Jack había pensado al repasarlo en su cabeza, por mucho que sonara a locura, que el ordenador de inteligencia artificial, el sistema *K.A.M.I.* de la Montaña del Águila, podía guardar relación con el Colectivo. ¿Era el Kami que lideraba al Colectivo, el mismo que el ordenador *K.A.M.I.*?, ¿o eran dos entidades separadas?, ¿humano y máquina? ¿Podía haberse implantado en un ser humano que interconectase con el ordenador?, ¿que enviase datos a otra localización y estos fuesen recibidos por algún tipo de receptor humano?

—Solo digo que… nadie lo ha conocido nunca —clarificó Ram. Pero las teorías de Jack le parecieron intrigantes.

Amber seguía preocupada porque Ram supiese más de lo que parecía, debida a su creciente intranquilidad e insistencia en que la mayor prioridad para todos los involucrados era llegar hasta la Montaña del Águila.

Si Kami era efectivamente el padre del niño de Eloise, el Colectivo podía aparecer en cualquier momento. Y no solo llegaría al mundo un bebé recién nacido, sino también un acontecimiento más significativo. Un apocalipsis.

* * *

La advertencia de Ram dejó a todos intranquilos, sobre todo a Amber, que asociaba un nacimiento con una gran felicidad. Siempre le preocupaba pensar en qué clase de lugar viviría el bebé que Bray y ella habían traído al mundo, y se preguntaba si era de algún modo egoísta traer una vida en mitad de tanta incertidumbre respecto a qué les aguardaba el futuro.

Bray la había tranquilizado antes de dar a luz, y en estos momentos insistió en que el futuro estaba en sus manos. Podían crearlo a su medida, le había dicho mientras sostenía a su hijo, acunado en sus brazos.

—Hoy he estado un rato pensando —le había dicho—. No es demasiado tarde para un cambio de nombre.

—¿Por qué? —respondió Amber, confusa.

Pero entonces quedó conmovida por el gesto de Bray, después de que este le explicase lo que tenía en mente.

—No podría estar más contento con tu elección original. Créeme. Pero… ¿por qué no lo llamamos por el nombre de Jay? Siento que es lo correcto, para honrarlo de algún modo. Siento que es importante que ese nombre siga viviendo. Y puede hacerlo, con nuestro hijo.

—Me encantaría —reconoció Amber, profundamente conmovida por lo que Bray había sugerido—. Pero solo si tú estás seguro.

—Lo estoy, si tú lo estás.

Amber asintió, le dio un tierno beso a Bray, y tomó a su hijo en sus brazos, observándolo cariñosamente. Era un homenaje apropiado. Y sabía que Jay se sentiría muy orgulloso, de haberlo sabido.

Cuando fuese mayor, le hablaría al pequeño Jay sobre su homónimo. Y le contaría historias sobre los otros Mall Rats que ya no estaban, como Darryl y Gel, y también sobre aquellos que habían desaparecido con el paso del tiempo, como Tai San y KC, a quienes creían muertos.

Por lo que sabía, quizás ellos siguiesen con vida, ahí fuera en alguna parte, en aquel preciso instante. Desde luego, Ellie mantenía la esperanza de que su hermana, Alice, regresase con ella. Y Bray, allí plantado junto a Amber, era la prueba viviente de que todo era posible. Los sueños sí podían hacerse realidad.

Amber decidió que Bray tenía razón, y que debían mantener el sueño vivo a toda costa, sin importar los desafíos. Y nunca perder la esperanza de acabar triunfando.

No debían dejarse intimidar por ninguna amenaza, y debían esforzarse por perseguir sus propios ideales.

Amber estaba decidida a asegurar que simbolizaban la esperanza a través del nacimiento de cualquier recién nacido. Hasta el bebé de Eloise merecía las mismas oportunidades que el pequeño Jay. La santidad de la vida, la esencia de la existencia de la vida humana, era preciada. Y todos quienes nacían en este mundo merecían vivir con la esperanza de un futuro mejor. La oportunidad se encontraba ahí, en el amanecer de cada nuevo día.

El sol siempre se pondría, para volver a salir.

Nunca existía un verdadero final. Solo un nuevo comienzo. La vida siempre persistiría, con la llegada de un nuevo amanecer.

Y, pasase lo que pasase, a Amber aquello le resultaba suficiente. Era una oportunidad esperando a ser aprovechada. La vida seguiría adelante.

CODA

Solo unos meses después, a medida que el sol se alzaba y arrojaba su luz sobre la aldea de los nativos, Ruby no podía controlar las lágrimas de felicidad al ver a la niña a la que acababa de dar a luz.

La Sacerdotisa había asistido en el parto, ofreciendo su enhorabuena a Slade y Ruby por haberse convertido en padres.

Aunque aún no eran expertos, habían aprendido a decir muchas palabras en la lengua nativa, que la Sacerdotisa les había enseñado. Ruby y Slade les enseñaban a su vez a la Sacerdotisa y su tribu algunas palabras en su propia lengua, y algunas costumbres.

La vida había continuado en la isla. Y ahora, un nuevo miembro de la tribu había nacido.

Slade y Ruby no habían olvidado la petición de Lex. Les había pedido con descaro, antes de marcharse con Connor en el *Nemo* meses antes, que le pusiesen su nombre a su hijo, que llamasen al bebé Lex, si es que era chico. Ruby propuso alterarlo un poco, y le sugirió a Slade llamar a su hija Alexis, en memoria de Lex, y en recuerdo del resto de Mall Rats a los que no habían visto desde hacía tanto tiempo.

El nacimiento fue un momento especial, según les dijo la Sacerdotisa. La señal que auspiciaba una nueva era que traería buena fortuna para todos ellos.

Horas después del nacimiento del bebé, Slade oyó los sonidos repentinos de un motor que los sobrevolaba. Y, al elevar la mirada al cielo con creciente preocupación, quedó impactado al ver un *drone* planeando sobre la isla, moviéndose de un lado a otro rápidamente, de forma deliberada, como si estuviese buscando algo.

Tras detenerse en pleno vuelo, justo sobre la aldea, la Sacerdotisa, Slade y Ruby, sujetando a la pequeña Alexis, alzaron la vista hacia él, cuyos ruidosos propulsores reclamaban su atención. El misterioso *drone* había visto suficiente y se marchó, siguiendo su camino…

393859

432344139 2999 0141 49295492, 3979 78385492
333831392 33 6732541 397768313 548519.

09392 093816 61534 1658380139, 68 28178341 782
0490892 163325492, 173 193282 325151 332586131 1
3323703014 76 01039 516 8709451653 36 91 785999581
548519. 0349 329 32 1959 43439139 36 39 67349 710161,
6 3253 32 76 7362173 339 475749. 235749 173 92
043576514382 3979 32 0928593. 694719.

073259 173 992 481732 36 39 583709 176 69 23 616
33237583459. 8639729 3741653 78 5363413896. 0349 23
33237548416. 87158613 53634 91 615898313 33 499434
6 434 3979 3973619 5939. 28 92 014182 1 03621499,
39 78253489 3251 36 76 67349 17163334, 173 92
0490943896141 91 432073251.

61251 6732549 0492879 39651359. 13892. 692 4994343792
1 363965414.

396 314809,

5363413896 8178

Keeping The Dream Alive

de

Raymond Thompson

La fascinante historia personal acerca de cómo se hizo la serie de televisión de culto, La Tribu.

Unas intrigantes memorias que narran la vida de una persona que creció en el lugar equivocado, en un entorno de clase trabajadora muy pobre en la Gran Bretaña posterior a la Guerra, y la historia de cómo se aventuró hacia la deslumbrante arena de combate de Hollywood (que le proporcionó revelaciones inspiradoras sobre por qué fracasó en el colegio, debido a una necesidad especial ante la que luchó y ganó contra todo pronóstico), para después viajar por el mundo hasta fundar y gestionar una prolífica compañía de producción de televisión independiente.

Con datos humorísticos que nos acercan a la fértil imaginación de la mente de un escritor, el libro explora la vida más allá de la alfombra roja del mundo de las películas y la televisión, y revela la peculiar historia de cómo llegó a gestarse la serie de culto "La Tribu". Además de la misión personal para existir y sobrevivir entre los altibajos y las presiones de una larga y exitosa carrera como escritor y productor, que culminaron en un nombramiento como profesor adjunto y una aparición en la "New Years Honours List", la lista de honores de año nuevo reconocida por su Majestad la Reina Isabel II por los servicios a la televisión.

La Tribu: Un Nuevo Mundo

de

A.J. Penn

La historia oficial continúa en esta novela, situada inmediatamente después de la conclusión de la temporada 5 de La Tribu.

Forzados a huir de la ciudad en su tierra natal, y abandonar así el sueño de construir un mundo mejor a partir de las cenizas del antiguo, los Mall Rats se embarcan en un arriesgado viaje hacia lo desconocido, lleno de descubrimientos.

A la deriva, pocos podrían haber presagiado los peligros que hay al acecho. ¿Cuál es el secreto que rodea al Jzhao Li? ¿Descubrirán los misterios del Colectivo? ¿Y podrán también superar los muchos desafíos y obstáculos que encontrarán, al luchar contra la fuerza de la madre naturaleza, contra adversarios inesperados y, en ocasiones, hasta con ellos mismos? Y, sobre todo, ¿pueden construir un nuevo mundo a su manera, manteniendo el sueño vivo?

The Tribe: Birth Of The Mall Rats

de

Harry Duffin

El Nacimiento de los Mall Rats es la primera historia en una apasionante serie de novelizaciones del fenómeno televisivo de culto global, La Tribu.

El mundo comenzó sin la raza humana. Ahora, después de que una misteriosa pandemia haya diezmado a toda la población adulta, parece que todo acabará exactamente del mismo modo. A menos que los jóvenes supervivientes (unidos en tribus guerrilleras) superen las luchas de poder, los peligros y desafíos inesperados de una sociedad distópica y sin ley, para unirse y construir un nuevo mundo de las cenizas del antiguo.

Creando un nuevo mundo a su propia imagen, sea esta como sea...

PARA MÁS INFORMACIÓN

Visita la página web oficial

www.tribeworld.com

**Dale a "me gusta"
en
facebook.com/thetribeofficial**

twitter.com/thetribeseries

instagram.com/thetribetvseries

youtube.com/thetribetvseries

vimeo.com/cloud9screenent/vod_pages

La Tribu:

Un nuevo amanecer

A.J. PENN

CUMULUS PUBLISHING LIMITED